韶文化研究丛书编委会

岭南文化书系
韶文化研究丛书

历代名人韶州名文辑选

张　熊　莫昌龙　编著

暨南大学出版社
JINAN UNIVERSITY PRESS

中国·广州

图书在版编目（CIP）数据

历代名人韶州名文辑选/张熊，莫昌龙编著.—广州：暨南大学出版社，2022.12
（岭南文化书系.韶文化研究丛书）
ISBN 978 - 7 - 5668 - 3554 - 3

Ⅰ.①历…　Ⅱ.①张…　②莫…　Ⅲ.①中国文学—作品综合集—韶关
Ⅳ.①I218.653

中国版本图书馆 CIP 数据核字（2022）第 234913 号

历代名人韶州名文辑选
LIDAI MINGREN SHAOZHOU MINGWEN JIXUAN
编著者：张　熊　莫昌龙

出 版 人：张晋升
项目统筹：苏彩桃
责任编辑：武艳飞　王莎莎　王熳丽
责任校对：孙劭贤　林玉翠　刘 蓓
责任印制：周一丹　郑玉婷

出版发行：暨南大学出版社（511443）
电　　话：总编室（8620）37332601
　　　　　营销部（8620）37332680　37332681　37332682　37332683
传　　真：（8620）37332660（办公室）　37332684（营销部）
网　　址：http：//www.jnupress.com
排　　版：广州市天河星辰文化发展部照排中心
印　　刷：韶关市新华宏达印务有限公司
开　　本：787mm×1092mm　1/16
印　　张：19.75
字　　数：380 千
版　　次：2022 年 12 月第 1 版
印　　次：2022 年 12 月第 1 次
定　　价：78.00 元

（暨大版图书如有印装质量问题，请与出版社总编室联系调换）

总　序

一

韶关历史悠久，文化底蕴深厚，源远流长，为岭南开发较早的地区之一。宋代乐史撰《太平寰宇记》所引《郡国志》言："韶州科斗劳水间有韶石，两石相对，大小略均，有似双阙……昔舜帝游此石，奏韶乐，因以名之。"其实，"韶"字来源于"舜帝南巡奏韶乐"的千古美妙传说早在隋唐时期就已流传。隋开皇九年（589），韶州以"韶"为州名，千百年来始终未改。此后，在中华大地上以"韶"命名的古城韶州成为岭南著名州府。迄今为止，韶关是唯一以"韶"命名的历史文化名城。

马坝人的发现证明了早在十多万年前，人类的祖先就在韶关这块古老的土地上繁衍生息。石峡文化遗址的发掘又告诉人们，在四五千年前，这片区域已经与长江流域在经济文化方面有了密切的联系，及至秦破百越、纳岭南，韶州成为岭南最早归属中央政权管辖和开发的地区之一。汉晋以降，珠玑先民持续南迁至珠江三角洲，衍成广府民系和广府文化。可以说，韶文化是岭南文化早期的一个主要源头。唐代著名文学家皇甫湜在为韶州作《韶阳楼记》时写道："岭南属州以百数，韶州为大。"韶关作为广东北大门及粤北历史文化中心，自古就发挥了传输中原文化、弘扬岭南文化的先进作用。

韶关自古为岭南重镇，又是人杰地灵之都、山川灵秀之域。唐初，禅宗南派创始人六祖惠能在韶州弘法近四十年，述成了第一部中国化的佛家经典《六祖坛经》，形成了著名的禅宗文化。南北朝时期以勇猛刚烈著称的风烈将军侯安都，唐开元盛世名相、以风度名扬天下的张九龄，学深刚毅、文采拔萃、以风采而著名的北宋政治家余靖，明代抗倭名将陈璘，清代著名思想家廖燕等，都是受韶文化滋养的土生土长的韶州人杰。唐代大文豪韩愈，北宋文学家苏东坡，南宋诗人杨万里、著名理学家朱熹、名臣文天祥，明代才子解缙、著名学者丘濬、理学家陈白沙、科学家徐光启、军事家袁崇焕，清代著名诗人王士禛、

朱彝尊，以及民国时期革命先行者孙中山，中华人民共和国创建者毛泽东、朱德、陈毅等一大批名人都在韶关留下了千古流芳的诗文和历史足迹。在中华世纪坛上铭刻的一百多位对中国历史文化产生深刻影响的人中有两位外国人，其中有一位是被誉为"中西文化交流第一人"的意大利传教士利玛窦，他也曾经于明代在韶关活动六年，对西学东渐和东学西传作出了不可磨灭的贡献。

从古代相传"舜帝南巡奏韶乐"到岭南名州、历史文化名城，韶关经过代代相传，已经形成了岭南文化中不可或缺的重要组成部分——韶文化。因此，我们说，韶文化是指分布在粤北地区的、受历代行政区划和自然环境影响孕育滋生的一种有着较为突出特征的史志阶段的区域文化。简言之，韶关本土的历史文化就是韶文化。韶文化的核心是以"韶"为主的包容、和谐、善美的传统精神，其文化结构的主要元素是舜帝韶乐文化、客家文化、南禅宗佛教文化、历史名人文化、瑶族文化、矿冶文化、山区生态文化、红色革命文化等，在文化形态上既表现了与岭南文化的同一性，又表现出自然与人文各方面的多元性和独特性。正是由于以上在地域特征、自然生态、族源构成等方面显示出的诸多特殊性，以"韶"为主题的韶文化才得以确立，并在数千年的历史中不断融合发展。

二

韶文化是岭南文化中一个主要的文化类型。这个文化类型的特色在以石峡文化为代表的萌芽阶段已初现端倪，在秦代南越国及两汉以后步入发展阶段，曲江（又称曲红，因曲红冈得名）、始兴郡皆为当时岭南最重要的中心城市之一，特别是此地最富特色的以丹霞红岩为主的自然生态风光逐渐被人们发现，而且由于舜帝南巡，在岭南地区奏韶乐的历史传说，原名"曲红冈"的丹霞地貌被赋予"至美""至善"的韶乐精神，并命名为"韶石"："隋平陈，为韶州，以韶石为名。"（唐初梁载言《十道志》）至此，以"韶"为核心的优美的自然环境和善美和合的韶乐人文精神在粤北地区被有机地结合起来，韶乐、韶石成为韶州这一地区最响亮的文化符号。基于地方行政区划和自然环境特殊性而形成的区域文化——韶文化，在保留了岭南文化一般特征的同时，逐渐在粤北展现出自己独特的文化结构、文化形态特征，主要表现在：

——舜帝韶乐文化。它不仅是韶关得名之源，而且有历史上一大批古建筑作为载体，以及隋唐以来历代史志和名人歌赋作为文献记录。韶乐的和谐善美精神在韶关地区的传播至少有千余年，是韶文化的精神内核，是统领其他文化要素的主导部分，也是区别于其他区域文化的重要地方特色。之所以把粤北地区的文化称为"韶文化"，其主要原因正在于此。

——汉族移民文化、粤北客家文化、瑶族文化、疍民文化构成了韶文化的民族民系主体。特别是持续南迁的珠玑移民构成了日后广府民系的主体，对岭南和东南亚的开发影响深远。

——发源于韶关的南禅宗佛教文化及其他宗教文化构成了韶文化精神层面的重要补充。南禅宗文化使佛教比较彻底地中国化，影响超出岭南，并传播到全国甚至全世界。

——历史上，粤北古道交通文化和名人文化突出。粤北是中原文化和岭南文化之间的主要通道、海上丝绸之路的陆上重要节点，而惠能、张九龄、余靖等都是岭南人杰，影响广泛。

——历史悠久的矿冶文化。韶关采矿历史久远、规模巨大，是世界上最早运用"淋铜法（湿法炼铜）"来大规模生产胆铜的地方。矿冶业延续至今，是韶关的重要经济命脉，也是韶关突出的城市文化特色和韶文化的突出特征。

——山区生态文化。地域居民秉承"天地同和"精神，在历史长河中与自然和谐相处，生态环境基本保持良好，是韶文化特色的显现，也是今后韶关发展的最重要的资源之一。

——以毛泽东、朱德、陈毅等人及抗战时期的广东省委在韶关的革命活动为代表的红色革命文化。此外，孙中山以韶关为根据地二次誓师北伐、抗战初期广东省省会北迁韶关等也都是宝贵的历史财富。

上述文化结构、文化形态特征是韶文化的主要内涵，也是我们开展韶文化研究的主要方向。

三

重视韶文化的研究、传承与弘扬，对岭南文化的传播与发展具有非常重要的意义。深入细致地挖掘和研究韶文化，可以有力地推动粤北历史文化研究的发展，推动地方人文历史与环境的良性互动，丰富人民群众的精神文化生活，深化岭南文化的固有内涵，促进岭南文化

繁荣发展，为广东建设文化强省、韶关建设区域文化中心提供理论依据和文化支撑。有鉴于此，韶关市和韶关学院于 2009 年 11 月正式联合成立了韶文化研究院，现已拥有专职、兼职研究人员 40 多人，特聘文化顾问 10 人。研究院成立以来，在韶关学院和韶关市委宣传部、韶关市社会科学界联合会的领导与支持下，积极开展地方文化历史研究与传播工作，先后获准设立广东省张九龄研究中心、广东省韶文化研究基地。2012 年 7 月，经广东省委宣传部和广东省社会科学院发文，研究院升格为广东地方特色文化（韶文化）研究基地，成为全省首批九大特色文化研究基地之一。

　　本丛书即该基地的初期研究成果。丛书的规模暂不限定，计划先用三年时间陆续推出几批著作。目前选题以历史文化为主，专注于与韶关有关的人、事和物，今后将逐渐扩大研究范围。

　　感谢韶关学院的党政领导和韶关市委宣传部、韶关市社会科学界联合会对本丛书立项、研究撰写和出版发行的支持与资助。特别感谢本丛书的各位作者，正是由于他们的辛勤劳动和无私奉献，本丛书得以付梓面世。暨南大学出版社对本丛书的出版发行给予了帮助，在此一并感谢。

　　是为序。

韶关市韶文化研究院

韶关学院韶文化研究院

广东地方特色文化（韶文化）研究基地

2017 年 10 月

目　录

卷一　秦汉魏晋南北朝隋唐五代

徐豁

【作者简介】徐豁（378—428），字万同，东莞姑幕（今山东莒县）人。刘宋元嘉年间任始兴郡太守，任上有善政，后转广州刺史，未拜，卒，年五十一。

减始兴郡大田课米疏①

郡大田，武吏年满十六，便课米六十斛，十五以下至十三，皆课米三十斛，一户内随丁多少，悉皆输米。且十三岁儿，未堪田作，或是单迥，无相兼通，年及应输，便自逃逸，既遏接蛮、俚，去就益易。或乃断截支体，产子不养，户口岁减，实此之由。谓宜更量课限，使得存立。今若减其米课，虽有交损，考之将来，理有深益。

（《宋书》卷92《徐豁传》）

请准始兴郡银民课米疏②

郡领银民三百余户，凿坑采砂，皆二三丈，功役既苦，不顾崩压，一岁之中，每有死者。官司检切，犹致逋违，老少相随，永绝农业，千有余口，皆资他食，岂唯一夫不耕，或受其饥而已。所以岁有不稔，便致甚困。寻台邸用米，不异于银，谓宜准银课米，即事为便。

（《宋书》卷92《徐豁传》）

请准始兴郡中宿县俚民课米疏③

中宿县俚民课银，一子丁输南称半两。寻此县自不出银，又俚民皆巢居鸟语，不闲货易之宜，每至买银，为损已甚。又称两受入，易生奸巧，山俚愚怯，不辨自申，官所课甚轻，民以所输为剧。今若听计丁课米，公私兼利。

（《宋书》卷92《徐豁传》）

---

① 标题为编者所拟。
② 标题为编者所拟。
③ 标题为编者所拟。

范云

【作者简介】范云（451—503），字彦龙，南乡郡舞阴（今河南泌阳）人，范缜从弟，著名文学家。南齐时出为始兴内史，梁朝时任散骑常侍、吏部尚书，封霄城县侯，领太子中庶子，迁尚书右仆射。梁天监二年（503）卒，谥"文"，有文集十一卷。

修仁水

三枫何习习，五渡何悠悠。且饮修仁水，不挹偕邪流。

（《太平御览》卷59）

除始兴郡表

臣被沐恩灵，栖息荣幸，贬貌兢视，挺襟轸虑，徒誓蠡管之诚，终沉荧爝之用。不悟悬景丽天，通泾润下，月绪未交，镕光再铄，修鞠惭疑，骦不及扦。且地邻旧越，甸分故楚，厥壤惟腴，实邦斯大，将何以再宣王猷，陶奉惠渥。

（《艺文类聚》卷50）

阴铿

【作者简介】阴铿（约511—563），字子坚，武威姑臧（今甘肃武威）人，著名诗人。梁时为湘东王法曹参军，入陈后，为始兴王录事参军，后迁晋陵太守、员外散骑常侍。有文集三卷。

游始兴道馆诗

紫台高不极，青溪千仞余。坛边逢药铫，洞里阅仙书。庭舞经乘鹤，池游被控鱼。稍昏薤叶敛，欲暝槿花疏。徒教斧柯烂，会自不凌虚。

（《初学记》卷23）

江总

【作者简介】江总（519—594），字总持，济阳考城（今河南兰考）人，著名文学家。萧梁时官至始兴内史，陈朝时，官至尚书令。陈亡后，入隋授上开府。著有《江令君集》。

衡州九日诗

秋日正凄凄，茅茨复萧瑟。姬人荐初酝，幼子问残疾。园菊抱黄华，庭榴剖珠实。聊以著书情，暂遣他乡日。

（《初学记》卷4）

经始兴广果寺题恺法师山房诗

息舟候香阜，怅别在寒林。竹近交枝乱，山长绝径深。轻飞入定影，落照有疏阴。不见投云状，空留折桂心。

（《初学记》卷23）

智恺

【作者简介】智恺，扬州人，南朝梁、陈时期高僧。梁末至岭南，追随真谛，成为其门徒中最得力者。晚居江都，常于白塔寺弘法。

大乘起信论序

夫《起信论》者，乃是至极大乘，甚深秘典，开示如理缘起之义。其旨渊弘，寂而无相，其用广大，宽廓无边，与凡圣为依，众法之本。以其文深旨远，信者至微。故于如来灭后，六百余年，诸道乱兴，魔邪竞扇，于佛正法，毁谤不停。时有一高德沙门，名曰马鸣，深契大乘，穷尽法性，大悲内融，随机应现，愍物长迷，故作斯论。盛隆三宝，重兴佛日，起信未久，回邪入正，使大乘正典，复显于时，缘起深理，更彰于后代，迷群异见者，舍执而归依，暗类偏情之党，弃著而臻凑。自昔已来，久蕴西域。无传东夏者，良以宣译有时。故前梁武皇帝，遣聘中天竺摩伽陀国取经，并诸法师，遇值三藏拘兰难陀，译名真谛。其人少小博采，备览诸经。然于大乘，偏洞深远。时彼国王应即移遣，法师苦辞不免，便就泛舟，与瞿昙及多侍从，并送苏合佛像来朝。而至未旬，便值侯景侵扰，法师秀采拥流，含珠未吐，慧日暂停而欲还反，遂嘱值京邑英贤慧显、智韶、智恺、昙振、慧旻，与假黄钺大将军太保萧公勃，以大梁承圣三年岁次癸酉九月十日，于衡州始兴郡建兴寺，敬请法师敷演大乘，阐扬秘典，示导迷徒，遂翻译斯论一卷以明论旨，玄文二十卷，《大品》玄文四卷，《十二因缘经》两卷，《九识义章》两卷。传语人天竺国月支首那等，执笔人智恺等，首尾二年方讫。马鸣冲旨更曜于时，邪见之流伏从正化。余虽慨不见圣，庆遇玄旨，美其幽宗，恋爱无已。不揆无闻，聊由题记。傥遇智者，赐垂改作。

（《大乘起信论校释》）

杨炯

【作者简介】杨炯（650—693），字盈川，华州华阴（今陕西华阴）人，著名诗人，初唐四杰之一。显庆四年（659）进士及第，上元三年（676）参加制举，授校书郎。后曾任太子詹事司直、梓州司法参军、盈川县令等职。著有《盈川集》。

送杨处士反初卜居曲江

雁门归去远，垂老脱袈裟。萧寺休为客，曹溪便寄家。绿琪千岁树，黄槿四时花。别怨应无限，门前桂水斜。

（《全唐诗》卷 528）

宋之问

【作者简介】宋之问（656—712），字延清，虢州弘农（今河南灵宝）人，著名诗人。高宗上元二年（675）进士，曾任修文馆学士等职，景云元年（710）流放钦州，后赐死。著有《宋之问集》。

游韶州广界寺

影殿临丹壑，香台隐翠霞。巢飞衔象鸟，砌蹋雨空花。宝铎摇初霁，
金池映晚沙。莫愁归路远，门外有三车。

（《全唐诗》卷 52）

自衡阳至韶州谒能禅师

谪居窜炎壑，孤帆淼不系。别家万里余，流目三春际。猿啼山馆晓，
虹饮江皋雾。湘岸竹泉幽，衡峰石囷闭。岭嶂穷攀越，风涛极沿济。吾师
在韶阳，欣此得躬诣。洗虑宾空寂，焚香结精誓。愿以有漏躯，聿熏无生
慧。物用益冲旷，心源日闲细。伊我获此途，游道回晚计。宗师信舍法，
摈落文史艺。坐禅罗浮中，寻异穷海裔。何辞御魑魅，自可乘炎疠。回首
望旧乡，云林浩亏蔽。不作离别苦，归期多年岁。

（《全唐诗》卷 51）

早发大庾岭

晨跻大庾险，驿鞍驰复息。雾露昼未开，浩途不可测。嵘起华夷界，
信为造化力。歇鞍问徒旅，乡关在西北。出门怨别家，登岭恨辞国。自惟
勖忠孝，斯罪懵所得。皇明颇照洗，廷议日纷惑。兄弟远沦居，妻子成异
域。羽翮伤已毁，童幼怜未识。踌蹰恋北顾，亭午晞雾色。春暖阴梅花，
瘴回阳鸟翼。含沙缘涧聚，吻草依林植。适蛮悲疾首，怀巩泪沾臆。感谢
鹓鹭朝，勤修魑魅职。生还倘非远，誓拟酬恩德。

（《全唐诗》卷 51）

早发韶州

炎徼行应尽，回瞻乡路遥。珠崖天外郡，铜柱海南标。日夜清明少，
春冬雾雨饶。身经大火热，颜入瘴江消。触影含沙怒，逢人女草摇。露浓
看菌湿，风飔觉船飘。直御魑将魅，宁论鸥与鹠。虞翻思报国，许靖愿归
朝。绿树秦京道，青云洛水桥。故园长在目，魂去不须招。

（《全唐诗》卷 53）

题大庾岭北驿

阳月南飞雁，传闻至此回。我行殊未已，何日复归来。江静潮初落，
林昏瘴不开。明朝望乡处，应见陇头梅。

（《全唐诗》卷 52）

度大庾岭

度岭方辞国，停轺一望家。魂随南翥鸟，泪尽北枝花。山雨初含霁，
江云欲变霞。但令归有日，不敢恨长沙。

（《全唐诗》卷 52）

岭南文化书系

历代名人韶州名文辑选

早发始兴江口至虚氏村作

候晓逾闽峤，乘春望越台。宿云鹏际落，残月蚌中开。薜荔摇青气，桄榔翳碧苔。桂香多露裹，石响细泉回。抱叶玄猿啸，衔花翡翠来。南中虽可悦，北思日悠哉。鬓发俄成素，丹心已作灰。何当首归路，行剪故园莱。

（《全唐诗》卷 53）

沈佺期

【作者简介】沈佺期（约 656—716），字云卿，相州内黄（今河南安阳）人，著名诗人。进士，历任中书舍人、太子少詹事。神龙年间，因依附张易之，流放驩州。

自昌乐郡溯流至白石岭下行入郴州

兹山界夷夏，天险横寥廓。太史漏登探，文命限开凿。北流自南泻，群峰回众壑。驰波如电腾，激石似雷落。崖留盘古树，涧蓄神农药。乳窦何淋漓，苔藓更彩错。娟娟潭里虹，渺渺滩边鹤。岁杪应流火，天高云物薄。金风吹绿梢，玉露洗红箨。溯舟始兴廓，登践桂阳郭。匍匐缘修坂，穿窿曳长索。碛林阻往来，遇堰每前却。救艰不遑饭，毕昏无暇泊。濯溪宁足惧，磴道谁云恶。我行山水间，湍险皆不若。安能独见闻，书此贻京洛。

（《全唐诗》卷 95）

张说

【作者简介】张说（667—730），字道济，河南洛阳人，著名政治家、文学家。制举出身，历任太子校书、左补阙、凤阁舍人、工部侍郎、兵部侍郎等职，累官至中书令、集贤院学士等职，卒赠太师，谥"文贞"。著有《张燕公集》。

喜度岭

东汉兴唐历，南河复禹谟。宁知瘴疠地，生入帝皇州。雷雨苏虫蛰，春阳放鸟鸠。洄沿炎海畔，登降闽山陬。岭路分中夏，川源得上流。见花便独笑，看草即忘忧。自始居重译，天星已再周。乡关绝归望，亲戚不相求。弃杖枯还植，穷鳞涸更浮。道消黄鹤去，运启白驹留。江妾晨炊黍，津童夜棹舟。盛明良可遇，莫后洛城游。

（《张说集校注》卷 8）

房融

【作者简介】房融（？—705），缑氏（今河南偃师）人，房玄龄族孙。进士及第，武周时官至宰相，神龙初年（705），因党附张易之，流放岭南。

谪南海过始兴广胜寺果上人房①

零落嗟残命，萧条托胜因。方烧三界火，遽洗六情尘。隔岭天花发，凌空月殿新。谁令乡国梦，终此学分身。

（《全唐诗》卷100）

苏诜

【作者简介】苏诜，字廷言，雍州武功（今陕西西安）人，宰相苏环子，生卒年不详。举贤良方正高第，补汾阴尉，迁秘书详正学士，累转给事中，出为徐州刺史，卒赠吏部侍郎。

开大庾岭铭

石崴嵬兮山崖崖，嵚崟崿粤兮相蔽亏。槎嶻岏兮莽芊芊，噫兹路兮不记年。大圣作兮万物睹，惠吾人兮道复古。役斯来兮力其成，石既攻兮山可平。怀荒服兮走上京，通万商兮重九译。车屯轨兮马齐迹，招孔翠兮来齿革。伊使臣之光兮，将永永而无敦。

（《全唐文》卷259）

萧昕

【作者简介】萧昕（702—791），字中明，河南洛阳人。唐朝官吏，官至太子少师，封晋陵郡公，卒后追赠扬州大都督，谥"懿"。

唐银青光禄大夫岭南五府节度经略采访处置等使摄御史中丞赐紫金鱼袋殿中监南康县开国伯赠扬州大都督长史张公神道碑

公讳九皋，其先范阳人也。昔轩辕少子以弦弧受氏，别封于张。留侯以五代相韩，安世以七叶荣汉，特生闲气，钟美大贤。余庆遗芳，袭于令嗣矣。晋末以永嘉南渡，迁于江表；皇朝以因官乐土，家于曲江。高祖守礼，隋钟离郡涂山令。曾祖君政，皇朝韶州别驾。祖子胄，皇朝越州剡县令。烈考宏愈，皇朝太常卿、广州都督。皆世济明德，不陨令名。公特禀中和，诞生淳懿，恭推色养，孝自因心。幼岁丁太常府君忧，孺慕衔哀，栾棘无怙，毁能达理，志若成人。及日月外除，而顾复就养，思致逮亲之禄，方求筮仕之阶。篚金不珍，琢玉成器，殖学以明道，修身以践言。弱冠孝廉登科，始鸿渐也。岭南按察使尚书裴伷先，幕府求贤，轺车问俗，以公后进之秀，借以从军，表授海丰郡司户。水变贪泉，珠还合浦，时所称也。其后五溪阻兵，群蛮聚略，帝命按察使裴伷先讨焉。以公有樽俎之谋、韬钤之用，奏授南康郡赣县令，于是坐其帷幄，置以戎车。公武能宣威，文可化俗，军需倚办，供亿无留。前宣慰使御史梁勋奏公清白有闻，后宣慰使竹承构奏公户口增益，共称尤异，褒进上闻，特加朝散大夫，迁

---

① 一作过韶州广界寺。

巴陵郡别驾。初，丞相曲江公之元昆，自始安郡太守兼五府按察使，以为越井殊方，广江剽俗，怀柔之寄，实在腹心。奉公俱行，可为同气，遂授南康郡别驾；季弟九章，以为桂阳郡长史。太夫人在堂，赐告归宁，承欢伏腊。白华共展于朝夕，衣锦时入于乡闾，棣萼美于诗人，德星聚于陈氏，代所稀也。无何，丁于内艰。柴毁茕茕，勺饮不纳，至性闻于州里，孝感达于神明。白雀驯狎于倚庐，黄犬随号于行哭，表其异也。

服阕，除殿中丞，又迁尚书职方郎中。起草含香，停车待漏，位高元象，职在弥纶。及曲江公翊赞庙谟，盐梅鼎实，讲德论道，求贤审官。以识量通明，与闻其议，故能致君尧舜，克济忠贞，公之佐也。及元昆出牧荆镇，公亦随贬外台，遂历安康、淮安、彭城、睢阳四郡守。所莅之邦，必闻其政，作人父母，为国循良。于是瑞鹊成巢，嘉禾合颖，祥乌素翟而狎至焉。考绩议能，诏书褒异，遂迁襄阳郡太守兼山南东道采访处置使。以连率之权，授以澄清之任，化行江汉，惠及黎元。进封南康县开国男，赏有功也。属南夷不龚，西蜀骚动，掎角之势连于岭隅。以公有经略之才，委公以干城之任，乃除南海太守兼五府节度经略采访处置等使，摄御史中丞，赐紫金鱼袋。天书盈箧，厩马在庭，恩华宠光，旁午道路，公召募敢勇，缮治楼船，绥怀远人，安集犷俗，或指剑山之路，或出铜柱之乡。以回舶运粮，省泛舟之役；以于来授甲，宽土著之人。寄重务殷，用省功倍。天子嘉之，特赐银青光禄大夫，兼手诏益封开国伯，食邑七百户，旌其能也。且五府之人，一都之会，地包山洞，境阔海壖，异域殊乡，往来辐辏，金贝惟错，齿革实繁。虽言语不通，而赍币交致。公禁其豪夺，招彼贸迁，远人如归，饮其信矣。秩满，迁殿中监。皇舆尽饰，玉食惟精，六尚委能，一心主办，服御器用，必信必诚。勤劳不遑，积忧聚病。以天宝十四载四月二十日，疾殛薨于西京常乐里之私第，春秋六十有六。呜呼哀哉！哲人其萎，邦国殄瘁矣。皇上哀悼，赗赠盈门，给递还乡，首邱归本。遂赠广陵郡大都督府长史。礼仪哀制，延素握发，可谓饰终。以明年葬于始兴郡洪义里武陵原。夫人宏农谭氏，襄阳郡夫人，国子博士知几之子。克训母仪，用光闺则。粤以永泰三年，窆南康郡次。以大历四年合祔焉，礼也。嗣十一人：长曰捷，前端州刺史；次曰擢，前右金吾卫兵曹参军；次曰执，试大理直康州刺史；次曰抗，检校户部郎中兼御史中丞，赐紫金鱼袋朔方邠宁节度行军司马；次曰捍，前宏文生。皆王之荩臣，国之多士。令德之后，必大其门。

公尝与季弟同泛沧溟，舳舻舲艎，凡数百辈，忽惊飙震发，骇浪山连。当呀呷之时，谓汩没同尽，为猿为鹤，曷可保焉？而中宵返风，漂泊孤屿，迟明相视，各在津亭。同役之人，仅有存者，则知商邱蹈信，入之而不伤；吕梁履忠，游之而莫惴。恺悌君子，福禄绥之，宜其克享永年，亦既逢吉。且公之立身，可谓尽美。居丧致哀，称其孝也；入幕

决胜，称其才也。列在藩翰，则德化之政闻；授之斧钺，则式遏之功著；佐元昆则润色王业，睦诸季则致美闺门。至于推挽忠良，揄扬俊义，力行不怠，时议高之。夫生死有怀，古今同尽，殁而不朽，君子趑之。昕忝迹儒林，尝读旧史，览贤人之事业，知盛德之在焉。敢扬休声，以志贞石。铭曰：

轩辕锡羡，百代蕃昌，弦弧得姓，受邑于张。五代相韩，七貂居汉。平子数术，茂先翊赞。诞钟余庆，克享大名。爰至我公，天姿挺生。率礼立身，依仁从政。学该百代，官逾三命。再登幕府，四列藩条。威行节制，化合讴谣。作牧襄阳，授兵南越。江汉底定，要荒胥悦。死生有命，修短靡常。礼赠殊秩，魂归故乡。梧槚成列，邱陵无改。夏日冬夜，精灵斯在。

（《全唐文》卷 355）

徐浩

【作者简介】徐浩（702—782），字季海，越州（今浙江绍兴）人，著名书法家。明经及第，累官至吏部侍郎、集贤院学士，封会稽郡公。著有《法书论》。

唐尚书右丞相中书令张公神道碑

有唐既受命，在太宗时有若梁公房、郑公魏、卫公李，格于皇天。在高宗时，有若梁公狄，格于上帝。在中宗时，有若汉阳王张、扶阳王桓，兴复宗社。在元宗时，有若梁公姚、广平公宋、燕公、始兴公二张，中兴王业。夫以天柱将倾，大盗方起，一振纲目，再阐皇猷，始兴公为之。公讳九龄，字子寿，一名博物。其先范阳方城人。轩辕建国，弦弧受氏，良位为帝华，才称王佐。或相韩五叶，或佐汉七貂，代有大贤，时称盛族。四代祖讳守礼，隋钟离郡涂山令。曾祖讳君政，皇朝韶州别驾，终于官舍，因为土著姓。大父讳子胄，越州剡县令。列考讳宏愈，新州索卢县丞，赠太常卿、广州都督。皆蕴德葆光，力行未举，地积高而成岳，云久蓄而作霖。是生我公，蔚为人杰，弱不好弄，七岁能文。居太常府君忧，柴毁骨立，家庭甘树，数株连理。王公方庆出牧广州，时年十三，上书路左，燕公过岭，一见文章，并深提拂，厚为礼敬。弱冠乡试进士，考功郎沈佺期尤所激扬，一举高第。时有下等，谤议上闻，中书令李公当代词宗，诏令重试。再拔其萃，擢秘书省校书郎，应道侔伊吕科对策第二等，迁左拾遗。封章直言，不协时宰，方属辞满，拂衣告归。太夫人在堂，承顺左右，孝养之至，闾里化焉。

始兴北岭，峭险巉绝；大庚南谷，坦然平易。公乃献状，诏委开通，曾不浃时，行可方轨。特拜左补阙，寻除礼部司勋司员外郎，加朝散大夫，超中书舍人，封曲江县男，转太常少卿，出冀州刺史。以庭闱在远，

表请罢官，改洪州都督，徙桂州都督，摄御史中丞岭南按察兼选补使，黜免贪吏，引伸正人，任良登能，亮贤劳事，泽被膏雨，令行祥风。属燕公薨落，斯文将丧，擢秘书少监集贤院学士，副知院事。时属朋党，颇相排根，穷栖岁余，深不得意。渤海国王武艺违我王命，思绝其词，中书奏章，不惬上意，命公改作，援笔立成。上甚嘉焉，即拜尚书工部侍郎兼知制诰。扈从北巡，便祠后土，命公撰敕，对御为文，凡十三纸。初无藁草，上曰："比以卿为儒学之士，不知有王佐之才，今日得卿，当以经术济朕。"累乞归养，上深勉焉。迁公弟九皋、九章官近州里，伏腊赐告，给驿归宁。迁中书侍郎，丁内忧。中使慰问，赐绢三百匹，奔丧南讣，祔葬先茔。毁无图生，噆不容粒，白雀黄犬，号噪庭茔，素鸠紫芝，巢植庐陇，孝之至者，将有感乎！既卒哭，复遣中使起公本，官同中书门下平章事，口敕敦谕，不许为辞。闻命号咷，使者逼迫，及至阙下，恳请终丧。手诏曰："不有至孝，谁能尽忠？墨缞之义不行，苍生之望安在？朕以非常用贤。曷云常礼哀诉，即宜断表。"赐甲第一区、御马一匹。寻迁中书令、集贤学士知院事，修国史。

初公作相也，奏差择元戎，皆取良吏，不许。入请罢赏战功，减诸军兵，省年支赐。谀臣逸议，事竟不行。明年，公奏籍田躬耕礼节，加金紫光禄大夫，进封始兴伯。每天长节，公卿皆进宝镜，公上《千秋录》，述帝王兴衰以为鉴戒。公直气鲠词，有死无贰；彰善瘅恶，见义不回。范阳节度颍王沄奏前太子索甲二千领，上乃震怒，谓其不臣，顾问于公。公曰："子弄父兵，罪当笞，况元良国本，岂可动摇？"上因涕泣，遂寝其奏。武贵妃离间储君，将立其子，使中谒者私于公曰："若有废也，必将兴焉。"公遂叱之曰："宫闱之言，何得辄出。"御史大夫李公尚隐、太府卿裴仙先不礼中官，皆忤上旨，必在殊遣，公全度焉。幽州节度张公守珪缘降两番、斩屈突干，将拜侍中；凉州节度牛仙客以省军用，将拜尚书，并触鳞固争，竟不奉诏。平卢将安禄山入朝奏事，见于庙堂，以为必乱中原，固请戮之。上曰："卿以王衍知石勒，此何足言？"无何用兵，为虏所败，张守珪请按军令，留中不行。公状谏曰："穰苴出军，必诛庄贾；孙子行令，亦斩宫嫔。守珪所奏非虚，禄山不当免死。"再三恳请，上竟不从。边将盖嘉运等上策，密发将士，袭平西戎。公以为不可妄举，结后代仇，非皇王之化也。上又不纳。及羯胡乱常，犬戎逆命，元宗追叹曰："自公殁后，不复闻忠谠言。"发中使至韶州吊祭，其先见之明，有如此者。学究精义，文参微旨，或有兴托，或存讽谏，后之作者，所宗仰焉。上表论事，事多枢密，入皆削藁，人莫得知。常以致君尧舜，齐衡管乐，行之在我，何必古人？由是去循资格，置采访使，收拔幽滞，引进直言，野无遗贤，朝无阙政，百揆时序，庶工允厘。同侪见嫉，内宠潜构，罢公为尚书右丞相。初不介意，居之坦然。执宪者素公所用，劾奏权臣，豸冠

得罪，借以为累，贬荆州长史。三岁为相，万邦底宁，而善恶太分，背憎者众，虞机密发，投杼生疑，百犬吠声，众狙皆怒，每读韩非《孤愤》，涕泣沾襟。

开元二十八年春，请拜扫南归，五月七日，遘疾薨于韶州曲江之私第，享年六十三，皇上震悼，赠荆州大都督，有司谥行曰文献公。粤来岁孟冬，葬于洪义里武临原，近于先茔，礼也。夫人桂阳郡夫人谭氏，循州司马府君诲之子也，淑慎宜家，齐庄刑国，佩环有节，纂组皆工，幼作女仪，长为内则。太夫人乐在南国，不欲北辕，克勤奉养，深得妇礼。至德二年十月六日，终于私第，春秋七十七，昼哭闹门，日月绵远，同茔异穴，卜兆从宜。公仲弟九皋，宋襄广三州刺史采访节度经略等使、殿中监。季弟九章，温吉曹等州刺史、鸿胪卿，腰金拖紫，三卢为荣，立德行政，二冯推美。嗣子拯，居丧以孝闻，立身以行著，陷在寇逆，不受伪官，及收复两京，特制拜朝散大夫太子右赞善大夫。孙藏器，河南府寿安尉，永保先业，克秉义方。侄殿中侍御史抗，文史雅才，清公贤操，以兄拯早世，侄藏器幼孤，未建丰碑，乃刻乐石，用展犹子之慕，庶扬世父之美浩。义深知己，眷以文章，礼接同人，惠兼甥舅。薄技效德，无愧其词。铭曰：

风生丹穴，鹏骞南溟。天乘粹气，地发精灵。杰出我公，扬于王庭。甫称降神，说表骑星。学究经术，文高宗匠。再掌司言，爰立作相。忠义柱石，谋猷帷帐。王纲允厘，帝采惟亮。退居右揆，出守南荆。元鹤缉翼，青蝇营营。不瞑犹视，虽殁如生。昭昭令名，千古作程。

（《全唐文》卷440）

杜甫

【作者简介】杜甫（712—770），字子美，号少陵野老，洛阳巩县（今河南巩义）人，著名诗人。多次应举不第，仕途不顺，因此得以了解社会现实和民间疾苦，创作了大量反映现实的名作，有《杜工部集》传世。

潭州送韦员外牧韶州（迢）

炎海韶州牧，风流汉署郎。分符先令望，同舍有辉光。白首多年疾，秋天昨夜凉。洞庭无过雁，书疏莫相忘。

（《杜工部集》卷18）

酬韦韶州见寄

养拙江湖外，朝廷记忆疏。深惭长者辙，重得故人书。白发丝难理，新诗锦不如。虽无南过雁，看取北来鱼。

（《杜工部集》卷18）

送魏二十四司直充岭南掌选崔郎中判官兼寄韦韶州

选曹分五岭，使者历三湘。才美膺推荐，君行佐纪纲。佳声斯共远，雅节在周防。明白山涛鉴，嫌疑陆贾装。故人湖外少，春日岭南长。凭报韶州牧，新诗昨寄将。

（《杜工部集》卷18）

八哀诗·故右仆射相国张公九龄

相国生南纪，金璞无留矿。仙鹤下人间，独立霜毛整。矫然江海思，复与云路永。寂寞想土阶，未遑等箕颖。上君白玉堂，倚君金华省。碣石岁峥嵘，天地日蛙黾。退食吟大庭，何心记榛梗。骨惊畏曩哲，鬓变负人境。虽蒙换蝉冠，右地恧多幸。敢忘二疏归，痛迫苏耽井。紫绶映暮年，荆州谢所领。庾公兴不浅，黄霸镇每静。宾客引调同，讽咏在务屏。诗罢地有余，篇终语清省。一阳发阴管，淑气含公鼎。乃知君子心，用才文章境。散帙起翠螭，倚薄巫庐并。绮丽玄晖拥，笺诔任昉骋。自我一家则，未缺只字警。千秋沧海南，名系朱鸟影。归老守故林，恋阙悄延颈。波涛良史笔，芜绝大庾岭。向时礼数隔，制作难上请。再读徐孺碑，犹思理烟艇。

（《杜工部集》卷7）

皎然

【作者简介】皎然（730—799），俗姓谢，字清昼，湖州吴兴（今浙江长兴）人，著名诗僧，与颜真卿等人多有交往，诗歌多为酬答之作。著有《诗式》。

读张曲江集

相公乃天盖，人文佐生成。立程正颓靡，绎思何纵横。春杼弄细绮，阳林敷玉英。飘然飞动姿，邈矣高简情。后辈惊失步，前修敢争衡。始欣耳目远，再使机虑清。体正力已全，理精识何妙。昔年歌阳春，徒推郢中调。今朝听鸾凤，岂独羡门啸。帝命镇雄州，待济寄上流。才兼荆衡秀，气助潇湘秋。逸荡子山匹，经奇文畅俦。沉吟未终卷，变态纷难数。曜耳代明珰，袭衣同芳杜。愔愔闻玉磬，寤寐在灵府。

（《全唐诗》卷820）

权德舆

【作者简介】权德舆（759—818），字载之，天水略阳（今甘肃秦安）人，著名文学家、政治家。少以文章闻名，贞元八年（792），特召为太常博士，后历任左补阙、中书舍人、礼部侍郎，元和年间，以礼部尚书拜中书门下平章事。元和十三年（818）卒，赠左仆射，谥"文"。有《权载之文集》传世。

李十韶州寄途中绝句，使者取报修书之际，口号酬赠

诏下忽临山水郡，不妨从事恣攀登。莫言向北千行雁，别有图南六月鹏。

（《权德舆诗文集》卷2）

李韶州著书，常论释氏之理，贵州有能公遗迹，诗以问之

常日区中暇，时闻象外言。曹溪有宗旨，一为勘心源。

（《权德舆诗文集》卷3）

唐故金紫光禄大夫检校礼部尚书使持节都督广州诸军事兼广州刺史兼御史大夫充岭南节度营田观察制置本管经略等使东海郡开国公赠太子少保徐公墓志铭并序（节选）

公讳申，字维降，东海郯人。……江汉既清，拜韶州刺史。先是长史不任职，官曹弛废，刺史寓于理下，邑之令丞与编人杂处，比屋庸亡，公田为芜。公乃假之耕牛，赋与种食，人人自占，视其力而为之制。岁乃善熟，积为仓箱，于是计徒庸，程日力，作为城寺，大治垣屋，厥置市列，道桥器用皆备焉。罢去之日，夫家名数，倍差于始至，而不书于籍。邑子张棣等五百人献其理状，得请于观察府，以函奏书，请立碑祠。公瞿然止之曰："此刺史职耳，一旦上闻，与沽伐者何异？所不忍为也。"府不能夺，改合州刺史。

（《权德舆诗文集》卷24）

韩愈

【作者简介】韩愈（768—824），字退之，河阳（今河南孟县）人，著名文学家、思想家。贞元八年（792）进士，历任监察御史、都官员外郎、中书舍人等职，元和十四年（819）因谏迎佛骨事被贬为潮州刺史，晚年官至吏部侍郎，谥"文"。著有《韩昌黎集》。

晚次宣溪，辱韶州张端公使君惠书叙别，酬以绝句二章

其一

韶州南去接宣溪，云水苍茫日向西。客泪数行先自落，鹧鸪休傍耳边啼。

其二

兼金那足比清文，白首相随愧使君。俱是岭南巡管内，莫欺荒僻断知闻。

（《韩昌黎诗系年集释》卷11）

将至韶州先寄张端公使君借图经

曲江山水闻来久，恐不知名访倍难。愿借图经将入界，每逢佳处便开看。

（《韩昌黎诗系年集释》卷12）

韶州留别张端公使君

来往再逢梅柳新，别离一醉绮罗春。久钦江总文才妙，自叹虞翻骨相屯。

鸣笛急吹争落日，清歌缓送款行人。已知奏课当征拜，那复淹留咏白蘋。

量移袁州，张韶州端公以诗相贺，因酬之

明时远逐事何如，遇赦移官罪未除。北望讵令随塞雁，南迁才免葬江鱼。将经贵郡烦留客，先惠高文谢起予。暂欲系船韶石下，上宾虞舜整冠裾。

题临泷寺

不觉离家已五千，仍将衰病入泷船。潮阳未到人先说，海气昏昏水拍天。

过始兴江口感怀

忆作儿童随伯氏，南来今只一身存。目前百口还相逐，旧事无人可共论。

泷吏

南行逾六旬，始下昌乐泷。险恶不可状，船石相春撞。往问泷头吏，潮州尚几里？行当何时到？土风复何似？泷吏垂手笑，官何问之愚！譬官居京邑，何由知东吴？东吴游宦乡，官知自有由。潮州底处所？有罪乃窜流。侬幸无负犯，何由到而知？官今行自到，那遽妄为之？不虞卒见困，汗出愧且骇。吏曰聊戏官，侬尝使往罢。岭南大抵同，官去道苦辽。下此三千里，有州始名潮。恶溪瘴毒聚，雷电常汹汹。鳄鱼大于船，牙眼怖杀侬。州南数十里，有海无天地。飓风有时作，掀簸真差事。圣人于天下，于物无不容。比闻此州囚，亦有生还侬。官无嫌此州，固罪人所徙。官当明时来，事不待说委。官不自谨慎，宜即引分往。胡为此水边，神色久怅慌？缸大瓶罂小，所任自有宜。官何不自量，满溢以取斯？工农虽小人，事业各有守。不知官在朝，有益国家不？得无虻其间，不武亦不文。仁义饰其躬，巧奸败群伦。叩头谢吏言，始惭今更羞。历官二十余，国恩并未酬。凡吏之所诃，嗟实颇有之。不即金木诛，敢不识恩私。潮州虽云远，虽恶不可过。于身实已多，敢不持自贺。

吕温

【作者简介】吕温（772—811），字和叔，河中（今山西永济）人。贞元十四年（798）进士，历任校书郎、左拾遗，贞元末，出使吐蕃。元和年间，任户部员外郎等职，三年（808），贬道州刺史，后转衡州刺史，卒于任上，世称"吕衡州"。有《吕衡州集》传世。

张荆州画赞 （并序）

中书令始兴文献公，有唐之鲠亮臣也。开元二十二年后，元宗春秋高矣，以太平自致，颇易天下，综核稍息，推纳浸广，君子小人，摩肩于朝，直声遂寝，邪气始胜，中兴之业衰焉。公于是以生人为身，社稷自任，抗危言而无所避，秉大节而不可夺。小必谏，大必诤，攀帝槛，历天阶，犯雷霆之威，不霁不止。日月之蚀，为公却明。虎而冠者，不敢猛视，群贤倚赖，天下仰息，凛凛乎千载之望矣。不虞天将启幽、蓟之祸，俾奸臣乘衅，以速致戎。诈成谗胜，圣不能保，褫我公衮，置于侯服。身虽远而谏愈切，道既塞而诚弥坚，忧而不怨，终老南国。

於戏！功业见乎变，而其变有二：在否则通，在泰则穷。开元初，天子新出艰难，久愤荒政，乐与群下励精致理，于是乎有否极之变。姚、宋坐而乘之，举为时要，动中上意，天光照身，宇宙在手，势若舟楫相得，当洪流而鼓迅风，崇朝万里，不足怪也。开元末，天子倦于勤而安其安，高视穆清，需然大满，于是乎有泰极之变。荆州起而扶之，举为时害，动咈上欲，日与谗党抗衡于交戟之中，势若微阳战阴，冲密云而吐丹气，欻耀而灭，又何叹乎。

所痛者，逢一时，事一圣，践其迹，执其柄，而有可有不可，有成有不成。况乎差池草茅，沉落光耀者，复何言哉？复何言哉！

曹溪沙门灵沏，虽脱离世务，而犹好正直，携其图像，因以示予。余观而感之，乃作赞曰：

唐有栋臣，往矣其邈。世传遗像，以觉后党。德容恢异，天骨峻擢。波澄东溟，日照太岳。具瞻崇崇，起敬起忠。貌与神会，凛然生风。气蕴逆鳞，色形匪躬。当时曲直，如在胸中。鲲鳞初脱，激海以化。羊角中颓，摩天而下。无喜无愠，亦如此画。呜呼为臣，傲尔夙夜。

（《全唐文》卷 629）

刘禹锡

【作者简介】刘禹锡（772—842），字梦得，洛阳（今河南洛阳）人，著名文学家。贞元九年（793）进士，贞元年间任监察御史，因参与王叔文政治集团而屡遭贬谪。会昌年间，任太子宾客，定居洛阳，与白居易等以诗歌相唱和。著有《刘梦得文集》。

读张曲江集作 （并引）

世称张曲江为相，建言放臣不宜与善地，多徙五溪不毛之乡。及今读其文，自内职牧始安，有瘴疠之叹。自退相守荆门，有拘囚之思。托讽禽鸟，寄词草树，郁然与骚人同风。嗟夫！身出于遐陬，一失意而不能堪。矧华人士族而必致丑地，然后快意哉！议者以曲江为良臣，识胡雏有反相，羞凡器与同列。密启廷争，虽古哲人不及。而燕翼无似，终为馁魂。

岂忮心失恕，阴谪最大，虽二美莫赎邪？不然，何袁公一言明楚狱而钟祉四叶？以是相较，神可诬乎？余读其文，因为诗以吊。

圣言贵忠恕，至道重观身。法在何所恨，色伤斯为仁。良时难久恃，阴谪岂无因。寂寞韶阳庙，魂归不见人。

（《刘禹锡集笺证》卷21）

李翱

【作者简介】李翱（772—841），字习之，汴州陈留（今河南开封）人，祖籍陇西成纪（今甘肃秦安），著名文学家、哲学家。贞元十四年（798）进士，历任国子博士、考功员外郎、礼部郎中、中书舍人、桂州刺史、山南东道节度使。著有《李文公集》。

题灵鹫寺

凡居山，以怪石、奇峰、走泉、深潭、老木、嘉草、新花、视远为幽。自江之南而多好山居之所，翱之对者七焉，皆天下山居之尤者也。苏州有虎邶山，则外为平地，入然后上，高石可居数百人，剑池上峭壁耸立，凭楼槛以远望。

（《全唐文》卷638）

柳宗元

【作者简介】柳宗元（773—819），字子厚，河东（今山西永济）人，著名文学家。贞元九年（793）进士，贞元末年任监察御史，因参与王叔文政治集团，屡遭贬谪，历任永州司马、柳州刺史等职，元和十四年（819）卒于任上。著有《河东先生集》。

酬韶州裴曹长使君寄道州吕八大使，因以见示二十韵一首（并序）

韶州幸以诗见及，往复奇丽，邈不可慕，用韵尤为高绝，余因拾其余韵酬焉。凡为韶州所用者置不取，其声律言数如之。

金马尝齐入，铜鱼亦共颁。疑山看积翠，浈水想澄湾。标榜同惊俗，清明两照奸。乘轺参孔仅，按节服侯狦。贾傅辞宁切，虞童发未鬟。秉心方的的，腾口任噸噸。圣理高悬象，爰书降罚锾。德风流海外，和气满人寰。御魅恩犹贷，思贤泪自潸。在亡均寂寞，零落间茕鳏。夙志随忧尽，残肌触瘴瘝。月光摇浅濑，风韵碎枯菅。海俗衣犹卉，山夷髻不鬟。泥沙潜虺蜮，榛莽斗豺獌。循省诚知惧，安排只自憪。食贫甘莽卤，被褐谢斓斒。远物裁青罽，时珍馔白鹇。长捐楚客珮，未赐大夫环。异政徒云仰，高踪不可攀。空劳慰鵩鸮，妍唱剧妖娴。

（《柳宗元集校注》卷42）

柳州寄丈人周韶州

越绝孤城千万峰，空斋不语坐高舂。印文生绿经旬合，砚匣留尘尽日封。

梅岭寒烟藏翡翠，桂江秋水露鲴鳙。丈人本自忘机事，为想年来憔悴容。

（《柳宗元集校注》卷 42）

奉和周二十二丈，酬郴州侍郎衡江夜泊得韶州书，并附当州生黄茶一封，率然成篇代意之作

丘山仰德耀，天路下征骓。梦喜三刀近，书嫌五载违。凝情江月落，属思岭云飞。会入司徒府，还邀周掾归。

（《柳宗元集校注》卷 42）

皇甫湜

【作者简介】皇甫湜（777—835），字持正，睦州新安（今浙江淳安）人。元和元年（806）进士，历任陆浑县尉、工部郎中、东都判官等职，有《皇甫先生文集》传世。

朝阳楼记

岭南属州以百数，韶州为大，其地高，其气清，南北之所同，贡朝之所途。

先时此州无政，有闻土矜水烦，人创吏侵，田亩芜而不垦，城郭牢而不实。时唯李君，奉诏而来，一年粗洽，二年称治，三年大成。顾郡之城，制狭而专，门墙枳局，庭除湫底，秋之澍雨，沉气乃上，暑之燀烁，清风不下，人慢吏裹，无严诸侯。于是掠旁人之利，乘可为之时，端景相势，凝土度木，经营未几，兴就巀然。登闳丰崇，高明朗融，耽耽尽饰，沉沉生白，改积阴于多阳，散温渗为祥风。公庭若虚，炎天若秋，兹焉观游，其政优优。密亲严客，嘉肴旨酒，兹焉宴喜，其乐亹亹。朱衡旅楹，君子攸宁，飞磴云基，君子攸跻。乃及月春，乃择清辰，宴豆既陈，宾寮有容，肃肃累累，讫声以止。天地若开，山川如新，原隰成文，云霞相凌，荡远目于天涯，丛一境于阶端。四座洸然，若夜行之煜于光，烦疴之脱于身。毕夕皆下，熙然满足。以其直诚之东，目为朝阳。《诗》云："凤凰鸣矣，于彼朝阳。"前代之良二千石，若东莱、颍川，是鸟咸集，兹楼可以树修竹、列高梧矣。金以君朝之望也，而出刺是州，不己屈以事高，不心望以卑远，夙夜其官，声绩用明，羽仪之拜，日月以数。嗣而居者致远，请标畴克于将来。

（《全唐文》卷 686）

许浑

【作者简介】许浑（约791—858），字用晦，润州丹阳（今江苏丹阳）人，著名诗人。大和六年（832）进士，开成年间，受卢钧邀请，入南海幕府，后任当涂、太平令，监察御史，虞部员外郎，睦、郢两州刺史。著有《丁卯集》。

韶州送窦司直北归

江曲山如画，贪程亦驻舟。果随岩狄落，槎带水禽流。客散他乡夜，人归故国秋。樽前挂帆去，风雨下西楼。

（《全唐诗》卷531）

闻韶州李相公移拜郴州因寄

诏移丞相木兰舟，桂水潺湲岭北流。青汉梦归双阙曙，白云吟过五湖秋。恩回玉扆人先喜，道在金縢世不忧。闻说公卿尽南望，甘棠花暖凤池头。

（《全唐诗》卷534）

南海府罢归京口经大庾岭赠张明府

楼船旌旆极天涯，一剑从军两鬓华。回日眼明河畔草，去时肠断岭头花。陶诗尽写行过县，张赋初成卧到家。官满知君有归处，姑苏台上旧烟霞。

（《全唐诗》卷534）

韶州韶阳楼夜宴

待月西楼卷翠罗，玉杯瑶瑟近星河。帘前碧树穷秋密，窗外青山薄暮多。鹓鹭未知狂客醉，鹧鸪先让美人歌。使君莫惜通宵饮，刀笔初从马伏波。

（《全唐诗》卷534）

韶州驿楼宴罢

檐外千帆背夕阳，归心杳杳鬓苍苍。岭猿群宿夜山静，沙鸟独飞秋水凉。露堕桂花棋局湿，风吹荷叶酒瓶香。主人不醉下楼去，月在南轩更漏长。

（《全唐诗》卷535）

早秋韶阳夜雨

宋玉含凄梦亦惊，芙蓉山响一猿声。阴云迎雨枕先润，夜电引雷窗暂明。暗惜水花飘广槛，远愁风叶下高城。西归万里未千里，应到故园春草生。

（《全唐诗》卷535）

白居易

【作者简介】白居易（772—846），字乐天，号香山居士，河南新郑人，著名诗人。贞元十六年（800）进士，授校书郎，后曾任翰林学士、左拾遗等职。元和年间，宰相武元衡被刺，白居易因越职言事，贬为江州司马。晚年，曾任太子少傅分司东都，定居于洛阳，与刘禹锡等友朋时相唱和。会昌六年（846）卒，赠尚书右仆射，谥"文"。有《白氏长庆集》传世。

唐故银青光禄大夫秘书监曲江县开国伯赠礼部尚书

范阳张公墓志铭（并序）

公讳仲方，字靖之。其先范阳人，晋司空茂先之后。永嘉南迁，始徙居于韶之曲江县，后嗣因家焉。唐朝赠太常卿讳弘愈，公之曾祖也。岭南节度使、广州刺史、殿中监讳九皋，公之王父也。赠尚书右仆射讳抗，公之皇考也；赠颍川郡太夫人陈氏，公之皇妣也。都昌令仲端以下四人，公之兄也；监察御史仲孚以下二人，公之弟也；博陵郡夫人崔氏，公之夫人也；右清道率府曹胄景宣、进士茂玄、明经智周，公之子也；监察御史里行杨瀚、校书郎陆宾虞，公之婿也。公即仆射府君第五子。贞元中进士举及第，博学选登科，初补集贤殿校书郎，丁内忧。丧除，复补正字，选授咸阳县尉。鄜坊节度使辟为判官，奏授监察御史里行，俄而真拜。历殿中、转侍御史、仓部员外郎、金州刺史、度支郎中，驳宰相谥议，出为遂州司马。移复州司马，俄迁刺史，改曹州刺史、河南少尹、郑州刺史。入为谏议大夫、福建观察使兼御史中丞，征还，为太子宾客，再为左散骑常侍、京兆尹、华州刺史兼御史大夫、秘书监。勋至上柱国，阶至银青光禄大夫，封至曲江县开国伯，食邑七百户。开成二年四月某日，薨于上都新昌里第，诏赠礼部尚书。以某年八月某日，归葬于河南府某县某乡某原，祔仆射府君之封域焉。

公幼好学，长善属文，俯取科第，如拾地芥。著文集三十卷，藏于家；纂制诏一百卷，行于代；尤工五言章句，诗家流称之；尝撰《先仆射府君神道碑》及《丞相文献始兴公庙碑》，由文得礼，秉笔者许之。文献始兴公九龄，即公之伯祖，开元中以儒学诗赋独步一时，及辅弼明皇帝，号为贤相。余庆济美，宜在于公。公沿其业，袭其文，而不嗣其位，惜哉！劙公为人温良冲淡，恬然有君子德；立朝直清贞谅，肃然有正人风；在官宽重易简，绰然有长吏体。为子弟孝敬，为伯父慈和，与朋友信，宠辱不惊其心，喜愠不形于色。入仕四十载，历官二十五，享年七十二。才如是，禄如是，寿如是，宜哉！居易与公少同官，老同游，交心慕德，久而弥笃，故景宣等以论撰先德，见托为文。式序且铭，勒于墓石。铭曰：

在唐张氏，世为儒宗。文献既殁，郁生我公。我公沨沨，学奥词雄。缘情体物，有文献风。庆袭于家，道积厥躬。骏足逸翩，天骥冥鸿。始自筮仕，迄于达官。六刺藩部，再珥貂蝉。大谏选重，尹京才难。宾于望苑，宠在蓬山。凡所践历，皆有可观。终然允臧，已矣归全。呜呼！洛郊北阡，邙阜西原。佳城一闭，陵谷推迁。所不泯者，令名蔼然。

（《白氏长庆集》卷70）

贯休

【作者简介】贯休（832—912），俗姓姜，字德隐，婺州（今浙江兰溪）人，著名画僧、诗僧。七岁出家，唐末入蜀，被王建封为"禅月大师"。有《禅月集》传世。

题曹溪祖师堂

皎洁曹溪月，嵯峨七宝林。空传智药记，岂见祖禅心。信衣非苎麻，白云无知音。大哉双峰溪，万古青沉沉。

（《全唐诗》卷 834）

张乔

【作者简介】张乔，池州人，生卒年不详。咸通年间进士，黄巢之乱中隐居于九华山以终。

闻仰山禅师往曹溪因赠

曹溪松下路，猿鸟重相亲。四海求玄理，千峰绕定身。异花天上堕，灵草雪中春。自惜经行处，焚香礼旧真。

（《全唐诗》卷 638）

陆希声

【作者简介】陆希声（？—895），字鸿磬，苏州吴县（今江苏苏州）人。昭宗时任给事中，拜户部侍郎、同中书门下平章事，以太子太师罢。卒赠尚书左仆射，谥"文"。

仰山通智大师塔铭

自文宗朝，有大沩山大圆禅师居士养道，以曹溪心地，直指示学人，使入元理。天下云从雾集，常数千人。然承其宗旨者，三人而已，一曰仰山，二曰大安，三曰香严。希声顷因从事岭南，遇仰山大师于洪州石亭观音院，洗心求道，言下契悟元旨。大师尝论门人，以希声为称首。及大师自石亭入东平，会希声府罢，冒暑蹑屩，礼辞于岩下。违师仅三十年，师归圆寂。今者门人光昧专自东山来，请予以文铭和尚塔。予顷在襄州，有香严门人请予为香严碑，已论三人同体异用之意，其辞曰："仰山龙从于江西，大安雨聚于闽越，香严霡雾于南阳。"皆寻流得源，同出异名之谓也。达道者皆以为确论。按《西域秘记》，自达摩入中国，当有七叶。草除其首是也。仰山，韶州人，俗姓叶氏，仰承六祖，是为七叶。然曹溪心地，拨去文字，不使染着。而大师即以曹溪元旨印于大教，莫不元符，即曹溪所云湛然常寂，妙用恒沙，圆明变化，不可揆测。此所谓一体异用者。予以香严碑内已曾论三师之旨，故不得重言，以俟知者。今略解释，以为塔铭。大师法名慧寂，居仰山日，法道大行，故今多以仰山为号。享年七十七，僧腊五十四。从国师忠和尚得元机境智，以曹溪心地，用之千变万化，欲以直截指示学人，无能及者。而学者往往失旨，扬眉动目，敲木指境，递相效教，近于戏笑，非师之过也。然师得曹溪元旨，传付学人，虽与经教符同，了然自显一道，合离变化，所谓龙从者也。大师元和

二年六月二十一日生，中和三年二月十三日入灭。大顺二年三月十日敕号"通智大师妙光之塔"云尔。乾宁二年三月一日，力病撰铭曰：

六用如如，合于太虚。四大无主，当归享土。以家为塔，终古永乐。千载之后，灵光照灼。

（《全唐文》卷813）

赵元淑

【作者简介】赵元淑，生平事迹不详，诗录自敦煌文书，其人应为唐人无疑。

初度岭过韶州灵鹫广果二寺其寺院相接故同诗一首

五岭分鸾微，三天崎鹫峰。法堂因嶂起，香阁与岩重。寒水千寻壑，禅林万丈松。日将轻影殿，风闲响传钟。佛帐珠幡绕，经函宝印封。野鸣初化鹤，岸上欲降龙。北牖泉埃散，南阶石癣浓。净花山木槿，真蒂水芙蓉。古塔留奇制，残碑纪胜踪。一音三界晚，十善百灵恭。流窜同飘蓇，登临暂杖筇。摄衣趋福地，跪膝对真容。忽似毗耶偈，还如舍卫逢。宿心常恳恳，尔日更颙颙。苦业婴前际，危光迫下舂。已知空假色，犹念吉除凶。覆护如无爽，归飞庶可从。

（《全唐诗续拾》卷7）

卷二　宋元时期

张士逊

【作者简介】张士逊（964—1049），字顺之，阴城（今湖北老河口）人。淳化三年（992）进士，累官至刑部尚书、同中书门下平章事，皇祐元年（1049）卒，年八十六，谥"文懿"。

云封寺

百越回辕度翠微，全家还憩白云扉。白云知我帝乡去，旋拂征鞍也要归。

（道光《直隶南雄州志》卷18）

章得象

【作者简介】章得象（978—1048），字希言，建宁军浦城（今福建浦城）人。咸平五年（1002）进士，官至宰辅，宝元元年（1038）拜同中书门下平章事。

题放钵石①

石上曾经转钵盂，石边南北路崎岖。行人见石空嗟叹，还识西来意也无？

（《大明一统志》卷80《南雄府》）

梅尧臣

【作者简介】梅尧臣（1002—1060），字圣俞，宣州宣城（今安徽宣城）人，著名诗人。以恩荫入仕，曾任太常博士、国子监直讲，累官至都官员外郎。嘉祐五年（1060）卒，年五十九。少即能诗，被誉为宋诗的"开山祖师"，著有《宛陵集》。

送储令赴韶州乐昌

尝闻韶石下，虞舜古祠深。至乐久已寂，况持陶令琴。炎方不道远，一去值秋霖。

（《全宋诗》卷244）

---

① 标题为编者所拟。

七夕咏怀

孤青水上石，片白苍梧云。虞舜不可见，箫韶不可闻。君为汉钱官，凿山取铜矿。韶石不生铜，留为千古景。

（《全宋诗》卷 254）

送陈殿丞知韶州（从益）

韶州使君行，请问韶石名。传闻古帝舜，石上奏九成。凤皇为之下，朱鸟不复鸣。旧祠亡玉琯，四序安得平。至今南方热，腊月裘服轻。事外共废酒，曲江风物清。

（《全宋诗》卷 254）

欧阳修

【作者简介】欧阳修（1007—1072），字永叔，号六一居士，吉州永丰（今江西吉安）人，著名文学家、政治家。天圣八年（1030）进士，累官至参知政事，卒后赠太师、楚国公，谥"文忠"。著有《欧阳文忠公集》《集古录》，主修《新唐书》《新五代史》。

赠刑部尚书余襄公神道碑铭（并序）

始兴襄公既葬于曲江之明年，其子仲荀走于亳以来告曰："余氏世为闽人，五代之际，逃乱于韶。自曾、高以来，晦迹嘉遁，至于博士府君，始有禄仕，而襄公继之以大。曲江僻在岭表，自始兴张文献公有声于唐，为贤相，至公复出，为宋名臣。盖余氏徙韶，历四世始有显仕，而曲江寂寥三百年，然后再有闻人。惟公位登天台，正秩三品，遂有爵土，开国乡州，以继美前哲，而为韶人荣，至于褒、恤、赠、谥，始终之宠盛矣。盖褒有诏，恤有物，赠有诰，而谥行、考功有议有状，合而志之以秘诸幽有铭，可谓备矣。惟是螭首龟趺，揭于墓隧，以表见于后世而昭示其子孙者，宜有辞而阙焉，敢以为请。"谨按：

余氏，韶州曲江人。曾祖讳某，祖讳某，皆不仕。父讳某，太常博士，累赠太常少卿。公讳靖，字安道，官至朝散大夫、守工部尚书、集贤院学士、知广州军州事，兼广南东路兵马钤辖、经略安抚使，柱国，始兴郡开国公，食邑二千六百户、食实封二百户。治平元年，自广朝京师，六月癸亥，以疾薨于金陵。天子恻然，辍视朝一日，赙以粟帛，赠刑部尚书，谥曰襄。明年七月某甲子，返葬于曲江之龙归乡成山之原。

公为人资重刚劲，而言语恂恂，不见喜怒。自少博学强记，至于历代史记、杂家、小说、阴阳、律历，外暨浮屠、老子之书，无所不通。天圣二年举进士，为赣县尉，书判拔萃，改将作监丞、知新建县，再迁秘书丞，刊校三史，充集贤校理。天章阁待制范公仲淹以言事触宰相得罪，谏官、御史不敢言，公疏论之，坐贬监筠州酒税，稍徙泰州。已而天子感悟，亟复用范公，而因之以被斥者皆召还，惟公以便亲乞知英州，迁太常

博士。丁母忧，服除，遂还为集贤校理，同判太常礼院。

景祐、庆历之间，天下怠于久安，吏习因循，多失职。及赵元昊以夏叛，师出久无功，县官财屈而民重困。天子赫然思振颓弊，以修百度，既已更用二三大臣，又增置谏官四员，使言天下事，公其一人也，即改右正言供职。公感激奋励，遇事辄言，无所回避，奸谀权幸屏息畏之，其补益多矣，然亦不胜其怨嫉也。

庆历四年，元昊纳誓请和，将加封册，而契丹以兵临境上，遣使言为中国讨贼，且告师期，请止，毋与和。朝廷患之，欲听，重绝夏人而兵不得息；不听，生事北边。议未决。公独以谓：中国厌兵久矣，此契丹之所幸，一日使吾息兵养勇，非其利也，故用此以挠我尔，是不可听。朝廷虽是公言，犹留夏册不遣，有假公谏议大夫以报。公从十余骑驰出居庸关，见房于九十九泉，从容坐帐中辩言，往复数十，卒屈其议，取其要领而还。朝廷遂发夏册，臣元昊。西师既解严，而北边亦无事。是岁，以本官知制诰、史馆修撰。而契丹卒自攻元昊。明年，使来告捷，又以公往报。坐习房语，出知吉州。怨家因之中以事，左迁将作少监，分司南京。公怡然还乡里，阖门谢宾客，绝人事，凡六年。天子每思之，欲用者数矣，大臣有不喜者，第迁光禄少卿于家，又以为右领军卫将军、寿州兵马钤辖，辞不拜。皇祐二年祀明堂，覃恩迁卫尉卿。明年，知虔州，丁父忧，去官。而蛮贼侬智高陷邕州，连破岭南州县，围广州。乃即庐中起公为秘书监、知潭州，即日疾驰。在道，改知桂州、广南西路经略安抚使。公奏曰：“贼在东而徙臣西，非臣志也。”天子嘉之，即诏公经制广东、西贼盗。乃趋广州，而智高复西走邕州。自智高初起，交趾请出兵助讨贼，诏不许。公以谓智高，交趾叛者，宜听出兵，毋沮其善意。累疏论之，不报。至是，公曰：“邕州与交趾接境，今不纳，必忿而反助智高。”乃以便宜趣交趾会兵，又募侬、黄诸姓酋豪，皆縻以职，与之誓约，使听节制。或疑其不可用，公曰：“使不与智高合，足矣。”及智高入邕州，遂无外援，既而宣抚使狄青会公兵，败贼于归仁，智高走入海，邕州平。公请复终丧，不许。诸将班师，以智高尚在，请留公广西，委以后事。迁给事中，谏官、御史列疏言公功多而赏薄，再迁尚书工部侍郎。公留广西逾年，抚绥完复，岭海肃然。又遣人入特磨，袭取智高母及其弟一人，俘于京师，斩之。拜集贤院学士，久之，徙知潭州，又徙青州，再迁吏部侍郎。

嘉祐五年，交趾寇邕州，杀五巡检。天子以谓恩信著于岭外而为交趾所畏者，公也，驿召以为广西体量安抚使，悉发荆湖兵以从。公至，则移檄交趾，召其臣费嘉祐诘责之。嘉祐皇恐，对曰：“种落犯边，罪当死，愿归取首恶以献。”即械五人送钦州，斩于界上。公还，邕人遮道留之不得。明年，以尚书左丞知广州。英宗即位，拜工部尚书，代还，道病卒，

享年六十有五。公经制五管，前后十年，凡治六州，所至有惠爱，虽在兵间，手不释卷。有文集二十卷，奏议五卷，《三史刊误》四十卷。娶林氏，封鲁郡夫人。子男三人：伯庄，殿中丞，早卒；仲荀，今为屯田员外郎；叔英，太常寺太祝。女六人，皆适士族。孙四人。孙女五人。铭曰：

余迁曲江，仍世不显。奋自襄公，有声甚远。始兴开国，袭美于前。两贤相望，三百年间。伟欤襄公，惟邦之直。始登于朝，官有言责。左右献纳，奸谀屏息。庆历之治，实多补益。逢时有事，奔走南北。功书史官，名在夷狄。出入艰勤，险夷一德。小人之谗，公废于里。一方有警，公起于家。威行信结，岭海幽遐。公之在焉，帝不南顾。胡召其还，殒于中路。返枢来归，韶人负土。伐石刻辞，立于墓门。以贻来世，匪止韶人。

（《欧阳文忠公集》卷 23）

丁宝臣

【作者简介】丁宝臣（1010—1067），字元珍，晋陵（今江苏常州）人。进士，曾任剡县知县，守端州，逢侬智高之乱，弃州遁逃，坐废累年，嘉祐末，除集贤校理，后出为永州通判。著有文集四十卷。

修南雄州城记

开宝四年王师克刘鋹，岭外始被圣化，距今八十四年，阜安生息，不识战斗。东西部四十有五州，惟广、桂、邕号大府，有金汤之险，他皆阙如，间有亦庳陋不足为固。盖承平日久，四方弛武备。虑远者欲豫为之所，而俗好议论，往往以为生事动民，故所在守长不敢议改作。皇祐四年夏五月，蛮人陷邕管。邕，疆场也。会帅非其人，斥堠警备不治，贼至城下，杀掠吏民，乘锐而东破濒江九郡。入广，攻城不能拔，引而还邕。时旁近郡悉集境内丁壮为捍卫，南雄守、殿中丞萧侯渤议乘众力治旧城而大之。或曰："兵兴，民方骚然，又从而倡役，如重困何？"侯曰："此岂得已而为？以贼乘吾无备而来，诸州之所以残，广之所以独完，利害较然。奈何复循覆车之轨乎？"乃上其事，择吏之干者军书推官张处中督之。未几，有诏城诸州，而南雄之工先称办，规模宏伟，又推甲焉。广袤六千八百六十尺，厚四十五尺，上杀二之一，崇二十五尺，加女墙六尺。用人之力一百八十万。直南立正门，冠以丽谯，卫以翁城，东西二门如之。环城纵出，楼橹相望。凡为屋大小五十四区二百六十楹，其他守械称是。

（嘉靖《南雄府志》下卷）

蔡襄

【作者简介】蔡襄（1012—1067），字君谟，仙游（今福建仙游）人，著名书法家。天圣八年（1030）进士，官至端明殿学士，治平四年（1067）卒，赠少师，谥"忠惠"。著有《蔡忠惠集》《茶录》《荔枝谱》。

工部尚书集贤院学士赠刑部尚书谥曰襄余公墓志铭

治平元年六月癸亥，工部尚书、集贤院学士、前知广州军州事余公薨于江宁府之行舍。以闻，天子为之不视垂拱朝一日，赗赙有加，赠刑部尚书，谥曰襄。其孤奉公，明年七月二十七日葬，以讣来，且求志其圹。某为次，哭之已，谨序之曰：余氏自闽徙于韶之曲江。曾大父从，大父营。父庆，累赠太常少卿。母黄氏，追封吴郡太夫人。公讳靖，字安道。天圣二年中进士第，尉虔州之赣县。又中书判拔萃科，改将作监丞、知洪州新建县。再迁秘书丞，入崇文馆，校三史谬误。景祐三年，充集贤校理。范文正公知开封府，屡言丞相过失，贬饶州，言事者畏缩不敢论列，公即上疏，曰："古之帝王逐谏臣，终为盛德之累。仲淹宜在朝，不宜远谪。"坐是落职监筠州税。尹公师鲁、欧阳公永叔继之，皆以朋党斥去。某官微，不得自达，作诗四篇以直之，一日传于京师，故天下目为"四贤"。移监泰州税，又徙知英州。丁太夫人忧，还朝，复集贤校理、同判太常礼院。庆历三年，上念西夏乱边，官军屡败，四方困于供亿，议增置谏官四员以补聪明，向之触丞相而得罪者颇引用，除公右正言。于是朝廷之大议，政事之得失，权臣材德之是否，士大夫之贤不肖，莫不尽心而举正也。元昊为患日久，时议有金缯之赐，辄首罪称藩，将从其请。而契丹聚兵燕朔，曰我为南朝皇帝讨夏人，勿宥其罪。朝廷谓借契丹之兵以讨贼，则彼自矜功，拒元昊之请，绝其向顺之路，必也却契丹而纳元昊。当得使者以成其事。公亦屡言二鄙利害，乃遣公使契丹。既至，辨其曲直，以理夺之，比还，契丹收兵，元昊称臣。四年，知制诰、史馆修撰。其年再使，坐习虏语，出知吉州。数十年间，天下风俗以谨默自守、掩覆瑕垢为长者，一日刺举弹绳，多或罢免，又尝所言者进持国柄，仇人乘势中以事，授将作少监，分司南京。久之，改光禄少卿。天子且欲复用，权臣以诸卫将军、寿州钤辖、处州。服父丧。侬智高陷邕州，循流东下，破九郡，次广州。以秘书监起公丧庐，知潭州金革之事，义不得辞。改知桂州，经制广南东西路贼盗事。广城坚，不下，贼大掠西归，所向无前。趋邕州，欲倚峒穴为久居计。公先移檄交趾及诸峒，使之捍贼。智高至，外无助援。会朝廷命狄宣徽青将兵至，公与孙公元规实共其事。智高败走，复邕州。乞解官，追终丧制，诏不允，除给事中，仍治旧府。御史梁倩言赏不当功，又迁工部侍郎。选死士入特磨道，生擒智高母与弟送阙下戮之。充集贤院学士，寻迁户部。自言久官岭外，瘴毒所侵，惟陛下哀怜，又移潭州、青州，迁吏部。嘉祐五年，交趾入邕界，杀巡检五人，驿召公于青州。上谕之曰："卿熟南方事，已授卿广西体量安抚使，其勿辞。"公至邕，召交趾用事者费嘉祐诘之曰："汝主世为藩臣，何敢尔耶！"边民私忿相酬，不知官军，误犯之，幸得自新，当送首恶者归命。既而械致五人，莅刑于钦州。归奏所以治蛮之状，授尚书左丞、知广州。今天子即位，迁工部尚书。广多奇

货，南官者蓄以为利，公戒其北归勿得持南物。其俗轻扬，教之礼法，简而不苟。去之日，百姓怀之。公薨，年六十五。娶林氏，赠尚书工部侍郎从周之女，封鲁郡夫人。男三人：伯庄，殿中丞，早亡；仲荀，太常博士；叔英，太常寺太祝。女六人：长适尚书屯田员外郎郭师愈，次秘书丞孙邵，次建州司法参军周熊，次秘书省校书郎章惇裕；二尚幼。男孙四人：嗣恭、嗣昌，皆太常寺奉礼郎，嗣隆、嗣徽未仕。女孙五人。文集二十卷，奏议五卷，《三史刊误》四十卷。公之在馆阁、居谏院，某尝同职事。其斥筠州、使北虏、经制二广贼盗、平定交趾、知广州，皆见其行也。故其学术文章、忠义谋画，知之最深。居常谦畏寡言，不敢少忤于人，及论事上前，分解落落，诋刺大臣，易于褐夫。出入兵戎危难之地，若在宴处，何其壮哉！已之无闷，用之有为，斯其蹈夫道者也。铭曰：

公进于朝，卓尔辞艺。任之谏诤，直言警世。西夏乱常，寇攘洊岁。翻然向内，愿输信誓。契丹横议，集兵幽蓟。单车出使，安危是系。胡骑引归，羌酋受制。风云指麾，天日清霁。峒獠猖狂，自西而东。起于丧庐，经制元凶。贼窜穷荒，生致其母。戮之马市，腰领殊处。交趾来扰，再往南土。呼其种豪，屈之一语。二广十年，恩威是宣。公薨民啼，其何使然。然返葬终斯全。我铭公墓，唯信之传。

（《蔡忠惠集》卷36）

韩维

【作者简介】韩维（1017—1098），字持国，颍昌（今河南许昌）人。以父荫入仕，长期任职地方，曾任泾州通判、汝州知州、开封知府等职，元符元年（1098）卒。著有《南阳集》。

宋故进士朱叔晦墓志铭（并序）

叔晦讳融，姓朱氏，韶州曲江人。考讳裕，左监门卫将军致仕。君幼聪警好学，年十五，不预乡贡，慨然自以为身处遐僻，无良师友不足以广闻见、成远业，遂挟策游京师，所从皆一时英俊。远方士人至京，富者类多改制巾帽，絮新其衣服，出入市里，以酒食遨嬉为先务。君至则杜门读书，非其业不妄与人交。屡举进士不第，南归至襄阳，乐其土风山水，因买田宜城以居。益治经讲求周公、孔子之道，间则赋文缀诗以自娱乐，如是者几三十年。所著杂文歌诗近千篇。不幸熙宁十年六月二十日以疾终于家，享年七十三。后二年，葬于宜城县遗爱乡淇梁里之新原，时元丰某年某月某日也。君三妻，袁氏，胡氏，毕氏。男子二人，曰戣，曰戬，举进士。女子三人，二嫁为士人妻，一尚幼。叔晦，予举进士时友人也。将葬，其子戣状君之行以来请铭。予曰。士大夫进不失义，退不失命，以老其身者盖寡，况布衣穷居之士哉！如叔晦者，可谓两得之矣。其可以勿铭？铭曰：

噫叔晦，产幽遐。勇自奋，无以家。行既修，文亦华。进不偶，夫何嗟！惟其道，不损加。退而老，汉之涯。腹诗书，目烟霞。

（《南阳集》卷29）

黄庶

【作者简介】黄庶（1019—1058），字亚夫，洪州分宁（今江西修水）人，黄庭坚之父。庆历二年（1042）进士，曾任青州通判，后知康州，卒于任所。著有《伐檀集》。

过韶石说

韶石参错布列，崛起且秀，远近皆可爱，为川陆上下者观游之胜。旧说帝舜南巡，奏《韶乐》于此，因名焉。古今往来者，莫不踟蹰顾盼，既嘉石之可爱，又恨《韶乐》不可复见，至于叹息者多矣。且《韶》之所以为《韶》也，抑有以也。舜为天下，其治之大要，举八元、八凯，去四凶，敷五教，明五刑而已，卒至于比屋可以封，而垂拱无为。故《韶》者，乃舜一时天下至和大治之音尔。彼兽率舞、凤来仪，使无之，不害为《韶》也。假舜也，其始不能举八元、八凯与去四凶，又不能敷五教、明五刑，以为治且安，能使比屋可以封，而垂拱无为也，则其乐也，乌得谓之《韶》哉！夫举八元、八凯，进贤也；去四凶，退不肖也；敷五教，纳民于善也；明五刑，去其恶也。后世有天下之君，能进贤退不肖，使郡守县令、台阁之间、庙堂之上，无不得其人；能敷五教，使父父、子子、兄兄、弟弟、夫夫、妇妇，无不得其和；能明五刑，使其民悉迁善远罪，蛮夷戎狄无不畏戒；如是，而天下不至和大治，盖未之有也。从而播之八音，饰以五声，文以六律，是亦一时之《韶》矣，何必舜也？予之官番禺，道出石下，追古今往来者之意为、之说云。

（《伐檀集》卷下）

曾巩

【作者简介】曾巩（1019—1083），字子固，建昌军南丰（今江西南丰）人，著名文学家。嘉祐二年（1057）进士，长期任职于地方，历任齐州、襄州、福州、沧州等州知州，元丰四年（1081），任史官编撰，六年（1083）卒，谥"文定"。著有《元丰类稿》《隆平集》等。

张久中墓志铭

君姓张氏，名持，字久中，初名伯虎。庆历三年来自曲江，入太学。当是时，天子方诏学官岁献士二人，学者以数百千人，独献君，会学散，不报。于是时，予盖未尝识君也。后二年，过予之所居临川，始识之。

君为人深沉有大度，喜气节，重交游，一时所与之游者甚众。而君所尤称者，广汉张贲，以为年少可进以学者，莆阳陈惇。盖君之学多贲发之，而于惇以师友自处也。凡君之与人交，喜穷尽其得失、其义足以

正之，而其直未尝苟止也。至其与众人接，尤温以庄，不妄与之言。与之言，必随其材智所到，不病以其所不为。故君之友皆惮其严，而喜其相与之尽。众人之得君游者，亦皆喜爱而未尝有失其意者。其语曰："士生于今，势不足以持世，而游于其间，当如此也。"于临川，出其文章，因学予言古今治乱是非之理，至于为心持身得失之际，于其义，余不能损益也。后二年死于兴国军，某月某日也。明年，其弟来江南，以力之不能，将独负君之骨以归。是时陈惇方以进士得出身，约君之弟曰："吾忍不全归吾友邪，明年吾得补为吏，力能以君之归。"其弟乃止。君年若干。祖某，考某。君幼孤，养于兄嫂，尝曰："嫂之于吾犹母也，妇能以姑之礼事吾嫂者，可以为吾妇矣。"然卒亦无也。君固难交，然不易其好。而陈惇者，与君交尤深也。予尝视惇与君之相从，忧穷龃龉，无不共之，其中心岂有利然也。世之交友道废久矣，其有之，或非此也。然则君之事，其有取于世教非邪？惇以某年某月某日归君之葬地，而属予铭。其辞曰：

呜呼久中，不如其志。孔孟已然，何独于子？生而不大，夫固为之。其长在人，于此观之。

（《曾巩集》卷43）

尚书都官员外郎王公（益）墓志铭（节选）

又改殿中丞，知新繁县。县有宿奸数人，公既绳以法，其余一以恩信遇之，尝逾月不笞一人。还知韶州，改太常博士、尚书屯田员外郎。岭以南素习于夷，无男女之别。日浸月滋，为吏者师耳目，谓俗止如此，凡奸事虽得，有可已者，皆不究。公曰："夫所谓因其俗，岂谓是邪？"居郡，求奸事最急，苟有萌蘖，一切摘发穷治之。属县翁源多虎，公教捕之。令欲媚公，言虎自死者五，舆之致州，为颂以献。公使归之曰："政在德不在异。"州有屯兵五百人，代者久不至，欲谋为变。事觉，一郡皆骇。公不为动，独取其首五人，即日断流之。或请以付狱，公不听。既而闻其徒曰："若五人者系狱，当夜劫之。"然后众乃服。韶居南方，虽小州，然狱讼最多，号难治。公既以才能治之有余，遂以无事。又因民之暇时，为之理营驿，表坊市道巷，使皆可以久远为后利。归丁卫尉府君忧，服除，通判江宁府，改都官员外郎，二千石常以事倚公，公亦为之尽。宝元元年二月二十三日以疾卒于官，享年四十六。

（《曾巩集》卷44）

王安石

【作者简介】王安石（1021—1086），字介甫，号半山，抚州临川（今江西抚州）人，著名政治家、文学家。庆历二年（1042）进士，历任鄞县知县、舒州通判地方职务。宋神宗即位后，受重用，熙宁三年（1070）拜

相，主持变法。晚年罢相，退居江宁，元祐元年（1086）病卒，追赠太傅，谥"文"。著有《临川先生文集》。

送子思兄参惠州军

泛泛曲江水，天借九秋色。楼台飞半空，秀气盘韶石。载酒填里闾，吹花换朝夕。笙箫震河汉，锦绣烂冠帻。地灵瘴疠绝，人物倾南极。先朝有名臣，卧理讼随息。稍稍延诸生，谈笑预宾客。子来适妙年，谒入交履舄。寂寥九龄后，此独望一国。虞翻礼丁览，韩愈俟赵德。孤岸镇颓波，俗流未易识。我方文葆中，旋逐旌旗迹。去思今岂忘，耳目熟遗迹。吏含殷勤言，俯仰问乖隔。当时府中儿，侵寻鬓边白。下帷虽著书，不救寒饥迫。谓宜门阑士，宦路久烜赫。奈何犹差池，更捧丞掾檄。骥摧千里蹄，鹏堕九霄翮。人生无巧愚，天运有通塞。试观驰骋人，意气宇宙窄。荣华去路尘，谤辱与山积。优游禄仕间，较计谁失得。送君强成歌，陟岵翻感激。

（《王文公文集》卷 42）

成字说后与曲江谭掞丹阳蔡肇同游齐安寺

据梧枝策事如毛，久苦诸君共此劳。遥望南山堪散释，故寻西路一登高。

（《王文公文集》卷 63）

答韶州张殿丞书

某启：伏蒙再赐书，示及先君韶州之政，为吏民称诵，至今不绝，伤今之士大夫不尽知，又恐史官不能记载，以次前世良吏之后。此皆不肖之孤，言行不足信于天下，不能推扬先人之功绪余烈，使人人得闻知之，所以夙夜愁痛，疚心疾首而不敢息者，以此也。

先人之存，某尚少，不得备闻为政之迹。然尝侍左右，尚能记诵教诲之余。盖先君所存，尝欲大润泽于天下，一物枯槁，以为身羞。大者既不得试，已试乃其小者耳，小者又将泯没而无传，则不肖之孤，罪大衅厚矣，尚何以自立于天地之间耶？阁下勤勤恻恻，以不传为念，非夫仁人君子乐道人之善，安能以及此？

自三代之时，国各有史，而当时之史多世其家，往往以身死职，不负其意。盖其所传，皆可考据。后既无诸侯之史，而近世非尊爵盛位，虽雄奇俊烈，道德满衍，不幸不为朝廷所称，辄不得见于史。而执笔者又杂出一时之贵人，观其在廷论议之时，人人得讲其然不，尚或以忠为邪，以异为同，诛当前而不栗，讪在后而不羞，苟以餍其忿好之心而止耳。而况阴挟翰墨，以裁前人之善恶，疑可以贷褒，似可以附毁，往者不能讼当否，生者不得论曲直，赏罚谤誉又不施其间，以彼其私，独安能无欺于冥昧之间邪？善既不尽传，而传者又不可尽信，如此，唯能言

之君子有大公至正之道，名实足以信后世者，耳目所遇，一以言载之，则遂以不朽于无穷耳。伏惟阁下于先人非有一日之雅，余论所及，无党私之嫌，苟以发潜德为己事，务推所闻，告世之能言而足信者，使得论次以传焉，则先君之不得列于史官，岂有恨哉！

（《王文公文集》卷8）

沈遘

【作者简介】沈遘（1028—1067），字文通，杭州钱塘人。皇祐元年（1049）进士，曾知杭州、越州、开封，所至有惠政，迁翰林学士，母丧，未及服除，卒，年四十。著有《西溪文集》。

韶州乐昌县主簿兼县尉事梁师孟可太常寺奉礼郎

敕某：天下之货，聚于三司。三司之法，能任事者赏之，岂务于多取哉？足国经费而已。今其言尔前采韶山之铅，以赡铸钱，其利岁倍，于法当赏。故升尔太常之属，以答尔劳。其往祗服。可。

（《西溪文集》卷6）

蒋之奇

【作者简介】蒋之奇（1031—1104），字颖叔，常州宜兴（今江苏无锡）人。嘉祐二年（1057）进士，历任太常博士、监察御史，出为潭州、广州知州，徽宗初年，任知枢密院事，出知杭州。著有《尚书集解》《孟子解》等。

续武溪深

滔滔武溪一何深，鸟飞不渡，兽不能临。嗟哉！武溪何毒淫。飞湍瀑流泻云岑，砰激百两雷车音。吾闻神汉之初始开辟，史君姓周其名煜。至今庙在乐昌西，苔藓残碑仅堪读。武水之源自何出，郴州武县鸬鹚石。南入桂阳三百里，峻濑洪涛互淙射。其谁写此入新声，一曲马援门人笛。南方耆旧传此水，乐昌之泷兹乃是。退之昔日泛潮阳，曾到泷头问泷吏。我今以选来番禺，事与昌黎殊不类。未尝神色辄惝慌，何至形容遽憔悴。但怜岁晚毛鬓侵，故园一别至于今。何为在此婴朝簪，翩然匹马驰骎骎。南逾瘴岭穷崎嵚，梅花初开雪成林。韶石仿佛闻舜琴，曹源一滴清人心。远民安堵年谷稔，百蛮航海来献琛。嗟余才薄力不任，报君夙夜输诚忱。布宣条教勤官箴，有佳山水亦出寻。乐平吾乐何有极，不信愁歌武溪深。

（康熙《韶州府志》卷15）

郭祥正

【作者简介】郭祥正（1035—1113），字功父，一作功甫，自号谢公山人、醉引居士、净空居士、漳南浪士等。当涂（今安徽当涂）人。皇祐五年（1053）进士，历官秘书阁校理、太子中舍、汀州通判、朝请大夫等，所到之处，多有政声。一生写诗 1 400 余首，著有《青山集》30 卷。

韶石行

扁舟未下连虞滩，韶石罗列谁雕刊。化工有意露怪变，待彼虞舜来观玩。泊舟登岸始远览，两峰直裂诸峰巑。蛰龙镢雷怒奋角，帝子出震初峨冠。日光扑扑散金蕊，莲花透澈琉璃盘。行衣十里仙雾湿，暝色一救轻绡寒。我将沿崖想韶乐，北风忽变阴漫漫。松摇长空吼万窍，溪走石脚淙惊湍。遗音自与天地响，听不以耳精神完。重瞳一去无复还，随风波兮陟云间。潇湘洞庭亦何有，竹上血泪千年斑。九成不作至道息，纷纷后世畴能攀。登韶石兮情飘飘，而未尽饬彼柴车兮。且将造乎苍梧九疑之深山。

（《青山集》卷1）

武溪深呈广帅蒋修撰

滔滔武溪一何深，源源不断来从郴。流到泷头声百变，谁将玉笛传余音。潺潺泠泠兮可以冰人心，胡为其气乃能毒淫。汉兵卷甲未得渡，飞鸢跕跕堕且沉。天乎此水力可任，蛮血安足腥吾镡。功名难成壮心耻，马革裹尸亦徒尔。伏波一去已千年，古像萧萧篁竹里。风来尚作笛韵悲，婉转悠扬逐船尾。如今天子治文明，柔远怀来不用兵。武溪无淫亦无毒，清与沧浪堪濯缨。临泷更忆昌黎氏，始末缘何不相类。能言佛骨本无灵，可惜咨嗟问泷吏。湘妃之碑尤近怪，颇学女巫专自媚。固当褒马聊黜韩，补葺须令贤者备。元戎喜遇蓬瀛仙，武溪探古传新篇。东君吁嘻龙蠚走，北斗挹酌河汉悬。劝君莫倚陇笛之悲音，劝君清歌兮投玉琴，琴声为出尧舜心。尧舜爱民无远迩，君不见薰风来自南。

（《青山集》卷1）

南雄除夜读老杜集至岁云暮矣多北风之句感时抚事命为题篇

岁云暮矣多北风，怒嗥万里吹惊鸿。只今我亦在行旅，陟彼庾岭临苍穹。霜寒不复瘴雾黑，酒贱颇得樽罍红。鼓角看看变新律，烛泪璀璀随残冬。一阶寄禄百无补，白发又送年华终。中原将帅谁第一，愿如卫霍皆成功。鬼章虽获万国贺，防边未可旌旗戎。我甘海隅食蚌蛤，饱视两邑调租庸。呜呼！不独夔子之国杜陵翁，牙齿半落左耳聋。

（《青山集》卷5）

韶州唐张文献公祠堂

文献颀颀学问该，可怜为相遇嫌猜。当年致主陈金镜，后世空祠见铁胎。武水直疑龙卧久，韶山时想鹤归来。我朝继有襄公出，谁道南方乏美材。

（《青山集》卷24）

南雄望远亭本朝章郇公所作公尝为郡太守
种荔子二株今方茂实而后人所种皆不成东美要予
致酒亭上为赋四韵

城角危亭面面开，尘侵丞相旧诗牌。凌江欲转鲸鱼活，荔子成阴玉树埋。庾岭乍过无瘴雾，长安不见奈愁怀。且倾浊酒承高论，秋水何由辨渚涯。

（《青山集》卷25）

凌江立春日呈黎东美太守

斗杓东指斡春回，乐奏升平助殷雷。鱼跃元无溪面冻，雪光散作岭头梅。主人和气均千里，北客归怀寄一杯。色满皇州三殿喜，琼林先放桂花开。

（《青山集》卷25）

韶州武溪亭

滔滔武溪一何深，鸟飞莫渡兽莫临。山色欲学翠凤舞，笛声自作苍龙吟。樽罍漫借春力暖，鬓发未免霜华侵。形容不上凌烟阁，马革裹尸那可寻。

（《青山集》卷25）

六祖南华寺

水转山来曲曲梯，参差楼殿占清辉。龙章凤篆藏天篆，玉索金钩贲祖衣。春去不知庭柏老，月明谁棹钓船归。曹溪有路人人到，踏断玄关古亦稀。

（《青山集》卷25）

六祖大涌泉

金镮一卓透曹溪，禅祖心传上上机。流出山腰苍兕吼，涌开池面碧绡飞。应同霖雨能苏旱，莫比沧浪只濯衣。不愿夕阳催我去，要随幽鸟带云归。

（《青山集》卷25）

武溪亭劝顾归圣朝奉酒

邂逅穷荒遇俊才，故将怀抱向君开。功名未得金横带，老大空惊雪满腮。岭北嘉蔬无此笋，江南相识尚逢梅。夜阑莫作思乡梦，且听清歌更一杯。

（《青山集》卷25）

雪夜宿月华寺

大庾南来山更佳，每逢古寺留柴车。曹溪衣传葛獠布，月岭树种苹婆花。千年不坏物稀有，一日寓赏心无涯。北人浪说瘴雾恶，行拥貂裘冲雪华。

（《青山集》卷25）

次凌江先寄太守黎东美二首

其一

去岁同班别帝庭，君先度岭我方行。纵横才力知无敌，到未期年政已成。

其二

晖晖寒日溪云开，北客新过庾岭来。闻说凌江风物好，清香先见数枝梅。

（《青山集》卷 29）

次曲江先寄太守刘宜翁五首

其一

行彻凌江到曲江，史君才业世无双。前人俗政应除尽，盛赋新诗倒玉缸。

其二

路绝曹溪孰敢过，主君才辨泻悬河。一时风物应丕变，入眼山川秀气多。

其三

韩愈莫吟泷吏问，梁鸿休赋五噫歌。百年荣辱能多少，且倒芳樽养粹和。

其四

学佛学仙君自悟，多愁多病我难任。兵厨酒熟青梅小，且置玄谈伴醉吟。

其五

落尽梅花君未归，且携樽酒赋新诗。逢人少说瑶台事，得道宁要俗子知。

（《青山集》卷 29）

苏轼

【作者简介】苏轼（1037—1101），守子瞻，号东坡居士，眉州眉山（今四川眉山）人，著名文学家、书法家。嘉祐二年（1057）进士，历官至礼部尚书，因卷入新旧党争，贬谪岭南，遇赦北还，卒于路途。南宋时追赠太师，谥"文忠"。有诗文集 110 卷传世。

宿建封寺晓登尽善亭望韶石三首

其一

双阙浮空照短亭，至今猿鸟啸青荧。君王自此西巡狩，再使鱼龙舞洞庭。

其二

蜀人文赋楚人辞，尧在崇山舜九疑。圣主若非真得道，南来万里亦
何为。

其三

岭海东南月窟西，功成天已锡玄圭。此方定是神仙宅，禹亦东来隐
会稽。

（《苏轼诗集》卷38）

月华寺

天公胡为不自怜，结土融石为铜山。万人探一作采矿富媪泣，只有金
帛资豪奸。脱身献佛意可料，一瓦坐待千金还。月华三火岂天意，至今茇
舍依榛菅。僧言此地本龙象，兴废反掌曾何艰。高岩夜吐金碧气，晓得异
石青斓斑。坑流窟发钱涌地，莫施百锚朝千锾。此山出宝以自贼，地脉已
断天应悭。我愿铜山化南亩，烂漫黍麦苏茕鳏。道人修道要底物，破铛煮
饭茅三间。

（《苏轼诗集》卷38）

注：寺邻岑水场，施者皆坑户也，百年间盖三焚矣。

南华寺

云何见祖师，要识本来面。亭亭塔中人，问我何所见。可怜明上座，万
法了一电。饮水既自知，指月无复眩。我本修行人，三世积精练。中间一念
失，受此百年谴。抠衣礼真相，感动泪雨霰。借师锡端泉，洗我绮语砚。

（《苏轼诗集》卷38）

过岭寄子由

美人萧艾竟谁堪，儋耳长流我自甘。一片丹心天月下，数行清泪岭云
南。鹧鸪摇处愁芳树，瘴疠生时避晓岚。从此西归更携手，梅花却忆旧
封函。

（道光《直隶南雄州志》卷18）

赠岭上老人

鹤骨霜髯心已灰，青松合抱手亲栽。问翁大庾岭头住，曾见南迁几
个回。

（道光《直隶南雄州志》卷18）

九成台铭

韶阳太守狄咸新作九成台，玉局散吏苏轼为之铭，曰：自秦并天下，
灭礼乐，《韶》之不作，盖千三百二十有三年。其器存，其人亡，则《韶》
既已隐矣，而况于人器两亡而不传。虽然，《韶》则亡矣，而有不亡者存。

盖常与日月寒暑晦明风雨并行于天地之间。世无南郭子綦，则耳未尝闻地籁也，而况得闻其天。使耳闻天籁，则凡有形有声者，皆吾羽旄干戚管磬匏弦。尝试与子登夫韶石之上、舜峰之下，望苍梧之眇莽、九疑之联绵。览观江山之吐吞、草木之俯仰、鸟兽之鸣号、众窍之呼吸，往来唱和，非有度数而均节自成者，非《韶》之大全乎！上方立极以安天下，人和而气应，气应而乐作，则夫所谓《箫》《韶》九成、来凤鸟而舞百兽者，既已粲然毕陈于前矣。建中靖国元年正月一日。

（《苏轼文集》卷19）

南华寺六祖塔功德疏

朝奉郎、提举成都府玉局观宋苏轼，先于绍圣之初，谪往惠州，过南华寺，上谒六祖普觉大鉴禅师而后行。又谪过海南，遇赦放还。今蒙恩受前件官，再过祖师塔下。全家瞻礼，饭僧设浴，以致感恩念咎之意，为禳灾集福之因。具疏如后：伏以窜流岭海，前后七年；契阔死生，丧亡九口。以前世罪业，应堕恶道；故一生忧患，常倍他人。今兹北还，粗有生望。伏愿六祖普觉真空大鉴禅师，示大慈愍，出普光明。怜幼稚之何辜，除其疾恙；念余年之无几，赐以安闲。轼敢不自求本心，永离诸障；期成道果，以报佛恩。

（《苏轼文集》卷62）

韶州月华寺题梁

天子万年，永作明主。敛时五福，敷锡庶民。地狱天宫，同为净土。有性无性，齐成佛道。

（《鹤林玉露》乙编卷3）

苏辙

【作者简介】 苏辙（1039—1112），字子由，眉州眉山（今四川眉山）人，著名文学家。嘉祐二年（1057）进士，累官至宰执，政和二年（1112）卒，年七十四。以散文著称，擅长史论和政论，有《栾城集》传世。

六祖卓锡泉铭（并引）

六祖初住曹溪，卓锡泉涌，清凉滑甘，赡足大众，逮今数百年矣。或时小竭，则众汲于山下。今长老辩公住山四岁，泉日涌溢，众嗟异之。闻之，作铭曰：祖师无心，心外无学。有来叩者，云涌泉路。问何从来？初无所从。若有从处，来则有穷。初住南华，众集须水。水性融会，岂有无理？引锡指石，寒泉自洌。众渴得饮，如我说法。云何至今，有溢有枯？泉无溢枯，盖其人乎？辩来四年，泉水洋洋。烹煮濯溉，饮及牛羊。手不病汲，肩不病负。匏勺瓦盂，莫知其故。我不求水，水则许我。讯于祖师，其亦可哉？

（《栾城后集》卷5）

郑侠

【作者简介】郑侠（1041—1119），字介夫，福州福清（今福建福州）人。治平四年（1067）进士，曾任光州司法参军等职，因反对新法遭多次贬谪，晚年还乡，宣和元年（1119）卒。著有《西塘集》。

谭文初字序

天之初，至高而已矣。微日星寒暑、云风雷雨之行，以神其化，则徒高不能以自施，而万物之资始者，有所不大矣。故日星寒暑、云风雷雨之行，此天之文也。地之初，至厚而已矣。微山川陵谷、原隰阪险之错，以灵其变，则徒厚不能以自育，而万物之所资生者，有所不至矣。故山川陵谷阪险之错，此地之文也。天地之文，固其自然，然而未闻其所以文之者，为有以掩其初也。唯人之文，亦如此而已矣。厥初，巢穴之居，毛血之茹，无君臣上下、典章彝则之设。盖朝野腥膻，礼义墁坏，人相为类，而与禽兽无择也。是以圣人恶其荒而惧其乱之不可已也，故为之仰观于天，俯察于地，观鸟兽之文，与物之宜，而制作焉。为之宫室，以易其巢穴之居也；为之饔飧，以易其毛血之茹也。而民皆悦之，而后为之君臣、父子、夫妇、兄弟、朋友之别，诗、书、礼、乐、政刑、律度、量衡之具，进退辞受，跪揖拜起，蹈舞之节。有经有权，有报有施。盖自伏羲至于尧舜，历夏商周而后大备焉。孔子曰："周监于二代，郁郁乎文哉，吾从周。"夫其历数十君，相去千余祀，然后有周之盛，而传之于今，亦特其迹之可见者耳，岂其所以迹哉？若其所以迹者，盖与夫人偕来，亦与之偕去矣。父子之于亲也，君臣之于敬也，夫妇之于义也，兄弟之于爱也，朋友之于信也，是皆人所不能以与我，我亦不能以与人者，自尽其诚而已矣：此之谓天资之善也。故诚，内也；文，外也。恃夫所以诚于内者以往，而无其外，此野人之道也；恃夫所以文于外者以往，而无其内，此祝史之道也。故曰："质胜文则野，文胜质则史。"然则，人之初，至善而已矣。微君臣上下，典章物则之设，以经其政，则徒善而不能自治，而万物之所仰以安者，有所不得矣。故君臣上下，典章物则之设，此人之文也。由是观之，天地人所以为文者不同，而所以文之者则一，以文其初而已矣。夫唯质胜文则野，非去文而任质也，质胜而已矣。文胜质则史，非去质而尚文者也，文胜而已矣。文质之道，不可相胜也，况相减耶？是谓之文明而止。故文有所起，有所止。文起于至质，而止于与人之诚相副而已，惟至人然后能成。夫天循于故，无以故灭命，无以人灭天，亦无以其成于天之命者，而放夫循于人之故者。天与人不相胜，然后文不胜质，质不胜文，文质彬彬，然后以之为君父，则尧舜之君父也；以之为臣子，则皋、夔之臣子也。故曰："文质彬彬，然后君子。"夫然后治上下，合天人，和同高卑之际，而使之无间也。故日星寒暑、云风雷雨，得以顺其

道，而天之施者，以之大也；山川陵谷、原隰阪险，得以安其德，而地之育者，以之大也；君臣上下，典章物则，得以循其故，而人之治者，以之得也。天以之清，地以之宁，人以之成，夫是之谓经纬之道。故曰："天地设位，而圣人成能者如此而已。"大哉文乎！其用足以为君子之治，而微妙玄深，至于不可知之神也。其初则明君臣上下之分，而终则经纬天地，以成变化，而行鬼神也。使文而忘其初，犹之为日星寒暑、云风雷雨之行，而遗天也，无所丽矣；为山川陵谷、原隰阪险之错，而遗地也，无所附矣。无所附丽，则无以自立，而徒生成变化无穷如是哉？故至诚者，人之所附丽而自立者也，可不务乎？友人谭君名掞，君子人也。掞所以发扬乎人文，而非文之质也。君固有其质，而掞以文之，故吾字之以文初，称其德而已矣。若夫由文之诚，足以辅佐尧舜，而同功皋、夔者，则在乎文初之始终斯道而已矣。《诗》云："物其有矣，惟其时矣。"文初勉之。

（《西塘集》卷2）

韶石轩记

曲江流于乱山。韶石当乱山之间，望之耸秀，独出端方，屹然正直而不倚，俨然若忠士束带正色而立于朝。面石而为轩，州之士邓生也。生之父曰居士，笃志厉操，卷其道以自遂，教子甚有方，故生于学有成。观其所好，而知生之所尚者矣。石凡数峰，皆拔出平地，森然在目。苍苔乱点，古木倒植；胸生层云，顶触飞鸟；轻烟半笼，乍晴乍雨；出入变化，疑有神物：此皆石之奇异。与夫朝夕之景，怪可以悦目，而不甚足道者。吾之所爱，以其挺立独出，端方屹然，正直而不倚；而生之所好，亦与予相似，予是以乐为生言。夫《韶》者，舜乐也。石坚劲，非人偶，而舜之乐，奏于数千百年之前，其道乃至今衣被万物，用之不既。望韶石，则想见其君臣，相与容与于是。一人端拱南面，所谓禹、夔、龙、稷、契、殳、斨、皋陶、伯夷之徒，环佩以立于下，而箫鼓琴瑟绎然。九奏之音，如在于耳。且百兽率舞，而凤凰来仪，其乐可涯哉！然后知其群臣之立于石之下，而其道之可瞻仰者，率皆如日月之在天也。其身已死，骨与草木俱朽，而仁义之泽，乃与天地相终敝。诚恐石虽坚也，有时而泐，而舜之君臣，其道无敝也。嗟乎！韶石虽奇异，抑其望不出乎州之境，非所谓能出云雨而利民物者，又非所谓名山大岳之足以镇安地德者。方舜君臣南巡，而独奏乐于是。夫乐，乐也。乐必有道，必有所适，而不知手之舞之，足之蹈之也。而后寓之金石丝竹，以写其情。岂其君臣之所乐好者，亦不过所谓挺立独出，刚方屹然，正直而不倚者耶？今其名闻四方，亦与舜之君臣并传；而好事者往往图绘秘爱，耽玩无致，若圣人之于二典也。夫道，患在于不为。使生也，诚于好是，介然自立其德，以与石偶，一旦使生得志于朝，束绅正色，而立于吾君之前，将有所为，不减夔、契也。则万世而下，固有闻生之道，而欣劝企慕，且图画传玩，有恨不得见生之面目，如生今日之望韶石者矣。生其勉之。熙宁十年三月癸丑朏，越三日丙辰记。

（《西塘集》卷3）

邓子山家游初轩记

乐出虚，蒸成菌。人皆闻乐之声，而不闻其所以声；睹菌之形，而不睹其所以形，故鲜可与语夫道。夫惟无形也，而能形形；无声也，而能声声，其惟道乎！故无有高下美丑，是非荣辱，皆其自取。万骇役役察察，而我独钝钝闷闷。泊兮其未兆，如婴儿之未孩也。则我之所游者，盖未始有夫未始有有者也。夫有有有者，有未始有有者，有未始有夫未始有有者。吾与我相遇于此，而后有有者形，而未始有有者不形。若未始有夫未始有有者，此可以神会而已。道无高下，有滞碍者出，而后高下形。吾知夫高之不可仰，而下之不可举也。故付高下于其自高自下，而吾无高下矣。道无美丑，有附丽者出，而后美丑生。吾知夫虽美之非美，虽丑之非丑，故付美丑于其自美自丑，而吾无美丑矣。道无是非，有偏识者出，而后是非相倾。吾知夫非之果不足以非是，而是之果不足以是非也，故付是非于其自是自非，而吾无是非矣。道无荣辱，有鄙竞者出，而后荣辱相矜。吾知夫荣之果不足以荣辱，而辱之果不足以辱荣也，故付荣辱于其自荣自辱，而吾无荣辱矣。《黄帝书》曰："精神入其门，骨骸反其根，我尚何存？"故虽我长存，而所谓高下、美恶、是非、荣辱者，未尝少经乎吾身。身若槁木之枝，而心若死灰，其谁曰不然？以我之存，而有不存者，则知我之亡，有不亡者矣，嗟乎！此理甚明。人亦日用而不知，是以浪死浪生，汩汩无止，泛泛无归，至以身为厌，有以生为劳己者。殊不知自劳尔，生奚劳尔哉？有以物为役己者，殊不知自役尔，物谁役尔哉？故夫莫不饮食也，而鲜能知味也。使之果知味，且安有弃常珍而嗜乎异味哉？惟其不知，是以役役察察于高下、美恶、是非、荣辱之际，而不知夫所以为此者，有自来也。失之己，求之人，操之也惕，而失之也悲。茫乎荒忽，而不知反，可不痛哉！今夫所谓常珍者，盖与我相出没，无待无得，而常自足。推我之所畜，足以覆被万有，而施诸无穷。其德宁不厚耶？则弃此而他求，《经》所谓可惜明月珠与人，人不取。投身入大海，向彼求珠玉。夫舍我之常珍，嗜人之异味，而不知夫有义有命，且有分也。至以此求之，此何异身入大海，而求珠玉者哉？故归根曰静，静曰复命，复命曰常，知常曰明。不知常，妄作凶。知常容，容乃公，公乃王，王乃天，天乃道，道乃久，没身不殆。万物有乎生，而莫见其根；有乎出，而莫见其门。知其门，归其根，立于不苟之地，行于无妄之田，食于不积之廪，饮于无穷之源；视无睹，听无闻；游乎吾不知其谁之乡，逍遥以忘乎吾年矣。友人曲江邓君子山者，刚介有识。吾尝语之，乃是而喜。故吾乐与子山游，而子山求予名其所居之轩，故以游初名。

（《西塘集》卷3）

谢夫人墓表

予友谭文初，其妻谢夫人，颍川汝阴人也。曾祖泌，谏议大夫，以循吏称，为时名人。祖衍，驾部郎中；父立，南雄军事推官。谢氏世为儒家，其教子弟，必以经术；教诸女，亦如之。凡诗书礼义，古今义妇烈女，有见于传记者，必使之习读，通其理义。谓夫人所大患，莫大于不知古。世之妇女，尤为蔀暗，无所闻睹。为妇为母，而皆莫知所有自为者之道。行不师古，而欲其无为父母忧辱，不可得。是以谢氏诸为父母者，率用此为诫。生子女，必教其言其行，使必有所师法，故谢氏女之贤，于世有闻。而夫人于姑姊妹之学，尤所耽好，以是于谢女中，又为最。幼而夙成，父母钟爱，而慎择所配。求婚者以十数，莫之与。文初之为人也，耿介尚志，事父母尽孝。其前娶某氏，广人，以资橐自负，颇不知训言。入门未几，舅姑有所不悦，以文初少且新纳妇也，忍不言。文初曰："吾亲之不悦，则乌用汝为？昔曾参以藜蒸不熟为不顺，而出其妻矣，况于吾亲有不悦哉！"出之。夫人之父，适官于韶，韶乃文初之里，故谢父闻文初而奇之，曰："此乃吾婿也。"遂以夫人女文初。夫人之归，虞曹公挂冠里居，夫人竭力夙夜。凡晨省昏定，旨甘之养，无所不致其敬。而寒暑温凉，虽箪席几榻，盥齜涤濯之具，无非身亲之。庄重寡言，进退必礼。闺门之内，未尝见其忿色，而婢仆莫之敢犯。凡有进于虞曹公，文初前，夫人后，侍者左右，执事惟谨出入，庭户翼如也。虞曹公早以名闻公卿间，衣冠之游最盛。皓首庞眉，退居丘樊，盖轩车之至门者，日无阒时；而内外亲族，闾井交识，又密于此。永宁县君既亡，则虞曹内外廪给，亲交往来，燕好分赍，庆生吊死，至于盐醢醴酪，无非诸子妇是出。公清贫乐施，致政之俸薄，文初食粝衣粗，仅能致其美，于是常有不足色。夫人亦儒家子，盖处虞曹公致政之后，而所以奉内外者，无损于荣仕之日。于谭氏家属上下，无一言之间，其能如此。故虞曹公尝叹曰："吾子能为人，是以能有妇若此。"予谪居真阳，文初时为郡民掾，视予犹兄。凡相见，问劳之频，近一二日，远十数日，未有逾数日不相过。文初短衣小冠，绌褶皆补缀之旧，而服必端整明洁。远视若新服，迫而观之，方知其为敝旧浣濯。组循之工，乃能如此。文初好宾客，如其父。承以清白，然而宾无众寡，席无大小，必时果新物，卤清密藏，乳酥煎滴。或干或濡，或脆或柔，或为奇草名花、珍禽异兽之状，必极精巧；而器皿具备明莹，齐洁炫爔。饮食甘美，视时温冷，曲得其制造之法；而学之者虽似，终不及文初席所出者之可爱。问其所使，乃一粗婢，可供蒸炊而已。则所谓浣濯组循，与所以待宾客者，皆夫人自为之。问其："宾客之费，疑于广，而君用以足。家贫俸薄，而能若此，何也？"曰："吾惟闺门之内，无妄费而已。吾之身，所服若此；吾之妇，又有节焉。自非奉祭祀、宾客，不敢毫斸轻费。""夫公之费，其于私也，百之十；私之费，其于公也，十之百，

何也？”“公之费，有时而私也，无期；所以奉祭祀、宾客者，公也，暂有时也。所以自奉者，私也，常无时也。人之于常者倍，故于暂不及；吾于常也有节，故于暂有余：此吾妻谢氏之力焉。凡吾妻所以居家，鸡晨以兴，而家之事无不遍视，若涤若灌，若拂若拭。若扫洒，必身以率下；若浣濯，若缝缀，若补缉，若裁剔，若果蔬之煎蒸，若醯醢之作藏，必以时，旬必周，周而复始。舍此，则读书观古文。无事，则书画。二事皆精至，而于水墨，尤有闲淡之趣。予每公休无事，必与之谈论诗书、前言往行之醇疵，以观其识。虽老于儒学者，无以过。尤善性理，言与其所为相表惊。而语意所次，若古义烈之士，忠端正直，节行可称者，必申重反覆，嘉叹再三，若有警予之意。夜分而后寐，凡起必吾先，而寝必吾后，虽疲倦百为，未之有改。其所以事吾亲者如彼，而所以事吾者又如此，不变其天资也，不倦其至诚也。吾于内助有赖焉。”应之曰：“唯。”尝以夫人事与人言，无不叹服者。以其所为，谓宜与文初终老相守，而子孙诜诜满前。故每诫人夫妇之不相能者，与劝其相能者，未尝不以文初室家之际为美谈。已而文初罢归，省亲曲江。既归四月，文初疾病，夫人亦病。又数日，得文初书，曰：“谢妇所为，兄固知其详。凡吾外从王事，而闺门之内，丝毫不以经于心，谢妇力也。今亡矣，其奈何？”闻之惊怛。与凡知谢夫人所为者，莫不相顾失色。先是，文初归，亲膝之累月，夫人告宁亲，归凌江。既而文初得疾，书遽至，夫人泛小舟，冒盛暑，历江之险，一夕而至，亲属莫不讶其来之速。对曰：“忧念之深，不知道里之为远也。”由是亦卧病。以元丰元年九月十九日终，享年二十九岁。虞曹公于是亦得疾且甚，闻之大恸，喟然叹曰：“使我宗族内外，终无间此妇也。何夺之遽乎？”后五日吉，遂葬于曲江之丰乐乡洪义里龙华山之原。夫人之葬，文初病犹未苏，而虞曹公疾病，仓皇遽迫，故不及铭其室。后累以书言夫人之贤，而叹其早亡。自悼内失所赖，若无陈诉者。予常怪世之人，生子女不知教，豚犬畜之，肥其躯干，而不美以德。其知名教之为有益于世者，亦不过以教男子，而女子独不教，曰：“妇人之职，无非无仪，惟酒食是议。”曾不思古之人所以能尽为妇之道，而至于是《诗》者，孰非学之力哉？若男子出入闾巷，交际士友，尚可见而识焉。若女子者，深闺内闼，无所闻见，可不使知书哉？是则教子之所宜急，莫若女子之为甚。乃置而不教，此悍妇戾妻骄奢淫泆、狼狈不可制者，所以比比而家道不正。如有用媒之良者，必先此。以谢夫人观之，则谢所识，何其卓绝！能以教子女为务，如是之至，而诗书古训之为有益于人如此，可不勉哉！《鸡鸣》之序曰：“哀公荒淫怠慢，故陈贤妃贞女夙夜警戒相成之道焉。”《静女》之诗曰：“匪女之为美，美人之贻。”由是观之，古人所以致重婚媾而慎择配耦，岂徒然哉？自非贞洁柔淑、恭顺勤俭，而能夙夜警戒其君子相成以道，鲜有不破家亡国，而流毒天下者。然则，人之于夫妇之际，

可不致重乎？《诗》曰："君子偕老，副笄六珈。委委佗佗，如山如河。象服是宜，子之不淑，云如之何？"而序者达其意，曰："夫人失事君子之道，故陈人君之德，服饰之盛，宜与君子偕老也。"予以是《诗》观之，知卫人以宣姜为患，惟其不速亡尔。或者人之所欣悦敬慕，欲其长存，与君子偕老者，则中蹈而夭亡，抑人之所忧怒恚恶，欲其速亡，而无遗类，以重危人之家国。或皓首而儿孙，使善恶之报若可疑，何哉？如谢夫人之亡，岂独其夫家与六亲之叹泣而已也？盖其倾夭短折，未足深念，而十年为妇，竭力尽节，独未有一子女，可以似续，可不蠹然痛心哉！惜其已葬而不及铭，使文初怏怏，又有是恨，故予为之表于墓。谢氏，其先本歙人，晋谢安之后，由谏议始迁居颍之汝阴云。

（《西塘集》卷 4）

程之元

【作者简介】程之元，字德孺，眉州眉山（今四川眉山）人，生卒年不详。熙宁、元丰年间先后任夔州路转运判官、转运使、嘉州知州、楚州知州，元祐五年（1090）任广南东路提刑。

按蔡硕冒法获利状

臣僚上言，韶州郡县官吏交给蔡硕，于油粮主处每一千照帖止以数百售之，遂冒法越次，给库钱与硕，获剩利千余缗。下本路体访，诣实以闻。臣询究硕买韶州思溪、密赛等场铅锡会子内，有买炉户未纳铅，作诡名卖纳。其炉户虽已立券，卖铅与人，合请五分之直，而官无钱可给，转运司令支四分，而硕乃请十分，共一万六千余缗，计获剩利七千余缗。又金部言，硕欠军器材料等钱万余缗，金五十五两，银六百三十八两，纱罗等诏硕所买铅子本钱并填纳见，欠官钱乘利我七千余贯没官。韶州官吏并额，各令提点刑狱司勘以闻。

（《续资治通鉴长编》卷 446）

董宜卿

【作者简介】董宜卿，饶州德兴（今江西上饶）人，生卒年不详。熙宁九年（1076）进士，曾任南雄州录事参军，累官至大理丞。

南雄州刺史题名记序

南雄郡旧有刺史题名记，为木方书之，而榜于厅事。自田侯继勋已下至黎侯询，凡五十有九人，其十有二人有名氏官秩，而不著其到官受代之岁月。熙宁中，李侯宗仪实典郡事，欲移刻于石，而被命移广西提点刑狱公事，既不克就，止因其故而新之。元祐四年，欧阳公来守此邦，越明年，乃刻石以终李侯之意。客或语公，请详考田侯已下为政善否之迹，并书而刻之，以示劝戒。公曰："题名之兴，盖以备遗逸。若夫隽功伟德，利泽在人，邦之父老能颂而碑之，无俟于余；其不善，则君子恶称人之

恶，况欲播之于无穷乎？皆非今之所敢知也。徒以为木之为物，柔而易毁，不若石之坚且寿，故易而刻之，庶其传为可久尔。"僚属闻公之言，相与叹曰："公之仁厚至矣，言人之不善，犹所不忍，其肯躬苛刻之政以厉其民哉？推公之言，以质其所行，其内外可谓协矣，宜其郡人爱公之无致，若甘棠之于召南也。"乃相与叙公改作之意，冠诸碑首，使来者得以观焉。元祐五年十月日，录事参军兼户法事董宜卿序。

（《永乐大典》卷 665）

刘弇

【作者简介】刘弇（1048—1102），字伟明，号云龙，安福（今江西吉安）人。元丰年间进士，曾任太学博士、秘书省正字、著作佐郎等职，崇宁元年（1102）卒，年五十五。著有《龙云集》。

题韶州宣溪亭

片帆西下泊江亭，风物萧疏惨暮程。山色尚凝迁谪恨，溪流犹泻怨嗟声。一朝逐客仙舟过，万古行人玉箸倾。不待鹧鸪啼落日，自然临景易牵情。

（《全宋诗》卷 1050）

题韶州韶石亭

数层顽石立孤岑，代往碑讹事莫寻。惟有汤汤亭下水，至今犹似奏韶音。

（《全宋诗》卷 1050）

泊韶州宣溪亭

昔年吏部谪韶州，曾向宣溪泊暮舟。多少烟波愁不尽，一时留与后人愁。

（《全宋诗》卷 1050）

屈唐臣

【作者简介】屈唐臣，太原人，生卒年不详。进士，绍圣二年（1095）任曲江主簿。

韶州府学记

一道德，同风俗，而化之所起，莫先于学校；励之以名，引之以义，俾人才继出，莫大于教养。天子首善于京，立三舍以延天下之士，而风化流行，自近及远，非巨儒宿学发明道德之微意，缙绅先生亲奉朝廷之法度，安能流泽遐域，炳然有三代之遗风乎？韶于岭表号为沃壤，而山川秀气发为聪明，故衣冠士人比他州为盛。文献张公在唐称为贤相，风猷赫奕，传于无穷。逾数百年，复有余襄公挺立本朝，而清名劲节，荣耀当世。今则褒衣博带，应诏而起者，仅及十数。其间卓荦瑰奇之士，犹践场屋，而后进有需于教养者，固亦多矣。然有愿学之志，而无就学之地，有爱道之志，而无闻道

之师，庠序荒榛，恬不为恤。如良材美玉，可以备栋梁，荐宗庙，而戕贼污漫，不能发越。吁，可惜也！元祐壬申冬十有一月，鄞城李公孝博以天子命提宪东广，奏朝廷乞置学官，以专训导之职，请赐公田，以增给养之奉。谕未及降，先输所隶钱十万为修完之费，乃命郡幕饶礼典教事。饶君通儒也，藻鉴精明，压服众议。因谕之，以为："学之弊常患乎始勤终怠，防范浸弛，则虽有美材良士，亦将汩于近习，流而为放僻邪侈之尚，如是则兴学之美名，殆不若苟且无事之为愈也。"饶君因得以推择行义之士三数人分掌学职，以表率于上。其劝督纠绳之严，虽成均之教无以过也。又得黄极、萧雅二君，以多闻博识之智，专主讲席。发语之日，宪车来临，决疑问难，环坐观听，无虑数百人。设宴酬酢，与钧为礼。继又遍阅斋舍，亲谕诸生以道德性命之理，致君泽民之术，眷顾往返，欣然不倦。故远近之士鼓箧而来，云翔渊集，至无容居，溢于户外。一方之人，骈肩累迹，拭目竦视，以为儒道之盛，有至于此！唐臣以属令之末，被命纪其岁月，且喜为天下道也。绍圣二年三月朔日记。

（道光《广东通志》卷 139）

唐庚

【作者简介】唐庚（1070—1121），字子西，人称鲁国先生，眉州丹棱（今四川眉山）人，北宋诗人。绍圣（1094）进士，大观年间为宗子博士。经宰相张商英推荐，授提举京畿常平。张商英罢相，唐庚谪居惠州。后遇赦北归，复官承议郎，提举上清太平官。

张曲江铁像诗

开元太平久，错处非一拍。就令乏贤人，何至相仙客。直道既凋丧，曲江遂疏斥。汲黯困后薪，买生罢前席。金鉴束高阁，铁胎空数尺。妙处难形容，英表良彷佛。摩挲许国姿，尚想立朝色。同时反弃置，异代长叹息。

（《唐先生文集》卷 1）

舜祠

讴歌率土性之也，号泣旻天孝矣乎。何惜扁舟击韶石，忆曾万里叫苍梧。

（《唐先生文集》卷 2）

张曲江画像赞 （并序）

大观四年冬，吾南迁至曲江。其故老为吾言：唐开元中，平卢帅张守珪遣偏将安禄山奏事京师，张文献公见之大惊，密请除之，不从。未几，守珪入朝，禄山引兵袭契丹，大败，所亡失以万计。公请以军法诛之，又不从。后二十年，禄山称兵犯顺，公之殁，盖十六年矣。明皇奔蜀，始悔不用公言，于是遣使度岭吊祭。以旧史验之，良然。吾尝谓明皇一日杀三庶人，如刘竹箄，如剖瓜瓠，无毫发顾惜，而诛一胡雏若拔齿然。此何理

也？方是时，唐祚将衰，亲疏厚薄之序一切倒置。陵夷至于天宝之末，人伦天理灭绝败坏。张垍，其婿也，而先叛；永王，其子也，又叛；太子起兵灵武，则又叛。虽微禄山，唐祚未必不衰。而唐祚之衰，自安禄山始。明皇尝叹："公殁，朕不复闻忠言。"正使公存，吾知其言不复用矣。公平生论事至多，而斯言不用，尤可痛恨。吾欲访其故居而吊其墓，识其子孙以求其遗风余烈。时方迁斥，势有所未暇，独得其遗像，流涕而赞之曰："魏武言典午不可亲，而文帝待之坦然不疑也。齐王攸言胡雏不可养，而晋武宠之确然不移也。莫亲于父子，莫爱于兄弟。一有所蔽，则亲爱莫得而夺之，况于疏远乎？然则公言之不用，固其宜也。"噫！先事则未信，已事而悔则无及。前世之败，未有不由于斯也。可胜道哉！可胜痛哉！此吾所以见公之像，慨然而咨嗟也。

（《唐先生文集》卷10）

释惠洪

【作者简介】释惠洪，俗姓彭，字觉范，筠州（今江西高安）人，生卒年不详。大观年间出家为僧，政和年间，决配朱崖。著有《筠溪集》《石门文字禅》等。

题韶州双峰莲华叔侄语录

传曰："听言观道，以事观生死亦大矣，而两人者睨视之，不翅如出入户庭之易，然盖其所养非有以大过人者，何以臻此？"其言具在，可信也。予观云门勘辩举古，皆脱略窠臼。方其游戏时，亦微见其旨。至酬问垂伐，则语赴来机，瞻之在前，忽焉在后，令人溟涬然弟之哉！夫语赴来机，妙在转处者，正中妙叶洞山旨趣也。岂此老浙亦或用之，而钦祥默识其不传之妙也哉？巴陵鉴公常答问提婆宗，曰："银碗里盛雪。"答祖意、教意同别，曰："鸡寒上树，鸭寒下水。"答吹毛剑，曰："珊瑚枝枝撑著月。"云：吾以此三句，报答云门法乳之恩。"予始诞之，今视之，良然。使云门而在，正当一捧腹耳。

（《石门文字禅》卷25）

汪藻

【作者简介】汪藻（1079—1154），字彦章，号浮溪，饶州德兴（今江西上饶）人，著名文学家。崇宁二年（1103）进士，累官至显谟阁大学士，封新安郡侯。著述颇丰，多已散佚，仅《浮溪集》传世。

朱新仲自韶州寄灵寿杖并诗次韵答之

苔渍岚侵几百秋，诗仙寄我海南州。携来应自滇池国，得处还因博望侯。吹烛会寻延阁老，挂钱肯学饮家流。杖兮莫便为龙去，扶取衰翁老故丘。

（《全宋诗》卷1425）

曲江提刑到任谢表

奉将亲养，人荣故里之归；就易使华，地止重湖之隔。休舍甫温于坐席，乘轺即次于提封。中谢。伏念臣本非通材，出偶嘉会，由铜墨徒劳之贱，误冕旒特达之知。两膺临遣之荣，五砧将明之选。比自遐方之内徙，幸蒙私计之曲从。复被更书，俾移邻部。上圣体好生之德，举寰区皆远罪之民。所至圄空，无烦台治。第负扬于明眷，实有愧于厚恩。兹盖伏遇皇帝陛下治本隆宽，时臻累洽。大为成法，于庶言庶狱以罔兼；详责有司，恐匹妇匹夫之失所。而臣再蒙一路之寄，悉在大江之南。虽山川封域之或殊，而闾里人情之未远。唯当缘饰以经谊，不独拘挛于简书。庶皋陶在泮之风，成虞舜画衣之治。刑无刑而广上意，敢不尽心；老吾老以及人亲，尚期从欲。

（《圣宋名贤五百家播芳大全文粹》卷5）

李纲

【作者简介】 李纲（1083—1140），字伯纪，号梁溪先生，常州无锡（今江苏常州）人，祖籍福建邵武，两宋之际抗金名臣。政和二年（1112）进士，历官至太常少卿、兵部侍郎、尚书右丞。靖康元年（1126）金兵入侵汴京时，任京城四壁守御使，击退金兵。宋高宗即位，起用为相，旋遭罢免。绍兴二年（1132），复起用为湖南宣抚使兼知潭州，旋即又遭免职。绍兴十年（1140）病逝，追赠少师。淳熙十六年（1189），特赠陇西郡开国公，谥"忠定"。著有《梁溪先生文集》。

遵海归五绝

北归将自英、韶趋江表，因游清远峡、碧落洞，谒六祖于曹溪，望韶石渡、庾岭，皆峤南绝景也。适江西道梗，遵海而归，此志不遂，赋五绝见志。

清远峡

凝碧湾头碧玉山，林松古寺寄孱颜。佳人得侣已长啸，空使山僧藏白环。

碧落洞

碧落嵌空群玉峰，烟霞深锁翠微重。乳羊不作黄羊色，放箸能回冰雪容。

南华寺

久矣曹溪法雨流，只传一滴满中州。南来不见祖师面，长与祖师同此游。

韶石

重华南狩到炎荒，高会群神广乐张。岂独有情能率舞，至今峰石亦低昂。

庾岭

谁言庾岭极荒遐，夹道青松释梵家。暍暑北归遵海上，无因一为折梅花。

(《全宋诗》卷 1564)

曾几

【作者简介】曾几（1084—1166），字吉甫，江西赣州人。赐上舍出身，历任江西提刑、浙西提刑、秘书少监、礼部侍郎等职。乾道二年（1166）卒，年八十三，谥"文清"。著有《茶山集》。

南雄郡守致怪石四株

只道无南雁，书今数往还。一窗江表地，数朵广东山。奇甚君风骨，苍然我脸颜。归时要船重，更为厮岩间。

(《全宋诗》卷 1655)

洪皓

【作者简介】洪皓（1088—1155），江西乐平人，政和五年（1115）进士。南宋任礼部尚书，出使金国，被扣留在荒漠十五年，坚贞不屈，全节而归。绍兴十七年（1147），责授濠州团练副使，英州安置，卒谥"忠宣"。

过曹溪

六十之年入瘴乡，灵台未了熟非常。锡泉一饮根尘净，重到清凉礼梵王。一宿南华暂息机，未知五十九年非。应身虽在问无应，漫上层楼看信衣。半世拘囚愧牧羊，生还四载却投荒。危机未履已如此，欲效前贤问上苍。

(《全宋诗》卷 1702)

浈阳寓居

地瘴久荒芜，驱童且荷锄。诛茅仍遣瘴，汲水旋栽蔬。麅酱调应晚，纯羹兴渐疏。秋高宜日涉，不必问丹书。

(《全宋诗》卷 1702)

自注：南齐高帝：四时麅酱，调和菜白。

释慧空

【作者简介】释慧空（1096—1158），号东山，福州人。年十四出家，驻福州雪峰禅寺。有《东山慧空禅师语录》《雪峰空和尚外集》传世。

与南雄明上人

马祖接得大雄峰，一喝当机三日聋。近来丛林无此作，多是活埋文字中。君不见，䴗薪客，特石坠腰供七百。一字不能人为书，继续衣盂是伊得。又不见，周金刚，满车载疏游南方。纸灯忽灭眼睛出，白棒一挥吾道昌。玄中人，甚眼目，指金成鏉石作玉。圣凡命在渠手中，凛凛威风谁敢触。直得如斯未称

·046·

渠，尔曹何苦犹贪书。是间纵得不为贵，天外出头方丈夫。

（《雪峰空和尚外集》）

朱翌

【作者简介】 朱翌（1097—1167），字新仲，号潜山居士、省事老人。舒州（今安徽潜山）人，卜居四明鄞县（今属浙江）。政和八年（1118），同上舍出身。绍兴年间历任秘书省正字，迁校书郎兼实录院检讨官、祠部员外郎、秘书少监、起居舍人。绍兴十一年（1141），为中书舍人。秦桧恶他不附己，谪居韶州十九年。桧死，充秘阁修撰，出知宣州、平江府。乾道三年（1167）卒，年七十一。著有《潜山集》等。

章质夫帅广时以酒六壶寄东坡于惠州书到而酒
不至东坡有诗传在人口思召[①]

西枢镇番禺，绍圣之初年。覆露落南人，雅意极周旋。六尊南海春，万里罗浮仙。先生洗破觥，使者张空拳。五十有六字，至今星斗悬。君持泽国节，我赋囚山篇。欣然故事修，要使家法传。礼等百牢我，情均一觞天。夜来灯有花，不忧爨无烟。但恨语无味，何以追昔贤。

（《潜山集》卷1）

予居曲江五年今岁又暮慨然有感

坐对研旁峰，卧阅屏上山。一事不挂心，万病方穷源。吾君礼南郊，吾母望北还。一岁几得书，五年阙问安。是自取之尔，尚复何所言。手种庭下梅，花开聊喜欢。系日既无术，缩地良独难。

（《潜山集》卷1）

端午观竞渡曲江

楝花角黍五色缕，一吊湘累作端午。越人哀君楫迎汝，呼声动地汗流雨。鱼虾走避无处所，小试勒兵吾有取。楼船将军下潢浦，怃飞射士犷强弩。大堤士女立如堵，乐事年年动荆楚。却忆金明三月天，春风引出大龙船。二十余年成一梦，梦中犹记水秋千。三军罢休各就舍，一江烟雨朱帘夜。隐隐滩声细卷沙，沙浅滩平双鹭下。

（《潜山集》卷1）

初到曲江六首

其一

度岭三百里，携家五六人。卜居依古寺，爱日向初春。时有逃虚喜，端无去客嗔。团栾何所作，不寐守庚申。

---

① 作广东漕，翌适居曲江，亦惠六尊，且云：吾家故事也。为作此诗。

其二

昭代人无弃，遐方住亦堪。司分大火舍，官作世南男。守拙休心匠，忘忧纵手谈。平生不喜闹，所欠一茅庵。

其三

灯火光元夕，歌呼亦尽欢。欣闻雪霡白，愁失荔垂丹。老酒莲花曲，甜鱼藿叶槃。万金书若到，便可解忧端。

其四

岭外山川最，天涯草木芬。曾经五月狩，俱被一琴薰。韶石静张乐，舜峰高出云。真同适鲁见，何异在齐闻。

其五

草断城头路，春未履屡穿。雨余峰染黛，云出岭垂莲。眼傍青林转，愁来白鸟边。中原好消息，问取此江船。

其六

嘉卉怀炎德，孤根幸斗临。象蹄交绿润，佛眼瞬红深。含笑香飘坐，素馨娇满簪。老榕虽拥肿，六月十分阴。

（《潜山集》卷2）

归自南华

众绿扬新楚，初晴中薄寒。行山无阔步，陟嶽有遐观。蕨紫拳犹小，松黄粉渐干。无嫌一马瘦，径度两重滩。

（《潜山集》卷2）

南华具素饭烹茶诗

颇有客仓卒，初无具咄嗟。家贫难办素，人众不烹茶。此老来修供，兹辰并拜嘉。小船横一笛，风引入荷花。

（《潜山集》卷2）

南华道中

小市荒堤转，涌泉春水悭。频经石角铺，不上马鞍山。桥断冲泥过，松摧塞道艰。草鞋牢踏雨，更著一蓑还。

（《潜山集》卷2）

丙寅十日游南华

五年四转入曹溪，飞盖干霄日为低。人定忽闻钟不嘎，饮香休问水流西。桃榔子熟旒珠重，豆蔻丛深扇羽齐。郁郁苍苍千嶂里，犯寒犹着一蝉嘶。寺钟声嘎近稍清矣，曹溪西流。

（《潜山集》卷2）

戊辰元日到南华

清晓匆匆贺岁归，又随微雨渡曹溪。祷晴愿见五色羽，揭户方占一日鸡。沙水半摇新略彴，云烟深护古伽黎。曹源激水仍过颡，桃李无言下有蹊。

八月十三夜与张检法泛武溪

川净波平五板舟，天开地辟一轮秋。白银国放黄金色，宫锦袍添紫绮裘。坐久星河挂璎珞，夜深风露走珠旒。人间意适须乘兴，我是闲人更自由。

（《潜山集》卷2）

游锦石岩

梯空何事上秋旻，要定三岩著隐君。斗柄下垂星可摘，天门将近语先闻。猿窥虎隐人惊去，牛污龙池雨解纷。偿我七年东向念，却张风腋跨归云。

（《潜山集》卷2）

注：岩高百余丈，顶有龙池，牛浴即死，池中继有大雨洗池，王孙极多，见人即惊去。虎隐，岩名也。

过小市李秀才居

大涌泉东小市头，川平土沃似中州。谁欤筑屋溪山里，李也读书窗户幽。懒觉郊行差自适，老于春事不相谋。他时来问曹溪路，系马桥边更少留。

（《潜山集》卷2）

同郭侯僧仲晚至武溪亭议真率会

平远寒林暮霭横，右丞不死毕韦生。八人过处草齐绿，一日去来花笑迎。衲子自知空是色，将军要使酒犹兵。尺书相与盟真率，岭海风流似洛京。

（《潜山集》卷2）

邓提举留诗南华予后五日入山次韵

有句谁知李似阴，好奇仍许杜犹岑。后期五日来坛下，面壁九年参少林。瘴鬼安能惊鹤众，地灵何敢着狐任。雷车电炽中宵起，看取龙工济物心。

（《潜山集》卷2）

注：是夕始雷雨，仆居曲江九年，今岁行脚皆以南华，多瘴罕至。

南华卓锡泉复出

竹龙衔尾转山房，饮足寒清滴夜长。曾问鞠穷目瞀井，为焚安息坐胡床。千山从此俱蒙润，一线才通未可量。六月炎方了无暑，谁知世上有清凉。

（《潜山集》卷2）

韶文化研究丛书

卷二 宋元时期

湘江亭别程幹

十年频望秀而巉，琴筑齐音和阮咸。砚浴珍材躬试墨，画收名笔旋开缄。长江流自胸襟出，大艑来如首尾衔。分手一言君勿忘，他时容我见千岩。

（《潜山集》卷2）

南华五十韵

乡里黄梅接，家居祖刹邻。常闻肉身佛，甘作碓坊人。坚有悬腰石，空无拂镜尘。已春诸米熟，自识本心真。拄杖敲顽质，裓裳绕净身。衣传千古信，法待五年伸。拨棹烦师送，投林避众嗔。风幡俱不动，金瓦定非伦。汝听宜皆谛，吾言决可遵。由兹开顿教，为世作良因。叶坠虽归本，烟斜不向新。铃声鸣白塔，雾气走黄巾。塑手藏衣袭，闳姝败钵唇。全提诸佛印，开尽一花春。代代灯灯续，尘尘刹刹均。性天南北合，道德帝王亲。歌鼓昭陵日，梯航外国珍。庄严及山谷，赐予出金银。龙蠚开飞帛，春温布缤纶。镇安清净境，奔走护持神。楼阁三千界，香灯十二辰。苏铭模妙墨，柳记刻丰珉。自昔炎荒地，常容放逐臣。流人悲去越，从者病居陈。庚子何忧鹏，春秋谩感麟。足生行路茧，眉结念亲颦。卜吐千瓶水，官分十束薪。九韶先幸舜，五岭后通秦。气候今无瘴，人情古亦惇。何尝疏北客，剩喜预嘉宾。鼓角催归梦，江湖动钓缗。时花开有信，山果种生仁。武水长怀古，曹溪每问津。端居七里郭，相望一由旬。抱被来投宿，闻钟起及晨。自怜终北向，天遣试南询。竟日云垂地，通宵雨溅茵。桥横一滴上，雀见五方驯。飞锡泉香发，连山宝气振。杖寻桃竹把，佩采楚兰纫。大礼行郊次，洪恩浃海滨。稍宽三面纲，归作再生民。甫里将收栗，松江细煮莼。橘怀工戏彩，萱背更栽椿。风急团云絮，霜清洗月轮。治行今数日，问信不嫌频。三宿真成恋，诸寮且遍巡。斗茶夸雇渚，羹芋说西岷。寺有坛经旧，谁知祖意谆。持归化岭北，大地免沉沦。

（《潜山集》卷3）

南华书事四首

其一

珍重南华五色禽，云栖雾宿见无因。雨中恐误翩然出，我是闲人非贵人。

其二

万木杉从一寸栽，参天次第可推排。他年空翠桥边路，来选承天八柱材。

其三

真觉止能留一宿，桐乡今已住连宵。却将膏雨下山去，聊助南溟早

○50

晚潮。

其四

夹树烧春明踯躅，紫罗囊笔缀辛夷。花枝照眼蒙清润，带雨游山亦
自奇。

（《潜山集》卷3）

延祥寺手植竹有甘露二首

其一

圣主尊贤方侧席，此君凝露美如饴。形容盛德书生事，请对佳祥著
好诗。

其二

穰穰天酒被修篁，的皪枝间日射光。岂为炎荒多热恼，故教灌顶作
清凉。

（《潜山集》卷3）

章贡纪功碑

绍兴二十有二年七月二十三日，东南第六将校齐述以八营四千人叛，
胁制者二千人，附贼者又二千人。皇帝命龙神卫四厢都指挥使、忠州团
练使李耕护殿陛之师致讨，诏耕曰："汝善抚吾师，师之在外者，汝皆
制之。立功者，视汝奏加厚赏。"耕至，军于狮子冈。刘纲以洪州兵驻
城之东南，崔宁副之。张宁以循州兵驻城之南，郭蔚副之。张训通以鄂
州兵驻于北，陈敏以福建兵驻于东，呼延迪副之。邓酢以宁都民兵扼水
东，王惓、陈修年以漕属给饷，刊木辇石，攻具大兴。上仁圣不忍诛，
屡下金字符，赐以生路，许从招抚。耕遣辩者直谕祸福，无自新意，乃
服袍誓曰："圣恩等天地，而群丑罔革。耕受钺来南，继奉命守兹土。
其敢旷日，即殄灭之，无遗种乃已。诸军其用命。"敏筑甬道将毕，十
一月二十三日，天未明，耕促云梯天桥径薄东北隅，神臂克敌弓交发命
中，炮十三梢飞石相属。敢死士先登，诸军扳霓跃而上。贼弃城巷战，
耕督麾下蹴之。宁、蔚戒其军毋动，更严备以待。贼败，缒西城，训通、
纲扼其讻，半溺于江，余转走城南突。宁、蔚寨士鏖击，一贼不得纵。
耕披灰烬瓦砾，立治所，敛贼骨，筑京观，葬无辜，为丛塚，等列功状
以闻。有旨耕为观察使，纲等迁两秩，将士迁一秩，减磨勘年有差。桐
乡朱新仲屏居曲江，实邻章贡，念诸公戮力一心，以克有成功，因赣人
之请，为书本末，刻石示后。铭曰：

帝御明堂，盖乾载坤。子视八纮，泽倾四簋。有悖于德，始烦震霆。
章贡迫岁，何悍覆城。选将殿庐，推毂禁营。肆檄外屯，戮力合盟。猛气
斗讻，怒颊鲸吞。炮飞摧山，桥梁殒星。椎鼓一誓，拿云立登。猘突麇
奔，一迹不存。数实辕门，鼓角轰轰。崆峒之高，摩天以青。维兹赣人，

既又且宁。笃其忠醇,永陶太平。

(雍正《江西通志》卷 120)

李乔木

【作者简介】李乔木,字楹础,号振堂,谥文庄,汴梁(今河南开封)人,生卒年不详。建炎年间进士,官至兵部尚书,与秦桧不和,被贬岭南。

舟次南华寺

衣钵相传旧,菩提漫尔栽。好山僧独占,冒暑我初来。野鸟迎人语,溪塘傍竹开。登临问因果,老衲笑相陪。

(《粤东诗海》卷 5)

韩球

【作者简介】韩球(?—1150),字美成,河南开封人。绍兴年间任度支员外郎、江西转运副使、知衢州、都大提举川秦茶马监牧公事、知荆南府等职,绍兴二十年(1150)卒。

请差注曲江等三县知县正官奏

应曲江、保昌、始兴三县知县,自绍兴二年遭贼火残破之后,至今已经一十年。内曲江县绍兴六年一次差到正官外,自余年分前后差官权摄,久不交替,场治利害未尝究心,以致保昌、始兴两县亦然,是致课利亏欠,无缘兴复。欲乞详酌,下吏部差注韶州曲江、南雄州保昌、始兴三县知县正官,前来填阙。

(《宋会要辑稿》职官 43)

胡寅

【作者简介】胡寅(1098—1156),字明仲,建州崇安(今福建武夷山)人。宣和三年(1121)进士,曾任中书舍人、礼部侍郎,秦桧当政时,贬居新州,桧死,起复,卒谥"文忠"。著有《读史管见》《斐然集》。

缴韶倅宋普根括田产减年

臣契勘诸州常平主管官依法到任一年,取会籍记功过及措置利害,岁终考校,分为三等。职事修举显有绩状者为上等,元降指挥即无立定赏格。户部今却引用守令考课入上等,知州减二年磨勘,占射差遣一次法,比附常平主管官到任考校入上等课绩赏格,与韶州通判宋普减二年磨勘施行。契勘守令考课,终任德义有闻,公平可称,奉行教法,催科不扰,狱讼无冤,农桑垦植,屏除奸盗,赈恤困穷,考课居最,方获被减二年磨勘之赏。广东一十五州,岁赋苗禾止有二十余万石。韶州又号小郡,所管四县,地瘠人稀,户绝之产能有几许?时暂根括,有何劳能?作册供申,即非难事,安得与守令考课比乎?又况常平法,主管官每月添给食钱十贯文,若不修举上件职事,可谓尸素。今创开此例,则二广其他小郡一一攀

援，无有穷已，启侥幸之风，亦足害政。所有宋普减年指挥，乞赐寝罢。所有常平户绝田产，亦乞别降指挥，立定根括顷亩财产数目赏格施行。所有录黄，臣未敢书行。

（《斐然集》卷 15）

韩璜

【作者简介】韩璜，字叔夏，河南开封人，生卒年不详。建炎四年（1130）赐进士出身，曾任广南西路转运判官、广南东路提点刑狱。

书余襄公集后

景祐岁，范文正公贬不以罪，大臣肆忿，台谏缄默。余公、欧公交章辩论，义气所激，非为利也。既连坐窜逐，后复中以奇祸。果有利心，肯为是耶？是举也，有东汉李、杜之风，赖时清明，不成党锢之祸。文忠公著《朋党论》，意有规于后也，卒不能救绍圣、崇宁之横流，至使故家遗俗、流风善政扫荡无余，而胡虏之变作矣。事之微渐，甚可畏也。主上中兴，更张改纪，岁无虚日，收烬起废，士气复振。然窥间投隙，挟旧图新者，尚可惧也。呜呼！以公视昔，何但前车之戒耶！公文声与欧阳公同时，岂晚进敢议。如辨尧舜之谥号，考秦汉之兴亡，以儒为正，以释为权，皆后学所当知者。寓意赋咏，欲岭上置关籍，简官吏行李之往来，以辨清浊，凡宜施于今日。属除目赐告，获阅一过，订正谬误数十字，因书于后。绍兴丁巳，颍川韩璜题。

（光绪《曲江县志》卷 10）

詹大声

【作者简介】詹大声，字道鸣，生卒年不详，崇宁二年（1103）登进士榜，绍兴年间任南雄录事参军。

通判题名碑记

南雄为江广之喉襟，由东而南，则东广；由南而东，则西江。舟车所会，憧憧往来。其地望甚重若是，则监州、通侯讵可阙而不置？逮我宋崇宁甲申季夏，台阃慨请于朝，乞立通判佐理郡事，徽宗皇帝即可其议，易金判所领，创为通判厅事，盖得设官分职、循名责实之义。逮今经涉凡四十有八年矣，前后德政，辉映相望。其有秉心刚正，莅事详明，以文学显名，以廉隅励世，代不乏人。高勋伟绩，卓然在人耳目，不可掩也。至如题名，久未立碑叙其本末，诚为缺典。绍兴己巳季春，南闽黄公，丞相之后，来倅兹郡。下车之初，凡所施设，有条有理，可谓官称其职矣。因得余暇，会诸僚属，欲考往迹，踌躇四顾，罔有知者。于是早夜编次，止得宣和元年以来历任姓氏品秩，与夫到官受代岁月，计十有二员。命工刊石，立于官舍，以传不朽。面属寒士作文纪实。自顾荒芜，敢虚来命之辱哉？窃试言之。人之材智禀于天，施为政治，有能

有否。能者因之，否者革之，表惊之符也。傥其盛德大功足为后人标准，则阖郡之民思如召公甘棠，虽久而难忘也。始之立碑之意，正在此而不在彼。且将告诸来者，岂徒为文具而已哉！绍兴辛未仲春朔，右迪功郎、录事参军詹大声序。

（《永乐大典》卷665）

赵构

【作者简介】赵构（1107—1187），字德基，宋代第十位皇帝。靖康之变后即位，开创南宋。绍兴三十二年（1162）禅位，淳熙十四年（1187）卒，庙号"高宗"。

令韶州铸钱不得灭裂诏

丙辰诏韶州，自今所铸新钱，毋得灭裂，务令民间不能仿效。

（《建炎以来系年要录》卷52）

林光朝

【作者简介】林光朝（1114—1178），字谦之，号艾轩，兴化军莆田（今福建莆田）人。隆兴元年（1163）进士，乾道年间任广西、广东提刑，累官至工部侍郎，卒谥"文节"。著有《艾轩集》。

乞增添韶州屯驻军兵奏

臣窃见摧锋一军在广南东路，所至弹压，居民自定，然兵势合则壮，散则携，合则气张，散则衰且竭也。今摧锋一军有二千七百八十七人，分屯二十四处，韶州重兵八百四十七人，樵爨、厮役、负辎重、守寨栅者尝过三之一。昨来茶贼侵近本路界上，摧锋一军择其可战者，不过四五百人，其他分屯或百里，或三数百里，或远在千里之外，檄书调兵，非一月不可致也。贼入南雄，则必走循、梅。循、梅，贼故巢也。贼入韶之仁化，则其他州郡且将戒严矣。以摧锋四五百人分布南雄及韶之仁化，则守之为不足；若欲并在一处，即此贼轻狡，是必乘虚而来。二百里之中，首尾且不相及，一或蹉跌，更无别项策应之人。当是时，若此不宿留于禾山之下，直来岭外，即胜负未可知也。偶迁延岁月，调兵俱集，统制官路海尝语臣曰："若以倍击之，何忧不胜？"臣以是韶州屯驻一军，更须增添数百人，然后可以制仓猝矣。太平、长乐二乡，见属郴州，此为李金出没之处，其地稍瘠，其人易动，岁一不熟，即有攘臂轻生之念。汀、赣、循、梅四州抵界处，椎牛穴坯之人率聚于此，前岁自循、梅望云山，多至十百人，剽掠潮、惠间，此乌可纵而不问也。韶州重兵所制，仓猝使之，每每待一月之程，然后可以集事，则亦已无及矣。若此一处更增添数百人，即仓猝有警，不须调发，可以成禽也。然漕计已窘，实无以给此增添之数。臣欲望睿旨截自来年，取会本路出戍荆南三千人阙额衣粮，及升转官资已拨在诸州，或前后事故之人，岁可省缗钱若干，以给此数百人，为是军久远之利也。臣于警急之间，见此利害甚为迫切，实非过计也。

（《历代名臣奏议》卷224）

洪适

【作者简介】洪适（1117—1184），字景伯，晚号盘洲老人，饶州鄱阳（今江西上饶）人。绍兴十二年（1142）博学鸿词科榜眼，累官至右丞相，封太师、魏国公，卒谥"文惠"。著有《隶释》《盘洲文集》。

祭王中令文

某自广易闽，道出曲江，谒文献张公经祠，而我外王大父列祀西室。盖公敛惠斯土，虽数十百年，烝尝之礼不替。某获分余荫而幼失所怙，棘风寒泉之思，无一日忘也。今瞻印像貌，怆然有感。念瓦缺壁穿，丹青陊剥，遂以私钱诿邑官葺饰，因陈牲酒之荐。惟公其鉴之。

（《盘洲文集》卷71）

与朱舍人书

某比获撰屡辱赐南迁诗一编一百有四首。自曲江过曹溪，抵东衡州，凡三日，垂二百里。右手执帙，左手持辔，目注心存，哦诵乎齿吻，不知林峦之所历、嘤哜之度耳也。昔屈大夫受谗于楚，长吟泽畔，《离骚》章句，上追诗雅。然桀纣羿浇等事反复致详，云霓恶草之讽尤夥。后之废放者，其写悲寓怀之语，必含怨刺。虽韩退之为时宗师，柳子厚文映古今，犹有《双鸟》《训狐》之诗，《宥蝮》《愬螭》之文。中书丈人以赡学伟辞，为甘泉望臣，良笔媲迁、董，大册落常、扬，远徙曲江，八变寒暑，它人必忧恧亡聊，日夜企而望归。我公乃买园葺亭，培薙自适。一编之诗，皆与诸郎快婿、邦人之可语者，投壶围棋，登临所赋。语工而意和，格高而辞乐，无郁郁不平之气芽于中而发于外也。其贤于人如是，夫岂久留此者耶！某不肖不能窥见仿佛，姑以所叹授围人持归以献。

（《盘洲文集》卷51）

洪迈

【作者简介】洪迈（1123—1202），字景卢，号容斋，饶州鄱阳（今江西上饶）人，著名学者、文学家。绍兴十五年（1145）进士，累官至端明殿学士，封魏郡开国公、光禄大夫，卒谥"文敏"。勤于著述，著有《容斋随笔》《夷坚志》等。

《猗觉寮杂记》序

右，上下两卷，凡四百三十五则，故紫微舍人桐乡朱先生公所记也。先生嗜学如渴之须饮、饥之须食，所谓以图史文章为园囿鼓吹者，盖无时不论著。在曲江五闰久，闭关谢客。正流落谪徙，力不能多载书，人家又非一瓻可借，素手无挟，栖迟僧房，独伥伥穷经考古，砭剟疵病，校量草木虫鱼，上掸骚雅，旁弋史传，证引竺乾龙汉诸章，下及琐录稗说，左掇右劘，悉为

吾用，识测意见，超阅众甫，每一转语就，学者争先快睹。方惕若避谤，不肯轻为人言，惟诸郎过庭，时得剽听。善恶天定，然后始收拾汇次，绪成一编。迈与文惠、文安两兄时省觐真阳，岁必过韶，踵门内谒，先生视如通家子弟，引而馆之，赐之诗，有曰："彭蠡春生万顷湖，光明相映棣华树。鹓雏鸑鷟俱为凤，乳酪醍醐总是酥。"忽忽五十年，仲子辄通守赣，刊此书，使为之序。泰山毫芒，昔者窃闻之矣。文惠丐发明《隶释》，答之云："尝作一书，如诗话之类，辨证古今数百事，目之《猗觉寮记》，他日求数字冠篇首，使信于人，托以传永。"呜呼，孰知不及为而顾以见属？悲夫！庆元三年四月九日，焕章阁学士、宣奉大夫、魏郡公番阳洪迈序。

（《猗觉寮杂记》序）

英州南雄二节妇传

绍兴五年，英州观音山盗起，摽掠所过，乡村空其人。至曲江村，有书生吴琪者用窜免，其妻谭氏不能俱，与邻妇人数辈为贼得。谭在众有姿色，群盗争主之。或临以刃，欲强辱之。谭怒骂曰："若贼也，今所行甚猖无道，官军瞬息至，血肉喂狗猪矣。我良家女，岂若偶！"贼意自失，然甚爱，冀尚可回诱，鞘其刃，啖以隽语。谭辄痛骂，奋袂搋其腕，贼袖殷焉。度无可奈何，杀之。后官兵至，盗所向概执者皆得还，曰："使吴书生妻不骂贼，一辱之忍，今归弗死矣。"为吴生言其取死时状然。同时有南雄李科妻谢氏，保昌故村人，陷于虔盗。留盗中数日，有欲与之床第谋，谢吐其面曰："宁杀我，我不汝徇也！"盗怒刭之而去。后十有七年，予来岭南，有僧希赐、秀才黄文谟雅为予说如此，予叹息久之。洪子曰：自《周南》之诗熄，姆傅师保职废，为女妇者曹不识肜管之为何物。旷二三百年得一人，史氏必谨志之，曰烈女。今夫谭、谢二氏出于越绝下邑荛人蓬藋之家耳，不熟衿缡帨鞶之戒，无珩璜琚瑀之节，习贯见闻又非有则范以自厉也，一旦横逆不挠，无所顾惜，视其死与庸下不异，视书史刘更生所记摩肩无少惭，可不为难得乎？此予所以兴叹也。人之生东西南北，不常味人善于齿牙间者，不一能然也。使予无南来，希赐、黄文谟不我告，则谭、谢之事，今虽在人间，极不过十数年歇矣。用是以占山林膏壤之士，修洁履蹈，没没不得传，同烟云变灭者，可胜道哉！此予所以又叹也。言之无文，行之不远，若扬烈妇高，愍女虽贤，得李习之之文，是以名益彰。予识痹名隘，文不足有所起，则夫二妇人虽幸而得书，与不传等耳。此予所以又叹也。作《英州南雄二节妇传》。

（《永乐大典》卷666）

论岑水场事宜札子

臣前日进对，伏蒙圣慈垂问坑冶利害及韶州岑水场兴废曲折。顷岁

先臣谪处岭外，臣随侍往来，数至其处。问父老所谈，见石刻题识，方其盛时，场所居民至八九千家，岁采铜铅以斤计者至数百万。自建炎以来，湖湘多盗，浸淫及于英、韶，焚掠死徙，无有宁岁。今所存坑户不能满百，利入既鲜，饥寒切身，无由尽力为国兴利。地不爱宝，铜山固自若也。今陛下留意泉货，方大兴鼓铸，非多得铜不可。虽使提点一司朝暮趣办，然必州县有之，乃能副急。故其要莫若博议复兴此场，兴之之要在于多得坑户。而瘴疠之地，黄茅极目，人不乐居，其势不可徙民，又不可徙兵，是岂终无策乎？臣窃见诸路所治凶恶强盗及枉法受赃、杀人可愍而特旨贷命者，大抵皆配广南，终身不得归，一岁之间，亡虑数百辈。日月益久，多复沉命。若使自今以往一切配此场为兵，俾之凿山采铜，随所得中分之，以其半入官，其半与之，而官以平直就买。仍与之约，若至场以后不逃佚、不犯罪者，量其元犯轻重、所入多寡，分为三等，各立配役年限，限满则为给公据，还乡为民。此等虽恶黠不逞，知有自新之路，又有半直可以赡生，必将欣然乐于赴役，万万不疑。所患独盗贼，而此曹之力自足捍御，不与异时平日比也。至于养兵筑室器用之费，非韶州所能给，当仰转运司。转运司亦或不继，独广东盐事司有所当卖盐宽剩钱贮于都仓，其数不鲜，取而用之，未足为损。但亡命群聚，意外不可无防，事须官军弹压。韶州旧屯殿前左翼军数百人，有统领官一员，可以就付节制，而令上隶提点刑狱司，使之察军中刻剥侵牟及非理役使之过。盖提刑司实同共评议，上其所当行者及别下坑冶司治其条目，俟其奏至，却令刑部立所谓配役及放还之法。苟如此策，行之三年，当有日新之利。臣区区管见，未询于众，所怀如此，不敢不尽，乞赐圣察。取进止。

（《洪文敏公集》卷4）

赵眘

【作者简介】赵眘（1127—1194），宋代第十一位皇帝，绍兴三十二年（1162）即位，淳熙十六年（1189）禅位，绍熙五年（1194）卒，庙号孝宗。

韶州屯驻摧锋军严禁回易诏

诏殿前司行下韶州屯驻摧锋军，严行禁止军中回易，将见科敷钱物日下除放，仍仰广东经略提刑司取见营运科抑名色及除放过钱数开具申枢密院。日后帅臣、监司如失觉察，并行责罚。

（《宋会要辑稿》刑法2）

杨万里

【作者简介】杨万里（1127—1206），字廷秀，自号诚斋，吉州吉水（今江西吉水）人。绍兴二十四年（1154）进士。创"诚斋体"诗风，著有《诚斋集》，与范成大、陆游、尤袤并称"南宋四大诗人"。

和同年梁韶州寺丞次张寄诗

故人一别恰三年，谁与论诗更说禅。忽报一麾官岭外，寄来七字雪梅前。人惟南内班行旧，语带西湖山水鲜。安得对床吟至晓，旋烹山茗试溪泉。

（《杨万里集笺校》卷7）

明发韶州过赤水渴尾滩

船下惊滩浪政喧，花汀水退走沙痕。一峰忽自云端出，只见孤尖不见根。

（《杨万里集笺校》卷15）

二月十九日度大庾岭题云封寺四首

其一

梅山未到未教休，到得梅山始欲愁。知道望乡看不见，也须一步一回头。

其二

小立峰头望故乡，故乡不见只苍苍。客心恨杀云遮却，不道无云即断肠。

其三

梅叶成阴梅子肥，梅花应恨我来迟。明年若寄江西信，莫折南枝折北枝。

其四

行者南来今几春，一回举似一回新。钵盂夺得知何用？不怕梅花解笑人。

（《杨万里集笺校》卷15）

题南雄驿外计堂

携家度岭夜乘槎，小泊凌江水北涯。二月山城无菜把，一年春事又杨花。举头海国星辰近，回顾梅山草树遮。客子相逢闻好语，看山咫尺到南华。

（《杨万里集笺校》卷15）

二月二十三日南雄解舟二首

其一

昨夜新雷九地鸣，今朝春涨一篙清。顺流更借江风便，此去韶州只两程。

其二

水没蒲芽尚有梢，风吹屋角半无茅。急滩未到先闻浪，枯树遥看只见巢。

（《杨万里集笺校》卷 15）

舟过黄田，谒龙母护应庙二首

其一

远山相别忽相寻，水到黄田渐欲深。见说前头山更好，且留好句未须吟。

其二

南康名酒有残樽，急唤荷杯作好春。紫幕能排北风冷，夕阳偏惜半船温。

（《杨万里集笺校》卷 15）

舟过谢潭三首

其一

风头才北忽成南，转眼黄田到谢潭。仿佛一峰船外影，褰帷急看紫巉岩。

其二

夹江百里没人家，最苦江流曲更斜。岭草已青今岁叶，岸芦犹白去年花。

其三

碧酒时倾一两杯，船门才闭又还开。好山万邹无人见，都被斜阳拈出来。

（《杨万里集笺校》卷 15）

明发阶口岸下

破晓篙师报放船，今朝不似昨朝寒。梦中草草披衣起，爱看轻舟下急滩。

（《杨万里集笺校》卷 15）

过郑步

渐有人家松桂丛，韶州山水胜南雄。未须青惜峰峦过，过了诸峰得好峰。

（《杨万里集笺校》卷 15）

过鼓鸣林小雨二首

其一

渐渐船篷雨点声，疏疏江面縠纹生。石峰斗起三千丈，身在假山园里行。

其二

下泷小舫戴尖篷，未论千峰与万峰。只是舟人头上笠，也堪收入画图中。

（《杨万里集笺校》卷 15）

行部决狱宿新隆寺观邹至完题壁

道乡千古一清风，雪壁银钩墨尚浓。若爱殿前苍玉佩，断无身后碧纱笼。

（《杨万里集笺校》卷 16）

憩楛塘驿二首

其一

夹路黄茅与树齐，人行茅里似山鸡。长松不与遮西日，却送清阴过隔溪。

其二

松鸣竹啸响千崖，为底炎蒸吹不开。自是笋舆趱北去，薰风不是不南来。

（《杨万里集笺校》卷 16）

南雄驿前双柳

外计堂前柳绝奇，南中无此两涡丝。午风不动休嫌暑，要看枝枝自在垂。

（《杨万里集笺校》卷 17）

南雄解舟

一昨春江上水船，即非上水是登天。如今下濑江无水，始信登天却易然。

（《杨万里集笺校》卷 17）

过建封寺下连鱼滩

江收众水赴单槽，石壁当流斗雪涛。将取危舟飞过去，黄头郎只雨三篙。梦里篙师忽叫滩，老夫惊杀起来看。前船过尽知无虑，末后孤舟胆自寒。

（《杨万里集笺校》卷 17）

曲江重阳

烟描水写老秋容，岭外秋容也自浓。如见大宾新露菊，若歌商颂晓风松。插花醉照濂溪井，吹发慵登帽子峰。莫问明年衰与健，茱萸何处不相逢？

（《杨万里集笺校》卷 17）

督诸军求盗梅州，宿曹溪，呈叶景伯、陈守正、溥禅师

南斗东偏第一山，白头初得扣禅关。祖衣半似云来薄，金钥才开雾作团。一钵可能盈尺许，千年有底万人看。今宵雪乳分龙焙，明日黄泥又马鞍。

（《杨万里集笺校》卷17）

明发泷头

黑甜偏至五更浓，强起侵星敢小慵。输与山云能样懒，日高犹宿夜来峰。

（《杨万里集笺校》卷17）

晓晴过猿藤径

厌雨欣初霁，贪程敢晏眠。排天双壁起，受日一峰先。入径惟逢柳，无人况有烟。藤深猿不见，声到客愁边。

（《杨万里集笺校》卷17）

晓炊黄竹庄三首

其一

染练江山宿雨余，枝枝叶叶润如酥。丝窠璎珞消多少，破费天公百斛珠。

其二

琯灰薮薮欲飞声，日到牵牛第几星。地底阳生人不觉，烧痕未冷已青青。

其三

城中殊未有梅看，莫是冬暄欠浅寒。行到深山最寒处，两株香雪照冰滩。

（《杨万里集笺校》卷17）

上岑水岭二首

其一

危峰上面更危峰，特地无梯上碧空。遥望白云生绝顶，如今身在白云中。

其二

天上云泉脚下鸣，玉虹倒挂客心惊。试教转落峰头石，滚到深溪作么声。

（《杨万里集笺校》卷17）

至节宿翁源县与叶景伯小酌

此县谁言是强名，古来十室亦琴鸣。只嫌六七茅竹舍，也有两三鸡犬声。村酒分冬胜虚度，霜风一夜辨新晴。半生客路逢佳节，佳节何曾负半生。

至日宿蓝坑小民居，竹柱荻壁，壁皆不土

一路都岑寂，蓝坑分外荒。屋疏茅送月，壁密荻分霜。病趾催趺坐，残更妒晓光。暖寒无上策，来早借朝阳。

（《杨万里集笺校》卷 17）

南华道中二首

其一

清晓新晴物物熙，小风淡日暖归旗。不堪回首南华路，去岁梅花细雨时。

其二

骑吏欢呼不要嗔，二千里外北归人。殷勤自掬曹溪水，净洗先生面上尘。

（《杨万里集笺校》卷 18）

题望韶亭

新隆寺后看韶石，三三两两略依稀。金坑津头看韶石，十十五五不整齐。一来望韶亭上看，九韶八音堆一案。金钟大镛浮水涯，王瑟瑶琴倚天竽。尧时文物也粗疏，礼乐犹带鸿荒余。茅茨殿上槌土鼓，苇龠声外无笙竽。黄能郎君走川岳，领取后夔搜礼乐。峄山桐树半夜鸣，泗水石头清昼跃。山祇川后争献珍，姚家制作初一新。帝思南岳来时巡，宫琛庙宝皆骏奔。曲江清澈碧琼软，海山孤尖翠屏展。帝登九疑忘却归，不知斑尽湘笛枝。天颜有喜后夔知，一奏云韶供亚湄。仪凤舞兽扫无迹，独留一夔守其侧。至今唤作狮子石，雨淋日炙烂不得。洞庭张乐已莓苔，犍为获磬亦尘埃。不如九韶故无恙，戛击尚可冬起雷。何时九秋霜月里，来听湘妃瑟声美。曲终道是不见人，江上数峰是谁子。

（《杨万里集笺校》卷 16）

韶州州学两公祠堂记

人物粤产古不多见，见必奇杰也。故张文献公一出，而曲江名天下。至本朝余襄公继之，两公相望，揭日月，引星辰，粤产亦盛矣。盖自唐以后于今，五百有余岁，粤产二人而止尔，则亦希矣。然二代各一人，而二人同一州，又何富也！世谓以文取人，抑末也。

两公俱以文学进，以名节显。以文取人不可也，以文废人可乎？两公立朝，忠言大节多矣，而谏用牛仙客，安太子瑛，诛安禄山；留范希文，

排张尧佐，此尤治乱之所先者也。三言不用而二言用，天宝之致，庆历之隆，岂适然哉？虽然，文献相唐，而襄公未及大用，或以是为襄公憾，吾独不然。圣贤君子之于斯世，顾道之行与否尔，相与否奚顾哉！两公者道行则宋隆，道不行则唐致。然则两公之于斯世，孰遇，孰不遇乎？后之有为之主，有志之士，能知两公遇不遇之说，诹诸往，度诸来，必有超然悟，慨然叹者矣。

郡博士廖君德明，庀职数月，谓两公庙祀而不于庠序，非所以风厉学者也，谒于太守徐侯琎、守丞李君文伯，而作堂祠焉。既成，属予记之。则招诸生而谂之曰：二三子庐于斯，饔于斯，业于斯，进而拜先圣先师曰：莫予云范。退而瞻两公曰：莫予云磋。跋而望曲江之山川曰：莫予云徂。可乎？不可也。不可而莫予云续，何也？二三子盍思之！淳熙八年九月九日，诚斋野客杨某记。

（《杨万里集笺校》卷72）

注：杨万里此文收入康熙十二年（1673）《韶州府志》卷12《艺文志》，改题《张余二公合祠记》，所录文字与文集稍有差异。

朱熹

【作者简介】朱熹（1130—1200），字元晦，号晦庵，南剑州尤溪（今福建尤溪）人，著名理学家。绍兴十八年（1148）进士，累官至焕章阁待制，庆元六年（1200）卒，谥"文"。著述众多，后人辑为《朱子大全》。

韶州州学濂溪先生祠记

秦汉以来，道不明于天下，而士不知所以为学。言天者，遗人而无用；语人者，不及天而无本；专下学者，不知上达而滞于形器；必上达者，不务下学而溺于空虚；优于治己者，或不足以及人；而随世以就功名者，又未必自其本而推之也。如是，是以天理不明，而人欲炽，道学不传而异端起，人挟其私智以驰骛于一世者，不至于老死则不止，而终亦莫悟其非也。宋兴，九疑之下，春陵之墟，有濂溪先生者作，然后天理明，而道学之传复续。盖有以阐夫太极、阴阳、五行之奥，而天下之为中正仁义者，得以知其所自来。言圣学之有要，而下学者知胜私复礼之可以驯致于上达；明天下之有本，而言治者知诚心端身之可以举而措之于天下。其所以上接洙泗千岁之统，卜启河洛百世之传者，脉络分明而规摹宏远矣。是以人欲自是有所制而不得肆，异端自是有所避而不得骋。盖自孟氏既没，而历选诸儒受授之次，以论其兴复开创、汛扫平一之功，信未有高焉者也。先生熙宁中尝为广南东路提点刑狱公事而治于韶，洗冤泽物，其兆足以行矣，而以病去。乾道庚寅，知州事周侯舜元仰止遗烈，慨然永怀，始作祠堂于州学讲堂之东序，而以河南二程先生配焉。后十有三年，教授廖君德明至，视故祠颇已摧剥，而香火之奉亦惰弗供，乃谋增广而作新之。明年，即其故处为屋三楹，像设俨

然，列坐有序。月旦望率诸生拜谒，岁春秋释奠之明日，则以三献之礼礼焉。而犹以为未也，则又日取三先生之书以授诸生曰："熟读精思而力行之，则其进而登此堂也，不异乎亲炙之矣。"又明年，以书来告曰："韶故名郡，士多咥慤，少浮华，可与进于善者，盖有张文献、余襄公之遗风焉。然前贤既远，而未有先生君子之教以启迪于其后，虽有名世大贤来官其地，亦未闻有能抠衣请业而得其学之传者。此周侯之所为惓惓焉者，而德明所以奉承于后而不敢怠也。今既讫事，而德明亦将终更以去矣，夫子幸而予之一言，庶几乎有以卒成周侯之志，是亦德明之愿而诸生之幸也。"廖君尝以其学讲于熹者，因不复辞，而辄为论著先生唱明道学之功以视韶人，使因是而知所以用力之方。又记其作兴本末如此，使来者有考焉。淳熙十年癸卯岁五月丁卯，新安朱熹记。

(《晦庵先生朱文公文集》卷79)

刘天锡

【作者简介】刘天锡，字梦徵，号东斋，吉州清江（今江西清江）人，生卒年不详。乾道年间任韶州司理参军。

新设乳源县记

天下之事，关生民之休戚，系方隅之安危，虑远大者以为急务，肆玩惕者以为缓图。君子尚弭患于未兆，而况明著者乎？韶之曲江西有乳源乡，居民数百家，陆通湖广桂阳，盗贼出没无时，至则肆屠燹，然虽频罹残虐，而民守死弗迁者，以易为生耳。绍兴间，乡民胡世贤、邓寿保、丘元凤、苏杰、吴勋等数以其当设县治事请于守臣。时诸重臣与韶守周侯舜元，亦以其地远民伙，政化难及，裁可上闻，得许报，父老闻之，欣然趋事。余承乏司理，当道檄余经画立县之制。余承命惟谨，夙夜不遑宁处。于乾道三年八月十有三日，集乡儒父老邓灏辈，议立县于乳源乡虞塘黄土岭下，北枕云门峰，南面泰峰山，众峰罗列拱揖于前，一水曲折环绕于左，前方广而平，后丰隆而阜，信得所矣。由是取木于山，伐石于野，建县治、儒学、庙祠、坛壝、厅事、殿堂、廊庑、廨舍、仓库，以楹计五百八十有奇，筑土城周围五里余，高十一尺，厚七尺。随里便为四门，东通韶路，名曰望韶；南临溪水，名曰观澜；西望双峰，名曰迎翠；北通宜寿，名曰宜寿。去县东百余步，近犀水，有高阜，立鼓楼于上，所以严戒禁，省晨昏，惕民之勤，警民之惰也。次第就绪，丰约适中，需费量出公帑之积，工役取给于各乡之民。割曲江之乳源乡四里，曰洲头、曰大富、曰宜寿、曰清江；崇信乡八里，曰平安上、曰平安下、曰上平上、曰上平下、曰积善上、曰积善中、曰积善下、曰崇恩；乐昌之新兴乡三里，曰嘉昌、曰臣忠、曰石带。总十五里置县，而以旧乡名其县曰乳源。坊街缠市，区分类别，秩然有章。工始于乾道丁亥秋九月，讫于乾道己丑冬十有

二月。至是士民始奠厥居，商贾始得所归，室家相保，凶盗无虞。数百年镇市之地，一旦化为宣化之所，盖因民之所欲为而为之，故民忘其劳而成之易也。事峻，余复于诸重臣，因来知乳者郭玘以事不至，周侯仍檄余摄县之政。余悯其规制尚未备，撤境内浮图之无名者二十区，取其材砖甓县学，以树碑坊，凡释奠祭器，皆自是无不备。敦请宿儒为师，取属乡曲江、乐昌之弟子员，与凡民之俊秀，皆来入乳学。衣冠文物，翕然兴起，斯邑斯民，骈纛我朝大造之仁于无穷也。越岁辛卯，二月既望，新县尹萧光大来代政，余亦将丐恩休矣。因诸父老请余记县治事迹，顾相谓曰："大夫建功吾邑，惠恤吾属历四年余矣，今而不可借留，恐继斯邑者莫知创县之始，请勒诸石，识其岁月，俾后有所考。"此余新建乳源县治事实之记所由来也。予名天锡，字梦徵，号东斋，吉之清江人也。其聚货、督役、效力各执事皆急务于远大者，列名于碑阴，示不忘也。乾道辛卯五月朔日立。

（康熙《乳源县志》卷8）

江璆

【作者简介】江璆，籍贯及生卒年不详。乾道三年（1167）任梧州知州，后任广南等路提点坑冶铸钱公事。

岑水场两监官衔事奏

前来曾措置韶州岑水场添槽作一百所，取胆水、胆土淋铁成铜，下二广州军，委守臣点检杂犯配隶人年四十已下，筋力强壮各二十人，借支月粮，限半月发赴本场役使，且以五百人为额，具申朝廷取旨依外，照得韶州岑水县系分两场，内黄铜场，管凿山取矿烹炼黄铜，置武臣监官一员；胆铜场，管浸铁洗矿烹炼胆铜，置文武臣监官各一员，内文臣监官改作检踏官。递年以来，两色铜课皆不敷额，往往各分彼此，互有侵占。已将两场并作一场，责办监官依旧收趁外，缘岑水场承平，人烟繁盛，其黄铜场监官阶衔带兵马都监主管烟火公事，今来既并为一场，及又刷差二广配隶五百人在场淋铜，皆是乌合杂犯之人。欲望朝廷详酌，将岑水场两监官并系阶作监韶州岑水黄胆铜场并烟火公事、监辖淋铜及检踏措置官，庶几有以弹压，不致生事。

（《宋会要辑稿》职官43）

邹补之

【作者简介】邹补之，字公兖，衢州开化人，生卒年不详。淳熙二年（1175）进士，曾任广东宪属、休宁知县、江宁通判。著有《春秋语孟注》等。

广东宪台先生祠记

淳熙十六年夏四月，新天子以宗丞公安陆政成出制书，俾廉问广南东

路刑狱。既下车，周览都厅壁记，熙宁中，濂溪周先生尝庀是职，摩挲太息曰："惟予不敏，幸以使事继先生于百二十年之后。傥遗迹有纪也，则固不足法欤？"又三日，以令谒告祠庙之在祀典者，之学谒先圣殿，顾廊无间有先生祠，而曲江丞相祠侧又祠焉。丰碑鼎峙，皆当世名公闻人所为，浓墨深刻，亦既知所向慕矣。顾今台治，实先生弭节之所，出则以号令生杀十有四州之民命，入则存诚育德，以寿千岁之道统。凡一堂一室，一阶一阈，皆先生所经行处，乃独无以自表，任是责者将推诿哉？咨尔胥吏毋靳费，咨尔匠吏毋讳劳，其即台治西偏，故会稽楼下大堂三间，端正面势，染饰楹桷，瓦甓之罅漏者补绽之，屋壁之漫漶不鲜洁者加垩之。又为龛座其侧，以严像设，以时俎豆，杂植竹木，后前相为映蔽。既毕工，议榜其所为宜。公曰："莫宜于'濂溪之堂'。"更命其属邹补之记其概。补之自惟末学谫闻，望道而未之见，焉足以发明先生之精微，而惧辱公命。虽然，窃考先生设施之绪，藐不可得，而世独传其书。今之所谓《通书》者，大都五六千言，首之以《太极》，以立天地混沌之根，播于五行四时之运，蕴于性命道德之奥，达于礼乐刑政之用，元元本本，始终条理，合于孔子之一贯、曾子之忠恕、子思之中庸、孟子之仁义，有秦、汉而下诸儒见识之所不到。而先生乃于春陵之墟、濂溪之滨，独得其蕴奥，是濂溪者先生之洙泗也。其后传其学者，为二程伯仲，波之所及益远。噫！先生之学之书，岂无用之虚谈哉！其达于礼乐刑政之用，皆其设施也。惜其身不得立于朝廷之上，握化枢、运钧轴，与天下相安于太极和气盎盎中，洗冤泽物之功，独见于刑辟之末。先生尝为南安士掾，以狱事争上官，不为屈。其为提点刑狱，不以目指气使杀人于死决矣。若先生殆可敬而仰者耶？故尝谓揭高阳之里，不若濂溪之名；为道学之粹，榜郑公之乡，不若濂溪之堂。知向道之方，名白公之渠，彼功利之微，曾何足书；宝甘棠之芨，惟濂溪名与之不没。先生之名氏可知之，兹故弗著。宗丞公姓陆氏，名世良，字君晋，麻阳人，官今为朝奉大夫。所至以劝学崇化为政之本，于先生每知所宗仰云。

（《周濂溪先生全集》卷12）

李大正

【作者简介】 李大正，字正之，建安（今福建建瓯）人，生卒年不详。淳熙年间任知南安军，后任广南等路提点坑冶铸钱公事，迁利州提刑。

韶州岑水场炼铜事宜奏

近点检韶州岑水场黄铜递年课额虽号二三万斤，而堪用者实少。盖坑户只于旧坑中收拾直滓，杂以沙土，或盗他人胆铜烹成片铤，其面发裂，殆若泥壤，每斤价直计二百二十文省，徒费官钱。今且权住收买，别踏新坑，顾坑户采取胆土，以为淋铜之用。其胆铜坑户就官请铁，旧来采铜坑

户承接胆水浸洗矿未烹炼成铜，今欲分别水味浓淡、各人合用铁数支给，更不克铁本。以铁计铜，得铜数多则不复问，得铜数少，计铁比较，追其所亏，仍将逋欠钱铁权与倚阁。每斤实支价钱一百三十文省，除桩充经总制钱并顾工价、炭，犹可得钱七十三文省。如铜色不及十分，即随分数估剥支给。或趁办年额之外能有增买者，则更优支价钱四十文省。应淋铜取土皆在穷山绝顶，所役兵士皆是二广配隶之人，衣粮经年不至。今欲依信州铅山场兵士例，日贴支米二升半外，有韶州永通监递年铸钱多不及三千贯或四千贯，今欲酌取中数，管认三千五百贯。

（《宋会要辑稿》食货 34）

乞奖惩般发铜铁纲运官奏

契勘韶州岑水场趁办浸铜、淋铜课额，全仰春水浸渍，今年一春阙铁使用。臣至南雄州，索到收支铁历点对，去岁一年之间收铁五十八万余斤，其南雄州只支发过二十七万余斤。照得般发铜铁纲运系本司主管。通判南雄州林次韩今已任满去官，见任通判曹纬自正月到任，至目下已发过铁五十八万余斤，有此不同。欲望特赐处分，以为劝戒。

（《宋会要辑稿》职官 43）

梁安世

【作者简介】梁安世（1136—?），字次张，处州丽水（今浙江丽水）人。绍兴二十四年（1154）进士，淳熙年间出任韶州知州，后曾任广南西路转运判官、转运使。著有《远堂集》。

跋尽言集

元城先生南迁，往还皆道曲江，比得其手帖十余纸于州人邓氏，乃刻石清淑堂上。适先生曾孙孝骞自连山来访，出其家藏《尽言集》十三卷，因命工镂版，置之郡斋。淳熙五年戊戌闰月初吉，假守括苍梁安世谨书。

（《尽言集》附录）

楼钥

【作者简介】楼钥（1137—1213），字大防，又字启伯，号攻媿主人，明州鄞县（今浙江宁波）人。隆兴元年（1163）进士，嘉定年间，官至参知政事，卒赠少师，谥"宣献"。著有《范文正公年谱》《乐书正误》《攻媿集》。

跋余襄公题崖碑

襄公以孤生起峤南，忠言谳上，显于庆历。尝出居庸关，口伐戎酋于九十九泉，退其二十万之师，西边亦赖以定。晚而经制五管，前后十年，如交趾、大理、特磨、南诏之国，皆可以颐指气使。使坐庙堂，真可以镇抚四夷。乃终于南方。人之功业不惟有时，亦各自有地。如伏波之在南，

韶文化研究丛书

卷二　宋元时期

孔明之在蜀，盖非一人。不然昭陵非弃才之主，而公之用不得尽，为可叹也。此帖字有颜体，石崖天齐，人物亦俱与之相高云。

（《攻媿集》卷73）

杨冠卿

【作者简介】杨冠卿（1138—?），字梦锡，江陵（今湖北荆州）人。进士，曾任广州知州，以事罢职。著有《客亭类稿》。

韶州曹溪南华寺修造疏

救世医王，钵囊犹在；无尘明镜，针芥相投。信器密传，宗风益振。归卧曹溪深处，静听韶石遗音。柏子枝头，已会祖师之来意；梅花岭上，任传春信于行人。遂令东土儿孙，尽识真身面目。逮长蛇之肆毒，暨回禄之兴妖。碬磨沉沦，俱化荆榛之域；钟鱼寂寞，仅余瓦砾之场。栋宇一新，龙象咸庆。惟兹器用之饰，与夫埏埴之工。计匠何啻百金，为山尚亏一篑。众力成就，如今九仞废井及泉；末后殷勤，更看群儿聚沙成塔。

（《客亭类稿》卷10）

袁说友

【作者简介】袁说友（1140—1204），字起岩，号东塘居士，建安（今福建建瓯）人。隆兴元年（1163）进士，嘉泰年间，官至参知政事，后以大学士致仕。著有《东塘集》。

跋余襄公平蛮帖

庆历间，元昊纳誓请和。契丹以兵临境上，言为中国讨贼。襄公独曰："中国厌兵，契丹所幸也，故用此挠我耳。"朝廷命公往报，公驰骑出关，见敌于帐中，从容辨析，往复数十，卒屈其议，遂得要领以还。呜呼！子仪单骑见敌，不足道也。其精神折冲如此，平蛮一事，真牛刀割鸡哉。三复劲画，懦者增气。庆元二年九月晦日，建安袁某谨书。

（《东塘集》卷19）

蔡戡

【作者简介】蔡戡（1141—?），字定夫，仙游（今福建莆田）人。乾道二年（1166）进士，曾任湖南提刑、广东提刑、湖广总领、广西经略安抚使等职，开禧年间致仕。著有《定斋集》四十卷。

臧否守臣奏状（节选）

臣前任本路提举常平茶盐公事，自淳熙五年十二月二十八日于南雄州界首交割职事，入境以来，询究民间利害，与夫守令臧否，迄今二年，粗知一二。伏准今降指挥，臣犹恐其间所闻未实，不敢轻信。臣于九月内躬亲巡历，至肇庆、德庆府、封州等处访问士民，参酌向来所闻，具列如

后。所有诸州府见任官请给，臣即行下从实开具已未支数目。除广、惠、潮、梅、循、韶、南雄等州肇庆府从来按月支给外，德庆府、封、新、英州已据报到积下钱数不等。臣亦已将合解本司钱那拨凑数，并已支至六月，自后措置，逐月带支。其余诸州续据报到，依此施行。谨具本路臧否守臣，下项须至奏闻者。本路一十四州，除广州系帅臣，英、连、新、封见阙守臣外，见任知州府九人：……知韶州、朝散大夫吴彦夔，到官年余，郡无废事，财赋不阙。去年郴寇侵扰，彦夔保护一方，安静无虞。但决事多出胸臆，不甚详审。……知南雄州、朝散大夫韦能千，所至有廉称，郡事亦理；但赋性狷急，不能容物，以故毁誉不齐。

（《定斋集》卷2）

吕定

【作者简介】吕定，字仲安，新昌（今江西宜丰）人，生卒年不详。孝宗朝累官至殿前都指挥使。《两宋名贤小集》存诗一卷《说剑集》。

度大庾岭

凿破鸿蒙一窍通，至今传说九龄功。天垂瘴雨蛮烟外，路入炎荒火树中。万里关河瞻北极，两行旌旆过南雄。鹧鸪声里端阳近，榕树青青荔子红。

（《全宋诗》卷2652）

曾丰

【作者简介】曾丰（1142—1224），字幼度，号樽斋，乐安（今江西抚州）人，文学家。乾道五年（1169）进士，授永州教授，曾任德庆知州等职，嘉泰四年（1204）因拒绝韩侂胄招纳，罢官归乡，以诗酒自娱。著有《缘督集》四十卷。

再游南华有祖师衣钵

西方达磨问归程，衣钵都留作么生。正道眼空嫌长物，如何更带履同行。达磨将身带履归，殷勤分付钵和衣。更和衣钵将归去，免与中原讲是非。佛自无言人自讹，但留衣钵说能多。假令和履多留下，谁奈沙门颊舌何。

（《缘督集》卷13）

重建始兴县记

自大庾稍南百里为县，又稍西百里为郡，概名始兴，吴置也。即中易广兴，后易韶，最后裂东竟为州，南雄是矣，县如初。唐相国张公九龄出焉，封始兴伯，县寝为重。本朝许彦先、谭焕、邓酢辈彬彬相先后出。而县治故微，方尺可考，诹之肇卜斜，后或迁于华馆，于旧县，于高宅。乍此乍彼，大抵阴阳家乱之。属有摄令相旧县，方宅迁为良，绵蕞，屋其上。县史相哗犯《宅经》忌，工半，但已董累岁，有元证。淳熙甲辰，长

老谭安辈状其事匄州，取故屋材错之新，不且缺压。州意大役也，难之。静循，县夫茸，惮难甘习，惮成废，县尤也。州效之，废孰为起？则翻然图所应为屋副之浅劣百万，授安辈以归，市材庸工。不董不何，人一其心，百其力。明年三月，鼎鼎成矣。坎而堂，离而门。堂之阳而听，门之阴而楼，岿如也。各为间五，左右庑增者一。堂听之交，项廊而腋室杀者四，庖湢不与；廏杀者一，扉道鞠所不与。帑廪曹隶，直辍庑壁为之。又斥余訾为簿尉廨，规摹视县褊，所杀楼、项廊、腋室耳。负县户口希绝，州谓县虽成，徒县也，又自靡钱，别为屋四十间而畸，民占余，牛马走居焉。草创不失为华，缘饰不伤为朴。乡令簿尉非侨精舍，则僦缠庐，民易视之，及兹帅改观。夫民改观与易视，其间利害之状岂少哉！识者于是役，为官若吏贺者小，为士若民贺者大。人才于粤产，古难得一。从张公出始兴，人以为粤瑞。余考始兴，春秋战国隶楚，秦隶南海，汉逮吴隶荆，晋隶广，未几隶湘。湘废，复隶荆。自隋乃竟隶广，非粤颛分也。虽然，由隋以前亡闻人，后创得公。岂楚于春秋，其习染中国，荆湘又为汉、晋内地，声教渐渍之日深以浃，虽中更粤部，其为日浅，莫能移；至隋唐之粤，非古粤匹，故逾浃，逾浃萃于公发欤？至本朝，衣冠之盛，盖复浃则复发，其理然也。县令为州紧属，其民生不及见升平人物，犹能上桑梓于县，作兴争任之，殆流风固然。叹尚次，恐寝淫久，复以粤产自弃，故于记县治之成，考故新隶，为太守黄公邵缕书之。几公帅令，令帅簿尉，相与诏民为士，诏士为前辈，顾不休哉！

（《缘督集》卷 19）

南雄州通判厅后题名记

南雄州置通守之四十八年，是为绍兴辛未，始有詹大声题名。又三十五年，是为淳熙乙巳，始有林缉续题名。官系以姓，姓系以名，名系以年月日。题名，法也。詹若林为之辞，无不可者。辞于州曰坠望重而已，于通守曰天宠优而已，其如有遗意何？通守于州贰也，贰于长，其道以相可否为忠，其德以不相可否为容。容为贰德，乃长之贼；忠为长敌，乃州之益。庆元己未，建宁郭公邦仪为广贰，以相可否见黜，不辄悔。嘉泰辛酉九月，复贰南雄长宋公浐也。余过州，知其不辄惩，与宋相可否如故。已而宋去，刘公篆至，相可否否，予未知也。逾季而觭，书至自州，言其不辄变，与刘相可否如故。久之如始，至颠沛造次如常，是之谓贰忠其长，长容其贰，盛德事也。更逾季而觭，郭公书满最去矣，有可考在，相继为贰。远者知公之姓名，未必知公之忠于长；近者知公之忠于长，未必知公之既以忠自累，复以忠自持，曾不以悔故惩，惩故变也。故考公之为，后续题名，属笔于予，表公固有识又有守以示焉。

（《缘督集》卷 19）

平政桥记

距大庾九十里为南雄州，负抱二流合于城西南，为凌江津西驿道也。潦备舟，涸备桥，常如式南瞳道尔，帅幡使轺不由尉慢，视里胥如之。秋冬涸，从木衡竹应桥程；春夏潦，辟木阁竹塞舟责，公私病之。于是编舟为桥之筴行，潦则舟格于碛，风日索以裂也；缆卷于骑，雨露淫以折也。仁治乍忽无常，公私又病之。于是累石为桥之议兴。六龙南御以还，州县长贰惩兴作狙偷安。开禧改元，聂公周臣为守之明年也，津吏以舟格缆卷告，公得其故，与其贰陈椿年谋，割月俸为倡，贰以下翕然应之。学逾叶氏子刚，欸右家谒左费，应者翕若，得钱缗二万，米石二千。获所人，仇所出，伐石塈其下九，伐木庐其上三十六。荒度于乙丑春，鸠偻于己巳冬。

（道光《直隶南雄州志》卷19）

袁燮

【作者简介】袁燮（1144—1224），字和叔，庆元鄞县（今浙江宁波）人。淳熙年间进士，曾任礼部侍郎，与权相史弥远不和，罢官还乡，主讲城南书院，晚年起复为温州知州。嘉定十七年（1224）卒，谥"正献"。著有《絜斋集》等。

韶州重修学记

唐人有言，中州清淑之气，至岭而穷。信斯说也，逾岭而南，气皆昏浊而乖戾耶？钟而为人，不若中州之可贵耶？天地之德，阴阳之交，鬼神之会，五行之秀气，人之所以为人也。人无有不善，清淑之气，宜周流而不穷，而截然为之疆界，可乎？韶为州貌在岭表，士生其间，亦有奇伟逸群者焉。故在唐则有若名，宰相张公九龄；在本朝则有若名，侍从余公靖。今犹昔尔，岂独无其人哉？毗陵张君籧典教此邦，知长才秀民之不乏也，思成就之。而学宫陋甚，朽蠹攲倾，若将压焉。盖建立于庆历，备具于元祐，葺治于绍兴，阙焉不修者五十有三年矣。欲撤而新之，役大费广，力不能支，则择其最急者告于郡，请由大成殿始。方侯信儒亟捐金倡率之。越两月，殿岿然如初。经略廖公德明闻而馈之。明年，将营葺其余，率诸生重请于郡，张侯思忠惠然助竟其役。学宫成，复益以饩廪之赢。于是自讲堂及两庑，至于师生之所舍，重门垣墉，仓廪庖湢，关于养士者咸具。为屋八十余间，材良工坚，规制奕奕，非直为士观美，抑将使学者群居于斯，讲切磨励，求日新之功焉。夫道在迩不必求诸远，事在易不必求诸难。规矩有自然之方圆，准绳有自然之平直，上帝降衷有自然之粹精，保而勿失，大本立矣。万善皆由是出，不根于此，而自外求之，似是而实非。直躬之直，申枨之刚，仲子之廉，乡原之忠信，杨、墨之仁义，皆不免于君子之讥，惟不根诸心而已。天下无心外之道，安有不根于心而可以言道者乎？是故儒者当汲汲于学。学如不及，本心著明，庶无负于圣天子设学校、修人纪之意。是则贤师儒所望于诸生者，而属余识其事，故因以告之。

（《絜斋集》卷 10）

陈淳

【作者简介】陈淳（1159—1223），字安卿，漳州龙溪（今福建漳州）人，朱熹弟子，著名理学家。著有《北溪大全集》。

韶州州学师道堂记

濂溪先生熙宁中提点广东刑狱公事，而治于韶，于是韶之为祠者有三。祠于学者，以二程先生配，然在明伦堂之西，迫窄无堂宇之严，未足以称尊崇道统之意。祠于宪司者，即其遗躅，本廖侯所重建于厅之西偏，而后人徙之西园之右，乃与世祀淫祀五通庙门相向，邻于鄙杂。而祠于通衢，为往来士夫瞻慕之所者，又与张余二公、王令公、杨诚斋合焉。张、余二公里之先贤，风节可仰，未为失伦。如令公荆公之父，天圣中守是邦，安石用事，时人建祠以媚之，与张、余并坐中堂，而濂溪、诚斋列于东庑，位序不正，尤为可耻。嘉定丙子，宪使陈侯深为病之，乃于通衢之祠，奉濂溪于中堂西偏，而降令公于东庑；于宪司之西园者，改创外门以正南向，藩墙周密，不与他神祠错列，而学中三先生之像，则移入明伦堂后主一堂之中间。易去旧扁，而以"师道堂"揭之，取《通书》所谓"师道立则善人多"之说，特以表先生宗师后学之意。且以书来求一言以示学者。窃为之喟然叹曰：师道之不立也久矣，自孟子没，天下骛于俗学，盖千四百余年，昏昏冥冥，醉生梦死，不自觉也。宋兴，濂溪先生以先知先觉之资，卓然拔出于舂陵之间，不由师传，独契道体，建图著书，提纲启钥。推原无极、太极之妙，而不离乎日用人事之实；发明中正仁义之精，而不越乎秉彝良心之所固有。圣人之所以安乎此而立人极，贤者之所以执乎此而复其性。处而学颜子之所学者，学乎此也；出而志伊尹之所志者，亦志乎此也。上与羲皇之《易》相表悰，而下以振孔、孟不传之坠绪，所谓再辟浑沦。二程先生亲受其旨，又从而光大之，然后其学布于天下，使英才志士得所依归，河洛洋洋，与洙泗并。兹其所以继往圣、开来哲之功，可谓盛矣！虽于当时不得大施以著尧舜君民事业，而其为部使者于此，一以洗冤泽物为己任，惟恐有一夫之不获其所，皆莫非从大原中出，而大用之所流行，亦可以考验圣贤作处，而未可以寻常吏治例观也。故在万世公义而言，自合配诸礼殿之侧，与先师齐绸接冕，通为天下后学师表，岂特尝临之地所得而私？何韶人师事之意，乃久焉晦昧而不章，今陈侯既为之改正祠事，复正名师道，以揭学者之指南，其所以观视韶人不浅矣。韶之士，果能因是兴起而师其道，于遗编熟读精思，深体而实履

之，无以俗学之见乱焉，则是亦将不远于我与。凡宦游于韶者，均能相与起敬师慕，而吏事之有所本，则亦将不失为有道之政，而于陈侯之意，皆可以无负矣。《诗》不云乎："高山仰止，景行行止。"凡我同志，其共勉乎哉！陈侯名光祖，字世德，德行政事皆不凡。子沂，从予讲濂洛之传，为志甚厉云。嘉定丁丑三月壬辰，临漳陈某记。

（《北溪大全集》卷9）

戴复古

【作者简介】 戴复古（1167—1248），字式之，号石屏。浙江台州人。终生不仕，长期浪迹江湖，著名江湖诗派诗人。著有《石屏诗集》等。

过大庾岭三首

其一

东海边来南海边，长亭三百路三千。飘零到此成何事，结得梅花一笑缘。

其二

凿破青山两壁开，石头路上踏尘埃。梅花自与白云笑，几见夷齐出岭来。

其三

南迁过岭面无惭，前有东坡后淡庵。儿辈欲知当日事，青山解语水能谈。

（道光《直隶南雄州志》卷18）

王偁

【作者简介】 王偁，又作王称，字季平，眉州人，生卒年不详。庆元年间任吏部郎中，后出任知龙州。撰有《东都事略》一百三十卷。

谒张文献公祠

停舟曲江浒，吊古谒遗祠。岩岩始兴公，遗泽芬在斯。堂倾风雨萃，碑断苔藓滋。芳春奠行旅，落日归文狸。唐宫替无事，衡鉴方独持。弼谐展嘉猷，谠论非诡随。雝雝朝阳凤，粲粲补衮丝。侧闻卧病后，九庙烟尘飞。渔阳突骑来，中华混群彝。信哉砥柱力，用舍同安危。昭陵铁马空，仟李柞九疑。维余兰菊存，千秋恒若兹。我来荐微诚，再拜当前墀。顾瞻庙貌间，风度犹可希。武溪何茫茫，笔峰亦巍巍。只今相业隆，孰与前修期。临风一长叹，山雨来霏霏。

（同治《韶州府志》卷19）

余襄公祠

寂寞孤城野水滨，乱余犹见几家存。女墙落日埋秋草，官树啼乌集暮云。

百战徒闻存国步，孤忠谁复吊英魂。夜来遗庙荒庭月，长逐悲笳不忍闻。

（同治《韶州府志》卷 19）

黄枢

【作者简介】黄枢，字几先，建昌军南丰（今江西南丰）人。生卒年不详。庆元五年（1199）进士，嘉定五年（1212）任南雄州司法参军，峒民乱，战死，追赠通直郎。

梁侯祠堂记

嘉定二年冬，提点刑狱廖公德明循行南雄州，谓知州事郭公圭、通判州事赵公善傻曰："梁将死于贼，忠壮可尚，盖于州之大黄团筑屋以祠之？"给钱五万，通判公董其事。越三年春落成。先是，峒贼出没江湖间，声摇东广。州抵南安近，南安抵峒亦近。州以固吾围请，询究伊始，调度方严。梁奉提刑公檄，提军先来，州遣之栅大黄。时未有警急也，贼骤犯境，梁与贼遇。贼几千人，而梁军五十人，众寡尤绝。梁以孤身居兵间，顾其军曰："若何？"又曰："见贼不杀，何为？"又曰："当共以死报国。"军未之应，则又曰："摧锋军可退师耶？"军奋而从之。贼闻而惮之，凶暴无赖，竟逆我师，踊跃争前，劲矢所及，所戮不可计。既阑战乃不竞，救援者后一日，梁遂殁，军之死事者十九人。方战时，旗帜奔飞，钟鼓叫噪，愤心怒气，响震林谷，古之所谓张空拳、冒白刃，北向争死敌者。贼虽侥幸，而震怖出其口，惊惧入其怀，数日间遁而去，州以无事。厥后只园珠之捷、周田之捷，其机皆自梁发之。贼语曰："南雄死斗，不可当也。"壮南雄气，生南雄胆，人人从臾，贼势自衰。览遗迹以慨然，惜九原之不作，且有泣下沾襟者。天下之事，固有迹似不快人意，而其实乃大强人意。嗟夫！人各有一死，或与山岳并峙，或与草木同腐，皆其画裁如何耳。贼宁独不死耶？臭秽腥臊，怙终贼刑，死生堪羞者也。惴惴焉苟视息于人，间世则曰贪生；厌厌然如九泉下人，则曰偷生。孰尊吾君，孰扬厥名？趋死如归，为训为式，惟以我治贼为急，惟以一敌百为念，鬼神在侧，恶知其他。不然，计较胜负，顾忌存亡，利害萦缠，有忝乎所生矣。昔者韩文公书张巡、许远事，而曰："以千百就尽之卒，战百万日滋之师，蔽遮江淮，沮挠其势，天下之幸，谁之力欤！"乃今考诸梁而信。使梁徘徊观望，若保首领，不过一妄庸人耳。死而其弥彰，其所摧败，亦足以暴耀一时矣。提刑公以儒生总制戎旅，知人明，任使当，能得士之死力，此其一也。褒劳轸恻，形之酹辞；保任激劝，具之奏椟。上栋下宇，百世烝尝之，以妥其灵，死事者环列左右。赏功旌善，真有古风。祠侧有僧舍，山水拱挹可观。梁名满，进义副尉，韶州人。舟护其枢归藏矣，匪朝伊夕，诏从天来，荣光休渥，施及存殁，尚有以开士论者。枢参军是

州，目击之，承通判公之命记之。通判公精忠许国，长才佐州，克有成功，歌谣载道，称部使者意，于梁尤惓惓也。枢既记其实，又为梁作悲歌相词者焉，提刑公之酹辞且刻于柱。歌曰：

突兀孤忠兮凌霜日，芬芳令名兮传金石，所遇虽小兮所施罔极。山川有相兮新祠奕奕，春秋匪懈兮享祀不忒，馨香在德兮粪秽扫迹。皇皇神师兮下击贼，凛凛疠鬼兮上报国，有命自天兮光庙食。迪功郎、南雄州司法参军黄枢撰。

（《永乐大典》卷 666）

傅烈

【作者简介】傅烈，字承仲，泉州晋江（今福建泉州）人，生卒年不详。庆元五年（1199）进士，嘉定年间为保昌知县，累官至梅州知州，未及上任卒。

南雄郡推官题名记

昔人谓"水泛莲花池，风动入幕宾"，英游隽轨，率于此寄径。南雄自崇宁门易金判所领，首创郡贰，而推官职守实丛，宣为元幕，关次画诺，郡纲系焉。旧无廨宇，绍兴鸠居，与西陵江门仓邻，地卑隘甚。绍兴三祀，黄君开请于州，移使星馆为之。因仍迨今，姓氏独泯不著，可谓阙典。延平邓君炎载稽图牒，诹访故老，前乎此者岁月浸湮，自缔今厅事以后，得一十人，彪列相辉，联属有叙。窃惟官无高卑，苟徒然有立，皆足以行其志。韩昌黎始为武宁推官，晨入夜归，鲠言无所忌。钱宣靖为同州推官，决女奴疑狱，雪冤数人，书之史册，使人称颂。今立碑之意，非特备遗逸、纪名爵而已，想其人，观其政，将使异日有考云。嘉定庚辰二月朔，宣教郎、知南雄州保昌县事傅烈记。迪功郎、南雄州军事推官邓炎立。

（《永乐大典》卷 665）

李韶

【作者简介】李韶（1177—1251），字元善，号竹湖，苏州吴县（今江苏苏州）人。嘉定四年（1211）进士，端平年间任殿中侍御史，累官至礼部侍郎，以端明殿学士致仕，卒年七十五，谥"忠清"。

南雄州学教授题名序

大君，天地宗子也。孰非人之子，而入使孝于其亲，出使恭顺于其长，是其教习属于天地之宗子，故设官教人，皇极大德。自乡庠遂序之制不见于后世，薄海内外，皆为建学立师，未有如我宋之盛者，其于宗子之责塞矣。然则分大君之忧，而任夫人父兄之托，可不知所务乎！郡县吏有狱讼财赋之责，簿书期会之事，一或不办，而责随之。为大君养士，漫不思人之我托，而偷曰"是职闲无事也"，与不省己之未修，而诿曰"是俗陋不易化也"，是使其责将安归耶？南雄自伪汉始为郡，置学官以来，居是者不知其几人，而

名氏缺莫得详，姑取近而可考者镌诸石，因书所闻，以谂来者，俾懋厥职。若夫博文而约礼，切问而近思，所以教人为学之序，则有圣门垂训在。嘉定十年春二月戊申朔，迪功郎、南雄州州学教授李韶记。

（《永乐大典》卷665）

方信孺

【作者简介】方信孺（1177—1222），字孚若，号好庵，兴化军（今福建莆田）人。以门荫入仕，曾任韶州、真州知州，官至淮东提刑。著有《南海百咏》等多种。

虞泉铭（并序）

韶之西北有山联绵如屏障，是为皇冈，虞祠奠其麓。刑狱使者廖公德明既作新之，□有泉出祠东崖，其流所以资灌溉、给饮濯者甚远，甘而洁，与他泉异。余仲夏有事祠下，退而相羊林涧间，因谓泉于是乎出，幸托虞祠相为始终，而名独不得与舜峰、韶石班。虽泉之不遭，亦好事者责也，于是命匠刻石，遂名曰虞泉。又记，黄太史诗有□□泉，作者注云：河北酒名也。既以名泉，又因泉以名郡斋之酒，它日与客酌泉饮酒，念当有被金石，使后之人知名□始□□。铭曰：苍梧之墟，虽舜迹只。双阙岩嶤，镇南国只。山川草□，□今昔只。韶□大全，犹彷彿只。彼皇冈下，新宫翼翼只。流泉髻发，贯东壁只。昼夜混混，不涸不溢只。耕者居者，普润泽只。皇后遗祥，为帝出只。肇锡嘉名，孰宾□只。谓舜何峰，谓韶何石只？岂泉之清，不称德只？会稽有井，石□泖只。岂韶□泉，匪是匹只？自我作古，诒罔极只。酌泉而□，□□格只。酿泉而醴，人□怪只。铭以歌之，宜琴瑟只。皇宋嘉定庚午七月丁亥朔刻。章贡萧茂。

（道光《广东通志》卷212）

注：部分文字据康熙十二年《韶州府志》卷13补入。

刻陆游题诗境跋

开禧丁卯正月书，时信孺丞萧山，而放翁退居镜湖，年八十三矣。后五年嘉定辛未，信孺假守曲江，谨摹刻于《武溪深》碑阴。九月旦，莆田方信孺识。

（道光《广东通志》卷212）

方大琮

【作者简介】方大琮（1183—1247），字德润，号铁庵，福建莆田人。开禧元年（1205），省试及第，累官至广东经略使。著有《铁庵集》。

文献张公

维公高文直道，为唐钜人，不易其介，知几其神。用则开元，舍则天宝，公之一身，实关世道。当时天下，号曲江公，铁胎巍巍，千古清风。

矧是粤人，宜尸而祝，祠之校宫，后学是劝。

（《铁庵集》卷 38）

陈元晋

【作者简介】陈元晋（1186—？），字明父，江西抚州崇仁人。嘉定四年（1211）进士，曾任融州知州、知南安军、邕管安抚使等职。著有《渔墅类稿》。

翁源县令厅壁记

余与李实夫为辛未同年，后十一年会于羊城，又为同幕。时翁源令阙，诸司推实夫能，议辟上。余爱实夫之才之奇，谓不应深入瘴重处。实夫笑曰："今仕者每患五削不易得，故抗走尘俗，惟视上官色可否，胁息不敢喘；同列矛戟相向，见便则夺；权要之门，苟可梯媒，如蚁慕膻，如蚋聚醢，不复顾惜名义。使其气馁精摇，为身之殃、心之病者，甚于瘴也。华诚未能忘情斯世，使得一山水县治之，为可扳功令为脱选计。其吾心休休焉，出则勤于民，入则休于书，比及三年，神全守固，无愧怍于俯仰间，犹将使穷林深谷匹夫匹妇皆无所疾苦，瘴焉能病于哉？"于是辟上不辞。命下，即日就道。未几，政声猎猎日起。孥孾得职，流徙复业，僵植坏修，百废具举，隐然为韶五邑最。两台交荐之，且通籍殿中矣。盖不惟实夫之才术足以自著，而其识趣复出流俗之表，为难能也。又三年，余需次里中，实夫遣介走千二百里，来告县治之成，且曰："翁源旧无壁记，父老黄汝旻多能言旧事，暇日帅僚佐载酒访之，得乾道乙酉以来宰者姓名，自张君敖而下十有五人，乃寿诸石，以补阙典，敢求数语镵其上。"噫，实夫之敏于事，虽其小者不苟如此，故予不复为漫衍，而直书实夫所以来翁源之意，以告后之君子，毋徒曰小邑寡民云耳。皇上践阼之初元八月既望，宣教郎、新庆元府奉化县、主管劝农公事兼兵马监押临川陈元晋记。

（《渔墅类稿》卷 5）

刘克庄

【作者简介】刘克庄（1187—1269），字潜夫，号后村，福建莆田人，著名诗人。赐同进士出身，累官至龙图阁学士，卒后谥"文定"。著有《后村先生大全集》。

挽林韶州二首

其一

堕落红巾子，崎岖白刃间。死难令北面，囚尚着南冠。汉使无金赎，相如与璧还。都将双鬓雪，换得两轮丹。

其二

东起平戎策，铃斋书掩扉。身留峤南老，饷至洛中稀。瘴自茅花起，

丧同薏苡归。不知汤介子，朝论是耶非？

从政郎广东提刑司检法官林祖恭以韶州筑城赏循文林郎制

属者蛮轹深入，韶甚岌岌矣，尔佐台幕，能与将士协力，增陴浚壕，隐然有不可犯之势。宪臣言状，薄进一资，以旌尔劳。可。

（《刘克庄集笺校》卷67）

徐鹿卿

【作者简介】徐鹿卿（1189—1251），字德夫，号泉谷，隆兴府丰城（今江西南昌）人。嘉定十六年（1223）进士，累官至礼部侍郎，屡请告老，以华文阁待制致仕，卒谥"清正"。著有《泉谷文集》，颇多散佚，后人辑其诗文为《清正存稿》。

云封禅寺重修造记

大庾，五岭之一也。逾横浦而南，陆行十余里，山行五六里，盘回缭曲，跻于岭巅，界江广之交，石壁对峙，是为梅关。关南寺曰云封，六祖大禅师之法区也。自汉元鼎庾将军戍关，而岭始名。自唐开元张曲江公刊山剔石，而关始通。自咸亨六祖得法，而寺始创。青山流水，环屋上下，盖岭峤清绝处也。世言大览传衣法于黄梅以归，僧徒追蹑争之，至是，师置衣盘石上，追者莫能举，及卓锡地间，泉涌出。后人即其地为寺，大宋祥符庚戌，始赐今额。中间寺宇兴废，纪载失其传，莫可考诘。至于今老屋暗腐，住持永清勇猛精进，必欲自我一新之。以诚告当路，闻者倾施。则鸠工庀徒，逾越险阻，辇材于三百里外。中为祖师殿，东为霹雳泉亭，南为灵官殿，西为西阁。又西跨山两崖，梁空为僧堂，翼殿之右。隔歧道，面东为官廨，扁以驻节，高明轩豁，罔不称事。划攘蓊翳，幻出金碧。役始于嘉定癸未，成于宝庆乙酉，糜缗钱二千有奇。唯法堂、方丈尚仍固陋，亦且锐意经度，凛凛向就矣。清自武其功，走南安城，谒记于郡文学南昌徐鹿卿，以纪岁月。余尝试语清曰："昔祖师樵采负薪，以足衣食。比其服勤碓下，密契无上菩提，言下了了，本无一物。当是时，万境皆空，室庐政复安在？一向从末法中作佛事，于祖师意云何？"清曰："妙庄供诚非我事，然自我之居是山，数十寒暑矣。车之入乎关者，不知其几千两也；车之出乎关者，不知其几千两也。我从其后而问之，其人勉于职者，勤于政者，心于民而不敢苟者，则人必曰此贤者也、才者也。其或养蠹敝，偷岁月，媒身而职之弛，甘利而政之荒，则行路非之，氓隶仇之。夫吾教本于无为，而或以有所为见讥；子教职于有为，而或以无所为见疾。孰知道无精粗，无人我，无内外，无为而不为，有为而未尝为，孔与佛不相悖也。子亦观诸岭上之梅乎，如是而生，如是而华，如是而实，如是而落。谓之有所为可也，谓之无所为亦可也。能具知识于其有无之外，

078

则道在是矣。"余于是竦然惊，豁然悟，因叹曰："鲁男子善学柳下惠，永清善学祖师，乃今日获闻第一义谛。"因次叙其说，使归刻之，以谂后之出入是关者，俾无愧于岭上，以贻清之笑云。落成之岁，六月望日记。

（《清正存稿》卷5）

蔡杭

【作者简介】蔡杭（1193—1259），字仲节，号久轩，建阳（今福建南平）人。绍定二年（1229）进士，累官至参知政事，致仕，卒谥"文简"。

广东宪司周濂溪先生祠记

昔先师朱文公作《濂溪周夫子祠堂记》曰："高极乎无极太极之妙，而不离乎日用之间；幽深乎阴阳五行造化之赜，而不离乎仁义礼智刚柔善恶之际。"大哉言乎！所以阐夫子精微之旨，揭万世义理之准也。盖夫子之学，体用一源，显微无间，上下与天地同流，此岂浅近者所能窥；而其见之行事，则"谨刑"一节尤为深切著明。夫明刑以弼五教，至政以教祗德，自古圣人轻重毫酂，必致其谨者。是固阳舒阴惨、仁柔义刚，以辅教化之不及，而好生之心，流行不息，同胞同体，视之如伤，于以全人性之天，则于无极、太极之本体，亦岂有间哉！夫子辩分宁不决之狱，争南安非辜之囚，所至务以洗冤泽物为己任。至于祥刑广东，则仁流益远矣。天以春生万物，止之以秋。圣人法天，以政养万民，肃之以刑，此夫子之秋肃、夫子之春生也。深溪万仞，民死于石，为之减砚而著令；黄茆张空，民死于瘴，为之绊辔而后行；乡人候吏，惟恐奔走马蹄，脚之或后，而黠胥恶少，则凛凛然如快刀健斧之将加。仁之克广形著如是夫！淳熙间，绣使陆公世良因民之德公也，祠于丹荔堂之侧有年矣。近宪司杨公大异改祠于湘江书院。今周侯弭节是邦，思甘棠之遗，首访旧祠，吏以废告。侯怛然曰："湘江之祠，学者之通敬也，而所主者教；丹荔之祠，官守之常敬也，而所主者刑。刑教虽一，而祠有不同，夫岂可废哉！"亟命泛扫旧宇，而谒至焉。又虑规模湫隘，不足以揭虔妥灵，遂择地于官治之西偏，以庶几羹墙之思，且贻书俾杭记之。杭学于朱子者也，酌泉知脉，元公于杭有罔极之恩，谊弗敢辞。窃谓元公之祠遍天下，而司存一祠，侯独以为不可废者，何哉？广南十四州生民之命所茧也。为部使者旦而瞻是祠，退阅未决之狱，必思夫子之以刚得中、以动而明，敢不敬？夕而瞻是祠，退决非辜之囚，必思夫子之中正明达、烛及微暧，敢不敬？朔望瞻是祠，退而心行乎一路之间，必思夫子不惮出入之勤，虽荒崖绝岛，而念虑不可不到也，敢不敬？祠在是则敬在是，敬在是则十四州之民命在是也，祠可不复其旧欤！此侯之心也。呜呼！侯之心非特善一家之学，将以开群心有体有用、有微有显之学也；非特为曲江之地，将以为天下立心、立命之地也。前者百八十年之既往，侯既有续元公之道，后乎千百世之方来，必又有以

续侯之心，相与引之于无穷，仁不可胜用矣。侯名梅叟，元公族孙也，学行为世推重，近岁以御史、经筵召，不至，改外台，所学所志，未易量云。

（《久轩公集》）

李昴英

【作者简介】李昴英（1201—1257），字俊明，号文溪，番禺（今广东广州）人。宝庆二年（1226）进士。官至龙图阁待制、吏部侍郎。宝祐五年（1257）秋卒，年五十七，谥"忠简"。著有《文溪集》二十卷。

南华寺五首

其一

诵经听得入从门，壁上偷他四偈言。毕竟单传端的处，卖薪供母是心源。

其二

西方骨董南方宝，留镇曹溪几百年。自是后人当不得，有如翁者亦单传。

其三

从前梵说堕虚空，独有坛经说不同。体用圆明皆宝相，一丁不识却心通。

其四

未参五祖已开山，合下全身此地安。不是香烟忘故里，衣留孔道要人看。

其五

清者何曾饮盗泉，僧盂底饭逆巢田。此疑欲问师无语，风撼长松啸半天。

（《文溪集》卷17）

雨行梅关二首

其一

浓风四合冻云痴，水墨连屏斗崛奇。冲雨此行风景别，满山翠滴水帘垂。

其二

通宵雨滴急催梅，枝北枝南晓尽开。多谢花神好看客，随车十里雪香来。

（《文溪集》卷17）

度大庾岭

征舆六月度梅关，大地清凉树影斑。行客不须梅止渴，流泉到耳冷潺潺。

（道光《直隶南雄州志》卷18）

韶石说送曲江赵广文序

《韶》，尽善之乐也，以名州，嘉矣。名之则昉于唐初，去舜之时如此其远也。山有异状石，耆老相传尝于此九成焉，故石之形肖之，其说甚荒唐无稽。粤岭秦始通，南巡狩故未必至此。然圣人声教之溥，如日月所照，霜露所坠，粤当舜之世，独不在舜之天地中乎？甚矣！圣人之德，感人之深且久矣。后乎舜千有余岁，季札观乐，三叹不已，夫子闻遗音，肉食焉而不味，至于今又千有余岁，而石其思，庙其依，常隐然在人心，舜何以得此于州之人，州之人何以不能忘于舜也！孰谓州之人非其遗民乎？则此石特人心感触之一机，不必致疑可也。教授赵君崇裡既模南海礼乐器，以文丁奠，且将乐于有虞氏之祠，以实是州之名，好古敏以求之者也。舜何人也，有为者亦若是，此当求之于金石丝竹之外。赵君淑诸生而古其心，必有道矣。淳祐八年二月朔。

（《文溪集》卷12、光绪《曲江县志》卷4）

赵汝腾

【作者简介】赵汝腾（？—1261），字茂实，号庸斋，赵宋宗室。宝庆二年（1226）进士，累官至礼部尚书。清四库馆臣辑其诗文为《庸斋集》六卷。

赠张强赴曲江教

圣人立教，以中为常。不得中行，取狷取狂。未见狂者，吾里有张。议论杰然，名压上庠。恶彼佞臣，请剑尚方。使终天彝，蚕绩蟹筐。天鉴其忠，策名颜行。筮仕分教，九龄之乡。惟九龄公，非血气刚。忧深虑远，性端行良。禄山尚微，测其陆梁。国忠林甫，恶未披猖。公预窥之，知其乱唐。仁必有勇，令名无疆。

彼元忠辈，初志激昂。一遇摈抑，尽敛锋芒。嫜婴喑哑，不敢否臧。自谓得计，爵禄之场。丧已丘山，得不毫芒。士辨薰莸，与道存亡。何以臻兹，惟学问将。弱翁懋哉，以保令芳。

（《庸斋集》卷1）

欧阳守道

【作者简介】欧阳守道（1208—1272），字公权，号巽斋，吉州庐陵（今江西吉安）人。淳祐年间进士，任赣州司户、秘书省正字等职，曾主讲白鹭洲书院、岳麓书院，文天祥等出其门下。著有《巽斋文集》。

送曲江侯清卿序

曲江侯君清卿与其弟德卿共予学，五月而归，将别，无以为赠，遂赠以言，朋友之道也。惟国家以人文化天下，士风之盛，岭海之陬无逊江浙。况曲江为广名郡，有张子寿、余安道诗书道德之泽，而其地山水清旷，韶石舜峰，列秀森峙，虞氏数千载之遗迹在焉。想古风于寂寥，隔千载其一日，登高望远，九嶷、苍梧彷佛隐见，皆足以起人悠然之思，境契于心，而道在耳目间矣。士之生其间，固宜秀颖明达，由积学而至于圣贤不难也，况文章特学之余事乎！子韶人也，予将假舜之《韶》以与子论文。夫《韶》，舜之至文也，金石丝竹匏土革木，舜之所以为《韶》也。八物之杂而声成文，鸟兽率舞，凤凰来仪，《韶》之大成也。虽然，舜世之乐孰有外是八物者哉？今为子取所谓管者、簋者、柷敔者、笙镛者、琴者、瑟者、石之可击拊者也，固不乏工之知音律者，皆可能也。然而器具矣，而非《韶》；《韶》似矣，而非舜。何也？八物者，舜乐之寄也，原舜乐之所自，本乎父子慈爱之间，推而达诸宇宙民物之生意，油然天真之发见，而动乎不自已之机，此乐之不能不《韶》也。不于其心而于其器，则《韶》独舜哉？文之有声音节奏，不犹乐之声音节奏欤？而今之文则正声罕矣。鄙贱猥恶者，下里巴人之曲，靡曼幻眇者，桑间濮上之音也，彼岂不用意于文，而卒之非吾所谓文、理不明于心，而徒治其言语之末，俗而不雅，淫而不贞，有由也。理之难明久矣，安能使吾胸中豁然无所滞碍，得之心而应之口与手者，一不悖于理，如古人之文乎？《易》之文微也，《中庸》之文粹也，六经之文予不能遍举，子取二书读之，愈索而愈不穷，如山海之宝藏，随其所得，皆足以致富，而山海之所有不为之损，顾吾力有穷焉耳，不然，何莫非吾取富之资？富资于山海，文资于理，理资于学。子归矣，于予所谓理之明于心者用力焉，本之于经而质之于先儒之训说，立吾心以为主，而凡方册之内，有言理者毕赴焉，使天地万物之情状尽至于吾前，而往古圣贤之心事尽契于精神之表，则吾见文思溢出，欲已不能，而何待于握笔引纸，日孳孳焉以求工也。曲江士风之盛，予虽未尽识，意多有人焉。子归，其谂之乡先长者，以决吾言之信否。予言倘其然乎，它日非子见我则我遇子，子出子之文，予将惊焉，于其别也。书此以告，具以为再见之左验。

（《巽斋文集》卷12）

青云峰书院记

曲江岭南名郡，山川之产多秀民，自张子寿显开元，余安道鸣庆惓，文献承承，越至于今。业进士者有企慕前修之意，求师取友，走千百里外，或累岁而后还家。江湖间有以所学教授其徒，曲江士必在列，而岁至吾庐陵者尤众。其人大率纯实茂，作为文章，轻巧不足而质实有余。予甚

爱其有古之遗风，使遇名师良友，以古道相诱掖，其所成就宜有大绝人者。然近岁士习趋下，号称前辈者或亦止于传习场屋之文，谩不省讲学为何事，幸而收科，自谓一第如探囊中物，不复增益其所未能。后学效之，凡书肆所售，谓之时文，空囊市去，如获至宝，而圣贤格言大训、先儒所为孳孳讲切以觉人心者，反弃置之，以为非举子日力暇到。自吾里中士不免病此，他郡之来学者何讥焉。是徒使其不远千里而来，非惟无益，而又害之也。予解褐且六年，追念半生学力无几，每每发愤太息。塾于私家，思与二三同志专意从事于所当学，然至者认科第为的，则亦惟索我于所亟用之时文，以予笔砚代耕，犹未得自脱于区区之故技，彼已不相益而相习，未尝不怛然内疚于心也。岁在丙午，邹君某与其弟某实来。君曲江之属邑仁化人，锐意就学，惜其与处暖数月，未及以予所见谂之。君将归，请于余曰："予家有青云峰书院，因地为名。盖青云峰之下为龙骨岭，书院席龙骨而枕青云，前有水焉，抱书院而东，谓之斗水。伯父爱其幽胜，屋于斯以为诸子藏修游息之所，而予父共成之，买田其中，收其岁入，专以给游学之书费。愿为记之，且幸教以为学之大方，庶几朝夕目击而无忘执事之训也已。"予告之曰："凡予所愿与朋友共学者，非今所谓举子之文之谓也。学也者，因圣贤之书，求圣贤之心，而为圣贤归者也。举子之文不过求先达准绳尺度，学先达之文，足以得先达之科第而已矣。读圣贤之书，求圣贤之所以为圣贤也孰御焉。予知子之嗜学也，而恨数月之间未有以告子。今且别，忍爱言哉？子之书院取名于山，山之耸秀峭拔之状非予所睹也，睹其名知其非丘垤也。子归而藏修游息于耸秀峭拔之山之下，地之偏，人之寂，景与心会，能无感乎？《诗》曰：'高山仰止。'高山之可仰，何也？人固贵乎自拔也，孔子登东山而小鲁；登泰山而小天下，何也？居高则所见者大也。人不自拔则陷于污，不见其大则安于陋。子行矣，予无以告子矣。子归见是峰而问焉。"君又请曰："峰以青云名，决科者以为祥也。予兄弟学于此，谓天之衢亨在此矣。揭斯名也，亦以动策励之心焉，何如？"予曰："培塿堆阜不能出云，出云者必势分，积高且大也。夫学亦然。集义以养吾气，是气塞乎天地，而天下事有不足为也。古之君子退然自养，不求闻达，一日见于用而天下被其泽，何也？藏之深而蓄之厚也。子行矣，予无以告子矣。子归见是峰之云而问焉。"君曰："唯唯。"因次第其语为记。

(《巽斋文集》卷16)

韶州相江书院记

生民以来，未有盛于孔子，此亲见圣人者之言也。前犹未有，后孰得而并之？然鲁孔子父母国，诸弟子学于其门，其没也鲁君一诔而止，门人三年而归，阙里之教于是寂寥矣。近鲁者齐，昔者历聘之所首至，孟子得其传而仕于此，亦尝一称仲尼而对其君，然身不留，道不行，固无望其君

能推其学之所自出，而表章先圣于过化之地也。夫道能信于万世，而相去未远之时，齐、鲁视之蔑如，其空言之幸存，恃有门人与孟子而已，乌在其为生民以来之最盛者哉？夫亦要诸久而已矣。通祀比之社稷，立学遍于郡县，巍巍乎万世一人，当时亲见圣人者之言，盖至此而愈信也。后千五百年，我宋濂溪先生周元公出所著之书，惟《太极》一图与《通书》四十章，而《通书》亦惟推明《太极图》之意。二程子少而师之。至于朱文公继作，乃推寻二程子之言，见其合于图书，而信其得于授受，于是图书之传益以光大，学者尊之，几与《易》《论语》等。天子特为之表章于上，自是元公之里居与其仕国所在，奉祠堂、建书院矣，此孔子所未尝得于齐、鲁者也，何其盛哉！窃尝疑之，当熙宁间，元公在南，二程子在北，而元公以癸丑岁没，二程子毋乃未之闻耶？后十有四五年，二程子之道下信于门人，上信于君相，而自朝廷至四方曾未有知元公之师道者。其后洛学再厄，而讥毁不及于元公，则犹幸其未尝彰显于熙宁、元祐故耳。今学者得图与书而学之，盖稍出于中兴以后，而最盛于三四十年也。孔子得通祀与立学于千余年之后，而元公祠堂、书院近见于百余年间。就百余年观之，则熙宁、元祐之人所未能通知者，亦必待今日而后大。显晦久近又各有时，皆非人之所能为耶？岭南韶为文献国，刑狱使者台治在焉，元公所尝莅之官也。往年长沙愚斋杨公持使节，筑相江书院于帽峰之麓，中为祠堂，旁居学徒，后人屡有增拓，且立先圣殿，而受赐额于朝矣。越十有九年，公之兄之子谦仲父继以是节来，又益大之，视前加倍，而规制之端正，则韶士以为是具上庠之体者也。谦仲父前为道州，濂溪书院创于其手，先帝御书六大字以表之，今复为此于韶，以成愚斋公之志。殆若一家之事，父基而子堂之者，道犹鲁，韶犹齐，二书院同出于一人。甚矣，于斯文拳拳也！予昔与谦仲父同朝，而韶士亦有与予相闻者，以书来请曰："元公昔使此部，将漕两年，仅八月而去之。其未去也，巡历属部无虚月，留此州之日甚浅，所著图书又未出，是当时之亲炙曾不若今日之闻知也。二杨先生惠后学至矣，愿记书院之大成，而因有以诏我。"予不敢辞，则复之曰：图书固元公义理之极致，然二程子之师之也，窃意斯时讲闻大意，成书之出与否未可知也。后又远不相闻，非若孔门诸子终其身而事夫子者。故伊川谓明道自十五六闻周茂叔论道，慨然有求道之志，未知其要，出入于诸家，泛滥于老释者几十年，反求诸六经而后得知。深味此语，则元公固亦开示其端，而徐俟其自得云尔。夫以亲受学于元公，而犹曰未知其要；及其得也，则以求诸六经之力，然后与元公之学吻合，而无毫发之差。盖六经圣人之心在焉，元公之学之所自出也。二程子从其学之所自出而学焉，斯与元公同其所得矣。今元公图书满天下，其文至约，家传而人诵之，犹有如二程子自谓未知其要，而又求诸六经于受学十年之学者乎？必如是，然后自得；自得然后信元公真吾师也。不然，莫要于图

书，夫既传诵之矣，所忧者自得不在我耳。以元公为之师，犹退而求之六经者，二程子也。见元公于图书，而曰吾知之矣，六经可以无求矣，噫！此则二程子所不敢也。予方自为此惧，而安能效寸益于相江书院之士乎？敬为书院记岁月而已。愚斋公名大异，初建书院于淳祐丁未。谦仲父名允恭，更新书院于景定甲子。次年咸淳改元秋八月，庐陵欧阳某记。

（《巽斋文集》卷 14）

王义山

【作者简介】王义山（1214—1287），字元高，丰城人，景定三年（1262）进士，曾任瑞安府通判等职，入元后，曾任提举江西学事，以事去职。著有《稼村类稿》三十卷。

题韶州李同知百泉漱雪吟卷

癖到膏盲药不医，把泉煮石炼成诗。齿根更著雪来嚼，吟过梅关又一奇。奉命来宣古曲江，春回画戟昼凝香。使君吟到苏州意，愿睹斯民一日康。

（《全宋诗》第 64 册）

区仕衡

【作者简介】区仕衡（1217—1276），字邦铨，顺德人。太学生，上书论贾似道误国不果，归乡创九峰书院，以讲学为业，世人尊称九峰先生。有《九峰先生集》三卷传世。

游曹溪六祖寺

智药曾过此，溪源掬水香。西天传鹫至，南海见龙藏。菩萨一心竟，伽梨六代长。千年法珠在，持得照迷方。

（《九峰先生集》卷 3）

林同

【作者简介】林同（？—1276），字子真，号空斋处士，福清人。元兵破福清，被执，不屈死。著有《孝诗》一卷。

张九龄

连理庭中木，丛生坐侧芝。未尝闻孝感，一一有兹奇。

（《全宋诗》第 65 册）

文天祥

【作者简介】文天祥（1236—1282），字宋瑞，号文山，吉州庐陵（今江西吉安）人，抗元名臣，著名诗人。宝祐四年（1256）状元，德祐元年（1275），起兵勤王，获任右丞相，赴元军议和被拘，后逃归，与张世杰等在福州拥立益王赵昰，祥兴元年（1278）十二月，兵败被俘，解往大都后，拒绝忽必烈的劝降，英勇就义。著有《文山集》等。

南华山

北行近千里，迷复忘西东。行行至南华，忽忽如梦中。佛化知几尘，患乃与我同。有形终归灭，不灭惟真空。笑看曹溪水，门前坐松风。

（《文天祥全集》卷 14）

林焞

【作者简介】林焞，字炳叔，福州宁德人，生卒年不详。淳熙八年（1181）进士，开禧年间任开化县知县。

童溪易传序

性本无说，圣人本无言，童溪之论性然也。《易》，尽性书也，而何至于多言？我知之矣，六丁敕《易》在天，三爻吞《易》在人，天而人之，《易》其显乎！余与童溪生同方，学同学，同及辛丑第，知其出处最详。公性能酒，饮已辄论《易》，尝曰："吾远祖文中不善辨，为负苓者诎，使与我遇，当瞋目张胆，灭其苓而泚之，曰：'尔不有于人，又何有于身。'"自是与人论《易》不倦，而于二《系》为详，出其门者十九青紫。既第之三年，教授曲江，越二年而书成，大书其影，曰："三十之卷《易》书，自谓无愧三圣"，其笃于自信者欤！公姓王，讳宗传，字景孟，世谓"天下王景孟"则其人也。开禧更元，族子駉客武陵，以书来曰："刘君日新将以《童溪易传》膏馥天下后世，叔大夫父当序。"是以序。儒林郎、知衢州开化县、主管劝农公事林焞炳叔序。

（《童溪王先生易传》卷首）

□寅亮

【作者简介】□寅亮，姓氏、字号、籍贯不详。嘉定十年（1217）为迪功郎、韶州翁源县尉兼主簿。

重修凌连二陂记

天下之事，成于有所思，废于所不经意。方生民未识于耕种，而洪水有昏垫之忧。圣贤当斯时，欲使民无阻饥，下有奠居之乐，亦已难矣。自禹、稷思天下之饥溺由己，而烝民乃粒，九河既道，故其功用万世永赖。大哉思乎！周公思兼三王、孟子之思济斯民，皆是思也。后世君子设心措虑，与古人异，平居诵说，无非泽民之事，一旦临政，自相背驰，饰厨传，说过客，谨期会，奉上官，钓致名誉，而其思乃出是。至于兴利除害，曰："吾所虑财赋之不足于用，舍是遑恤其他。"乐苟且以免罪戾，务因循以度岁月，而谓一念之在民，无有也。南雄郡治迫岭下，视二广未深入，地据上流，田有肥瘠，民力农作，岁小熟，则粒米足食，境所恃以为安。所患者陂堰之不修，水利之不广耳。近城十五里曰凌陂，去城二十余里曰连陂，千百顷亩，皆借此灌溉之利。然所以得名者，后人思其创始之功，而以其姓纪之。苟为政者思所以利乎民，舍是无先焉者。惜乎岁月浸

久，荒湮不治，民之力既不能以独举，而问民疾苦者又视为具文。于是千金之堤，溃于蚁穴矣。嘉定八年冬，三山黄公庶以左符开府，首访民间疾病，或有以二陂久废言者，公慨然念之。次年春，邵农近郊，屏导从，率僚属，步至凌陂，相观地宜，首议兴筑。择僚属之公其心、锐于事者，得保昌主簿赵君汝宛，俾董其役。公劝课有程，赏罚有信，时一亲往莅之，迁之于旧基之上，长三十丈，规模深厚广固，皆公指授方略。凿民田三百一十九丈有畸，为梁以导水，给官田之近者以偿之。十年五月，凌陂告成，公复语赵君曰："予首念民愁叹，无汝尔之异，连陂亦吾民利，其可恝然忘情乎！况兴作之费已成者可复也，因民之余力，使二役并举，为一方永久之利。"赵君之令不急不迫，而后连陂成，工费视凌陂差简，而为利则均。适公力上祠请，邦人去思，真有攀辕卧辙之意。一旦至于赵公之庭，请记其事，以传不朽。赵君曰："予首末从于斯者，将何以信于后！"逊而未遑也。是年秋九月，寅亮以常平使者檄来核其实，遂与赵君周旋于二陂间，邦人拥于马首而言曰："二陂之利，皆所目睹，公利民之意，其可没诸！而况奉外台命，周行其地，非如他传闻比，纪以丰碑，以慰民心，其何辞！"余叹曰："上下之不相孚久矣。今日秩满，明日如路人，皆是也。公有志于民，而与民兴利，自为小官宰百里，尝致其思矣。独于此邦见于利泽者，尤章章然。公既思所以为民，而民亦去思之为无穷。近世以来，此风不多见，余敢紬绎其辞，以致民之思。"乃缀之以诗曰：水行地中，物蒙其利。至于稼穑，借以丰美。广郡之首，莫如古雄。良田万顷，年尝屡丰。究其所因，是资灌溉。陂堰之泽，切实为大。曰连曰凌，以姓得名。岁久不治，利焉孰兴。史君黄公，视民犹子。下车致思，饥溺由己。乃命僚属，是经是营。挹彼注兹，据旧取新。激水在山，飞泉沃野。滔滔其流，昼夜不舍。昔也高仰，不穰不锄。今焉润泽，为膏为腴。昔也荒秽，茅茨所附。今焉浃洽，宜黍宜稌。千里之内，颂声致和。含哺以乐，鼓腹以歌。自今有岁，崇墉比栉。公心在民，何以报德。我欲新陂，易名曰黄。诏之邦人，百世不忘。迪功郎、韶州翁源县尉兼主簿寅亮撰。

（《永乐大典》卷 666）

张庚

【作者简介】张庚，生平事迹不详，嘉定年间任始兴县尉兼主簿。

张文献公宋十大夫二祠记

绘像立祠，思贤也。立祠于学，风厉后人也。夫天之生贤固不数，而谓之贤者，必孝于事亲，忠于事君，临大节而不可夺，朝廷以为轻重，天下系其安危。虽其人已殁，其事浸久，闻其名，想其人，百世之下，如将见之。则夫扶持正论，兴起人心，舍斯人吾将安仰！粤惟有唐丞相文献

公，生于始兴之律水，始隶曲江。公先封始兴伯，开元后，天下称曲江公而不名。律水在始兴邑之南，其地石峭水清，风气爽豁。意公钟山川之秀，风度酝藉，故以文章勋节著名。膏馥沾溉，气类感召，至于我宋，是邑人才辈出。许致、许牧椿桂同芳，邓戒、邓辟花萼相映。谭焕以八行居甲科，邓酢由万言至秘阁。跻华显而登仕版者，有十大夫之称，同时还乡，闾里荣之。虽庠序教育使然，亦遗风余烈所及。顾文献公之文章勋业，载在史册，有如青天白日，人皆知之。是祠之立，姑叙其尤大彰明者。公七岁能属文，十三以书干王方庆，已有致远之称。应道侔伊吕科，授左拾遗。丞相张燕公荐之可备顾问，寻迁中书。以母丧居制，不胜哀毁。孝诚所格，紫芝产坐侧，白鹤巢墓木。天子思得贤相，夺哀拜同平章事。自是言论不绝。抑守珪之滥赏，罢仙客之实封，察胡雏之逆相，犯颜逆耳，不避权要。虽贬谪于外，以文史自娱，未始戚戚婴望。迨渔阳之变，天子在蜀，思公之忠，为之泣下，遣使祭于韶，厚币恤其家，已噬脐矣。呜呼，公之诚孝可以动天地，精忠可以贯日月，奈何朝有指鹿之奸，国弃攫鳞之士，卒抱逄干之忠于地下，良可悲也！曲江与南雄俱有祠，而始兴县阙而不立。己卯之春，令佐诣学，与职事诸生语曰："昔文翁守蜀，吏民为之立祠，自是蜀人多好文雅。韩文公谪守潮阳，潮人师事之，至今文风为之愈盛。况文献公生于是邦，而十大夫皆先达名士，可不绘像立祠，而使后人起敬起慕耶?"于是合辞称善。邑宰赵侯彦偃首为之倡，庚继赞其事，职事陈南翼各任责宣力。由是乡老闻而作兴，父庆其子，长励其幼，聚金鸠财。乃相讲堂之东偏为文献祠，于右为十大夫祠。不阅月，而已貌像丹青，俨然山立，汭筵陈列，高下有序。笾豆既嘉，衿佩翼趋，合以燕飨，来观济济，莫不慨想遗风，而愿学焉。呜呼，自唐至宋，寥寥千百载，是邑岂无令佐之贤，乡曲之英，奉祠致敬，而慭慭至于今日。若赵侯可谓知所先务，其用心贤矣哉！今既落成，职事诸生来言，愿刻诸石，属庚为记。屡辞不获已，采摭公之行事，书于前矣。然赵侯勉励诸生之心，迨不止是也。昔阳城为国子司业，引诸生而告之曰："凡学者，所以学为忠孝也。诸生肄业学校，平日讲明论辩，无非有用之学，岂特工于言词章句之末哉，要必有以为之本者。"夫子曰："事亲孝，故忠可移于君。"而《礼经》亦曰："忠臣以事其君，孝子以事其亲，其本一也。"司业与文献俱以忠孝立身，卒为唐之名臣，能因是而考二公之行事，究二公之用心，好学力行，期无愧于为子与臣之节，异时弹冠王朝，直节凛凛，开元遗范，轨迹可遵，乃赵侯立祠之本意，并书以勉后人云。嘉定己卯蕤宾月朔，迪功郎、南雄始兴县尉兼主簿张庚撰。

（《永乐大典》卷666）

吴昺

【作者简介】吴昺，生平事迹不详，开禧年间任南雄州学教授。

南雄州续进士题名记

进士题名，立之学宫，示人才之所自出也。惟南雄旧隶曲江，山川扶舆，气不他毓而钟美于才。唐开元中，杰然以文章勋节著名者，张文献公盖其尤也。馥丐膏沾，山晖渊媚，至于国朝，顾李父子、二邓兄弟，相继联登，寝跻华显。儒风薰襄，士类日盛，甲于岭表，往往艺学绩文，皆有师法，立身行己，一蹈准绳，虽庠序教育使然，沿波讨源，所从来远矣。乾道三年，郡博士赵君善珏尝采天圣泊绍兴初保昌、始兴擢进士第者凡三十人，悉裒次名氏年载，甲乙为之记，而刊诸石，嗣是而题且联翩而未艾也。记久漫漶，邑人请更之，将砻而改刻。予方任育才之责，无以辞，则为之言曰：夫镌金石者不累日，而涵养器业以待上之需，非朝夕积也。继自今诸君其蚤夜孜孜，入门而仰高圣道，则曰乃所愿学，升堂而景慕先进，则曰有为若是。充斯以往，则本深而末茂，形大而声宏，科第直干事尔。异时大书屡书验之，犹信记略矣，姑以励来者云。开禧丁卯上元前五日记。

（《永乐大典》卷 665）

曾次元

【作者简介】曾次元，生卒年不详，端平年间任韶州军事判官。

南雄州修贡院记

出豫章，下滇水，曰雄州。脉络江湘，襟带交广，山川孕灵，涵秀之彦，代不乏人。三岁宾兴，舒翘扬英，梯级霄汉，袂相属也。而棘闱麇艺之地，乃陋不见治。毗陵张侯友师帅是邦，导宣华风，陶染士类。暇日，平确词章，不减布韦笔砚之寒。岁当登贤书，谓词场眼境库污，士子何以明发灵腑？乃屏乃黟，乃新是图。自门徂基，自皇徂堂，启之辟之，百尔并作。庭庑洞达，橑梦高骧，皇皇伟观，荡耀人目。使士子仰栋宇之高宏，以浩其气；俯廉隅之峭整，以厉其节；观丹腹之灿丽，以昌其文。游目而得于心，岂徇华土木云乎哉？噫嘻！世之士大夫轩冕一穿，视布衣若将浼者多矣，奚暇他及？侯不惟澹养若儒素，而恢弘士气之机，且见于长养凝实之余。《诗》云"济济多士，克广德心"，斯之谓乎！侯自下车来，羽檄方丛，而俎豆之事亦不偏废。架壕梁，壮城宇，以侈金汤之胜，而黉舍之修，尤汲汲介心。铢积帑金，将及二万缗，欲创筑外城，为保障之图，而学田之增，尤欲垂利于悠永。使侯当从容无事时，则其羽翼斯文者，将何如哉！盖侯名门素风，得濂涑之传。文靖公与张紫岩为淡交，勋在国史；傃斋雅洁之操，杨文节公剧嘉道之。信乎侯之家学有源乎，充若所为，功用岂易量哉！次元蝗粟邻封，敛衽候望熟矣，怅未造铃下。一日，士辈来谒，夸大贡宇之宏，属余叙志之。次元窃谓侯之善政，若士与民铭诵之，奚俟赘语？然是举也，乃作新士气枢钥也。尔士子去卑陋而诣

高明，意气激昂，头角轩露，异时犹曲江之张、日南之姜，大声沨沨，岭海之光，可不知攸自欤？乃纪诸坚珉，使道盛德至善而不忘。若夫缮费之浩繁，区宇之赢缩，《保昌志》详矣，不书。端平元年八月朔日，从事郎、韶州军事判官曾次元记。朝散郎、权知南安军兼管内劝农营田事彭铉书。奉议郎、通判南雄州军州兼管内劝农事刘无愠篆额。

（《永乐大典》卷665）

江武

【作者简介】江武，建昌军南城（今江西抚州）人，生卒年不详。庆元二年（1196）进士，曾任乐昌县令。

曾大尹生祠记

昌，南服之蕞尔地也。自昔文教衰微，虽风土使然，良由吏治之无其贤者也。南丰曾公，在淳熙十五年以韶州府曹掾辟乳源，越明年，知乐昌事，遂籍籍有政声，人歌来暮焉。公乃以其暇而观学宫，则叹曰："所贵乎学者，化民成俗也。政教之兴，学之助也，今睹庙貌，岂不岿然壮丽，然而衿佩弗游，弦歌不闻，春秋释奠则不废者如线矣，谓何哉！谓何哉！"于是乃捐俸以倡，仍籍在官之田而入之，取祭器而新之，则又叹曰："事当急先务如此，而后教可兴也。"复择士之良者首其事，会有期，功有程，则士之濡泳圣化，一时至盛也。由是邑人士贤之，祠而祀之，因谒余采其故实而纪之。余则安能知公，顾独观于公，因感古今才之难，全于才者为尤难，而公得才之全者也。夫世之以吏治立名，日孳孳以簿书为先务，视俎豆为匏瓜。及其有所为，长于此则短于彼，密其小而疏其大，何有于利民，抑何有于文教，此无论矣！余尝读古循吏传，炳炳人耳目，若龚、黄、卓、鲁诸君其最著。施之于民，若慈母之于婴儿，蹶则持，病则医，絮寒哺馁，乃其心何尝一日已也。讵当时之君，及为其民，宠荣而嗟异之，即后世发痎而诵者，神皆向往焉。今公之明、之廉、之仁、之惠，昭灼于时，已系人之思矣，复以恢恢游刃之余，从事于斯，为文章礼乐之寄，此又龚、黄、卓、鲁诸君之所未逮也，安知万世之下，不以是而多公哉！余故曰："顾独观于公，因感古今才全之难，而公得才之全者也。"公讳造，字子有，丞相文肃公之元孙也。文肃政声最著，卒为鼎辅，今公能致彪炳若此，得之文肃居多焉。余又因此知文肃之所以不朽者，不于公有寄哉！不于公有寄哉！

（同治《乐昌县志》卷11）

张侃

【作者简介】张侃，字直夫，号拙轩，江苏扬州人。生卒年不详。嘉定、宝庆年间任句容、上虞知县。著有《拙轩集》六卷。

跋韶石图

曲江石备八音六律，陈君晔绘成图，且作《短歌行》贻好事者。按图经云，舜尝到是邦，奏《韶》乐于石，后人因以名石，复以名州。夫子曰："《韶》尽美矣，又尽善也。"至齐闻乐，三月不知肉味。宜乎在千百世而下，闻者犹为之兴起也。

（《拙轩集》卷 5）

程琳

【作者简介】程琳，字奇卿，临川人。生卒年不详。宝庆二年（1226）进士。绍定年间授南雄州司法参军，因平乱功，授保昌知县。

忠孝祠记

嘉定己巳、庚午间，江西峒寇猖獗，数来犯南雄境。郡守宗簿赵侯善偬锐以却贼自任，亲率师督战沙水，其子监庙汝振、司法参军黄公枢从之，兵败，皆死贼手。一时诸将奋不顾身，先后力战，殁于阵者亦众。其特显者如摧锋梁准备满之于柯木坳，摧锋彭准备添之于火径，摧锋萧统领辉、摧锋副将陈丞信澄之于沙水，左翼统领杨武翼世雄、右翼萧副将隽之于白云，是皆身不幸以殁。其所摧破，不翅仅足相当。贼因是大创，率摇手相戒勿易此南雄人，因遂溃去矣。庙以"忠孝"名，实创于赵侯时，其地则报本寺之后。距今二十余年，竟以颓毁，乃不知何时迁塑像于寺左庑下，湫隘特甚。又司法黄公像独附于圣妃庙之侧，理亦未顺。琳间尝道其事于今郡侯黄公，恻然伤悯之，谓琳记其事，俾死者姓名不遂泯没。祠则因旧稍迁，而又移司法黄公像于此，若忠若孝，以类相从也。更有为琳言：方摧锋梁准备以战殁，提刑廖公德明亟自韶驰南雄，亲抚其棺哭之，且谓君尝以死许我，而今真死矣。夫忠义激烈之事，人所共仰，惟事久岁迁，无人表著而显扬之，则声光幽黯，忠魂义魄郁郁抱恨于九原者多矣。黄公以事关激劝，故汲汲乎为是举，非侈事力有余，百为具兴，以文饰太平者之比。公名成，家世三山人。其有德于此邦，将百世不泯，后来者自当自知之。程琳记。

（《永乐大典》卷 666）

龙须石镬潭事迹

绍定壬辰夏秋间，天常旸不雨者五十余日，南雄守三山黄公戒以真切为民之心祷祈，靡所不至。久之，有谓龙须、石镬二潭之龙神可致以求雨者，公亟从其请，迎龙甫至，即阴云布护，甘雨霡霂。如是越三昼夜未已。前此，潭之名不甚显，于是扣之乡民，有能言其迹之始末者。盖保昌上梨团上锡村旧有龙兴寺，二僧有名昌、名典者，勤苦修行其中，尝遣行者采樵于山，获一卵，藏之颇久，异蛇出焉。豢之极驯，后忽失所在。一日晚，二僧登寺门之阁，望见岚源迳水中，电光闪烁，风涛汹涌，心疑其

有异。翌日遣行者即视之，所失之蛇出没水中，似有恋恋相向意。行者归以告，后乃偕往视之，蛇已露头角矣。方掉须皷鬛，作风浪威猛之势，三人往视，久之不去，先后俱为浪漂入水中，水乃今之潭也。故自此乡民有从而祷雨者。往时小竹上锡村爰遇天旱，即伐木实之潭，有顷雷雨交至，木漂出乃已。俗传祷龙不先通其诚于二僧者不可，意龙亦不忘所本者。龙须、石镬二潭，往往皆龙所居，祷祈者不敢于此实轻重取舍。龙须潭者，或云石上产龙须草，以此得名，其说初无考。龙兴寺基距此潭隔一小涧，数岭间之，目视可相及，其中来往仅三十余里。其水发源于信丰县之五岭村，潭上石壁高可五十余丈，中有穴，水注入其中，不见所出，可以知穴之深，此其相传以为龙窟者。石镬旁距龙须隔两高岭，一深壑，其往来路迳至为崎岖，此潭之水源亦发于信丰之左拔村，自高倾泻，下为三潭：其第一潭最在高绝之处，则石镬也，上窄而下乃阔，形如镬然，故名石镬。乡民甚神此潭矣，惟苦于不可攀援而上。其第二潭者取路差便而易，故祷祈多即于此，其实似非真石镬也。今岁之旱有祷于龙须、石镬者，皆立致雨。如上梨团邕溪村、上下蒲村，以至杨律团西岭下，以及蜜坑下分等处，俱有应验。俗传祷二潭者多获异物以显其灵，其说似诞幻不经。然神龙变化不测，能大能微，能显能晦，夫安可执有定之理，遽谓天地间万万决无是事也！然乡民祷于此潭久矣，始者州县欲物色之，几莫得其处。或喷父老世有盟誓，戒以勿言，则知深山穷谷间如此潭之灵异者固多。乡人逆疑官司之扰，秘而不以闻者，固有之矣。今神龙惠泽于此邦功效甚著，他日州县小遇旱干，必有不免于此乎祷之，惟有志乎民者察于斯人所以不言之本情，无使吾父老之所私忧过计者时乎或验，则为龙者其亦有以自安矣。是年八月朔，从仕郎、前南雄州司法参军程琳谨记。

（《永乐大典》卷 966）

邓益

【作者简介】邓益，籍贯、生卒年不详。淳祐十年（1250）任曲江知县，后任归州知州、太府少卿、江东都大提举等职。

韶州进士续题名记

国家盛治，莫胜于庆历。韶之襄公，庆历四谏之臣也。公登天圣二年进士第。韶之同登者三人，公尤名位俱显。以天圣进士为庆历名臣，孰谓科举不足以得人哉？嗣后二百余载间，第者或间见，郡之长老咸归咎于山川裂而风气分，如刘蘷州大音不全之说。长沙杨大异持广东宪节，爰究爰度，乃堙断港，掊通阇，筑书堂于帽峰之址，钟接扶舆之气。祠周元公，与诸生讲其学，盖韶乃元公徐按洗冤旧治也。郡博士汤露生龟山槎溪之乡，得其的传，以淑艾多士。士知明理达义，以余力学文，而文日醇。庚戌春官，四士联升，遂复天圣之盛。气之复耶，数之复耶，抑讲学之力

耶？然余窃观文公书白鹿之简，正以乡科举为近利，则学圣人之学者，岂专为采荣计？清淑之气，合则斯昌。进取之技，较之深精，勤征连茹，后进当几倍于昔。必也思平日所学何事，明正道，养直气，使进士皆襄公，则盛治皆庆历，山川又因人物而灵，义理不因利禄而轻矣。圣天子宾兴之诏，又曰师古之文，务内之学。致远之器识，视祖宗盛时歉焉。诸君懋哉！淳祐十年六月八日。

（光绪《曲江县志》卷 2）

汤露

【作者简介】汤露，生卒年不详，南剑州剑浦（今福建南平）人，嘉熙二年（1238）进士，淳祐年间任韶州文学。

仁化县重建县学记

举天下皆仁也，固无有于择地而存焉。韶郡邑以仁化名，岂不以地僻而道固在也耶？我朝文化，庆历极盛，韶之县各立学，独是邑缺然。越中兴，嘉定萧令始建学于旧邑西，旋毁于寇。赵令卜地于新邑东，惟宣圣殿傍穿下湿，岁久复圮。暨今淳祐，邑佐郑君轸自清源来，首谒学宫在草莽中，爰咨在庭，谋复于旧所。适武弁摄邑，难之，未几去，乃金议经营，效财力。邑佐独主厥成，殿建门立，廊庑序设，讲经有堂，肄业有斋。圣哲中处，从祀在旁，像绘一新。乡先生张文献公及余襄公祠在左，周元公、程纯公、正公、朱文公祠在右。学成而化可成，在兹也。然则谁谓邑褊小，而兴学之议则甚大，谁谓土木功难，而邑佐为之则若易。岂向也邑士不得之令，今郑君得之邑邪？此无他，人心有仁，如桃李有仁，虽困塞于风雪凄冽之候，必有萌芽于阳和敷畅之初，是危于樲棘者非其性，而育于宫墙者有其机，此文教虽久郁而可兴，仁道虽至远而可行也。郑君，闽德化人。淳祐九年二月朔日记。

（道光《广东通志》卷 139）

程鸣凤

【作者简介】程鸣凤（1225—？），字朝阳，号梧冈，祁门人。宝祐元年（1253）武状元，后曾出任南雄知州，辞官后返故里创梧冈书院。著有《读史发微》三十卷及《诗文》二集。

杨历岩

银河底穿不可塞，一泻砰砰下空碧。峰高云邃源荒茫，但见岩飞练千尺。我来导之赴苍壑，流出凌江散天泽。余波直走黄木湾，飓卷鳌翻浪花白。竟从海岩膏乾坤，岂但梅边沃甘液。

（道光《直隶南雄州志》卷 17）

邓林

【作者简介】邓林，字性之，新淦（今江西吉安）人，生卒年不详。宝祐四年（1256）进士，著有《皇荂集》。

张曲江祠

延英几度献忠言，白羽它时赋感恩。自是三郎真赝错，却将天宝换开元。

（《皇荂集》）

曲江归舟

只道篷低碍觅诗，眼前物色自多奇。千山赭去如秦样，一水清来似晋时。渔父岂无缘苇辈，樵人恐有负苓师。僮奴忽报梅花动，春在江头最北枝。

（《皇荂集》）

释绍昙

【作者简介】释绍昙（？—1297），先后驻锡于法华禅寺、资圣寺、开善寺。著有《希叟绍昙禅师语录》《希叟绍昙禅师广录》。

曹溪六祖大师赞

辛州飏下两肩樵，又被黄梅石坠腰。虽得栽松衣钵在，暗思追逐几魂销。

（《希叟绍昙禅师广录》卷7）

徐钧

【作者简介】徐钧，字秉国，号见心，浙江兰溪人，以父荫入仕，任定远县尉，宋亡不仕。曾写有咏史诗一千五百余首，今存《史咏诗集》二卷。

张九龄

禄山必兆边陲祸，林甫终贻庙社忧。二事眼前君不悟，何须金鉴录千秋。

（《史咏诗集》卷下）

英州司寇女

【作者简介】英州司寇女，宋人，英州（今广东英德）人。姓名氏族、生卒年不详。

题梅岭佛祠壁（并序）

妾幼年侍父任英州司寇，既代归。父以大庾本曰梅岭之号，今荡然无一株，遂市三十本植于道之左右，因留诗于寺壁。今随父任端溪复至此寺，诗已为枵镘所覆，即命墨于故处。

滇江今日掌刑回，上得梅山不见梅。辍俸买栽三十树，清香留舆雪中开。

（《墨客挥犀》卷4）

伯颜

【作者简介】伯颜（1236—1295），蒙古八邻部（今内蒙古八邻）人，

元初名臣。少长于伊利汗国，至元初，奉使入朝，受忽必烈赏识，留任中书左丞相。至元十三年（1276）统兵灭南宋。成宗时，因拥立之功，拜太傅，卒后追封淮王，谥"忠武"。

度梅关

马首经从庚岭归，王师到处即平夷。担头不带关南物，只插梅花一两枝。

（道光《直隶南雄州志》卷17）

吴澄

【作者简介】吴澄（1249—1333），字幼清，江西抚州人，著名理学家。至大元年（1308）受征召国子监丞，后任翰林学士，谥"文正"，追封临川郡公。著有《吴文正公全集》。

送南雄总管之子皮昭德赴京当僄使

豁豁凌公牧，天然重厚人。公侯宜有子，才艺觉无伦。异识超纨绮，英猷撼缙绅士。试能真可续，伫俟立通津。

（《吴文正公全集》卷93）

程钜夫

【作者简介】程钜夫（1249—1318），原名文海，因避讳以字行，建昌军（今江西南城）人。入元后累任集贤直学士、侍御史、翰林学士承旨等职，延祐五年（1318）去世，谥"文宪"，追赠楚国公。著有《雪楼集》。

送程万里尹曲江

县尹官卑亦名宰，曲江邑弊尚堪为。溪头香水有佛性，江上青山似舜时。韶石鸣琴应古澹，禅关得句定新奇。是中人物多名世，试问张余今有谁。

（《雪楼集》卷26）

虞集

【作者简介】虞集（1272—1348），字伯生，号道园，祖籍成都府仁寿（今四川眉山）人，宋亡后移居江西临川。著名学者、诗人。大德初年出仕，累官至奎章阁侍书学士，至正八年（1348）去世后，获赠江西行省参知政事，谥号"文靖"。著有《道园学古录》《道园遗稿》等。

寄谢杨友直太守送桃竹杖

梓潼使君今南雄，江心紫玉寄野翁。扶持恐是蛟龙化，腾跃似与猿猱同。十年乞身不待老，乡人饮酒歌年丰。君不见，太乙之精在天上，青藜满地如蒿蓬。

（《道园遗稿》卷2）

韶州路重修宣圣庙学记

广东帅府统郡八。逾岭而南，值广上流者，韶居一焉。山高而水深，

泉甘而土沃。风气清淑，无间于中州。是以岛夷货贿之交，鱼盐织贝之利，官府之总会，军旅之往来，贡赋之进纳，奸吏之旁午，寇扰之出没，不及于濒海之邦，而韶无五方杂处之人。数百年间，张文献公九龄之于唐，余襄公靖之于宋，实生其境。是以为之士者，有所景仰以自树立，而不敢暴弃。而凡民父兄昆弟之相告，亦曰："吾生于君子之乡，不敢为不善，以累吾先哲也。"是以习俗以愿悫见称，号为名胜，则他郡之所莫及矣。故凡长民之吏，来莅是邦者，教令可以有行焉。皇元至正辛巳之岁五月，太原程侯翔，受命通守，进谒宣圣之庙，而观乎学校，则元贞元年所作，而清河元文敏公从事江省时之所记也。垂五十年，葺不以时，日就圯弊。时监郡守臣久阙，侯作而叹曰："养君子，以治野人，未有不自学道始。欲吾民之易使，亦莫不由于斯矣。稽诸侯邦，有外事焉，献囚献馘，舍此奚适。吾敢不任其责而待他人乎？"下车之初，南风时至，诸蕃贾舶，环凑海门，江省于法择廉明吏阅其货，平价值，将护市易。特以檄侯，盖选择而使焉。已事遄报，岁已云暮。明年，盗起广西当转粟若干万，以饷帅将。又以檄府军兴之劳，不敢辞也。至六月乃还，始得理郡事，而致力于学舍焉。择郡士之有名者，具书币以礼延请，使教诸生弦诵之声，进止之容，有序有常，昔所未有，境内兴感。礼殿有像设之严，彰施采色，至于配侑之位，冠服焕然，护以屏障，加以帷幄，及夫讲堂、书阁、濂洛先贤之祀，名公之祠，廊庑、齐舍、楹桷、檐宇、土石、涂墍，或更，或作，各极完美。大其外门，以称其宫。起手于至正壬午某月，毕工于明年癸未之正月。而濂溪周子之专祠，在帽峰之下者，又新之，如学宫之制。告成，使其吏陈文求予文以记之。夫庙所以崇祀，学所以施教也。祀事之崇，有司谨焉。而侯之所以使人来告者，岂不欲论其所以为学者，使郡人士有所视则乎？予闻之，昔在故宋，广东司臬适治于韶。周子来焉为是官七阅月，穷山深谷，无不周至。其所以感化于仁者密矣。岁月于迈，声闻寂然。而淳熙中，郡建周子之祠于学宫，而晦庵先生记之，以为圣贤之学不传，俗习之陋，治教不立，则异端之谬充塞斯文。周子得千载不传之绪，以发明太极、五行于图书，上接洙泗，下开伊洛。有志于仁义中正值学者，如后觉之天民，皆为尧舜之归，实在于此。遗言俱在，正冠垂绅，来游来歌者，宜莫不诵而闻焉，是诚天下后世之所共学。然而斯言实为韶人发，则生乎韶者，百世相承，可以无考于斯乎！夫斯民也，使幼得其长，老得其养，则于君子之教之从之也轻。"养生送死之不赡，奚暇治礼义哉？"岭海之表，去天万里。圣明在上，耳目所及，无远伊迩。大夫君子，奉宣仁化，使夫搰克之过息，强暴之心革。凋瘵之疾舒，善良之气达。则有以周子、朱子之教兴者，岂不事半而功倍乎？

（《道园类稿》卷22）

韶州路总管府新修门楼记

韶之郡城，环州十余里，凿空以通出入、严启闭。有枢、有屏、有扃、有阑者凡五。始依雉堞，置茇舍，容夫卒，以议奸暴、备不虞，则亚中大夫、同知韶州路总管府事程侯翔之所为也。中城建府临民以出治，前有门焉。崇楼其上，设鼓定漏时。旦暮以肃行止，县政令以布众庶，处中以制外，实在于此。作而新之，以耸观听，则亦守郡者所当为也。今年三月，侯以新学成功，遣史陈文求文以为记。其父老因以新门之岁月，请并书之云。至正元年秋，侯自京畿来，通守是邦，上阙监守。僚吏官事多摄，侯专任其府，而江省徽视海舶之货。入明年，广西寇起。犯城池，攘府库，伤吏民，追捕之兵罗布邻壤。东帅当移粟数万以饷之，驱民役舟，冲瘴疠，蹈不测，久不得还。比至郡则阅十有余月矣。会夏暑，雨浸淫为苗。城壁圮毁，民用昏垫，遍走群望，天未悔过。侯乃祷曰："上天谴告，方州千里之保障，民命系焉，朝廷之贡赋出焉，府库在焉。某以天子之命吏，凡所以固吾圉者，敢不尽心乎！"明日雨止水落，是以有斯役焉。起手于某年之某月，毕工于是年之某月。民不知役，而先患预防，可垂永久，是可书也，呜呼！昔我国家既有东南，以天下为家，与民休息。德威明畅，薄海内外，无有远迩，无有小大，顺华乐业。堕墉淹淹壑，示无防隔。风尘不惊，禽兽草木咸若，七十有余年矣。岁月既久，庶物丰殖。有司恬玩，懈忽易生。溪谷幽险，狂悖迷固，私斗冈惩，滋蔓相效，以贻执事者之忧，大夫君子虑之熟矣。识思其忧，明礼义廉耻以为化导。辨情伪，公赏罚。又谨三尺之法，以身先之。文事武备，不迁不极，皆如侯治门之意。岂非处简制烦之道乎？

（《道园类稿》卷 26）

刘岳申

【作者简介】刘岳申，字高仲，号申斋，江西吉水人，生卒年不详。因吴澄荐，出任辽阳儒学副提举、泰和州判，致仕。著有《申斋集》。

始兴县儒学记

上临御之初，诏天下以农桑学校为政化之本，凡科举取士一如旧制。明年，开奎章阁，置艺文，监修旧史，以著前代兴亡、治乱之迹；作皇元大典，以垂圣祖神宗功德之实。天下郡县，遐方僻壤，皆崇学兴贤以钦承明命。于是，始兴遭遇皇元混一之盛五十余年矣，而学始克建焉。按县孙吴时属始兴郡，晋因之，逮隋属广，唐属韶，宋属南雄。国初，民未奠居，学随县三迁。比年县始复旧，而学官尚无所处。主簿郑君康斗、教谕陈君以道始谋卜地于县之西，起天历己巳之秋，逾年而庙成。属以道还庐陵范金为器，将以上丁释奠于先圣先师，而请记于余。且谓曰：学故有田而久没，其籍可稽者无几，又值岁歉。郑君倡以俸而使其为士者以继之；稍征其可稽者，多

方求其所可继者；又买田五十亩以充祭祀；又复其民十二家以供洒扫，以为可久。使来者知其为之难，而继之以善，成之以不倦，此记所由作也。余惟天下郡县至唐始有庙，至宋始有学。然自庆历诏下，而吉之庐陵，抚之宜黄，不克建学者久之，春秋祭祀附于其州者又久之，然后克建。彼一时也，岂不右文兴贤有过前代。而庙学之为宫，冠裳之为服，尊簠之为器，有未易具者，况始兴乎？郑君于此可谓知为政之本矣。虽然教养之具有尽于此乎。余闻始兴在唐有张子寿，在宋有余安道，二贤先后为世名臣，至今天下知有始兴者，二贤力也。方令遭逢隆盛，士以明经策高第者彬彬辈出。始兴蓄之已久，其发必宏，维其时矣，此郑君建学意也。昔杜子美赋衡山，欧阳公记谷城，属望来者不浅。陆宰狄君至今有闻，良有以也。诸君来游来歌于斯者，益务修其德行道艺，以无忘郑君，以无负圣天子之诏，必有如张、余者出。非惟始兴之幸，天下之幸也。

（道光《直隶南雄州志》卷 19）

杨益

【作者简介】杨益，字友直，河南洛阳人，生卒年不详。至元十三年（1276），以户部侍郎出任南雄路总管。

凌江留别父老二首

其一

九重天遣守遐荒，流水光阴过五霜。德薄未能谐士望，术疏不得致民康。

其二

今朝南纪一樽酒，明日东风万里航。珍重凌江贤父老，家家孝弟力耕桑。

（《元诗选癸集》乙集）

许有壬

【作者简介】许有壬（1287—1364），字可用，河南汤阴人。延祐二年（1315）进士，累官至中书左丞，卒谥"文忠"。著有《至正集》。

晚过韶州

世去重华远，名偕二石存。溪寒清见底，榕老乱垂根。野色偏宜晚，民居仅似村。曲江人已矣，楚些拟招魂。

（《至正集》卷 13）

刘鹗

【作者简介】刘鹗（1290—1364），字楚奇，江西吉安人。皇庆年间，因荐授扬州学录，累迁翰林修撰。红巾贼起，擢江州总管，后升广东副使，守韶州。后分兵讨洞獠，赣寇数万猝至，城陷被执，不屈死。著有《惟实集》。

野史口号碑四十四首

其一

近城民砦十破九，元戎束手末如何。宜章军马虽无敌，只恐来时风雨多。

其二

弯头又益湖南贼，近郭时时虏掠人。足食足兵无早计，明年此际恐无人。

其三

五百健儿乘锐出，十三个贼一时来。行粮功赏俱乌有，兴尽翻然解贼回。

其四

好利善谀周亚父，时皆收录作亲臣。宪君纵有春如海，那得吹嘘及远人。

其五

已闻祗候升州判，巡徼俄闻亦佐州。英德只今为外府，官民多怨更多愁。

其六

曾闻濯足折黥布，供帐俄惊王者同。豪杰尚须如此待，况今不过小夫雄。

其七

城中谩有答喇罕，城外仍多忽喇孩。城外城中无可那，生民憔悴转堪哀。

其八

何以齐桓成霸业，为能专任管夷吾。毁誉黑白今无辨，后世谁烹阿大夫。

其九

忧国忧君臣杜甫，无聊无赖只吟诗。当时一片心如血，赢得千秋万古知。

其十

得财纵贼寻常事，为报私仇或灭门。我亦临风长太息，一家富贵百家冤。

其十一

水军万户嗟何益，何者为军何者船。料得此时为此策，权都归己利

都专。

其十二
群凶冗扰心何一，二帅参差意不同。关北翻传消息好，关南河道几时通。

其十三
蒙君号令明如日，兵罕相违便斫头。孺子纷纷无足数，滥叨功赏取封侯。

其十四
蒙君信是奇男子，誓灭官陂老贼围。尝胆卧薪心独苦，惜无公是与公非。

其十五
直将民社同儿戏，不蓄干戈不蓄兵。军马不来无别策，只催百姓急修城。

其十六
贼兵欲向翁源洞，纠合官陂来打韶。此策若行诚可虑，南雄唾手可能招。

其十七
遮留使者来文牒，恃势要君真可诛。宪纪皇皇无示弱，盛衰关数不关渠。

其十八
王师为体须持重，主将尤须纪律明。功业直须豪杰做，如何贪鄙可论兵。

其十九
群贼知无兵可恃，迩来充斥遍西郊。官陂忽听兵云合，赖有元帅为解交。

其二十
坟墓俄惊俱发掘，妻孥生死若浮云。凭谁乞得金千镒，自愿提兵殄寇仇。

其二十一
五鬼相缠何日了，一官如水曷胜穷。谩凭商贾供薪米，乱石滩头一夕空。

其二十二
甑已破矣顾何益，好把胸怀大展开。天赋我才应有用，千金散尽或重来。

其二十三

抟沙尽力苦难合，谁识同心利断金。白发老臣肠欲断，忍看民社付浮沉。

其二十四

北道只云张帅在，宪君倚赖重如山。那知世道如前险，二使遭逢乱石滩。

其二十五

水军万户新开府，气势凭陵蔼若云。又欲遣人求二使，仓皇一夜竟无军。

其二十六

责人以礼翻成怨，待只依稀恐失几。几到两难无处制，是非莫较不如归。

其二十七

城南健儿亦英锐，恶若哮虎何崎嵘。昨日送船多战死，兴言讨贼正寒心。

其二十八

东村丧牛不满百，西村丧牛百有馀。牛尽田荒民困苦，争趋刀剑去锄犁。

其二十九

借衣衣我食食我，况兼别眼意尤亲。赤心效报番成咎，自笑书生大认真。

其三十

迩来比比都元帅，闻此令人颇失惊。点到群雄固如此，但愁识者反相轻。

其三十一

俄闻二使俱遭虏，九曲愁肠痛不禁。却意今年正二月，曾为伤虎故伤心。

其三十二

料得衣裳俱剥尽，幸怜肢体未伤残。愁心耿耿知无寐，况值严冬夜苦寒。

其三十三

生民困苦亦已极，官府征呼又逼人。上下但知求富利，不知总为贼驱民。

其三十四

生民憔悴可痛哭，无处告诉只颠狂。更看消息还何似，亦复东风到五羊。

其三十五

七十已衰还苦病，自怜无力任驱驰。明当告老乞骸骨，孝子忠臣两得之。

其三十六

西江涸辙望君久，朝廷倚君真如山。北来军马已云会，好调元戎早出关。

其三十七

可怜仁化蒙君礼，讨贼昼夜多经营。当时不爇官陂砦，此际多盗已临城。

其三十八

曾因犯律杀爱卒，每为养士挥千金。关南豪杰有如此，太息谁人知苦心。

其三十九

贼兵如入无人境，村落多为失主民。束手待看台领破，班超介子果何人。

其四十

可怜日蹙国百里，昨日又破陂头村。哑子食茶徒自苦，少陵欲苦又还吞。

其四十一

监司待我真骨肉，我敬监司如父兄。纵使监司如可负，敢为忘义负朝廷。

其四十二

此来恨杀弯头贼，白昼莲花峰上旗。监前半夜闹到晓，公然对面相陵欺。

其四十三

两月河流干欲断，南雄消息了无闻。苦无良策开道路，时复北望瞻风云。

其四十四

老军樵采供衣食，官府饥寒痛逼之。贼满四郊无处采，忍闻半日尽逃移。

（《惟实集》卷7）

齿落

去年落一牙，今年落三齿。动者日已落，存者能有几。齿落何足悲，所悲岁月逝。行年已七十，德业无可纪。远愧赵允国，成名向边鄙。作图上方略，虽老何矗矗。岂独夸当时，余光耀青史。我今往韶雄，事势焉能已。汉贼不两立，直欲洗国耻。梅关一岭隔，调度亦易尔。会当杀贼奴，持以报天子。何妨衣绣衣，仗节老乡里。

（《惟实集》卷4）

题韶州图

貂蝉一何高，武溪一何深。可怜画师笔，写余故乡心。故乡有何好，桑梓高成阴。童时所钓游，至乐不复寻。重念松与楸，斧斤日相侵。庄舄岂不显，怀土仍越吟。游鱼恋故渊，栖鸟恋旧林。微物尚且尔，况被冠与簪。余年已七十，持节沧海浔。南北欲断绝，世道多崎嵚。田园谩入梦，鱼雁亦已沉。纵使铁石肠，宁能不沾襟。劫运会已极，天道当祸淫。愿言辅吾志，此贼真成擒。浩歌返鸡山，理我无弦琴。

（《惟实集》卷4）

浈阳峡

自渡浈阳峡，孤舟几折萦。天从山罅看，人在巷中行。岚雾晴天湿，乾坤白昼冥。英雄难用武，形势信堪惊。红雨幽花乱，青云老树平。俄传将出峡，双眼一时明。

（《惟实集》卷4）

题东城和尚旧所赠卷后

九年前，长南雄幕，重修帝师殿。殿成，命东城主之。庚寅，奉旨征余翰林修撰，东城求一言为别，遂书此卷。戊戌，持节重来。师渐老，出旧卷，重求余题。因有所感，故为书古诗以答。

旧题墨如新，重会俄九载。俯仰异今昔，令我重悲慨。上人渐老大，未觉颜色改。富贵多危机，山中福如海。

（《惟实集》卷4）

送邝将军还郴十首

其一

桓桓邝将军，讨贼奋英武。所至缚贼奴，将以血衅鼓。淮阴信无双，哙等焉足伍。年富力正强，成功报明主。

其二

桓桓邝将军，赋性机甚警。沉毅寡言语，每发中肯綮。及其闻善言，沛然发深省。酷吏尽扫除，疲民得苏醒。

其三

桓桓邝将军，为国常戚戚。韶民苦凋瘵，军赋从何出。慨然示无私，政令始归一。仓库岂不盈，稽之不终日。

其四

桓桓邝将军，苦天久不雨。青黄不相续，斯民亦良苦。忠诚自心出，虔祷遽如许。神灵亦阴相，青天雨如澍。

其五

桓桓邝将军，拟归集精兵。凉秋八九月，伫看官陂平。其余持土苴，不战将自倾。与子当并躯，笑敚南雄城。

其六

桓桓邝将军，号令甚严肃。荒村人夜行，空谷鬼昼哭。风霆无留滞，迅若置邮速。昨日归牵牛，推恩及茅屋。

其七

桓桓邝将军，仗义能急难。水陆势既合，破贼笑谈间。声名播南海，威武耀北蛮。明当唤班固，勒名貂蝉山。

其八

桓桓邝将军，罕与污冗亲。所以奸谀夫，无所容其身。况耳不妄听，中心明如神。谁知杀贼汉，高出知书人。

其九

桓桓邝将军，密迩宜章市。公然一榻外，老贼敢鼾睡。一朝生致之，持以献天子。天子嘉其功，声名播寰宇。

其十

桓桓邝将军，民社当自重。但愿贼扫除，勿遣民倥偬。居民苟一空，城存复何用。此理君固知，丁咛为君诵。

（《惟实集》卷4）

题南雄府壁二律

其一

榕阴满地草齐腰，官舍如僧更寂寥。隙地风凉人牧马，长廊吏散昼鸣枭。寸心谩切公家务，两耳惟听使客轺。可是逢迎少蹉跌，谤声载道骨形销。

其二

少年馆阁恣游嬉，老去何期堕有司。酬应敢云千虑失，奔驰知忍几回饥。据鞍尚觉精神壮，度岭方怜气力衰。何日归来茅屋里，夜凉闲听玉参差。

（《惟实集》卷6）

芙蓉庵山亭始于汉隐老康容所居，后葛仙翁炼丹于此，灶尚存，旁有石煤如豆

一庵高寄碧崔嵬，山崦芙蓉锦作堆。满眼烽烟天地老，隔江楼观画图开。云房犹是康容宅，丹灶空余晋代媒。岂惟登临行乐计，要从高处望蓬莱。

（《惟实集》卷 6）

题寄曹溪禅寺并柬南山长老三首

其一

亲承祖意振宗风，一派曹溪万折东。傍石作亭怜卧虎，临泉持钵度降龙。天开图画平山勇，人仰菩提四海同。劫火弥天仍独在，吾师信是佛中雄。

其二

诏持玉节遍咨询，岭海重来白发新。济世不存菩萨行，当年徒见宰官身。痛怜世外何多劫，远想山中别有春。寄语堂头大和尚，何当握手话前因。

其三

万刹飞灰海变田，是中孤塔尚岿然。此山可谓有盛福，当世宜称第一禅。直指人心怀达摩，洗空尘虑忆坡仙。少须了却澄清志，拂袖从师学引年。

（《惟实集》卷 6）

韶州围城

浩劫如天似未涯，生民性命等飞花。兵戈鳌辂动万计，柴米从容有几家。宇宙岂应将折裂，英雄到此谩咨嗟。忠肝义胆难磨灭，自昔睢阳世共夸。

（《惟实集》卷 6）

南雄府判琐达卿平寇诗序

五岭，大庾其一也。岭之南九十里为南雄，府治在焉。群山环揖，两江合流，居民繁夥，真壮郡也。属邑惟保昌、始兴负郭。始兴去城百二十里，而远僻在万山间，于韶之翁源、赣之龙南、信丰相接，溪峒险恶，草木茂密，又与他郡不侔，故其人为獠，暴如虎狼，至如寻常百姓，渐摩薰染，亦复狼子野心，不可以仁义化也。邑民有刘害十者，兄弟十余人，皆有膂力，为寇十年，官府亦莫敢谁何。居民转徙避乱，无宁岁，郡邑骚然，官是郡者常病之。至正二年某月日，贼率众壮千人，白昼鼓行入始兴县，破囹圄，出囚徒，掠人财畜，县邑为墟，宰官咸仓皇避走，坐视莫为之计。恣睢跋扈，气焰益张。于是，判府公恻然弗忍斯民困于虎狼，遂不避瘴疠，不惮险阻，亲履行阵，入清化洞，破都坑，直抵贼营。群贼败战

鼠窜，复进兵诛其妻孥，郡盗遁去。未即获，公命以计招降之，从军汪荣擎贼首刘害十等三十六人，膝行拜营门请降。始待以不死，贼欣然诣郡，郡上之州府，府谕遣还。留雄十余日，贼登城遍观，谓所亲曰："吾向观羊城特易与尔，至如南雄，真弹丸黑子之地，可一蹴而平。破城之日，吾当以某属分若人，某属与若人，其余兄弟自居之。"既而谋泄，判府公慨然曰："此贼不死，民终无宁日。"遂与诸郡公谋曰："寇勍敌，眼中未有能当之者，毋失事以贻人忧。"公曰："诸公无虑，寇在吾目中矣，慎毋多谈。"众议遂定。先是，贼当寇同邑人许贵华，贼反许为寇，诣府陈词。许潜蹑其后，与贼斗，命卒缚之。贼伤卒，公奋怒，即以铁萩击贼徒，李任一等惊惧反走，公复追至府门，又格杀之，枭诸道傍。城中老幼咸欢呼稽首，声动天地。公曰："渠魁虽歼，其兄弟党与在始兴者尚多，不悉平之，必为后患。"即令人夜半围贼营，出其不意，平明，因风纵火，贼无所措，尽弃营走。于是，乘胜逐北，死者过半，贼遂平，而胁从者罔治，民乃安堵如故。呜呼！公操数尺之铁，手杀贼奴，朝廷不知有调度之劳，州县不知有供给之苦，不动声色而措生民于磐石之安，其功为何如耶！今太守岳侯不没人善，剡荐两司，以论公之功，雄之士民咸作诗歌以诵公德。予因历序其事，以俟夫观民者察焉。是所谓能弭一方之难者，但恐祸不极则功不显尔，苟朝廷公论有在，则当使公正笏横犀，出镇方面，天下之为臣子者咸慕公所为，将见四海之内盗息民安，又岂一方一郡之福哉！公世家官族，练达慷慨，有燕赵之风。达卿，其字云。

（《惟实集》卷2）

周霆震

【作者简介】周霆震（1292—1379），字亨远，号石初，安福（今属江西）人。多次参加科举不中，绝意功名，居家讲学。著有《石初集》。

赠曾忆韶州省父序

予友彭贯思，少负磊落倜傥之资，往来公卿贵人如布衣交，持耿耿游四方，所至恒必有合。顷岁，客岭海，遭乱淹留，妻子甘贫故庐，道远消息绝，相传或异，浮沉竟莫知。去岁之春，其乡变起肘腋，家歼焉。长子曾忆适妇氏，幸脱，茕然不顾万死，奋起复仇，虽未尽如意，然闻者莫不壮之。贯思去日，曾忆年才十二，今二十有五龄矣。间关变故，志趣益坚，会音书韶南来，父蹈危机无恙，急附舟西上谒焉。行有日，别余，求赠言。余感其父子悬隔千里，旷岁时，涉难不死，相见且有日，蕴蓄愤惋，以俟宇内之清，天于善人未必无意也。山川悠远，举足荆榛，慎无以千钧一发之身行殆。道曲江公邑里，再拜披心，孝子与忠臣类也，其必有以相子。彭氏未艾之福，将由此卜之。

（《石初集》卷6）

106

吴莱

【作者简介】吴莱（1297—1340），字立夫，蒲阳（今四川都江堰）人，著名学者。曾短暂出仕，后退归故里，潜心著述讲学。著有《渊颖吴先生集》。

韶石铭

逖矣上古，帝在有虞。时巡于南，曰至苍梧。有巉者石，芨彼海隅。我奏我韶，耆定尔区。或搏或拊，或戛或击。从之则纯，成也以绎。明哉惟人，幽哉惟神。我祖我考，我臣我隣。来汝之舞，我功之叙。劝汝之歌，我政之和。前瞻无前，后顾无后。出三代上，居百王首。孰强非瀛？武讹人心。孰淫非郑？卒聩古音。岭岭斯深，潚潚斯广。鱼龙不波，凤鸟焉往。有巉者石，双阙之峨。谁使洞庭，不张咸池？丘曰尽善，札云蔑加。非帝之思，我铭谓何？

（《麟溪集》申集）

贡师泰

【作者简介】贡师泰（1298—1362），字泰甫，号玩斋，安徽宣城人。泰定四年（1327）进士，累官至户部尚书。著有《玩斋集》。

赋韶州王太守养老园

手种满园桃李树，东风披拂烂如霞。歌吹金缕停鸠杖，酒注银瓶载鹿车。白日青春闲卫戟，碧溪流水护仙家。使君自是吹箫侣，不记菖蒲几度华。

（《玩斋集》卷4）

傅若金

【作者简介】傅若金（1303—1342），字与砺，新喻（今江西新余）人。顺帝时，参与出使安南，回授广州路儒学教授，至正二年（1342）卒。著有《傅与砺文集》。

送南雄教授刘务恭序

天下同文，尽海隅郡县，凡置吏以治者，咸立师而教焉。岭以南三大府，其地之美且近者，莫广东若。广东地美且近者，莫南雄若。王化自北而南，近者固先之。其民庶且富，而易以为教。夫既地近而化先，又庶且富易以教，庶一变而鲁者欤？由是可以至道矣。新喻刘君务恭，以广西儒学正书满，新被命教授南雄。南雄去吾江右仅逾岭，吾江右固人物之郡，殆所谓变鲁可以至道者。而君固吾江右士也。吾闻南雄守杨侯贤而爱人，先礼义，后刑政。君至，教其民孝弟忠信，以服杨侯之化，使之知君者尊之，亲者仁之，长者敬之，幼者慈之，蚤作夜息，稼穑以养其生，棺椁以送其死，笾豆簠簋以承其祭祀。材木以为室庐，丝麻以为衣服，金以为罍爵，铁以为田器，而皆勿以为兵。奸宄不作，礼乐以兴，使人谓吾江右果文物之郡，南雄果近吾江右文物之郡而易以教，刘君果为吾江右之士而善教哉。君与余同郡，余为广州文学，又同道，则夫教者，余将与君共勉焉。

（《傅与砺文集》卷4）

董养贤

【作者简介】董养贤，籍贯、生卒年不详，至治年间任韶州府儒学教授。

韶州府学记

面学有池，古也。古者学宫莫不拥水环之，以象德教流行也。辟雍者，天子大学之制，四面皆水，缭如璧然。其在《诗》曰"镐京辟雍，自西自东，自南自北，无思不服"是也。泮宫者，诸侯之学，独西南有水，其象如璜。其在《诗》曰"既作泮宫""狄彼东南""济济多士，克广德心"是也。夫辟以东西南北言，盖取流化四方之象；而泮独以东南言，非象其流化于一方乎？韶旧有学，创于至和，备于元丰，规模显敞，是为一郡之盛。惟自殿庭而南，无尺寸之水，殊失泮宫之制，士徒病之久矣。绍定壬辰之春，提刑节制石公来视于学，诸生合词以请。公慨然诺之，即日捐金二十万，米四百斛。于是，自堂徂基，铺碱如砥，仍辇土攻石，甃平叠堤，深凡八尺，纵横各三丈有奇，外圆内方，跨桥以便往来。新秋一雨，清漪涟如，二百年学校所未有。役已讫，诸生诉诉来言，曰：昔鲁僖公修泮，颂是用作。二百年阙典，一朝兴之，匪直观美而已。弗纪无以志厥教。而文德修明，达才成德，髦英辈出者，非徒教也，有养焉。政本于教，教先于养，三代以为善治也。重教，故崇儒兴学；先养，故升田租，丰廪稍。可不务乎？循良急于此，法吏蔑如也。西华张侯名昕，字果卿，主韶郡臬，摄郡政，崇化励贤，政和刑缓，膏瘠苏萎，锄强摘伏，修废举滞。公暇，庚频视诸生课讲，顾黉宇摧圮，亟徽梓垩，缮治而鼎新之。阅租籍存泯半，询学廪，仅可饭广文，供释奠。延佑五年春，分宪按部檄，委侯括理，乃按籍追勘，去欺返侵，疆填缺额。于是，岁入增羡，昔年廪以斛计者七百有奇，楮金以中统贯计者八百二十七；今廪斛计千一百七十四，楮贯计千五百一十三，帑庚充溢。于是学官、吏胥、学职暨讲读诸生，廪给昔无者今有，昔薄者今厚，岁有羡余。由此置大成乐器、祭器，置十三经、十七史、《通鉴》《通志》诸书，余又以供岁修之费。教养兼备，流惠无穷。伟哉！侯之德也。当时，学校感之，欲勒识之石，而竟不克遂。予忝职教，始至学，询稽得之，告于郡从事三峰文侯魁。侯喟然曰："君子乐道人之善，不隐人之功。张侯伟绩在黉洋者如此，宜传不朽。前人欲有所铭刻而未果，今其遂成之，以彰厥美，且使租额后人无有所诡漏。"予慨夫为政而知教者鲜矣，矧及于养？西华侯注措于此，惠韶学厚

108

矣！可为深加乐道，不可使泯而不彰。三峰之意，忠厚之至，庶无负西华侯之勤。至治三年癸亥九月庚寅朔记。

（同治《韶州府志》卷 16）

吕诚

【作者简介】吕诚，字敬夫，江苏昆山人，生卒年不详，明初曾遭贬谪广东。著有《来鹤亭集》。

大庾岭留题二首

其一

晨兴散策云封寺，岩岫天开紫翠图。一水南来分百粤，大江东下入三吴。

其二

霜旭开晴晓出关，冲寒驴子猬攒攒。西风百里南雄道，绿树丹枫满意看。

（《来鹤亭集》卷 1）

浈阳峡山飞来寺

峡山山上飞来寺，绀阁层层树里开。僧壁不随猿女化，梵钟曾逐蜃楼回。万松夹道时闻雨，众壑奔流夜殷雷。犹有昔贤珠玉在，断碑剥落委莓苔。

（《来鹤亭集》卷 1）

洪武辛亥南海重渡梅关二首

其一

去年窜逐下南溟，万里归来鬓已星。望入西川天一发，香炉长绕九江青。

其二

归路篮舆鹤背轻，保昌东下过长亭。今朝又向梅关度，此是江南第一程。

（《来鹤亭集》卷 2）

张昱

【作者简介】张昱，字光弼，庐陵（今江西吉安）人，生卒年不详。至正年间，受杨完者邀，出任江浙行省参谋军府事。入明后，退居西湖，卒年八十三。著有《张光弼诗集》。

寄韶州知府金鉴

自君顾郡韶州去，鸿雁天涯两送秋。盛气不题鹦鹉赋，高怀应倚仲宣楼。蹇予滞迹犹沧海，之子劳形欲白头。钟乳囊封能远寄，暮年此外更何求。

（《可闲老人集》卷4）

李齐贤

【作者简介】李齐贤，山东青州人，生平事迹不详。

凤不来韶州九成台作

凤不来，辽东海，高台已荒天未改。当时别舜返昆丘，如何一去三千载。人间岂无青琅玕，孤栖未必天霜寒。致君尧舜我有术，来仪好向宫庭前。凤兮凤兮今当还。

（《皇元风雅》后集卷1）

班世杰

【作者简介】班世杰，生卒年、籍贯不详。

张文献公祠

韶阳城郭白云关，贤相祠堂杳霭间。阶下莓苔春未老，庭前松柏鹤空还。千秋独悟呈金鉴，十载先知恨禄山。黄阁勋名昭汗简，曲江流水日潺潺。

（《大明一统志》卷79）

卷三 明代

张以宁

【作者简介】张以宁（1301—1370），字志道，古田（今福建宁德）人，文学家。元泰定年间进士，官至翰林侍读学士，入明后，复授侍读学士，洪武三年（1370）秋出使安南，返途中卒。著有《翠屏集》等。

南雄即事次牛士良韵

行尽梅关不见梅，凌江南起画屏开。山连桂广迢遥去，水合浈昌浩荡来。秋冷岭云收薄瘴，时清溪雨应余哀。吾家相国祠堂在，明日临风酹一杯。

（《翠屏集》卷2）

平圃驿中秋玩月用牛士良韵

平圃驿前端正月，金鳞万叠水光开。婵娟几见他乡共，老大宁期此地来。星汉夜摇旗影动，江山秋入笛声哀。病夫懒坐那禁酒，喜看频举玉杯倾。

（《翠屏集》卷2）

舜庙诗次韵牛士良

苍梧落日百灵悲，韶石清风万代思。洪水一从咨禹后，深山几见避秦时。鸟耘历历传遗迹，鸡卜纷纷异俗祠。白发舜弦峰下路，老儒独咏卿云诗。

（《翠屏集》卷2）

峡山寺僧惠愚溪邀观壁间旧题，因诵宋廖知县一律，有云：猿弃玉环归后洞，犀拖金锁占前湾。予谓其切实类唐许浑，赋以继之

瘴岭风烟势渐开，喜寻筇竹步莓苔。江环列嶂天中起，峡坼流泉地底回。灵鹫飞来苍磴老，怪猿啼去白云哀。轩辕帝子应犹在，为奠南华茗一杯。

（《翠屏集》卷2）

晚到韶州

云断苍梧隔九嶷，九成台畔草离离。山中不是无韶石，千载何由起后夔。

（《翠屏集》卷2）

帝舜庙

姚江禹穴会稽东，少日登临一梦中。白发南来身万里，欲登韶石和薰风。

（《翠屏集》卷2）

张文献祠

儿时长诵八哀诗，遗诰相传自昔时。空料白头祠下拜，曲江烟雨读唐碑。

（《翠屏集》卷2）

余襄公祠

名在东京四谏官，曲江日照寸心丹。只今遗庙年年祭，可是功名久远看。

（《翠屏集》卷2）

汪广洋

【作者简介】汪广洋（？—1379），字朝宗，高邮（今江苏扬州）人。元代进士，参与朱元璋反元起义，入明后，累官至右丞相，封忠勤伯，洪武十二年（1379），受胡惟庸案牵连，被赐死。著有《凤池吟稿》。

题清远峡飞来寺

峡里金银佛寺开，老僧传是昔飞来。菩提子落云间石，薝卜香飘月下台。江涌灵源通海峤，山横古翠接蓬莱。愿询往事观碑刻，闲向松阴扫绿苔。

（《凤池吟稿》卷7）

赴召留题英德驿

英德县前多好山，山峰拥翠出云间。人家星散盗贼少，官舍日长文字闲。江水春容涵夕景，岸花红白带春殷。愧无宋璟匡时策，也自交州奉召还。

（《凤池吟稿》卷7）

再过曲江九成台有感

闻说重华巡狩日，六龙遥驻九成台。山川高下难为险，风气淳庞自此开。渺渺苍梧云在望，喁喁丹穴凤曾来。令人不尽怀思处，一道澄江碧似苔。

（《凤池吟稿》卷7）

南韶

皇恩旷荡被南陲，岭徼间关遂坦夷。谕俗正询司马传，观风当见召公诗。山厨和壳蒸粳稻，驿路含浆食荔枝。故老不忘乡丈德，年年来祭曲江祠。

（《凤池吟稿》卷8）

过梅关

春深长忆出秦关，寒拥貂裘马上还。今日入关春更浅，野花红白草斓斑。

（《凤池吟稿》卷10）

晓发凌江

苦竹坡头啼鹧鸪，淡烟疏雨暗平芜。过关喜得江风便，日日推篷看画图。

（《凤池吟稿》卷10）

浈阳峡

洒面凉风吹酒醒，野猿长啸树冥冥。短篷已过浈阳峡，两岸云山不断青。

（《凤池吟稿》卷10）

清远峡

山酒吹香绿满瓢，转回随峡放兰桡。年来不奈愁成绪，都与春风付柳条。

（《凤池吟稿》卷10）

曲江城

曲江门外驻兰舟，目送行云独倚楼。风雨满城榕叶暗，岭南二月似三秋。

（《凤池吟稿》卷10）

登清远峡飞来寺四首

其一

暂拟兰舟访隐沦，子规何事劝行人。满山松柏云来往，谁道王维画逼真。

其二

入峡阴阴出峡晴，峡流端似镜般平。玉环玩世谁收得，万壑千岩月自明。

其三

才到生公讲后经，蛟龙夜出石潭听。骊珠正照维摩室，优钵花香兰叶青。

其四

几年不上雨花台，胜景寻常入梦来。如此江山好楼阁，峡中图画自天开。

（《凤池吟稿》卷10）

陈谟

【作者简介】陈谟（1305—1400），字一德，江西泰和人。元代隐居不仕，明初，征赴京师议礼，后引疾归乡，家居教授，学人靡然从之，尊称海桑先生。有《海桑集》传世。

过浈阳峡汉杨仆将军驻兵处

帆过浈阳峡，攒峰剑插天。嵌岩通窈窕，石壁绝夤缘。将军若下濑，于此驻戈船。飞鸟不敢下，声名何赫然。

（《海桑集》卷1）

别曲江参谋孙舜元

北望水天冷，南游瘴海凉。衣沾椰叶露，酒送荔枝浆。上相怜才美，邦人沐化良。向来经济熟，知不愧龚黄。

（《海桑集》卷1）

宪使张虚舟谒韶阳文献祠敬简小诗

随车清雨洗边尘，散作韶阳十月春。累世风霜为阀阅，一壶冰雪是精神。民沾德泽安生聚，君遣皇华遍度询。此日貂蝉辉绣斧，千年风度俨相亲。

（《海桑集》卷2）

九成台

韶阳太守台成日，玉局仙人海上归。万籁尽如韶九奏，五云遥见凤双飞。莲峰隔浦浮春色，武水澄波漾暖晖。错把滕王江阁比，鸣鸾歌舞是邪非。

（《海桑集》卷2）

苍雪轩为南雄贰守刘可与赋

苍龙喷雪满幽轩，坐使冰壶六月寒。红袖解移青玉案，素娥清映水精盘。兴来剡曲余孤棹，老去磻溪寄一竿。何日江阴来步屧，相从终日倚阑看。

（《海桑集》卷2）

徐韶州追和仆叙别韶见寄用韵答之

别来只忆韶州景，忽枉佳章寂寞滨。太守襜帷三载旧，侍郎官诰五花新。枌榆社日家家酒，莺燕江亭在在春。苦恨云山迢递隔，无因晤语乐天真。

（《海桑集》卷2）

答南雄刘别驾见寄

潇洒雄州别驾尊，公余揽胜出松门。会稽山阴逢贺监，丁卯桥头寻许浑。文豹何曾迷雾雨，苍龙应自长儿孙。何时容我来惊座，更看优人舞白猿。

（《海桑集》卷2）

次别驾刘宗弼咏韶石韵

缥缈湘南接海边，奔波耸汉翠争妍。烟生万壑熊罴伏，日射重岩锦绣连。泗水磬材天下少，韶州响石后来传。世间信有愚公智，未必山灵未许迁。

（《海桑集》卷2）

题朱雪岩小影图文公之后居南雄者

一鹤传书海上回，氅衣正对雪花开。燕云赋罢空前席，粤水归吟但废台。遗像有神看画史，诸孙传业待春魁。考亭云谷高风在，长有书香付后来。

（《海桑集》卷2）

题曲江春游图

沙明竹软曲江桥，折水花枝挂酒瓢。指点杏园飞赤骥，恼人应是董娇娆。

（《海桑集》卷2）

寄韶州段同知菊圃

贰守声名久，河东古绛州。仪曹陪法从，枢府接英游。夏馆榕阴满，秋篱菊蕊稠。官居随地好，山水自风流。

（《海桑集》卷1）

韶州卫贺表

伏以金茎瑞应，开宝历于千秋；玉陛班齐，效华封之三祝。神人攸庆，海宇同欢。睿哲超凡，英雄卓冠。励精图治，法乎天地之大、日月之明；远近归诚，沛乎雨露之施、江海之润。都虎踞龙蟠之形胜，集文韬武略之俊髦。定律书，既以制百姓于刑之中；兴国学，又以育群才为治之本。赫然王业之盛，实惟天运之新。臣某等驰贺情深，守边道阻。嵩高呼万岁，莫陪拚舞于端门；箫韶秦九成，嘉乐升平于率土。

（《海桑集》卷3）

韶州府贺表

伏以天生明圣，应五百余岁之昌期；圣寿齐天，垂亿万斯年之正统。日甫躔于房次，电正绕于斗枢。英略如神，仁威无敌。江东王气，指日戡定于中原；海隅苍生，厚泽涵濡于率土。恭俭优于文帝，功烈盛乎太宗。喜溢臣邻，春融中外。臣某忝居司牧，深恋阙庭。曰寿曰富曰多男，敢效华封之祝；宜民宜人宜受禄，载歌周雅之章。

（《海桑集》卷3）

韶州卫贺表

乾元位九五，风霆神于八区；天子寿万年，日月焕于四表。神人同庆，中外交欢。文武兼资，英雄冠世。法贞观之政要，永成贞观之太平；考职方之贡图，必复职方之土宇。绍百王之正统，垂万代之弘规。臣某备守南荒，遥瞻北阙。效封人之三祝，奚罄颂言；坚外阃之一心，岂胜攀恋。

（《海桑集》卷3）

韶州虞帝庙碑

　　韶郡西北百五里许，岭曰皇冈岭，水曰皇潭水。古者于焉庙祀虞帝，以故山水胥以皇称。庙莫详厥初，郡志云：故老相传，帝尝奏乐于邑东磐山上，故石号韶，而州以韶名。或曰：帝时巡，亦南岳止耳，不狩荒服。夔取磬材于韶，至今韶多磬石，殆是耶？唐《谢楚碑》云："曲江有虞祠，率诚莫飨，栋宇过偪，仪刑弗称。元和末，刺史张蒙改作清庙，祠事始严。"楚碑，唐长庆元年所树，代不废祀。宋嘉定元年，提刑廖德明复大新构，正南面位，建跪坐像，皋、益、稷、契四臣从焉。朱文公为作《迎飨送神曲》。有元之季，群不逞，倡乱，庙落为墟。大明启运，金陵建都。吴元年，信安徐公炳文由股肱旧臣擢知韶府，严明综核，庶政咸理，百废具兴。属邑禀承，民力和裕，首复相江书院，乃眷帝庙，大惧明德馨香，祇荐无所，或寄他宫，不亦野哉。躬履祠基，稽度位序，斩木陶埏，费不鸠民，僚佐悉力，工劝吏勤。作貌显敞，盘焉、困焉、轮焉、奂焉。二妃是室，四臣就列，咸复其旧。落成之日，山增水益，松茂柏悦，耋稚呼舞，嘉粟肥香，是蒸是飨。惟帝陟降在天，巡狩在梧，神用眷顾，实兹嘉宠。于是郡幕长走书来速文，愿刻贞石，纪徐公绩，垂示久远。谨按传书言：后有作者，虞帝弗可及已。天地之大，日月之明亘万古，今囿其覆载，私其照临，卒莫能知其所以为而为之者，何也？德不可名而功莫能胜计也。惟帝尽人之道，处变而常；尽君之道，恭已无为。万代师法，万代祀典，神之于赫，无乎不在。韶虽远在百粤，昔者声教固暨之矣，奚以迹论哉。然而祠貌翼翼，则由唐刺史张公、宋提刑廖公、迄今太守徐公而已，不其难乎！其或继徐公者，百世尚之矣。是役也，洪武二年正月庀工，三月毕事。门廊殿寝，靡不严正。贰守段原、通守萧隆、幕长杨居礼、知事程玘实相成之，曲江主簿贺元礼、典史晏德明实董营之，皆不可不书。颂曰：

　　圣禅平阳，化流百越。其化伊何，日用饮食。惟此九韶，衡岳孺孙。皇冈岩岩，皇潭沄沄。重华邈而韶音尚尔！孰为乱阶，芜湮祠祀。显允徐侯，邦之荩臣，受命作牧，肃恭神人。爰作新庙，有严有翼，灵星启门，褕翟端室。臣哉邻哉，巍巍岩廊，吁咈都俞，复萃一堂。显允徐侯，惠民天宠，孰是炎荒，见此垂拱，远征元和，近者嘉定，孰与今兹，大明新运韶治曲江，府肃县勤。伐石刻辞，纪功庙庭。无为之化，万邦作孚，佑我皇家，丕隆昌符。

（《海桑集》卷4）

岭南文化书系

历代名人韶州名文辑选

制使张公还镇韶州序

岁乙巳春，王师戡定南服，遐荒郡县，相次入贡，兵威与文教胥被，罔不震叠。先是，制使张公以节钺分阃于韶阳者数年，卒伍肃睦，边陲乂安，通商阜农，讲武劝学，民用大和，名称达于朝。冬十二月，有旨入觐，遂得朝正于台城。问在边所以抚驭绥宁者，对皆称旨，赏誉咨嗟，解所御龙服亲被公，命大官具燕，礼特厚。时禁酤，无敢醴宾，独各府运日宴公，皆得旨若赐醄然，可谓溢宠矣。已乃亟还公于韶，益固疆圉，锡官驷局段，以示优洽。公归至章贡，予获拜焉。神观澄穆，蔼乎春阳之温；冲襟爽恺，浩乎深渊之靓；论议卓越，凿乎丝麻谷粟之实用也。韶之民一何幸欤！匪惟韶民，环韶之四履，芽枿抽萌，羽毛鳞介，皆有所芘赖以自全也。昔公去韶，不再阅月，而其民若兵伥伥失所依归。今虽还未及镇，而涂欢里忭，洋洋乎韶石舜峰之间者，已不啻赤子之得慈母矣。朝命亟归公而锡粲有加，岂徒然耶？予将从公幕府，乃先叙次中朝所以安边之意，以慰韶人焉。

（《海桑集》卷6）

韶州重建府治记

韶为粤壮郡，秦属南海，汉初属桂阳，三国入吴，尔后析置不常。其得成州而以韶名，则自唐武德四年始，盖析广之曲江、始兴、乐昌、翁源置焉。贞观初，又析置浈昌、仁化二县，统县六。乾和四年，割浈昌、始兴，置雄州。迄宋元丰间，皆统县四。乾道三年，又析曲江、乐昌，置乳源。至元间，又析曲江，置新民，并翁源归曲江，皆统县五。今新民废，所统者曲江、仁化、乐昌、乳源而已。以广输计，实周官方四百里之地，诚壮郡也。岁在癸卯，古复钱侯朝阳来守兹土，既浚隍高城，民以奠枕。乙巳岁则大熟，乃相府治敝陋弗称，谋撤而新之。若贰及幕议以克合，侯曰："属邑疲瘵，役不可加。"即捐俸鸠工抡材。通守郭飞、幕长程玘并力一心，役以丕作。得木率异材，其尤异者，双干共根，干霄百年，绝崖砾礊，致之若夷。双梁天成，若有相焉以待兴者。底发基构，悉增厥旧。既其竣事，高明有颙，盘盘焉，皇皇焉，古诸侯外寝殆不是过。经始于乙巳九月，落成丙午四月。前为仪门三间，中为设厅五间，东西庑为史舍十二间。前曰丽谯之楼，仍其故而奂之。后曰燕处之齐，易其构而伟之。旄倪族观，咸啧曰："由至元丙子一炬，至大间重见，今九十载，未有壮观若斯者。"于是昔之浈、武二水纡徐演迤，肘腋夹流，又若决而驭，若疏而湧，以襟带会同乎郡之南。昔之韶山诸峰，如盖如冒，如怒猊渴虎，如芙蕖出波者，又若腾起于罗浮，驰骛于衡、桂，以羽翼张皇乎郡之左右。噫，微太守，孰臻兹哉！太守乐公宇之成，嘉民俗之熙，端居黄堂，无讼之可听，第佩服图史，以永终日而已。彼汉卫飒茨克遗爱于粤，宜不多让。乃耆俊士民合辞来请文勒石。余属笔不愧者，钱侯守官廉，待物惠，养民裕，兴学严，昔故稔知之。暨余过南

117

雄，入学宫，读钱侯碑，其父老曰："我慈母也。"当韶欸附日，韶父老遮道，愿得南雄寺抚我即安矣。军师如其请，夺我慈母者韶也，迄今四年，韶多惠政以此，兹不悉书者，记为建君治作也。然韶多先贤遗迹，诸所宜其废滋多，侯皆次第图之，继是将不一书矣。

（《海桑集》卷7）

韶州府劝农文

春序既半，田务孔殷。郡守归自京都，亲承戒饬，遵劝农彝典，嘉与父老民人，宣明国宪，俾尔灼知谨守，庶几保生聚以力耕桑也。国家肇造基业，深惩近代覆亡之故，皆缘失于宽纵，故禁密而罚峻者，周礼刑乱，国用重典是也。当之者糜灭，慎之者曲全，尔其敬哉。郡守子育尔民，于今五年，尔民幸生岭外，边鄙不耸，而谷频登，赋外征需，又以远见优。今兹天时已兆泰和，尽力南亩，岁必又丰。唯当长幼相告语，畏法奉公，斯可乐其乐而利起利。尔其敬哉！

（《海桑集》卷10）

胡奎

【作者简介】胡奎（1309—1381），字虚白，浙江海宁人。入明受征出仕，授宁王府教授。著有《斗南老人集》。

送人还南雄

秋风吹老白蘋花，八月归船定到家。重见彭篯生盛代，也胜贾谊谪长沙。云帆入楚轻于鸟，江水通巴曲似蛇。诸蹇登堂拜郎罢，吴音越语共讴哑。

（《斗南老人集》卷3）

朱善

【作者简介】朱善（1314—1385），字备万，号一斋，江西丰城人。明初，任南昌教授，后授翰林修撰，累官至文渊阁大学士。著有《朱一斋先生文集》《诗经解颐》。

庾岭道中

篮舆过岭十余里，霁日凉风始称心。好树远山浮翠色，乔松夹道接清阴。涧泉激石声鸣玉，山鸟娱人色染金。车载驴驮来络绎，遥知满囊尽南琛。

（《朱一斋先生广游文集》卷1）

题张曲江庙

先生有道侔伊吕，天子无心逐李杨。几曲霓裳增慨叹，一编金镜鉴兴亡。羯胡事主宁堪信，哲妇倾城实可伤。他日一觞劳祭酹，始知忠直久难忘。

（《朱一斋先生广游文集》卷1）

度庾岭

昔人浪说岭头梅，今日登临亦快哉。江水滔滔从北去，使车奕奕向南来。观音阁下惟青草，丞相祠前尽绿苔。日暮偶遇贤太守，相从公馆乐御杯。

（《朱一斋先生广游文集》卷1）

出浈阳十余里有双峰如净瓶峙其前一峰如香炉峙其后皆石山也又岭南山惟石山竹木葱翠其土山反童赭无草木甚可怆也由赋此

有竹皆从石上生，有木亦从石中出。净瓶两峰峙其前，后有香炉尤突兀。当初制作是谁欤，非鬼非神由造物。我愿天工莫好奇，不生尤物为疮痍。五风十雨调四时，民安耕凿咸熙熙。世间太平有如此，万室然香祝天子。

（《朱一斋先生广游文集》卷1）

题清辉楼寄示南雄左知府

庾岭南来第一州，往还重得上斯楼。好山排闼青如黛，远水连天碧似油。太守时来宜坐啸，行人心远莫淹留。明朝但借篮舆力，坐看松阴满道周。

（《朱一斋先生广游文集》卷1）

自黄塘赴渡江驿

岭南之水疾于马，发迹来从庾岭下。数道交流成巨川，势若建瓴峡中泻。奔流到海那复回，石山夹送高崔嵬。熊蹲虎踞龙凤跃，上有好鸟鸣喈喈。广东之女颜如花，广东之酒酌流霞。我惟独寝仍独醒，长年在路犹在家。寄语少年游侠客，好德如坚无好色。宴安酖毒古所戒，莫使时人笑昏惑。

（《朱一斋先生广游文集》卷1）

凌江驿记事

忆昨度岭来，避雨长松下。今日度岭归，阴复如昔者。轻烟淡淡浮，细雨濛濛洒。淅淅谷风生，泠泠石泉泻。乔木正夹道，香稻尤在野。行行逾两舍，相邀同下马。檐头酒一壶，细酌香浮斝。思昔盍簪时，制作离骚雅。宫徵声相宣，曲高和弥寡。造物于我辈，亦似不相拾。不使炎热侵，暂以清凉假。此景颇称人，秉笔自模写。

（《朱一斋先生广游文集》卷1）

王沂

【作者简介】王沂（1317—1383），字子与，号竹亭，江西泰和人。明初受征出仕，后以年老辞归。著有《王征士诗》。

题韶州舜祠

翼翼新祠二水渍，浈、武二水。南巡帝子从湘君。山光浴日浮丹宸，树影堆云上翠裙。载笔客题韶石咏，打碑人觅颍川文。临风颇讶虞廷史，不遣奇闻附典坟。

（《全元诗》第 58 册）

刘崧

【作者简介】刘崧（1321—1381），字子高，号槎翁，江西泰和人。明初，征为职方郎中、北平按察司副使，受胡惟庸排挤去职。胡惟庸败后，起用，累官至吏部尚书。洪武十四年（1381）卒，谥"恭介"。著有《槎翁文集》《槎翁诗集》。

英德江上

腊月炎州霜霰稀，清江白日燕交飞。四千余里金陵路，何日征人度岭归。

（《槎翁诗集》卷 8）

翁源行

大蜡岭，小蜡岭，东南相望两尖顶。千崖无人野蕉绿，一涧缘山石泉冷。伊谁置县当僻源，井邑人废余荒村。后来分隶曲江县，偏与豹狼生子孙。荒山亘连二百里，六寨僚兵连岁起。韶州号令不知闻，势力凭凌自倾儇。一从洪武初设官，路启旌旟箫鼓喧。莲塘镇里立廨宇，父老欢呼来聚看。往时养马如养牛，腾踔山谷夸豪酋。只今买牛还卖马，弃掷弓刀事耕稼。今年我从英德来，攀岩历壑何艰哉。路穷蒲岭见空豁，白昼阴霾浑不开。阴风鬼号荒古道，嗟尔遗民真再造。男不事诗书，女不理蚕桑。草衣蕉布无冬夏，蓬首垢足畏客如麋獐。食储岁饱一千户，余四百石输官粮。自言老死不出乡，官事不生衣食强。三朝作社共杀牲，十室纳稼同囷仓。开畲烧土任耕作，引水激机舂稻粱。榛栗遍秋岭，旨蓄足冬藏。月上叱牛日入毕，营求易足本天性，耳目不移非外物。况闻畏法如畏虎，道路不遗门不拄。鸡豚日出散如烟，米粟年登贱于土。我怜浑朴若可亲，岂有毒厉兴妖神。由来仁化感木石，宜以礼义开真淳。君不见铜场恶溪流赤水，八月禾花瘴烟起。秖言北客少生还，宁信土人长不死。我歌翁源行，听者莫伤情。丈夫正气易水土，薄俗可敦浑可清。便骑黄犊入山去，闲与洞民歌太平。

（《槎翁诗集》卷 3）

度梅岭

江广东西此路分，千峰迢递入层云。山川元气有关隔，风土殊方异见闻。驷马安车宜并驾，六丁栈道可齐勋。曲江祠古苍松在，长锁烟霞五色文。

（《槎翁诗集》卷 6）

峡山寺

清远县东三峡长，峡山好在峡山央。寺门临水叠崖石，殿角挂山欹栋梁。幽涧鸟啼如解语，阴崖花发不知霜。将军自昔开蛮洞，庶子何年去帝乡。门掩野祠烟寂寂，船通官驿水茫茫。偶便禅悦堪娱性，不信猿声解断肠。

（《槎翁诗集》卷7）

孙蕡

【作者简介】孙蕡（1337—1393），字仲衍，号西庵先生，南海（今广东佛山）人，著名诗人。洪武初年（1368）进士，曾任长虹县主簿、平原主簿、苏州经历等职，坐累戍辽东，后因蓝玉案牵连被杀。著述甚富，多散佚，仅《西庵集》传世。

月华寺

急唤艄人且系舟，月华寺里散离忧。苔封曲径人稀到，门对长江水自流。两岸峰峦千古画，一川松桧四时秋。坡山遗墨成灰烬，老衲于今说未休。

（《西庵集》卷8）

峡山寺三首

其一

峡束沧江万壑雷，梵王楼阁倚天开。山从中宿城边去，水自连州港口来。云叶卷时猿献果，雨花飞处客登台。青鞋未访和光洞，奏赋金门亦壮哉。

其二

竹里维舟谒翠微，闲门临水路崴嵬。云生佛殿飞来处，猿啸山僧出定时。断刻尚余梁日记，古松犹偃汉朝枝。烟霞二妙应相笑，盛世藏珍负夙期。

其三

明日青阳逼岁阑，绣衣聊得共跻攀。云铺鹤背浮金殿，风引猿声怨玉环。薄宦岂堪重作客，故乡惟有一登山。绳床睡杀梅花月，输与蒲庵老衲闲。

（《西庵集》卷8）

张曲江祠

铁石肝肠鲠不阿，千年庙享未为过。胡儿反相知偏早，人主荒淫谏亦多。金鉴录存明皎日，玉环事杳逐流波。岭头手种松犹在，想见高材挂大罗。

（《西庵集》卷9）

除夕舟次英德

西清去岁侍群仙，坐候晨钟拱御筵。沧海头颅今四十，彤庭礼乐旧三千。盛寒颇似庚申夜，飘泊远逢癸丑年。明日扁舟江上路，梅花开遍野云边。

（《西庵集》卷9）

林弼

【作者简介】林弼，字元凯，龙溪（今福建漳州）人，生卒年不详。元至正八年（1348）进士，任漳州路知事。入明后，先后任吏部主事、登州知府，曾出使安南，却金，为明太祖所重。著有《林登州集》。

韶州谒虞帝庙

快雪过青涧，初霞隐丹冈。登台望韶石，乃在江之阳。薄言荐蘋藻，再拜瞻宫墙。当宁俨遗像，巍巍垂衮裳。二女肃观内，四臣森侍傍。缅邈怀明德，伊昔勤省方。薰弦播淳音，遏服被余光。仪凤已高逝，神虬尚深藏。濯缨虞泉清，振衣越山苍。千载过化地，咏归矢无忘。

（《林登州集》卷1）

曲江逢至日

去岁兹辰钟阜北，今年此日曲江东。惊心节物如飞箭，回首生涯尚转蓬。韶石雪消知地暖，越台云净兆年丰。故人迢递未归去，孤负梅花酒一筒。

（《林登州集》卷5）

庾岭

石棱左右山将合，涧响东西水自分。通道人思唐宰相，提兵谁识汉将军。满林梅熟黄垂雨，夹道松高翠拂云。岭徼祇今畿甸似，远人敢惮往来勤。

（《林登州集》卷6）

谒张文献公祠

开元贤士张文献，落落长才际盛时。沧海明珠知价重，秋风白羽叹恩衰。凶徒已破生前胆，鸟道何劳死后思。半亩乡祠金像在，荐芳请诵八哀诗。

（《林登州集》卷6）

谒余襄公祠

庆历名臣余谏议，堂堂正论出清班。一封霜简晨趋阙，万点风旗夜度关。遗庙丹青近韶石，故家文献盛闽山。锦袍紫囊光相射，犹似当年上国还。

（《林登州集》卷6）

南雄太守叶景龙政成入觐

相逢江上系兰桡，岁晏天寒雪正飘。驻目帝乡红日近，关心亲舍白云遥。梅花岭外诗千首，竹叶山中酒一瓢。握手都门应有约，清溪水满绿杨桥。

（《林登州集》卷6）

韶石

一曲南薰石欲开，余今犹绕九成台。青山空洒怀人泪，云暗苍梧凤不来。

（《林登州集》卷7）

乌斯道

【作者简介】乌斯道，字继善，慈溪（今浙江宁波）人，生卒年不详。元代即以诗文闻名乡里。明洪武年间授石龙知县，调永新，后坐事谪定远，放归后卒。著有《春草斋集》。

登九成台

重华不见独登台，台倚孤城日月开。似听箫韶千载上，虚疑凤鸟九霄来。乱山北起迷烟树，双涧南流浸绿苔。回首苍梧天咫尺，南巡曾带跸尘回。

（《春草斋集》卷4）

游南华寺

台殿参差出翠微，曹溪当户漾清辉。人知碧眼胡僧远，谁识黄梅獦獠归。燕雀不栖千丈塔，风云长护六铢衣。岭南第一唐朝寺，细读残碑倚夕晖。

（《春草斋集》卷4）

过大庾岭

昔年南去入梅关，今出梅关又北还。瘴疠偶然全朽骨，梅花不必笑衰颜。泉探卓锡寒松底，碑读荒祠荔子间。更立西风凝望久，五云飞处是钟山。

（《春草斋集》卷4）

黎贞

【作者简介】黎贞，字彦晦，号陶陶生，晚号秋坡，人称秋坡先生，广东新会人，生卒年不详。师事南海孙蕡，博通经史。明洪武初年（1368），入郡学为庠生。八年（1375）辟荐入京，称疾不赴试。洪武十八年（1385）流放辽东，三十年（1397）赦归，在乡讲学终生。著有《秋坡集》。

梅关行

梅关高层崖叠，巃多岩嶙怪石撑，空临绝顶古松当。路翻翠涛梅关长，山磴石径云苍苍。行人往来几千古，炎州宾贡来筐筐。我昔闻其名，今朝睹其实。兴怀欲忆曲江公，建此千秋万祀之奇迹。想当凿石通道时，风云庆会人神依，遂使文明播南海。椎髻桀骜余风改，贤才络绎赴中州。神乐衣冠一都会，曲江公在何许，万古声名遍寰宇。五羊书客拜荒祠，旷世感公泪如雨。谁知不在宾兴游，空对梅关叹楚囚。禅林深夜奇行迹，月明千里心悠悠。曲江公在何许，我今披云上天去。若问回首在何时，笑指梅花是归路。

（《秫坡先生诗集》卷2）

濛浬驿

濛里维舟日已西，不堪幽思正凄凄。长松夹道青如染，更有子规深夜啼。

（《秫坡先生诗集》卷2）

至南华寺观衣钵锡杖双履六祖金
销骨金阑袈裟贝叶经等物暮泊溪口

闲随飞锡访招提，直蹑云根足不迷。花雨弄晴天欲曙，满船明月出曹溪。

（《秫坡先生诗集》卷2）

郑贵远

【作者简介】郑贵远，浙江天台人，生卒年不详。洪武年间任南雄府教授。性资刚介，模范端严，善启迪后进，随材成就，文章高古，六经子史，靡不淹贯。时人号"郑书柜"。

谢节妇赞

凤凰来南岳，并宿琪树枝。雄雌有定偶，中道成分飞。孤凰不忍去，旦夕鸣且悲。羽翼良已敝，志操终莫移。琅玕结实少，梧叶无安栖。辛苦哺其雏，饮啄不救饥。雏今采翮长，一举凌云霓。明廷奏箫韶，翙翙乃来仪。物情贵自守，人事亦若斯。陈诗以纪实，庶足敦民彝。

（嘉靖《南雄府志》上卷）

梁潜

【作者简介】梁潜（1366—1418），字用之，号泊庵，学者称泊庵先生，江西泰和人。洪武二十九年（1396）举人，历任四会知县等职，颇有政绩。永乐元年（1403）参修《太祖实录》，授翰林院修撰，后任《永乐大典》代总裁。永乐十五年（1417），与杨士奇留辅太子，因事下狱死。有《泊庵集》十六卷传世。

元故江西参政刘公挽诗序

公讳鹗，字楚奇，吉之永丰人。公自幼笃学，学既成，遂遨游四方，览名山大川以增其气，发为文词，沛然也。教河南，秩满，归建浮云道院以居之，学者称为浮云先生。累迁秘书监郎，与虞文靖公、揭文安公、欧阳文忠公诸名士口相唱和，其学益大进。迁海门县尹，不赴。改南雄路经历，升翰林修撰，阶奉训大夫，以内艰，去官。及红巾盗起，东南诸郡望风瓦解。而江州自李黼之死，民益困，乃擢江州路总管，改瑞州路，未赴，寻升广东廉访副使。至广，缮城池，修甲兵，聚粮饷，勉励将士，调度百出，而上下翕然，贼不敢近。移守韶州，授中宪大夫、广东行省元帅，复拜嘉议大夫、江西省参政。越二年，韶州蛮獠乱，公分兵遣捕之。而赣寇乘间卒至，时城中兵甚少，贼兵强盛。公虽老而气尤壮，乃自将乘城，命他将领兵出战。公亡幼子运亦战死。凡一月，而援兵不至，城遂陷。公被执至赣，贼幽之于慈云寺。时仲子述亦在焉，公谓其仲子曰："吾生平志于忠孝，今不幸至此，我死不瞑目矣！"作诗付述，不食，六日而卒，享年七十有五。于乎！公起自儒生，扬历中外几数十年，而后受命边阃，膺国重寄。不幸而国祚日危，王纲日弛，公之志谋、才略卒不及展而死于难，岂非命耶？然公之死自足以暴白百世，而丑夫叛乱者又何憾哉？第当是时修史者失之采录，不得为公立传以附《元史》忠义之次。然予尝之广道韶，闻韶人云，城陷时，死者尚多，不止公一人。今其姓名皆泯灭无闻。古今死节之士盖莫不然，足较也。今年冬，公之孙某持公生时所为诗文及元进士刘玉汝所撰公墓铭，俾读之，既又以诸公所挽公诗辞属为序。故述其大概为序之，且以备史氏之缺，庶几读者有考也。

（《泊庵集》卷6）

解缙

【作者简介】解缙（1369—1415），字大绅，号春雨，江西吉水人，著名文学家。洪武二十一年（1388）进士，官至内阁首辅、右春坊大学士，因直言下狱遇害。主持修撰《永乐大典》，著有《解学士集》。

皇冈山舜峰寺

千里来寻故相家，曲江南畔夕阳斜。均天此日闻韶乐，步上皇冈望翠华。

（康熙十二年《韶州府志》卷16）

陈琏

【作者简介】陈琏（1369—1454），字廷器，号琴轩，广东东莞人。洪武二十三年（1390）举人，初授桂林府教授，累官至礼部左侍郎，正统六年（1441），辞官归里。著有《琴轩集》等多种。

战韶阳

邑人熊飞有武略，善骑射。宋末起兵勤王，隶丞相文天祥麾下，后制置使赵璹遣飞同新会宰曾逢龙往南雄捍御，续遣偏校刘自立守韶州。元将吕师夔、张荣自江西来，逢龙战殁于南雄，飞回韶州。吕、张至，飞守城力战。未几，自立潜以城降，飞巷战而死。

战韶阳，日光薄，朔风南来撼山岳。梅关已碎凌江枯，斗大孤城竟谁托？寒芒烛地狼星光，边声彻夜交锋锃。老奴潜缒城竟覆，残兵散走如群羊。虎头将军面如铁，义胆忠肝逾激烈。仓惶巷战接短兵，三尺龙泉耀霜雪。誓战死，无偷生，竟死不辱勤王名。崖山猛士多如雨，谁似韶阳战有声。

(《琴轩集》卷5)

过庾岭遇雨

儿时闻说大庾岭，今日驱车带雨过。白石政如鲇背滑，青山又似犬牙多。崎岖难着寻梅屐，断续唯闻伐木歌。张相祠前闲小憩，一声猿啸出烟萝。

(《琴轩集》卷9)

谒张余二公祠

乾坤清气流不息，岂但岳降能生申。丹丘自昔产鸾凤，南荒未信无麒麟。曲江相业世所重，武溪文章时共珍。英风凛凛起予慕，接武前修当有人。

(《琴轩集》卷9)

过梅关有怀张丞相九龄

大庾峨峨何壮哉，羊肠石磴荒苍苔。天教此岭限南北，公凿一关通往来。听猿林下风日好，驻马林边云雾开。怀人不尽千古意，丹心飞绕黄金台。

(《琴轩集》卷9)

邱濬

【作者简介】邱濬（1421—1495），字仲深，海南琼山人，著名思想家、政治家。景泰五年（1454）进士，历仕四朝，累官至户部尚书兼武英殿大学士，卒后，赠太傅，谥"文庄"。勤奋好学，举凡经史诗文，无不深究，著有《大学衍义补》《琼台会稿》等多种。在任期间注重乡邦文献，曾觅得张九龄文集，刊刻传世。

送人游岭南

君行是我来时路，赠别因思旧所游。绿柳春风巢翡翠，碧芜寒雨叫钩辀。三冬气暖人挥扇，八月天清蜃结楼。风度祠前拜唐相，为言早晚便归休。

(道光《直隶南雄州志》卷17)

文献祠

平生梦想曲江公，五百年来间气钟。行客不知经世业，往来惟羡道傍松。

（道光《直隶南雄州志》卷17）

题梅岭

马蹄车催夜尚行，从教林外鹧鸪鸣。世人若有移山力，岭海多年地已平。

（道光《直隶南雄州志》卷17）

大庾岭路松

相国祠前下马行，望中真是黑松林。林边一曲长流水，照见孤臣一片心。

（道光《直隶南雄州志》卷17）

唐文献公开大庾岭路碑阴记

岭南自秦时入中国，至于唐八百八十有八年，丞相张文献公始钟光岳全气，而生于曲江之湄。时唐高宗咸亨四年癸酉也。公生七岁，即知属文。十二以书干广州刺史王方庆，是时已为张燕公所知。年三十五登进士第，授校书郎。盖公长于武后时，不欲仕女主。至中宗复辟之三年始出也。元宗即位之初，又策道侔伊吕科，为左拾遗内供奉。开元四年，承诏开大庾岭路。《唐书·地理志》谓开路在十七年，非也。当以公序文为是。燕公于开元十三年荐公可备顾问。明年，燕公卒，元宗思其言，召公为秘书少监、集贤院学士知院事。会赐渤海诏书，命无足为者，召公为之。被诏辄成，迁工部侍郎、知制诰。寻迁中书侍郎，是岁，又拜同中书门下平章政事，又进中书令，与李林甫、裴耀卿并相。林甫无学术，见公文雅为元宗所知，内忌之，竟为所倾而罢。公在相位甫三年耳。俄以周子谅事出为荆州长史，卒年六十有八。公之气节文章，治功相业，着在信史，百世共知。自公生后，大岭以南山川烨烨有光气。士生是邦，北仕于中州，不为海内士大夫所鄙夷者，以有公也。凡生岭海之间，与夫宦游于斯土者，经公所生之乡，行公所辟之路，而不知所以起敬起慕，其非夫哉。

予生岭海极南之激，在公既薨之后六百又八十年，甫知读书，即得韶郡所刻《千秋金鉴录》，读之已灼知其为伪。既而即史考之，史臣仅着其名而不载其言。意其遗文必具也，求之偏方下邑，无所谓《曲江集》者。年二十七，始道此上京师游太学，遍求之两京藏书家亦无有也。三十四登进士第，选读书中秘见《曲江集》列名馆阁群书目中。然木天之中卷帙充栋，检寻良艰。计求诸掌故，凡积十有六寒暑，至成化己丑始得之。乃并与余襄公《武溪集》手自录出。是岁丁内艰，南还，道韶，适乡友涂君应旻倅是郡，因语及之，留刻于郡斋。公之遗文至是始传于人间。窃睹集中

有公所作《开大庾路序》，而苏铣为之铭，意公此文当时必有碑刻，岁久倾圮磨灭。今陈迹如故而遗刻不存，岂非大缺典欤？每遇士夫之官广南，势不可为者，辄为俯其伐石镌文以复当时之旧，诺之而食言者多矣。

今上即位之三年，岭北袁君庆祥由秋官擢广东按察司佥事，奉敕提督雄、韶等府兵备。临行别予，予复申前语。君曰：诺哉。又明年，以书抵予，谓近得碑石于英山，磨砻已就，将求善书者录公序文及苏氏之铭刻诸其阳，属予一言识其阴。于乎天地大势起自西北而趋于东南，大庾岭分衡岳之一支，东出横亘江广之间。自此之南以极于海岛，奇材珍货出焉。战国以前未始通中国也。秦时始谪徙中原民戍五岭，汉武帝始遣将分路下南粤。楼船将军杨仆出豫章下湞水，疑即此途也。然序文谓岭东路废，人苦峻极，行径寅缘数里重林之表，千丈层崖之下。意者大岭迤东旧别有一途。公既登朝，始建议相山谷之宜、革阪险之故，以开兹路也欤。兹路既开，然后五岭以南之人才出矣，财货通矣，中朝之声教日远矣，遐陬之风俗日变矣。公之功于是为大。后之人循其途而履其迹，息肩于古松之阴，寓目于新亭之下。读公之遗文想公之风度，又岂徒者晋人望岘山而思羊叔子哉。虽公之功亦大而着，然使千载之下往来之人，临公遗迹而知开凿之功真出于公无疑，传诵感戴于无穷，盖亦有赖于斯碑之重建焉。佥事君之功亦不可以不纪也。君字德征，赣之雩都人，其家去此百里而远，盖在岭之北也。君在太学时常建国计，大有补于时用。是名闻远近，今持宪节于岭南，声誉藉藉以起，其进盖未可量也，予虽家岭之南，然去此几二千里。年逾公甍之岁始见知于当宁，而日薄西山无能为也。所以追前人之芳躅而振发其声华者，不无望于岭南北后来之俊彦，而于佥宪君盖倦倦焉。予也幼有志尚友古人，而于乡帙尤所注意。今年七十有二矣。将归首邱，素愿乃酬，岂非平生一快事哉。不胜欣幸，勉为书之，畀以刻焉。

（道光《直隶南雄州志》卷19）

延祥寺浮图记

延祥寺在南雄府治东二里，宋大中祥符间僧祖善始建也。寺有浮图，盖自孙吴时僧康会创于金陵始。及晋南迁，重加修饰，天下仿而为之。于是，下至偏州小邑无不建之以为标表焉。而延祥寺有之，相传为异人所创。予闻西竺氏之教，法派相传凡二十八代，至达摩始至中国，又五传至卢能而止焉。其始也，达摩自南天竺浮海至广州而北往中国，其终也卢能自黄梅得道归南至广州，祝发终于曹溪居焉，遂不复传。是则禅教之兴始终皆在于岭南，而雄郡乃岭南往来必由之道，而寺适当其冲，而浮图在于是焉。谓之异人之建虽不可必，要之不能无意也。募缘重修者寺僧智广，主其事者千户谭某。兴工始景泰乙亥八月，毕工则明年某月也。寺之先后修建不与浮图者兹不载。

（道光《直隶南雄州志》卷19）

128

陈献章

【作者简介】陈献章（1428—1500），字公甫，号石斋，世称陈白沙，广东新会人，著名思想家。多次参加会试不第，归乡研究哲理，讲学为生。万历年间从祀孔庙，追谥"文恭"，是唯一从祀的广东籍学人。其著作后人汇编为《白沙子全集》。

蒋韶州书至，代简答之

相别何悠悠，梅花十寒整。音尘中断绝，窅若堕深井。忽枉尺素书，开读喜不定。庾岭秋正高，扬旌下松径。君才足理郡，韶民日延颈。古来水火喻，子产功在郑。岁计谅有余，愿闻下车令。

（《陈献章集》卷4）

读张曲江撰徐聘君墓碣四首

其一

杜陵烟艇曾来否，相国铭章今在亡。千古我能生感激，一碑谁可借辉光？江波自映蒲轮返，原草还沾絮酒香。事异凿坏终远去，鸿冥天阔道之常。

其二

桓灵而下使人悲，却忆陈蕃在郡时。何处公车还欲召，平生此榻竟奚裨？事机成败我当算，天命去留人得知。万古江山一回首，风清月朗聘君祠。

其三

知心未问陈蕃辈，欲起先生在帝桓。自古山林轻禄位，至今朋党惜衣冠。寻常笑语诸公抚，七十支离一老看。谁道开元张相国，重磨碑碣写心肝。

其四

一木能支大厦颠，栖栖徒只喻当年。身垂白发西山里，光射青牛北斗边。信史只今文献碣，清风何日豫章传？狂歌乱耳不足献，依旧生刍置墓前。

（《陈献章集》卷5）

蒋韶州世钦挽诗二首

其一

治郡声名远，如何是我诗？青山韶石老，回首尽交期。

其二

往事形骸外，如今一梦休。曹溪分我茗，犹说蒋韶州。

（《陈献章集》卷5）

弹子矶候默斋不至

军人打鼓泊官船，黑雾蒙蒙水下滩。隔岸相呼不相见，竹笼牵火上桅竿。

（《陈献章集》卷6）

清溪道中二首

其一

西风吹冷峡山云，红叶青溪点缀新。惟有白头溪里影，至今犹戴玉台巾。

其二

鸬鹚短桨自江乡，峡水晴飞练帨长。画舫有人扪虱坐，了无意绪向南康。

（《陈献章集》卷6）

濛里驿呈送行诸友

相随征路二旬余，笑指前山别老夫。却到前山心未了，西风灯烛两踟蹰。

（《陈献章集》卷6）

南雄读罗一峰记书院文

丘坟何处草离离，千里湖西梦觉时。落日小池桥上路，催人下马读残碑。

（《陈献章集》卷6）

度岭

天地风云会有辰，开元可是欠经纶。千寻松下看流水，十八年中度岭人。

（《陈献章集》卷6）

云封寺有曲江遗像，戏题

尝疑大块本全浑，不受人间斧凿痕。今日云封禅寺里，曲江遗像任尘昏。

（《陈献章集》卷6）

韶州风采楼记

宋仁宗朝除四谏官，其一人忠襄余公也。蔡君谟诗云："必有谋猷裨帝右，更教风采动朝端。"弘治十年春，韶守钱君镛始作风采楼，与张文献风度楼相望。忠襄之十八世孙英走白沙，谒文以表之。

夫自开辟达唐，自唐达宋至今，不知其几千万年。吾瞻于前，泰山北斗，曲江公一人而已耳。吾瞻于后，泰山北斗，公与菊坡公二人而已

耳。噫！士生于岭表，历兹年代之久，而何其寥寥也。则公之风采在，人争先睹之为快，如凤皇芝草不恒有于世也，可知矣。如公之才，得行公之志，所谓障百川而东之，回狂澜于既倒，公固有之。公有益于人国也，大矣。虽然，一谏官岂能尽公哉！颜渊问为邦，孔子斟酌四代礼乐告之。颜渊，处士也，何与斯理耶？居陋巷以致其诚，饮一瓢以求其志，不迁不贰，以进于圣人。用则行，舍则藏。夫子作春秋之旨，不明于后世矣。后之求圣人者，颜子其的乎！时乎显则显矣，时乎晦则晦矣。语默出处惟时，岂苟哉！英乎，勉诸。毋曰忠襄可为也，圣人不可为也。

（《陈献章集》卷1）

保睿

【作者简介】保睿，南通州（今江苏南通）人，生卒年不详。弘治年间以岁贡任曲江知县，清介自持，得民心。

题诗廨壁①

不似神仙会炼丹，无缘措置惠贪残。毫厘百姓心头肉，为汝抽刀总是难。

（同治《韶州府志》卷28）

江璞

【作者简介】江璞，字伯温，江西贵溪人，生卒年不详。成化二年（1466）进士，十一年（1475）任南雄知府，任内创建大中书院，重修《南雄府志》，政绩卓著。

前题

翠华西出鹤南飞，在国犹安去国危。讨逆若从先事见，磨崖何有颂公碑。君臣遇合原非易，世代兴亡可尽知。惟有旧时金鉴在，至今留作哲人规。

（道光《直隶南雄州志》卷17）

题陈公祐至和堂

五马迢迢访义门，一堂和气蔼春温。立家创业前朝祖，共食同居几代孙。风俗坐看回太古，褒旌行见沐殊恩。笑他割户分门者，敢与江州共日论。

（道光《直隶南雄州志》卷17）

重修太平桥

郡治之南曰浈江，旧有桥曰太平，兴度葺治者屡矣。岁己亥复废于水，工大力钜，卒莫能举。郡商告予曰：商之利莫重于盐，而坏于争先赴

---

① 诗题为编者拟。

利之徒。信能严禁令，立班次，使先后不紊，低昂以时，则桥之废，众当办之。予曰：诺。乃下令。始于癸卯九月，集于甲辰之冬。桥凡八孔，墩纯以石，无沙土之杂，架木为薮，横以巨梁，梁之上复甃以石，覆以屋，凡三十五间。南北建楼，北曰金霓，南曰玉虹。

（道光《直隶南雄州志》卷 19）

通济镇记

通济镇旧曰火径，天顺以来为无籍者所据，横征阴窃，无所不至，商民病之。成化乙未，予奉命守郡，部民凋弊滋甚。盖其地内接京师，外通岛裔，朝贡使命，岁无虚日，惟夫役是繁，时之所遭，势所必至。居明年，乃就旧址辟而广之，创屋百二十楹。无籍不律者惩而去之，择民贫而端谨者，使之居守。公取利惟薄，复以十之三为商旅饮食之需。利之所入，居守者白之总领，呈府发县，夫役公私之费胥此焉出。东西各有门，复以楼，扁曰通济。盖以其既利于商，复利于民也。

（道光《直隶南雄州志》卷 19）

玲珑岩记

始兴南去十里许有山屹立平地中，草木皆从石罅中出，高可数十丈，广可数十亩，峭拔奇怪。岩洞虚明，大小不一，莫能名状。世传葛洪炼丹之所。成化辛丑，予按部至邑，政暇游焉。尝取其最胜者五六岩，因其形各加以名。东西壁立不可登陟，路自南上，初有二小岩相环，外间而中通，未为甚奇，行数里有岩差大，洞然而圆，形如半月，名"半月"。沿石磴而上数十级，山半有大岩可容数百人，日照月临直射岩中，名"天光"。路左一岩差小，石乳凝结成观音像，名"观音"。又蹑而上复下一岩，视观音又小，内有洼注水，窍当东白，名"冲虚"。此下三岩也。自"天光"前沿石磴而上数十级，将及山巅有岩如屋，虽广与"天光"等面，奇胜过之，上有石如悬杵，下有窝如陷臼，世传洪捣药之所。石乳左溜如狮，右如象，名"狮象"。行数步，拾级而上又一岩，奇怪尤绝，上下有石如龙首，前而上者势欲飞举，泉自颔垂滴下，有坎不盈不涸，后而下者稍不及，名"玉龙"。折而左，路稍晦，火行数十步，尽处直上一窍，圆明通天，名"通天"。此上三岩也。

（道光《直隶南雄州志》卷 19）

赵宝

【作者简介】赵宝，字号、籍贯及生卒年不详。成化二年（1466）进士，成化年间任职于南雄府。

重修南雄郡邑学记

圣人之道固不依形，而立圣人之教，亦必待人面明。夫道罔缺而教或堕，此学校之兴废于道无加损，而教视之为弛张也。肆惟先哲拳拳于

132

立教以明道者，良以此欤。我皇明崇圣道重儒术，百十余年于兹。所在郡邑必有学，群聚生徒而教育之，俾明乎人伦物理，身体而力行之，以成乎贤才，以效于任用。学必有庙以崇祀圣人，俾学者知其为人伦之标准，法之宗主，而起其尊敬之心，致其报本之礼也。南雄为广左首郡，附郭之邑曰保昌，故有二学二文庙，皆列于外城东偏，相距二十步许。自宋元来，因陋就简，随敝随葺，无为经久计者。近来陊陁尤甚，师生病之。成化乙未冬，郡守江君伯温初下车，以兴学教民为心者，谒学宫，睇览咨嗟，遂图所以新之。以地瘠民贫弗堪重赋，于是先务裕民。越岁余，政平民悦，帑积庾赢，乃进校官辈而谋之曰：今之邑庠丽于郡者，春秋令不身以祭，朔望令不躬以谒，而皆之郡庠焉，是徒亵无益也。兹欲合为一庙，而分郡邑庠于左右，庶力省而绪易就，便乎否也。佥曰合之便。适予奉命始至，江君遂以其议达予，自佥宪赵公宏道咸韪之，为之请于督宪朱公，以便宜裁可。伯温既得请，乃度地市材，鸠众工以咸理。虑诸生废业，先创大中书院以处之，而日诣其间，亲与讲解，且以督工而察其勤惰者。爰撤二学而更之以新规。中建文庙，翼以两庑，庙后竖奎星阁，前有仪戟棂星门、仪门，左右有名宦乡贤之祠。列郡邑庠于东西。明伦堂肄业之斋与夫庾库、庖厨、井湢泊师儒之燕寝，咸方列有序。前凿泮池跨以三桥，垒土以臂左右，而匝缭以垣。远则北负巾山，南朝天马，众峰罗列拱挹，浈凌二江曲折环绕，山川之胜皆览而有之。近则释老之居夹侍左右，新创书院亦倚其傍，巍然为一郡壮观。兴作于岁丁酉十有一月，比戊戌秋八月而讫工。先，民私计曰：是役非得数十万缗不可，至是所费乃若干缗，而民力与财一不以劳且伤也。人始异曰：奚其省且亟若是哉，非吾守畴克乃尔。教授贡瑞等具始末请予记之，緊惟兴学教民国有定制，官有定守。令惟簿书期会是急，视学校之废堕漫不加省者盖夥也。伯温是举，贤于人远矣。而合庙之制，要之可通行于天下。何者？圣人一身也，圣人一道也，分之为千万，道无所增，合之为一，道无所贬也。敬之，敬之。予方与师生共勉之。江君名璞，贵溪人。与予同举丙戌罗伦榜进士，以冬官员外郎擢守斯郡云。

（道光《直隶南雄州志》卷19）

罗伦

【作者简介】罗伦（1431—1478），字彝正，江西永丰人，著名理学家。成化二年（1466）状元，授修撰，后引疾归，筑室讲学，人号一峰先生。著有《周易说旨》四卷、《一峰集》。

大中书院记

中为大本者其体无不具中，为达道者其用无不遍夫，是之谓大。君子之学，持静之本以存其虚，防动之流以守其一。虚则内有主而不出一，则

外有防而不入，则物不交于我矣。物不交于我，则我之所以为我者，非人也，天也。天地合一，则天地自我而定，万物自我而遂。中自我而大矣，夫岂有待于外哉？

江侯伯温，丙戌进士，由冬官出守南雄，以致化本于兴学，建书院于学宫之傍，名曰大中。教授贡瑞、教谕单嵩，以其徒陈壁、蔡玹来曰：书院左学宫，右郡城，巾山北峙，天马南翔，岚光蜑态，隐映东西，而书院适其中。书院后为楼，楼后为亭二，东曰光风霁月，西曰丽日祥云。前为堂为门，四环以池，池东南登云桥，西为步月桥，中为一鉴亭，翼以天光云影，鸢飞鱼跃，造于天而为于人，无适而非中也。此书院之所以名也。予笑曰：是非吾所谓中也。吾所谓中，天命之性，圣人之教也。圣人之教俾人自易其恶，自致其中。民以官为本，官以人为本。师弟之为教学，易其恶而致其中，则善人多。善人多则朝廷正，而天下治。此中之所以为大。而江侯建学之意也，无已则问于濂溪，无已则问于夫子之孙子思，无已则问于唐虞夏后氏之三圣人。方脱笔，二生揖而进曰：侯尝云道至大也中而已矣。验先生之言益信。

（道光《直隶南雄州志》卷 19）

林光

【作者简介】林光（1439—1519），字缉熙，号南川，广东东莞人。成化元年（1465）举人，曾任国子监博士、襄王府左长史等职，正德八年（1513）致仕还乡。著有《晦翁学验》《南川冰蘖全集》。

宿曹溪寺

过尽黄茅入翠微，溪流掬饮试临矶。大千僧礼唐师祖，数百年留古钵衣。宝鸭睡薰香袅袅，琉璃倒照夜辉辉。平生愧我耽幽赏，洗足投笻久未归。

（《南川冰蘖全集》卷 7）

凌江阻雨

欲度梅关更作疑，凌江驿下雨霏霏。不嫌津吏迟夫马，只恐涂泥染袖衣。庾岭阴云还自蔽，浈江流潦疾如飞。三秋余瘴连朝洗，谁识乾坤造化机。

（《南川冰蘖全集》卷 8）

曲江重九日

梦魂无夜不飞还，只在慈帏笑语间。华发又添重九节，扁舟已进曲江湾。黄茅瘴静无秋暑，苏合杯香得晚山。更傍山头还击棹，月明歌枕听潺湲。

（《南川冰蘖全集》卷 8）

濛浬道中四首

其一
十里五里寒滩，千山万山灌木。异香处处清流，谁别曹溪一掬。

其二
滩恶石根齿齿，山深树映婆婆。短景寒霜十月，南船北上风多。

其三
船头薄暮搔首，野烧不省何山。犬吠村舂乍急，林疏贩籴人还。

其四
渔灯乍明乍灭，灌莽无际无边。识破曹溪水口，何疑虎榜山前。

（《南川冰蘖全集》卷8）

曲江怀相国
高堂鹤发正如丝，家近洪州合请时。阅世公应知事早，栽花吾敢怨春迟。开元小试经纶手，韶石堪镌相国碑。留得榄山香一片，白云何处是仙祠。

（《南川冰蘖全集》卷8）

七月十七日将至韶州
瘦病篙师撑急滩，雨添新潦转愁难。天公正布新秋令，肯把南风关冷官？

（《南川冰蘖全集》卷9）

过大庾岭
南连沧海北长江，庾岭分明迫上苍。唐相为谁开此道，涧松犹自领年光。货通南土诛求尽，泉界红梅去任忙。丁巳肩舆又南至，羞将短鬓犯寒霜。

（《南川冰蘖全集》卷10）

过韶州
芙蓉驿下雨霏霏，山色留人缆解迟。城郭为谁穿瘦马，东林老树有精知。青青簇簇水逶迤，丞相祠前欲雨时。自笑自歌谁会得，送人韶石俯江湄。

（《南川冰蘖全集》卷10）

桑悦
【作者简介】桑悦（1447—1513），字民怿，号思玄，南直隶常熟（今江苏常熟）人，成化元年（1465）举人，除泰和训导，调柳州通判，丁忧，不再出仕。著有《思玄集》十六卷。

135

大中书院记

予为西昌校官，训课暇时率门生浮江而上抵于南安，因上下庾岭以发千古之奇。南雄郡侯贵溪江公，遗生徒邀予至其郡，故得游大中书院。即侯所建也，在泮宫之右，池水汪洋数顷，东西皆有桥，桥之外，东曰登云，西曰步月。直书院之前有亭涌波，曰一鉴，左翼以天光云影，右翼以鸢飞鱼跃。入院正门有堂数间，曰明德。堂之后有楼高数十尺，曰作贤。营之傍有书舍数十间，为诸生讲习之所。楼之左右有亭各二，左一曰丽日祥云，一曰高山仰止；右一曰光风霁月，一曰活水源头。侯善书，扁皆侯书。院之前后杂植花卉竹柏，于时有梅数株临池盛开，素妆照波，靓妍可爱。予正徙倚梅傍，浩歌自适。侯忽同别驾黄公汝携酒肴至，遂邀予宴于作贤楼。适天开日明，中山天马浮荡几席间，酒行浅深随量，雅歌投壶，众皆尽醉，独予不饮，酒兴似酣。至晚，院中诸生供揖而前。侯谓予曰：院名大中，先生为诸生一译其义可乎。予应曰：唯中岂易言哉，予不敢知，亦不敢言。虽然子知射之为道乎。人之行譬则射也，中譬则的也。射之能中其生之心乎，其生之手乎。以后羿之手假拙射之心其不能中决矣。传曰：惟精惟一，其习中于内之的乎。无的于中而芒然以行，吾知不过焉则不及焉，安能谓之中耶。侯笑曰：小有过不及则不得谓之中。然则无过不及则其为中也，不亦大哉。予应曰唯唯。侯名璞，字伯温，别号中山道人，文章学行海内重之，其创是院设施布置亦可见经济之大略云。

（道光《直隶南雄州志》卷 19）

奎星阁记

贵溪江侯伯温守南雄，思以文翁之化，化成其郡。首建郡庠，移邑库相缝嵝。堂庙既极，切云敞烁，必得一高阁殿后，方能标全郡之秀以壮二庠之观。金以得巨木为艰。郡之耆民忽因别驾黄公恭告曰：浈江之滨，相传有铁力巨木，岁久蛰于客土。成化初，采补太平桥梁，射地启藏竟无所得。侯曰：宜其不出也。凡物之非常者俱若蕴灵焉，以姘憬之资为践履之具可乎？兹得托身文庙之后，出其时也。既得其一，相继而得者十余株，阁因以成高五丈有奇，阔称之。经始于戊戌春三月，落成以秋八月。扁曰：奎星，冀兴文教也。按，奎二十八宿之一。为天武库，一名天豕，主兵，明则天下清平。至宋，五星聚奎，识者以为周程张朱之道德，欧苏曾王之文章，于是乎兆遂以之职文，而与壁并事矣。侯名阁之意，殆欲郡贤之生，上应列宿于宋有光者乎。他日降娄之次有光烨然，斯为有人副阁之名。

（道光《直隶南雄州志》卷 19）

苏葵

【作者简介】苏葵（1450—1509），字伯诚，号虚斋，广东顺德人。成化二十三年（1487）进士，累官至福建布政使，卒于官。著有《吹剑集》。

谒曲江张丞相祠

堂堂曲江公，山川气攸萃。忠节贯日星，时艰惜遭际。当廷视奸谀，明明见肝肺。天不假上方，长安乃鼎沸。銮舆远播迁，神气几乎坠。一时岂无人，十九甘泄泄。李唐十数传，贤相公独最。庙食宜千秋，芳名应万世。鲰生涉仕途，城下轻舫系。抠衣谒公祠，起敬复起畏。治绩怯夔龙，为公一挥涕。我幸遇皇明，不比公之季。寸阶可树勋，不在公之位。借得公之位，愿与公永誓。丹心照天地，前光后无愧。

（《吹剑集》卷1）

望庾关

望庾关，庾关近，雄州路接虔州尽。鹧鸪啼处有人行，梅花晓露沾衣润。我家远在关之南，曾在梅花度神骏。少年学弃终军缳，白头未佩苏秦印。望庾关，关可见，人间谩笑麒麟楦。病来消尽功名心，老去思酬烟水愿。左执符，右执券，直与图南分枕簟。间烧老桂煮青精，莫话关前吃官饭。

（《吹剑集》卷2）

度庾关

庾关前，庾关后，马蹄蹩躄行人瘦。寒梅树老不开花，怪石岩深有虚窦。我曾掉鞅从关右，十年不归路如旧。不应双鬓渐苍浪，愧见山灵行逗遛。关路险，关路艰，盘旋百折青云间。曲江祠庙官道左，流泉漱石声潺潺。游人过日公莫笑，鼎彝勋名今古难。

（《吹剑集》卷2）

吴廷举

【作者简介】吴廷举（1459—1528），字献臣，号东湖，广西梧州人。成化二十三年（1487）进士，除顺德知县，后历任广东佥事、广东副使、江西右参政。嘉靖年间累至南京工部尚书，五年勒令致仕家居。廷举历任多有善政，广东右布政使任内，曾捐俸在梅岭补植松梅1.5万株。

谒文献祠

岭海于公百世师，云封我得拜新祠。玉环恩爱生无策，金鉴谋猷始见奇。斧凿贤劳山径稳，往来尸祝礼文宜。老松挺挺风霜道，想像明堂正色时。

（道光《直隶南雄州志》卷17）

云封寺

肩舆缓缓度云封，已见星河灿碧空。午夜脚头惊乱板，岁寒心事寄乔松。静依僧榻眠真稳，高视人寰梦亦雄。行废本来吾有命，伯寮徒尔恼天公。

（道光《直隶南雄州志》卷17）

重修文献祠

庾关红翠斗鲜新，采采梅花迎送神。八百年来祠下过，爱公谁是继公人。

庾岭新营丞相祠，两年三度拜公时。明堂正合千年栋，手植高松未厌迟。

（道光《直隶南雄州志》卷 17）

大庾岭路松

庾岭千章引路松，世传栽自曲江公。狂飙野火仍斤斧，八百年来剩几丛。

梅岭修修百里途，征夫夏月汗如珠。独惭无泽留南国，种得青松一万株。

十年两度手栽松，大者遮头小并胸。官府肯严樵牧禁，明禋载启大夫封。

梅岭无梅已百年，暗香疏影阁吟笺。东湖颇有西湖兴，分得南枝插路边。

（道光《直隶南雄州志》卷 17）

罗侨

【作者简介】罗侨（1461—1534），字维升，江西吉水人。弘治十二年（1499）进士，授新会知县，嘉靖初年（1522），授台州知府，后官至广东左参政，逾年辞归。

修城池记略

春秋所致谨者修筑也，故于新南门之作必书。而不书者惟学校宫庙，以为当然而不可废也。若扞患无方，储蓄无策，坐视民病，大无禾麦，则又有遗讥焉。于戏！其惟时也哉。时然后可与言修筑矣。

始兴江源出清化，湖水西流，与浈水曲江合。先宏治间，水势奔溃突冲城掖，有司申请虽尝筑堨以护，时创造卤莽，未几复圮垫而为河。至嘉靖元年，水溢泡涌，射啮城址，南门内外数百家岌岌不自保，西门负郭田百余亩悉荡为壑。适高尹辅至，始锐志兴革。诣学毕，环相周遭，哀众叹曰：患有大于此者乎？兹弗理，吾弗能子汝矣。吾耻之。乃备疏由上告于中丞张公，报可。既而巡按御史涂公重其役，下所司稽责勘核。尹奋然曰：事亟矣，容以常法拘乎？乃复抗论条请便宜，卒得俞允。即率众视沿河丈量得崩基长二百一十丈有奇，赀费会计公帑措置，赎罪劝募，总得若干缗。取木石为礅，为椿，篚以蔽土。取故艖船若干艘实石其中，置迅湍处以障水。又于西岸开洲别流为河。召工役五百余人，计工偿直。人乐于劝，辇石畚土，趋役者无虚日。基成坚厚，巩固异昔时，阔凡七丈，高则一丈五尺。不三月而告成，民用胥悦。予于参政广东之明年，乞休告归私

138

第，成命孔迫，复入广道，经始兴借游玲珑岩，官吏师生父老袛迎道左，具以事告，请纪其事，将刻石以垂永久。予廉知高尹之尽心民事，俭于位而寡于欲，有庇民之德而民父母之他。若江口深水渡之设，学宫文庙之建，及迩年聘师儒以教生徒，皆知所先务达，为政之体不但此也。予因诸父老师生之请之勤，故书之以诏后之从政者。尹，江西广昌人。

（道光《直隶南雄州志》卷20）

湛若水

【作者简介】湛若水（1466—1560），广东增城人，字元明，号甘泉。少师事陈献章。弘治十八年（1505）进士，授编修。历南京国子监祭酒，南京吏、礼、兵三部尚书。

曲江吟

曲江江水长，欲济川无梁。美人不可即，风度安可量。飞鸟择高枝，鸣凤在朝阳。黄堂世已远，千载空翱翔。

（《湛甘泉先生文集》卷26）

与韶守（有序）

嘉靖元年春，北上过韶，与太守周子语及先朝抗疏事，俯仰今昔，共成悲欢。遂与谒舜祠，吊文献墓，赋此。

里奚非智士，宫奇为忠臣。何期数载下，共沐新主恩。入疆问贤守，高宴具前陈。忧余发孤笑，痛定说酸辛。晴祠拜舜日，愤悗吊荒坟。愿持精一学，献之重瞳君。

（《湛甘泉先生文集》卷26）

重游南岳至韶州清平市作六言

岳游昔在甲辰，郡下交流郯郯。拉伴重游过此，顾影犹然旧人。

（《湛甘泉先生文集》卷28）

观庾岭白猿洞

振衣千仞出梅峤，万仞铁桥归濯缨。异类莫言无感应，白猿出洞也来迎。

（《湛甘泉先生文集》卷28）

文献祠

文献凿庾岭，功与九河同。河凿免鱼鳖，岭凿免兵锋。无险不负固，割据无奸雄。广民永安堵，要领保善终。岂惟保善终，风气亦渐通。文运日以昌，中土争污隆。有功宏王化，无田俎豆空。家徒千顷者，过此无赧容。

（道光《直隶南雄州志》卷17）

韶州府翁源县创建预备仓记

预备仓者，翁源县尹之所创建也。翁源为韶岩邑，尹能遵行积谷之

139

令，且至万石。谓谷必有贮，贮必有仓。乃度府馆废址，及阴阳学隙地，横纵若干丈，创为是仓。其中仍为府馆，为厅事，为厢房，为庖湢，凡若干楹，而府馆不失其旧。其中为仓之廒者三间，间深一丈二尺广称之。东西为廒者，一十八间，间深若干，广亦如之。前为门楼三间，而翼以二廒于其傍，一以贮纸价之米，一以贮官吏之俸。经始于嘉靖乙未十一月，落成于丙申正月，曾县尹极莅焉。王主簿瓒赞之于是邑，士夫钟尹韵吴耆民琼等咸请诵县官之功，以上播郡侯之美，极曰："非县官能致然也，乃我郡郑侯之功之德也。侯起江山，由进士秋官来守于韶，辟明经馆，修古小学，使属邑六各为预备仓以积谷，而教养兼备，县官何有焉？"郑太守骊曰："非府官能致然也，乃我圣天子之德也。凡播告之修行于天下州郡，州郡谨奉承之以致于邑，俾置困仓务储积，惟多寡以为贤否，凡以救民荒重民教也，守臣何有焉？"曾尹极旧从甘泉子游，走书以告。甘泉子曰："不亦善夫！惟政匪敝于时，敝于人，故君明其义，臣能其事，则政举矣。令匪齐于人，齐于人人，故上宣其志，下播其实，则令行矣。嗟乎！井田废，天下无善法矣。富者益骄以淫，贫者益滥以乱，天下无善治矣。故井田不复，王道之疢也。惟其疢以图其善，因其时以救其弊，修其法不诡于俗，齐其政不易其宜，此常平预备之设，其王道之遗意乎！老有所终，幼有所长，鳏、寡、孤、独、废疾者皆有所养，则政事成而化举焉。富民将曰：'彼皆天之民也，贫蹙乃尔，吾何可独富？'而仁之心油然生矣。贫民将曰：'公府之给，农氓之力也，吾何可以徒餔？'而义之心油然生矣。仁义兴，而道德一，风俗同，是故其善教达焉。公不知惠，民不知病，相忘于怨庸，而其善治臻焉。故行一物而四善皆得，预备仓之谓也。若从钟尹耆民之请，立石以记一邑之善，以风四方，夫岂不可？"于是书。

（《湛甘泉先生文集》卷18）

邓本元

【作者简介】邓本元，明嘉靖时人，生平失考。

七松堂

有美七松堂，松阴古道傍。轻风翻翠浪，余韵泻银簧。节驻皇华使，香浮白玉觞。堂堂迎送地，谁是却金郎。

（道光《直隶南雄州志》卷17）

王宏

【作者简介】王宏，浙江黄岩（今浙江台州）人，生卒年不详。官生，嘉靖三十年（1551）出任南雄知府。

重修保昌县儒学记

去冬十有一月，予自留都来守兹郡。越三日，谒先师庙，因睹保昌学宫库侧湫隘，逼尔民廛，喧嚣杂沓，且乏地筑为黉舍。予甚感怆曰：人才众

盛，宫墙卑陋，若之何？诚拳拳有鲁侯作新之意，第狃时诎举赢未之逮也。维时宪副来溪张公钦承上命，提督广东学政。公力行古道以兴起斯文。今夏四月，视学兹上，躬谒保昌庙学，暨升讲堂率诸生行古冠礼、士相见礼，蔼蔼雍雍，有三代遗风。惟兹堂阶窘陋，几筵弗舒，生徒骈集，观者无翔立之地。公甚怅然，遂与予二三僚佐共图恢廓之规，议出公帑若干。时惟前后居氓亲睹学宫之弗堪也，罔不翕然愿徙居以成合图。浃日间，诸生亲党好礼尚义。若者民董彦珍、温世德十数辈，又从而捐资助修之。民廛无新故巨小咸欣欣然乐贸以迁。公悦有成绩，谨掇拾改作颠末，属予记之。

按保昌儒学，肇于宋淳祐辛丑，自光孝寺东改迁于此。历我皇明百余年，成化丙申迁府学右。正德壬申复迁故地。当时人文未盛，沿袭相安。迄今皇上建极三十有一载，适值必世之仁，声教沦浃，岭表风气渐开，人文日盛，天时人事，恶能堪此耶？公今师道风纪，任此改作，殆天启也。爰是北买民房若干楹，充扩明伦堂，阶所爽垲，东西峙裔，分教有地。北徙先师庙于明伦堂旧址，殿宇嵬峩，两庑严正，廉隅峭立。泮池去戟门若干丈，可即观望，规模宏敞十倍于前。棂星门东南买民房若干间，创治学门驰道。西环墨池，建立横舍若干楹，下启讲堂三间。东北买民地增构廨宇若干楹。物力浩繁，无虑千百秩如也。时若岭南大参瓯秉项公，宪副小洛何公，金宪一吾李公，东华王公，咸助金若干两，兹皆乐成厥美，作新学校之盛心也。会稽厥绪经始于五月六日，殿堂构立于七月四日，迨八月望日落成。因歌泮水之六章曰：济济多士，克广德心。诸生其勖哉。

（道光《直隶南雄州志》卷 19）

黄衷

【作者简介】黄衷，字子和，号矩洲，别号铁桥、铁桥病叟，南海（今广东佛山）人，生卒年不详。弘治九年（1496）进士，授南京户部主事。出为湖州知府，历福建转运使、广西参政、云南布政使、湖广巡抚，终兵部侍郎。著有《语海》《矩洲集》。

文献祠

科名伊吕恰相当，何许燕公托后行。海上衣冠今尔尔，山中风度复堂堂。尘埃不见渔阳恨，絮酒徒闻蜀道长。可信柳州还墨客，未窥经济论文章。

（道光《直隶南雄州志》卷 17）

倪宗正

【作者简介】倪宗正，字本端，浙江余姚人，生卒年不详。弘治十八年（1505）进士，正德十六年（1521）出任南雄知府。著有《倪小野集》。

西清书院记

自记曰：府治西旧有寺曰崇福，俗曰西山。前守林崇正黜邪毁而去之，

独留禅堂翼房宴集游息。岁久阶墀塌没，人迹希至。予造觌焉，见基址方正，襟抱明广，诚宴集游息佳处。高人朗士求之而不可得，乃弃于无用，后人责也。遂分命庶工缀蓬轩，平蔬圃，列嘉树，导清流，兹堂景物之胜增美加丽。或曰此非理所先也。予以居官致理者有宴集游息之处，亦足以养其清明纯粹之气，使琐琐于簿书期会之间，则气先涸矣。事几民隐不能兼照，其何以应变而成务哉？故文王之圣必有灵台，而宴集游息固不可以玩愒淫嫚者少之也。然兹堂也久矣，非昔之堂也，而人独曰西山寺。是实是而名非，遂易曰西清书院。西言方，清言地也。书院明示所崇前守之意也。按：亭馆养气之论本于柳子厚。

（道光《直隶南雄州志》卷 19）

胡琏

【作者简介】胡琏（1469—1542），字重器，别号南津，南直隶沭阳（今江苏淮安）人。弘治乙丑岁（1505）进士，曾任南京刑部右侍郎、闽广兵备道、刑部左侍郎、户部右侍郎等职，参与平佛郎机、朱宸濠，征讨安南，皆有功。著有《南津诗集》。

玲珑岩

墨江廓南野，迤逦数里间。秀美谅有钟，金堂辟仙关。清虚得小有，杖履恣盘桓。窈窕通华阳，云物随追攀。药炉丹火灰，石床紫霞斑。慨慕王子乔，金骨生羽翰。

（道光《直隶南雄州志》卷 17）

王大用

【作者简介】王大用（1479—1553），字时行，别号檗谷，福建莆田人。正德十六年（1521）任广东按察副使，嘉靖二年（1523）升任江西右参政，后历任广东右布政、广西左布政、应天府尹、都察院右都御史等职。

放钵石

尚忆当年一点灯，碓头消息夜三更。本来既道原无物，竞钵争衣作么生。

（道光《直隶南雄州志》卷 17）

羊迳

羊迳分明似鲤湖，珠帘水瀑出仙都。此时经过遥怜女，何日归来不负吾。旧梦敢占勋业远，壮心肯共岁华徂。翁山翁水多奇绝，收入寒窗作画图。

（康熙《韶州府志》卷 15）

顾应祥

【作者简介】顾应祥（1483—1565），字惟贤，号箬溪，浙江长兴人，

142

王阳明弟子，著名思想家、数学家。弘治十八年（1505）进士，历广东佥事，官至南京刑部尚书。勤于著述，著有《传习录疑》《致良知说》《惜阴录》《测圆海镜分类释术》等多种。

腊岭夏寒

百尺跻攀入翠微，层层石磴碍云飞。山腰路转日不到，谷口阴多雪未稀。时有刚风醒客抱，岂容溽暑肆余威。炎荒正坐相如渴，欲上山巅一振衣。

（康熙《乳源县志》卷12）

洲头夕照

南市津头日已阑，龙津渡口水漫漫。残霞几点坞头树，乱石半蒿船上滩。溟色渐含高岫紫，烟光微映远枫丹。隔沙牧子归来晚，芦笛一声牛背寒。

（康熙《乳源县志》卷12）

梅花仙迹

此地梅花久已荒，青苔白石自斜阳。仙人失脚留遗迹，梅树无花尚有香。林响听疑闻翠羽，山空正好梦黄粱。我来便欲寻踪去，只恐蓬莱亦渺茫。

（康熙《乳源县志》卷12）

侯缄

【作者简介】侯缄（1488—1546），字世言，号三峰，临海（今浙江台州）人。正德十五年（1520）进士，明嘉靖间曾任广东按察使。著有《三峰稿》。

谒文献祠喜交南归服

开元相业岭南祠，白羽轻藏鉴早知。正气讵随花萼谢，英风长系草茅思。中书腹剑容仙客，戚里金刀护禄儿。一曲霓裳兵四海，九原可作岂胜悲。

（道光《直隶南雄州志》卷17）

黄佐

【作者简介】黄佐（1490—1566），字才伯，号泰泉，香山（今广东中山）人。正德十五年（1520）进士，授翰林院编修，历任江西佥事、广西学政、南京国子监祭酒等职，后弃官归乡，潜心学问。著有《广东通志》《广州人物传》《泰泉集》等多种。

重修保昌县儒学记

逾岭而南保昌首邑也。我圣祖光宅四海之三年，入备版章，即建黉序，皇化翔浴，视中原冀北为先。迄于成化，贤科相望。宏治以后，登荐无闻，

正德壬申，郡守张嵩始定基于兹。然人材淹窘犹昔也。论者咸谓闾巷逼隘，风气郁湮。洪惟皇上重明丽正，丕重宾兴，掌文教者灵承惟慎。嘉靖甲辰秋，督府半州蔡公需代于雄，适瑞山陈公以巡按至，而分守崦山周公、分巡慎庵王公、备戎小洛何公一时辐集，署学训导李鳌偕多士陶希孟、周仕魁辈力请迁建，金报曰宜。曾改卜不获，乃下修辟之命。鸠工庀材，度时兴役。于是售民地而廓清之，其前砥路长一十有八丈，深三丈八尺，视旧盖增三之二。前为屏墙，墙外空地丈许为通逵，竖二坊于左右。墙内抵门二丈五尺为泮池仪门。越明年己巳三月毕工。总其事者知府李而进、周南，董其役者推官刘儓。而知县徐云路、教谕方纯仁、训导张完继至咸相与有成焉。然逼隘既除，郁湮乃纾，璨如旷如，利于走趋。离澳谍而化照融，抚子衿而歌乐育。王公乃令徐尹具述颠末，修记请于予。惟天地之气，北为阴南为阳，阴为幽阳为明，幽为退明为进。故文王象易于升有曰南征吉，言阳刚在下当前进也。夫子翼易于离，曰万物皆相见，南方之卦也。言向阳而物象明也。人之生也负阴而抱阳，喜明而恶幽，乐进而忧退。阴柔用事则为私为知，阳刚用事则为公为礼。其为人也自私而用知，则学必退而无成。何也？其心杂而怠也。其为人也秉公而崇礼，则学必进而大有功。何也？其心一而专也。诗曰：无言不仇，无德不报。尔多士其何以报郡公之嘉惠哉。予故阐南征之微义，示允升之懿猷，究向明之洪象，发圣学之枢要。尚一乃心精，乃业汇，升于朝庶，系我圣明作人之休于无致。

（《泰泉集》卷 32）

中秋游杨历岩二十韵奉谢郑南雄

旅客逢秋半，重岩望日边。风江连楚粤，云树极幽燕。笳鼓循坰发，旌旗陟巘联。境推杨历胜，人喜郑庄贤。鹫岭开金地，龙潭际碧天。崖含萝幌狭，磴转竹房偏。袅缀云何卉，高垂不记年。奇音闻素瀑，秀色映平田。万象皆超忽，千峰自蜿蜒。岭梅遥度马，堤柳竟鸣蝉。虚籁笙簧合，中轩锦绣悬。清歌螺梵外，妙舞鸟巢前。辙逐朱幡驻，杯从采袖传。傍泉移绮幕，拂石列琼筵。暝暝旋灵耀，陶陶象帝先。冥心忘泡影，握手问真源。北去浮鸣雁，南流跕断鸢。涧花寒未落，云碓晚相喧。步壑璇云迥，归途璧月圆。何由穷绝顶，直欲狭飞仙。

（《泰泉集》卷 11）

杨历岩醉后咏月

明牧招携上翠微，金樽倾罢玉蟾飞。桂枝似向淮岩出，纨扇疑从汉苑归。

泽国鱼龙疏作雨，江干鸥鹭久忘机。广寒共是曾游客，莫唱开元旧羽衣。

（《泰泉集》卷 13）

144

过岭瞻望张丞相祠

蹇蹇宗臣起海涯，荆州南去为谁家。鼓鼙尘里青骡远，鹰隼风前紫燕斜。

揭日声华垂宇宙，格天英采在云霞。十年旧路生秋草，长忆寒梅绕树花。

（《泰泉集》卷 13）

张岳

【作者简介】 张岳（1492—1553），字维乔，号净峰，惠安（今福建泉州）人。正德十二年（1517）进士，历任南京武选司员外郎，主客郎中，广西提学金事，江西提学，广东盐课提举，廉州知府，郧阳、江西巡抚，总督两广军务兼巡抚等职。嘉靖三十二年（1553）卒，年六十二，赠太子少保，谥"襄惠"。著有《小山类稿》等。

韶州三祖祠告文

远祖殿中府君、仆射府君、秘书府君之神曰：惟我三祖，奕世相承，德业风节，史册大书，有足以兴起邦人于百世之下，不但为一门一时之光而已。丧乱之后，文献逸沦，声影沈歇，能知系阀名讳者亦少矣，况所谓百世兴起者邪？某远藉先绪，窃禄来此。既表揭坟墓，方谋作祠屋，以续香火，而有司以系官田庐来告，请稽典礼，登载郡祀，使乡人后进，考论流风，有所师仰。舆论所同，某不敢辞。谨涓嘉辰，率有司郡士及族家子孙奉安神灵。伏惟即安宇居，用答群情。高风激扬，百世如见。尚飨！

（《小山类稿》卷 15）

梅岭告曲江公祠文

公昔闽越人绵材薄力，负任于层崖之径，故改凿此岭，化其险阻以为坦夷，人之劳者稍康矣。然而南海货贝、绨丝器用，盈贪墨之橐。方轨北走者，亦唤号称便。诛求益深，膏血日竭，兹岭实崇之厉阶也。公忠孝正直，日阅北走之行李，见生灵之憔悴，其亦无慨然于中乎？迩者，天子不以某愚无用，付以全粤，俾来督抚。安车视履，幸免九折之凌兢，揽辔澄清，愧乏昔贤之风采。夫内不能以礼自克，外又不能分别贤不肖浊洁，而激扬劝惩，以矫变风俗，欲使纪纲正，军实修，繁讼不兴，奸宄寝息，岭海内外咸遂生全者，未之有也。某之愚，不能及此。惟公默垂矜念，遏其邪心，而相其所欲为，毋使异日岭海之民有或眷顾斯道而潸然者，则公之为乡国赐，不既深且溥乎？入境之初，敢控沥以告。尚飨！

（《小山类稿》卷 15）

题曲江公小像

曲江公小像一幅，嘉靖甲辰夏，岳购得之吉水永丰同姓人家。以示知画者，谓为吴道子真迹。道子与公同时，像右傍有中书省印，或公在中书时为

写此像。虽风度凝远，而凛然严峻，有不可犯之色，望之知为正人君子也。上有宋阜陵题赞。按宋录，唐名臣后，惟狄梁公、段司农、郭汾阳与公四家子孙当受官者，持画像、诰敕、玄宗御札诣阙下为左验。宣和中，御札留秘府，像仍归其家。此其持诣阙下受官，经阜陵御览而为之赞与？

史称公弱体有酝藉，玄宗每爱其风度。岳往来曲江，见画像数本，皆为丰硕盛丽，有富贵气，疑非当时真本。及得此像，然后知彼皆后人转相模写，此其真也。然公以开元二十一年十一月再入中书，二十四年十一月罢政事。其时主德浸荒，小人朋比用事，公侃侃谔谔，事无细大，必力争，听从者十不能二三。今观此像，义形于色，若有不尽忠愤者。玄宗以风度爱重公，要为不知公。观之者，亦尚有以识此也邪？乙巳秋七月既望，摹一本遗守祠孙泽禧，庋祠下。谨书其始末以告之。远从孙岳维乔识。

（《小山类稿》卷 17）

胡永成

【作者简介】 胡永成，字思贞，号顶泉，江西安福人，生卒年不详。嘉靖八年（1529）进士，嘉靖辛丑岁（1541）出任南雄知府，擢海南兵备副使，卒于任。

开路六难议

其一，事不可以两利。本府既是南安之人，以开路必强乌迳之民以塞路，而平昔以载驮为业者，须尽数逐遣而后利可尽归于南安。不然小明里之路虽开，无益也。然则乌迳之民奚罪焉？其二，必将本府原设太平桥改建下流一二里间方可，盖桥不改，则关防无所，私盐盛行，军饷日耗，国计转虚。且百年成规，一旦改作，数千金之费，无从而出也。其三，必须别处保昌料价，盖乌迳牙盐及沿河盐店不下一二百户。因此盐利，岁纳牙税银千两，抵补前料。设使桥既下移，盐往西行，此辈俱不获利，又岂肯虚赔前税，势必派于保昌之民。昌民方困于虚粮，又复以此加之，是安人受利、雄人受害，本府所不忍也。其四，必须奏设巡检衙门于佛岭尖峰，以司盘诘。盖乌迳、庾岭有路，则平田、红梅巡司并设建置之意足矣。今查此路西通湖广，北通江西，南通广东，若巡司不设，则奸细交通得以自由，万一生变，咎将谁归？其五，山川丘陵，国险所系，其佛岭、南泷、李婆凹等处，既系悬崖绝壁，则路径擅难轻开。闻知正德间四川夔州地方新开盐路，后闻于朝，将守土官吏抵罪。夫此路一开，不过南安盐牙店家倍专其利而已，至于军饷全无干系，万一事体非宜，本府先任其责。是又有所畏而不敢也。其六，行盐之地，河必深广，路必平旷，本府东河固小，较之西河，深广颇过之。梅关一带固非旷野，较之佛岭、南泷，平旷颇过之。千百年来水陆通航，公私俱便。今乃率尔告开新路，恐求利未得，而先有开路之费，商人本心殆不然矣。况沿途俱系纳粮田地，而以为

146

人马通衢，居民甚不心硕。某忝守土，若弃地朵人，以成其登陇之私，亦恐得罪于民也。

（嘉靖《南雄府志》卷下）

曾望宏

【作者简介】曾望宏，江西泰和人，生卒年不详。明弘治间进士。弘治十一年（1498）任南雄知府，有政声，卒于官。

大庾岭路

雄人共怨曲江公，何似当年路不通。苦暑苦寒还苦饿，长担官货血肩红。

（道光《直隶南雄州志》卷17）

欧阳德

【作者简介】欧阳德（1496—1554），字崇一，号南野，江西泰和人，著名理学家。嘉靖二年（1523）进士，累迁至礼部尚书，卒赠太子少保，谥"文庄"。著有《欧阳南野先生文集》三十卷。

翠峰书院记

韶城西北五里所，枕皇冈，临武水，盖有颖江书院云。颖江先生符氏，名锡，字宦臣，江西新喻人也。居颖江之上，攻六艺学，日有所自得，从尊甫活溪公宦四方，明练世务。筮仕判韶，征典太常簿，丞太仆，复擢为韶州守。在韶前后六七年，人安其理，相与立祠，尸祝之，谓太守闻得无不可者。于是为书院，知皋赵君圭、耆民彭世禄辈实董之。成太守从容过问所以建，父老数十人前顿首，对言：山谷老农遭遇使君德化，诲诱诸生甚厚，老农子弟胜受事已上，愿从供洒扫承色笑，使君不鄙夷时戾，止于兹。老农言观其旀聆思乐之颂，死且不朽。太守心知其意，弗能禁也。赵君使请记，必得使君素所称说慕望者。而世禄之子阴阳正术楷以乡进士谭子绍崧状如欧阳氏。谭子曰：曩使君判韶，以惇大和易赞守为理，温雅有蕴藉。然武健胜事，尝提兵深入，歼翁源巨盗，民谨，言微公吾属妻子虏矣！建驿传，顾役法，省民财岁数巨万计，会摄守，民日夜望真拜。寻征入，号泣遮留公，奈何去我？此闻剖符复来，咸牵携裹粮迓数百里，络绎不绝。守固前悉民利病，政务所宜。至是益根极罢行之，以为吏二千石不当谕。取目前易办为称，塞退讬所难。堤城东埧岸，捍浈水之冲。凿泷石，韩子所谓险恶齐撞者，杀其湍悍，平之。煅浈阳峡壁，通牵挽路如千里舟行，卒失势，有所措手。大振文教，辟学宫隘塞以宣风气；增筑号舍，督课诸生讲业。饬风度楼，扬曲江公休烈。时从二三子登陟论说，因以动之士由此知古学，夫平寇伟矣！诸所功德甚懋，凿泷开峡百世赖者也！教化其深乎？书院置赡田，为久计，令异时不得夺废之。韶人拳拳如此。欧阳子曰：予读前史两汉循吏传，至蜀郡、桐乡、九江、南阳咸

奉祠其守长，而叹：夫锯项椎针扑击卖请之伦，亦奚取为此也。彼其性岂乐乎？惨核与人殊？以为威不立，令不行，奸不得惩，事不得集，不胜任矣！夫循吏非不务集事，惩奸。然思民所患苦，不忍轻刻铄之民，揣知上意，往往急私事，惰慢公期。故常受严谴，殿课下与而上不与，名位不骤起，吏守道不固，转相戒为操切矣！猾吏治日峻，课功程能以辩给，相高为循吏，于今之世者不亦难乎？不亦难乎？然所在民戴，所去民思，诗云：岂弟君子民之父母，言不仁不可以子民也。孔子曰：斯民也，三代之所以直道而行，言毁誉终不失实也。由韶人观之，岂不谅哉？士大夫明先王之道，学周孔之业，适于兹堂，无忘诵说。斯言庶几懔懔不疚厥心矣！

（《欧阳南野先生文集》卷 23）

郑朝辅

【作者简介】郑朝辅，陕西西安人。进士，嘉靖十七年（1538）任南雄知府。

杨历岩

落日名岩上，冲风衰草边。旧游仍历水，新句动幽燕。螟色山云合，烟光晚照联。忧民空自拙，报国有诸贤。经纬临南服，元枵望北天。仰观霄汉逼，回首郡图偏。登眺寻磐石，藏修乞暮年。凋零怜井邑，盈耗度私田。鼎角争标柱，溪流自蜿蜒。循墙晨见蚁，抱叶夜无蝉。社鼓连乡急，疏钟侧栋悬。题封瀑布下，觅洞碧桃前。旌盖舆人拥，盘餐驿使传。僧房堪促膝，村酿亦佳筵。灵气龙珠伏，欢声马足先。三峰非沃野，杨律本深源。雾宿同文豹，风搏起钝鸾。传灯明达旦，止鸟曙交喧。梦觉金光满，阳升玉饼圆。终期窥合璧，颠倒悟真仙。

（道光《直隶南雄州志》卷 17）

陆万钟

【作者简介】陆万钟，生平事迹不详。

谒文献祠二首

其一

瞻拜祠前感慨增，君臣遇合古难凭。一言不尽成天宝，千载令人念始兴。蜀道当时空洒泪，唐家从此就夷陵。半龛灯火云封旧，寂寞忠魂重抚膺。

其二

开元天子骋雄图，岭海孤臣独向隅。逆耳未应疏国老，赤心空自爱胡雏。翠华播越霓裳冷，金鉴沉霾羽扇孤。信是女戎终酿祸，苞桑长虑似公无。

（道光《直隶南雄州志》卷 17）

仙女岩

香断古坛烟磴外，苔侵衣石晓霞边。笙竽韵远风穿竹，环佩声高玉漱泉。

（道光《直隶南雄州志》卷17）

符锡

【作者简介】符锡，新喻（今江西新余）人，生卒年不详。举人出身，曾任韶州通判、太常典簿等职，后出任韶州知府，任内重修韶州城，主持修撰《韶州府志》，颇有政绩。著有《颖江漫稿》。

舜峰寺

帝纪曾于此地供，斋房禅室往来通。天垂翠幄迷行径，山簇青螺绕梵宫。野衲惯迎仍倒屣，村翁乍见拟观风。雨晴林静花争发，犹似熏弦覆育中。

（《颖江漫稿》卷3、康熙二年《韶州府志》卷16）

注：《颖江漫稿》卷3仅存前四句，据《韶州府志》补。

宴九成台成山府尊韵（甲申韶郡）

山下清江江上台，芙蓉面面逐江开。鸣韶凤远空留石，画栋云连漫作堆。歌管忽惊浮世在，登临因见古人来。习池风概何如此，流浪尊前未省哀。

（《颖江漫稿》卷3）

再游南华寺次府尊成山先生韵

五马郊行晓济舟，水光林影散清秋。传呼绝徼风烟净，部局空山鸟鼠愁。世远灵踪藏福地，官闲幽兴森沧洲。倒衣却笑初来客，造次晨钟拟禁楼。

（《颖江漫稿》卷3）

仁化锦石岩六首

郡守铁峰先生作锦岩诗，谢饮累日。一日席上为余诵诗六首，因谑云：暂可放一醉否？先生抚掌亢声曰：痛饮非关诗债了，请属对。余谩应曰：苦吟因笑瘦生。曾先生曰：善请。遂成之，敬和如其数云。

其一

紫府棱棱峭壁开，凌虚直上九层台。枯松晓沐灵湫雨，飞瀑霄腾绝涧雷。云服此中分五岭，斗牛何处望三台。踏歌倚遍长栏外，万里青旻一鹤回。

其二

迢迢石寺问丹丘，楚楚芳洲乱碧流。徙步下方云已合，抬头绝顶雾初□。风泉缭绕来钧奏，猿鸟依稀识故侯。莫道参军能摆俗，吏情吾已付

149

天游。

其三

锦刹聊支倦目开，极知幽胜藐蓬莱。天花故向岩头舞，星汉翻从地底回。雾拥香炉增缥缈，江涵石佛转溁洄。云车鹤驭曾何事，皂帽青袍只自来香炉、石佛皆山名。

其四

江翻西日愰丹厓，抉眦南荣斗柄楷。突兀尚愁飞鸟度，幽偏真刺野夫怀。龙栖石洞云常雨，凤翥韶津礼亿柴。罢却熏弦弄明月，未应佺偓隔形骸。

其五

半壁祥云捧秘宫，紫函金简奉当中。沿崖杂树青无际，出峡澄江意不穷。名胜难逢灵迹隐，阳春频倡敌台空。郡斋却喜多清暇，五马参陪得暂同。

其六

万壑千岩隐上乘，时闻五色透层层。海边仙境容渠到，壁上骚坛孰与登？痛饮非关诗债了，苦吟应笑瘦生曾。却愁黄鹤经题后，白也重过合避能。

（《颖江漫稿》卷3）

登芙蓉峰次铁峰先生韵

双旌日晏渡河西，绝顶芙蓉路不迷。石臼竹竿泉袅袅，风檐露井树萋萋。龙山事往怜吹帽，渔父言欺笑掘泥。谷口尚堪留一醉，黄花香衬马头低。

（《颖江漫稿》卷3）

注：此诗亦收录于康熙十二年《韶州府志》，题作《九日登芙蓉山》。

九成台次铁峰

□亮歌钟月满台，八窗烟景倏然开。倚阑人在风尘表，隔岸图呈水墨堆。法从不知龙化远，升中犹想凤仪来。湘南旧俗多遗事，谩结秋晨旅雁哀。

（《颖江漫稿》卷3）

送黄义城还文江由御史左迁授经韶士

凤来晴雪亚琼枝，庾岭浈江处处奇。别路暖回骢马客，行囊清照铁峰诗。齐人作式宾师远，鲁国登坛弟子谁。明日天涯重翘首，五云犹忆盖倾时。

（《颖江漫稿》卷3）

150

拜文献公墓次韵帻峰道长

十载西河不济舟，若为联辔慨松丘。主恩岂为奸臣地，军令空贻相国忧。正气千秋金鉴远，荒坟三尺草堂幽。休将德业论前史，直是江南第一流。

（《颖江漫稿》卷3）

骊山道长宴九成台次韵奉答

好怀当日为谁开，骢马乘春访古台。尘榻几时淹上客，法星连夜焕中台。江分锦树高还下，帘卷晴云去复来。嘉会良晨俱不易，风光如此且衔杯。

（《颖江漫稿》卷3）

耽石院

翁源贼定后，始得同讲上舍一游，寺有余襄公摩崖碑，好山顶有泉，景极幽绝。

出郭寻幽寺，苔碑读更摩。大书双美并，陈迹几人过。泉落空中石，猿窥涧底柯。为怜衣未拂，来往意如何。

（《颖江漫稿》卷5、康熙《韶州府志》卷16）

风雨观桥于河西遂观莲于吕将军园亭嘉宾胜会与是用乘奉次骊山道长原韵八首

其一

问道西园路，平沙□径回。合欢堪跃马，取醉莫停杯。岭树云初瞑，池莲风半摧。因君动幽兴，临眺独徘徊。

其二

老树团高荫，群峰矗四围。海榴窥户发，沙鸟近人飞。隔座鸣笳管，凌风透葛衣。莫惊梁燕语，谁是并谁非。

其三

兹晨苦风雨，属意在西河。胜事无人会，幽亭载酒过。朋簪清赏惬，地主故情多。凌波貌姑射，不醉欲如何。

其四

质朴始兴郡，尚遗文献风。版图秦塞阁，韶奏舜台空。二水城中启，千峰剑外雄。壮观聊纪实，得句不求工。

其五

矛史爱登览，习池初过从。惊风翻锦树，密雨乱芙蓉。笔岭抟孤凤，皇潭隐卧龙。炎荒多胜概，衰拙荷包容。

其六

池荒莲自发，客至景频添。吏爱耽诗隐，夫宜着论潜。成梁川济急，

撼树杞忧兼。衰薄将何补，飞腾尚汝占。

其七

野竹干云上，短墙那更遮。几年霜折荔，一日雨催花。井脉通瀛海，溪光映若邪。乘闲聊复尔，肃肃免投置。

其八

郡迎新别驾，台忆旧青骢。海国钟灵异，韶山谪降同。壮心星拱北，远道日方东。若在蓬莱顶，还容扣下风。

（《颖江漫稿》卷5）

再游吕园奉次帻峰道长四首

其一

西园负宿约，再此奉君行。云破江天色，风含水树声。竹亭烹露茗，舜寺汲深清。日暮酣歌舞，相看别有情。

其二

未得酒中趣，难言我独醒。小儒初问道，达士岂徇名。南郭昼多雨，西郊阴复晴。行厨频供客，何处异乡情。

其三

旧识将军面，曾同八座来。末寮今白首，陈迹半苍苔。舞榭风生幔，莲池锦作堆。容知北台使，重接此时杯。

其四

避暑出城惯，乔林芳意多。种瓜人已远，拥盖客重过。风土安殊俗，乾坤合太和。清朝启良宴，不乐复如何。

（《颖江漫稿》卷5）

重建拱极亭诗（并序）

芙蓉山古有石室、玉井泉，相传为汉道士康容炼丹之所。泉出山顶，石罅极清冽。予判郡时，尝游兹山，窃怪韶山皆趋南，独此山北向，戏谓前守唐公曰：何不作拱极亭，以寓魏阙之思。公笑曰：属之子矣。未几，公以他事解官去。余摄篆数月，遂于旧庵之左构小亭，题曰拱极，引泉水环亭下，潋潋有声，景颇佳绝。已而有太常之命，又十二载为嘉靖戊戌，乃由太仆复领兹郡，寻访前亭，已为风雨所塌。耆民龚德成数辈累请修复，且曰：匪公之遗爱，抑亦韶民之具瞻也。不日告成，北旧加壮丽焉。至是，偕帻峰、骊山二道长，象、笪二守同往观之，谛视泉脉不似曩昔。守者曰：是泉埋塞数载，故岁始复。因与诸公笑曰：拱极亭之重建，与吾党今日之观，良亦不偶然哉。骊山道长遂贻佳什谨，步原押共得四首，聊纪岁月云耳。

其一

反涸欣重沸，亭堕乃荐开。四隅烟霭净，双照法星来。揽辔威存豸，匡

152

时渴望梅。南游倚佳观，目极紫霄回。

其二

石室仙人馆，彤帷首夏开。玄蝉不住响，舞鹤自何来。秋晚便观稼，寒深拟访梅。山灵知未厌，泉我隔年回。

其三

稍喜瀛仙集，真疑洞府开。断云将雨过，群岛亚青来。异产多瑶草，灵标错野梅。眷言恣幽讨，遮莫醉忘回。

其四

西峰河□嵲，掩映画图开。城郭纤无隐，江山尽欲来。平田下高鸟，细雨湿青梅。日暮村烟碧，鸣笳促骑回。

（《颖江漫稿》卷5）

拜文献公坟舟还偶述

松阡冬暖动春姿，千载清风铁相祠。展拜偶因陪郡伯，楼船灯火夜归迟。

（《颖江漫稿》卷6）

送袁县丞

一别韶阳九见春，梅花驿路是通津。尘劳忆得登临胜，锦水丹山属故人。

适国曾因问曲江，凤来云气接苍茫。悬知宫满棠阴在，不尽湘流滚滚长。

（《颖江漫稿》卷6）

勉诸耆民暗浈阳峡路小诗十首

其一

浈水频封峡，篙师不敢来。从今开栈道，拍手上鱼台。

其二

江险多逢石，山高少见天。徭人寺湾里，昨日又钩船。

其三

饮辟鱼台路，诸君莫道难。如今浈峡险，不在牯牛滩。

其四

鉴衢临水便，问铺入山遥。子贡倘移得，还因省白蕉。

其五

嘉祐初开峡，南山岂浪传。我来寻旧迹，榛塞兴茫然。

其六

绝险方钩栈，图成落此年。传通三舍近，功满万人缘。

其七

峡山开辟有，峡路待诸贤。举事谋千古，垂名动万年。

其八

良工固难遇，拙匠非谋始。胜果君勿忧，自有神人启。

其九

大事岂惜费，小人常惮劳。劳多功始茂，费重业还高。

其十

涵谷久寂寥，龙山事辉奕。借问当世人，崇虚竟何益。

（《颖江漫稿》卷7）

凤来亭登眺

郡后有峰端耸，故名笔峰，俗呼帽子峰。前守周厚山改曰凤来古有亭，随作随废。余判郡时，因士民之请，作八角亭，颇为壮丽，晴日登眺。则碧嶂千里，两江夹流，真可谓岭海一奇观也。

笔峰抓起凤来亭，蓬岛遥传浪得名。碧嶂远开千里目，寒江中抱万家城。依稀石磴扶云步，晃荡天风落雁声。暂假嬉游浑似梦，郡人错比晋山卿。

（《颖江漫稿续》）

注：康熙十二年《韶州府志》录诗题作《笔峰山》，个别文字据府志改。

西河方舟展试阶同寅往观漫纪一律

时闻有飞语中伤之者，末故及之，聊以自广。

武水民艰涉，方舟此奏工。枅比江阔狭，絙络岸西东。六六扶栏出，双双表柱空。澄波浮彩鹢，疏雨卧长虹。拥盖行天上，联辔度镜中。互低人簇马，微曲缆牵风。砥石分维壮，晴雷起昼同。樵苏男挟妇，市易叟和童。阛阓人人便，村墟处处通。万缘宁有我，一德敢论功。民病难辞责，人言合反躬。惼心多伎俩，名德盛岣嵝。治行渐黄相，威来耻寇公。极知名过实，争奈享逾丰。引疾宜先避，尊拳免后逢。蒙阳遗业在，不负汝归农。

（《颖江漫稿续》）

燕誉楼宴集

郡城西河即武溪，古有浮桥，船疏板薄，不二三年辄坏。余始召赣匠作方舟六十翼以两拦东西，作济川二坊。西河又作燕誉楼，楼之西为芙蓉山，山上有亭名拱极，取其面北也。

燕誉楼开武水滨，危栏十二对通津。桥头车马时时竞，城上烟云日日新。山逗岚光来几席，风含芳润袭衣巾。凭高几度情何极，更上芙蓉望北辰。

（《颖江漫稿续》）

154

拟沂亭记

嘉靖甲申，本府通判符锡按历憩此，诸生景从叹曰：此何减浴沂之乐。遂界废庙之才构亭洲上。随毁于潦，复重新之，自为记曰：拟沂亭作于乳源邑西二里温泉之上，志乐境也。嘉靖甲申夏，予始莅兹郡，适奉提学欧阳公檄去六邑淫祠，且厉云务祸本之斯绝，听风教之可兴。乃六月适英德，访诸不在祀典祠寺，凡百六十五区，立命毁之。师生请改建旧学，宰刘议弗合，遂去。之翁源如英德，去诸祠寺之当毁者七十七区。李尹请曰：寺有翁山，僧会在焉。院有耽石，余襄碑刻在焉。惟一二僧僚，毁诸已乎？曰：僧会，制也。宋碑额也，不在毁列。遂去。之仁化如翁源，毁诸祠寺百十三区，作会贞社学。乃之乐昌，访诸祠之当毁与学之当建者，龙令皆为之矣。遂去。之乳源，有挟而作奸者，廉得其实，先置于法，乃尽去所蔽祠寺八十九区。师生请复社学，岁久浸为民所侵，据得古杉一株，命典史林柯职其事，事详太守唐铁峰记。改崇林废观为仰止书院，祀昌黎、濂溪二先生。泷口庙者，街民为之请，予诘曰：何神？曰：邹尚书。曰：乡贤乎？名宦乎？曰：不知。曰：淫祠也。邑有义士邓可贤，父子死贼有保障功，盍祀焉。明日率诸生诣祠，火淫神，奉可贤神主。既语诸生，此地当有佳境。诸生曰：去此不百武，有石浮于溪面，方广丈余，温泉混混平涌，出石窦中。不识可当佳境否？余欣然往观之，徜徉竟日，弗忍去。诸生曰：请以废庙之材亭之，可乎？曰：可。遂以属傍寺僧戒浚，且告曰：吾亭若成，当名之"拟沂"，志斯乐也。明年乙酉二月，亭成。余适有军旅之役，弗克往。未几，毁于夏潦。又明年丁亥，予始还自军门，教谕王君世泽每见，辄以为请。偶得民壮之旷役者，钱若干缗，乃相亢爽，乃复葺之。俾邑之人士与宦游而过于是者，慕斯泉而观焉，憩斯亭而问焉。则告之以曾点之所，陈与夫子之所叹，曾不越乎？沂水之滨而有以适夫天常之趣，诚若是耳。虽然龟蒙之泉，乳之泉也。邹鲁之士，韶之士也。彼则为圣为贤，而我犹未免为乡人也。性岂若是霄壤悬殊哉？且吾闻之上以风化下，谓之风；下以习应上，谓之俗。传曰：经正则庶民兴，庶民兴斯无邪慝矣！若是则前所毁之若于区者，殆见正道既明，而淫邪日远矣。否则乌头力去，而病且复故，毁将曷胜？君子曰：邪正不两立，斯言近之。遂并记于石。时嘉靖七年戊子孟夏二十有一日，颖江居士符锡记。

（《颖江漫稿》卷9）

注："嘉靖甲申"至"自为记曰"几句据康熙十二年《韶州府志》卷13补入。

皇冈志别叙

岁八月之初，太守唐公肃郡僚举秩祀，祀虞帝皇冈之下。于时诸公子

葵松兰将告归其乡，赴鹿鸣之选。而附邑司训吴绍祖率诸生猥以赠言见属，再辞弗获。于是乎有感焉！志曰：粤若稽古，帝舜南巡，陟衡山，望九疑，弹琴于韶石而歌南风，郡因以名。故郡之山有曰皇冈，水有曰皇潭。皇冈之上有翠华之亭，皇潭之下有九成之台，后世遂沿以祀舜。舜之迹，诚不可考矣！然而山水之奇崛壮丽，自岭而南莫胜于韶，而其钟于心也。在唐为张文献，在宋为余襄公，其文章事业皆卓绝一时，而照耀后世，至于今不衰。乃诸公子侍公之官于韶也，三年矣。于于焉，洋洋焉。其年虽未几，其文辞日如水涌，而山出使观者为之胆掉目眩，固由其根本之丰，培植之厚。然窃谓其舒卷云霞，呼吸风雨，非有得于皇冈山水之助，宜不若是。其奇且速也，昔司马子长年二十而南游，上会稽，探禹穴，望九疑。说者谓其文章之奇伟，尽得于是。以诸公子方将渡泷水，逆沅湘，越荆楚，上巫峡，而始达于其家。揽洞庭之吞吐，睹岷峨之崝峊，所见益广，所蓄益富。则其他日着为文章，发于事业，锵然如韶钧作，灿然如百兽舞，皆有不得而涯，浼之者又孰得而限量之哉？□公之为韶也，始诸生未知为学之方，公亲为之讲授，以博其趣，考校以尽其材，储书以广其见闻，买田以赡其不给。诗曰：乐只君子，遐不作人。公其有焉，是宜诸生有所振厉奋发，思与诸公子联翩，撷顽而起，掇巍科，跻显仕，以助成至化而鸣。国家之盛斯不负于公之所望，不负于皇冈山水之胜。若夫叙离道别，以不忘乎？云树之情者，亦末矣。诸生曰：旨哉！言敢不端拜请书，以赠诸公子而自勖云。时嘉靖丁亥鞠节前二日，韶州散吏颖江符锡书。

（《颖江漫稿》卷9）

赠别驾董冈黄君六载考绩序

颖江子锡之再莅韶也，岁纪戊戌，日方长至。越明年己亥秋八月，别驾董冈黄君书满六载，戒行有期。先是，君摄府篆，走吏胥，责司檄速。余赴任，比至君喜形于色，□曰：吾引疾久矣，亟望公来行，将释我樊笼。余笑曰：君何言归之遽也。余别韶十有二祀，凡韶之风土、人民、政务时改月化，斟酌损益方有赖于寅协，以共成一郡之冶。君信言归之遽也。未几，英德缺长吏，韶治六邑，惟英德去府独远，民顽俗悍。余得请署君掌之，不数月，政平讼理，一切勾稽、征敛期罔敢后至于？复学基、建察院、开浈峡、移传舍，区画有序，诸所仰成。而君且告行矣，余固不得而留君矣！于是崇酒张乐，卜日而饯之凝清之堂。于时二府袁君象笃、三符王君俟亭皆奉委公出，惟帻峰、骊山二道长在焉。酒数行，道长帻峰起而曰：书满，荣行也；凝清，盛饯也。嘉此寮好，公可无一言以赠？明日道长骊山复踵余曰：黄君发科闽省，三典学政，及其宰龙阳，倅韶郡，出入三十载，所至辄有声称。以故民皆爱乐，而卒未有指摘之者。余忝乡曲，知君特详，君世家候官之西鄙，园田之富不可殚数，独有荔树百株，

一岁所入足以供四时之祭。与凡宾客享燕之需，不假外求，古人云：有橘千头，胜封万户。君不啻过之矣。间尝语人曰：仕宦贵适意何？若归卧荔阴，命儿子捧觞啜茗，以养吾天和之，为适乎？或者疑君将假此以便归图，未可知也。公幸有以振之，裨得翱翔书满之行，而荣膺陟明之典，何如？余蹴然应曰：有是哉？古之君子未尝不欲仕也，彼其蔬食饮水箪瓢、陋巷乐天之诚存焉！耳亦未尝不欲隐也，彼其下土昏垫黎民阻饥，忧世之志存焉！耳若夫窃富贵以膏润，计丰约于燕安，乃世俗之常态，非君子之所尚！况惟黄君夙典庠校，则械朴之化兴，晚官郡邑，则循良之绩茂。以兹最献天府，论定铨曹，崇阶显陟有不能舍，而他适者。今曰：将假此以便归图，岂引疾之念复萌，而幸梓钓游之乐？君诚不能以此而易彼耶？非余之所知也。虽然，余切有所感矣！往余筮仕于韶，所领之官，君之官也；所居之署，君之署也。四载縻禄，身与忧并幸尔。晚御喜不自胜，由是知君向之处也，忧余之余；而今之行也，喜余之喜。将无不同顾？余今也复假守兹郡，而忧君之忧责任之重殆□倍焉。君亦有以处我而别也乎哉？

（《颍江漫稿》卷 9）

曲江叙别

嘉靖丁亥冬，郡守铁峰先生当三载考绩之期，偶以诖误，奉旨还籍，以俟后命。其从事颍江符子乃谋诸同寅嵩溪姜子、右泉蒋子，择日饮先生于凝清之堂。酒行，众宾寂然，莫与为欢。先生作而曰：余不德，忝职兹土，不能缉和远迩，为圣天子惠养元元，然而勤慎节用、锄奸翼善则庶几夙夜，乃今得释重负，还乡里，与家兄、舍弟酣饮于逍遥之圃，指授儿曹以学易之要。属岁大比，行将有奋翮高举而振吾之宗者，不肇于兹乎？诸君且道余言为有欺否？观余色为有几微见于颜面与否？而诸君何不为于怿然？于是众宾相与尽欢，更相旅劝，不知日之西矣！先生遂歌曰：自是欲归归便了，五湖烟景有谁争？颍江子乃洗盏更酌，越席而进于先生，曰：归则归矣，了则未也，先生□尽此觞。

（《颍江漫稿》卷 11）

韶州府重新郡学请记状

今上继统之初，首起先皇帝被逮之臣九溪周侯，乃自永嘉擢守韶郡。顾瞻黉校，自大成殿门以及于明伦斋舍上，两傍风梁倾栋桡，颓弊不振甚矣。然以郡久残于徭寇，师兴粮从，民不堪命。于是搜奸剔蠹，罢不急之役，省不急之敛，一切与民休息。明年，政节民和，岁□大稔，乃喟曰：学校政之首务，可为不为，又奚待哉？方议毁诸淫祠以助工役，当道适下檄毁祠，又得南华寺修佛殿羡银四百两，即具疏都府张公、巡按涂公暨诸当道，请以祠价寺羡钱修学，许之。首建大成殿，五楹葺、东西二庑、大

成殿门、三楹门。左右构乡贤、名宦二祠。前为泮池，池外旧有棂星门，湫隘弗称，撤而新之，塑宣圣，四配、十哲像，余用木主如故。殿后建明伦堂，五楹耳、东西四斋。由斋而东，作礼义相先堂、会讲堂各三楹。会讲之前作号房，左右各二十四楹。其前作泮宫，门三楹。经始于嘉靖改元壬申之冬，落成于三年甲申夏六月。宫垣基制不改其旧，而庙貌赫奕，辉焯炳焕，堂宇峻整，高明洞达，大而闳规远范，条贯不遗小。而一砖一木，措置得所，当新则新，不扭于仍旧之善；可葺则葺，非惮夫改作之劳。经费财四百余两，而功施□数倍于昔。所以然者，盖始末巨细一由于侯所自经理，而无毫发侵扰之弊。仁人君子之用心，夫岂众人之所测识哉？及夫政少优暇，辄进诸生，与之讲论经旨，刮磨文字。每以张、余二公卓然千载，激厉而作新之略，不少懈。是役也，韶之师生累请于侯，愿求名公之俪牲，以诏来者。侯曰：昔鲁僖公作□宫不书，如师生言无乃非春秋之意乎？师生白不□韶学始于宋景德，迄今几五百岁，中间兴置增广，变迁不常，苟不赖于作者，何所考见得失哉？况今圣化聿兴，绥来远迩，首振黉校于数千里之外。既完？美俾韶之学者，望宫墙而兴敬仰，道德以日新，其敢忘盛赐哉？侯之俪泽固不止于斯也，若夫景先哲，则修濂溪、张、余诸祠；育童英，则建社学十数处。城久而王□巳则葺之，水啮城则堤之。与凡救偏补弊百废具兴，至如励□蘖之操，建忠谠之言。晚生末学得之耳濡目染者，亦多矣！敢乞大人先生不弃刍荛，假以珠玉，谨惟齐沐砻石以竢大书，深刻以与兹学，相为永久争光，百世庶几。韶人有所式瞻，云耳锡不佞，谨括其略以为疏云。

（《颖江漫稿》卷11）

乐昌县学请记状（代诸生作）

乐昌县学，旧无所考。宋淳熙十五年，始迁于县东拱秀坊，去城一里许，自是因之。正德间，徭寇出没，攻剽城邑，教官、弟子多迁避之。岁丁丑，宪副王公、郡侯姚公驻师于乐，相与谋曰：城中地惟城隍庙亢爽，可以居学。于是发帑饷之余若干缗买民地，及义官张翰亦自愿捐地若干，乃命工师求木，命知县李增董工，迁庙于其东，建学于其西，百凡草创，而李亦去任。辛巳，知县龙章始莅兹邑，毅然以前功未缉为己任，乃相视宫垣浅狭弗称，礼门义路颇僻弗庄，遂白于守、巡暨郡侯周公叙，请再徙城隍庙，更易居民垣若干尺，周回若干步，然后规制闳敞，衢道通达，其大成殿、明伦堂及两庑两斋、御书阁、泮池、棂星门皆旧所建。其师生廨宇三座、号舍三十楹与夫人会馔会讲，有名宦、乡贤有祠公门左右当街之处。立春风、化雨二坊，焕然一新，见者改观，则皆由于龙令近日成之功也。其用心不既懋矣哉！且夙承宗主魏公校继承、宗主欧阳公铎前后下檄属毁淫祠。龙令又为改建濂溪书院于城西，建韩文公祠于龟山，建十三社学于十三都，选于诸生中文行可为童生师表者掌其教。于是，不惟邑居黉

校文化勃兴，而乡都礼义之俗，亦各争先向往。生员某等有见于此，不能自己，乃具疏以为创建黉校，虽有司分内事，然当财丰力裕则为之不难。矧为吾邑师旅之后，饥馑之余，而龙令适当其际，在他人不掣肘于征需，期会或难矣！况望其修学、兴教，拳拳为首务哉？是则兹学之迁，诸君子作之于前，而龙令成之于后，皆不可以无记也。敬惟尊师先生学穿今古、笔秉春秋，愿赐雄文照垂永久，学师生岂敢窃以为私荣也。

（《颖江漫稿》卷 11）

回军南浦祭山川之神

肆维翁源山阻而洞深，土膏而物阜，故民居其间衣食易足，然而五教未敷，肆维不张，贪狼忘义而易与为乱。顾其傍近，尤多剧盗之区薮。凡民不得志与犯于有司。辄投附其党。俟时而发，淫凶以骋，父母妻子不相顾。今上即位六载之春，翁源贼民李英、李凤兄弟诱致岭东巨盗千有余徒突入境内，劫害村堡，视民命如草菅。予时以职事受府牒，即躬临城邑调发。各铺方且米堡属吏有贪敌而尝之者，顿被其挫衄上下，屋奔莫可遏止。已而督兵直抵南铺，进攻小砌，贼众遂退走龙南，俘斩六十余徒。逮于首夏，则又奉檄督府选部精锐捣和平九连。合江西、惠、潮兵数万大肆搜索，遂歼厥渠魁，缚其老小而还我俘掠之众。由是百姓唤呼，如获再生，乃颂太守选兵挽饷之泽，乃歌群士毕力效命之勤，而不知实有阴骘而默相之者。盖惟山川之神，聪明正直，党善锄奸，得理之常。眇予小子，滥柄斯委，其敢忘神赐乎？然窃验之披发祭野，晋其为戎祸首，乱阶信有攸，始惜乎？予力不足以振之也。嗣是而父母斯民者尚惟神诱其衷于，以大张文化，一洗故习，使边鄙之民允协于中，则神亦享有万祀，与国家同休戚，与天地相终始，永永无穷良不休哉，良不休哉。

（《颖江漫稿》卷 14）

裴相

【作者简介】裴相，湖广枝江人，生卒年不详。举人，嘉靖十九年（1540）任南雄府同知。

濯缨台

路逢庾岭尝迎客，官倅南雄遇榷商。明著衣冠原素定，濯缨何必藉沧浪。

（道光《直隶南雄州志》卷 17）

王弘诲

【作者简介】王弘诲（1541—1617），字绍传，广东定安（今属海南）人。嘉靖四十四年（1565）进士，累官至南京礼部尚书。著有《天池草》二十六卷。

159

同蒋明府游玉柱岩得莲字

洞凿玲珑入，岩窥宛转穿。壶天标玉柱，大地涌金莲。会拟兰亭客，杯分阆苑仙。何当邀鹤驾，即此谢尘缘。

（道光《直隶南雄州志》卷 17）

通天岩

胜地开三岛，通天有一门。洞幽穷禹绩，村远闭秦源。宛转穿萝磴，空濛煮石餐。悠然绝尘想，相对已忘言。

（道光《直隶南雄州志》卷 17）

玲珑岩绝顶三首

其一

名岩览胜陟岩峣，历尽层峦绝市嚣。敢谓居高能小下，似缘心远得神超。关门路入梅花近，祇苑经翻贝叶遥。沧海回头今是岸，故园松鹤待谁招。

其二

飞阁悬崖俯万寻，灵岩对酒落峰阴。仙人窟宅还高下，幻迹熹微自古今。龙虎尚余丹鼎气，鸾凰时度紫霄音。沧州满目堪乘兴，莫问蓬莱路浅深。

其三

巉岩幽壑敞招提，蹩蹬穿林路不迷。茗碗香花随佛供，白云苍霭护禅栖。东林载酒渊明在，西竺同心慧远携。五十三参年已近，可能大意悟曹溪。

（道光《直隶南雄州志》卷 17）

杨国正

【作者简介】杨国正，湖北崇阳人，生卒年不详。举人，万历十一年（1583）任始兴知县。

玲珑岩

太宇启鸿蒙，坤灵触处通。化工无釜凿，真境自玲珑。谷静松声古，崖悬月色空。振衣发长啸，飞步五云中。

（道光《直隶南雄州志》卷 17）

蒋希禹

【作者简介】蒋希禹，广西全州人，生卒年不详。举人，明万历间任始兴令，政绩卓著。

谒文献祠

清商入林薄，百卉亦已萎。访古寄深衷，驱车城南陲。高门临大道，

云是故相祠。大贤久云殁，遗像乃在兹。入门气肃肃，侑坐器已欹。梁倾蝃蝀蚀，瓦裂鸳鸯摧。鼯鼠巢其巅，庭空网蛛丝。画壁翳苔藓，堦草蔓以滋。丹青半脱剥，风度如可披。昔公相开元，国步犹清夷。双手运日毂，事业何葳蕤。惜哉贤邪溷，何异鹈与鸥。李杨方虎视，安史亦狐窥。众怀燕雀安，公乃忧未危。触事排奸邪，披赤靡有遗。苦口拒弗纳，出守甘一麾。正人一以远，神鼎忽潜移。渔阳鼙鼓闹，戎马纷以驰。谁其胎祸萌，锦褓一雏儿。公心能不二，公识能先知。帝听苦不早，蜀道空追维。白日照下土，皇天誓难欺。耿耿忠谠谟，千秋光鼎彝。至今枌榆里，赑屃留丰碑。荒祠阅伏腊，报德良匪私。误国者谁子，徒污青简为。我来拜宇下，凉飙扬素旗。徘徊瞻色相，英风向人吹。大雅不可作，千古空遗思。仰止有高山，十章金鉴词。

（道光《直隶南雄州志》卷 17）

文昌阁

千寻杰阁倚精庐，缥缈真疑帝子居。日月双悬临象纬，风云四面护图书。梅敷岭翠屏开拓，墨泼江流带卷舒。几向层霄探气色，奎光直接斗牛墟。

（道光《直隶南雄州志》卷 18）

何维柏

【作者简介】何维柏（1510—1587），字乔仲，号古林，南海（今广东佛山）人。嘉靖十四年（1535）进士，历任监察御史、大理寺少卿、左副都御史、礼部侍郎、吏部侍郎、南京礼部尚书等职，晚去职回乡主持天山草堂，万历十五年（1587）病逝，谥"端恪"。著有《天山草堂存稿》。

度大庾岭

梅关山色旧，蒲石未寒盟。古木堪垂钓，江门好濯缨。片云浮世界，孤月澹沧溟。八极神游远，悠悠得此生。

（道光《直隶南雄州志》卷 17）

重修张文献祠记

梅岭重修曲江公祠者何？重报也，劝也。初岭路未辟，广人皆取道乐昌连阳而入，水陆纡僻山复，层峦绝壁，鸟道巉巍，行者病之。开元四年，公为左拾遗，上议奉命莅兹土，履险相宜，殚虑布划，于是凿重关为周行，车马骈达，风气流通，实岭海内外无疆之体。夫公之治岭犹禹之治水也，因势利导不自为能。昔人观河洛曰：微禹，吾其鱼乎？至今岭路之行，思公之功面不忘者，以公之利民远也。公祠建于元人，迨我明尝修亡，岁久漫漶不治，日就倾圯。

嘉靖甲辰，公仲弟殿中公裔孙惠安净峰公奉命总督广南，过谒愀然

曰：守土之责也。欲新之，乃为文以告，明年郡侯周公南以其事白净峰公，可之。于是，经工理材，考度定制，圮者兴之，敝者易之，卑者崇之，隘者廓之，堂宇窿邃，门庑森翼，赫为具瞻，过者乐而观之。是役也董厥事者某某，相厥事者某某。工肇自丙午夏，越丁未仲冬落成。周侯南与其贰张子瑞将净峰公命俾予记之。维柏，公乡人也。素仰公，义不当辞，乃为之言曰：公为唐代名臣，文章相业，炳耀史册。如抑守珪之滥赏，罢仙客之实封，上《千秋金鉴录》，其风謇谔，为大臣典谟。其最重而难者，则寝惠妃之谋，叱贵儿之请，国本赖以不摇。至于请诛禄山以绝后患，忧深言切。惜明皇不悟，遂至乘舆播迁，四海受毒。虽曲江一祭，亦已晚矣。公之卓见忠猷，系国家安危，类如此。及以直道见黜，安义达命，不少介戚。若公者，孔子所谓大臣以道事君，不可则止者也。庾岭介江广要津，四方之学者往来于兹，谒公祠，瞻遗像，志摛藻者仰其文章，事功烈者慕其相业，尚操节者思其风度，安社稷者鉴其先识，以直道见斥者慰其安义，以奸邪被逐者惧其灵爽。仁者淑其利泽，贪夫愧其秽迹。是祠之建，实所以昭报劝而广风教也。诗曰：周道如砥，其直如矢，君子所履，小人所视。信乎！公之道宜于天下后世矣。

（道光《直隶南雄州志》卷 19）

欧大任

【作者简介】 欧大任（1516—1596），字桢伯，号崑山，广东顺德人。明嘉靖间国子监博士，工部郎中，后致仕还乡。欧氏一生手不释卷，著述甚丰，著有《百越先贤志》《广陵十先生传》《平阳家乘》等，诗文由后人汇刻为《欧虞部诗文全集》行世。

登九成台

南北一关开，登临尚有台。四山依树出，两水夹窗来。虞帝傅疑事，苏公绝代才。何当访韶石，诗境久徘徊。台上有诗境三字石刻。

（《欧虞部集》卷 2）

度大庾岭并寄黄春帆位清刘湘华熊

六年不作春明梦，才说登临壮志存。野树饱霜皆有色，敝裘经酒已无痕。异乡情话依朋友，一室弦歌忆弟昆。鸿雁再飞犹向北，男儿那得守家园。

（《欧虞部集》卷 2）

登芙蓉山

结发窥山笥，冥心睹河编。怀奇信所遇，戒游及兹年。芙蓉控韶郡，石室飞云烟。发鞍度兰坂，继辀披萝阡。岩幽路回转，涧曲泉连涓。商岭既郁律，遥林复绵芊。霏霏阴涧合，蔼蔼阳条鲜。暖日丽韶石，绪风流浈川。周览盈徙倚，长谣缔延缘。愧匪尚平适，久钦康乐贤。自非恋嘉苗，

162

会是怀灵荃。阰兰已堪结，洲莽亦可搴。美人迥不至，何由布中悁。日夕空伫立，咏言白驹篇。

（《欧虞部集》卷2）

泛浈江至修仁水寻范云饮水赋诗处

陆陟心苦艰，江行意超忽。扬舲恣击汰，理榜欣乘筏。昔闻范内史，于焉自怡悦。赋诗散郁陶，饮水辨清涩。今游属暮春，远放遵南粤。三枫睇已遥，五渡嗟应没。爰思雊雉驯，尚想甘棠芨。命驾税山椒，弭盖依林樾。明霞带远峦，瑞霭屯崇碣。樊薄粲朱樱，原陵苞绿蕨。感兹时物迁，惧尔芳馨歇。代更道岂殊，事往迹空揭。凄凄怀古吟，心赏不可越。鸱夷迥泛湖，子牟怅怀阙。采兰向中洲，眷此何由达。沿洄发棹讴，愉乐陶嘉月。

（《欧虞部集》卷2）

次韶州

腊月渡浈水，系舟韶石间。山高连汉徼，树远接秦关。禹甸通诸粤，尧封尽百蛮。九成台下路，犹想翠华还。

（《欧虞部集》卷4）

晚霁过梅关

千峰收积雨，迢递出梅关。日向猿声落，人从鸟道还。中原开障塞，南海控瓯蛮。万国来王会，秋风战马闲。

（《欧虞部集》卷4）

韶州谒舜庙

南狩昔闻衡岳下，岂知韶石有遗思。衣垂坐处瞻龙衮，乐奏巡时识凤仪。禹贡瑶琨通海峤，尧封冠带附蛮夷。只今泪竹苍梧渺，愁见行云向九疑。

（《欧虞部集》卷6）

岭上谒张文献公祠

南人谁爰立，公始相开元。忠岂酬金鉴，恩空下剑门。衣冠通德里，桑梓曲江园。父老修秦腊，还来奠桂尊。

（《欧虞部集·旅燕稿》卷2）

过韶州宿芙蓉驿

峡过浈阳尽始兴，旧游名胜记吾曾。霜天雁字孤城月，水驿滩声一夜灯。泷口刺船愁问吏，曹溪飞锡欲寻僧。夷犹更进芙蓉櫂，韶石峰头望舜陵。

（《欧虞部集·旅燕稿》卷3）

同胡金宪登云封寺观音阁玩梅花

岭开孤阁倚巉岏，携手高临百八盘。山畔幽香移般若，天边残雪落旃

檀。春催远客兼程早，驿报长安一骑寒。十载江南谁把玩，北枝今日正宜看。

（《欧虞部集·旅燕稿》卷3）

保昌黄明府邀饮因念亡友傅木虚

词伯今为令，开尊爱客过。岁阴江树冷，山色县斋多。双鹊知将去，三枫更若何。因君谈旧侣，空忆幔亭歌。

（《欧虞部集·北辕集》卷1）

雪中过大庾岭

横浦关门路，秦时塞上沙。高楼吹玉笛，片片是梅花。

（道光《直隶南雄州志》卷17）

翁大立

【作者简介】翁大立（1517—1597），字儒参，浙江余姚人。嘉靖十七年（1538）进士，曾任河道总督，治水有功，万历年间任刑部右侍郎，再迁南京兵部尚书，后致仕归乡。

虞帝祠

绿江斑箓竹，此地近苍梧。钧乐云尝奏，薰弦鸟自呼。山疑百兽舞，石有八音图。万里揆文教，千年肃庙模。

（康熙《韶州府志》卷15）

梁有誉

【作者简介】梁有誉（1519—1554），字公实，广东顺德人，著名文学家。嘉靖二十九年（1550）进士，授刑部主事，居三年以念母告归，杜门读书。患寒病卒，年三十六。有《兰汀存稿》传世。

谒张丞相祠

开元治平日，英贤恣游衍。惟君匡屯器，忧国持先见。讵惭伊吕科，实冠东南彦。朝直承明庐，夕下金华殿。楚臣伤江枫，汉女悲团扇。而君复何为，含情赋海燕。玉泉一以闭，微微市朝变。欃枪亘中天，长蛇衄畿甸。金根入蜀年，空余泪如霰。我本慷慨士，怀古岁方晏。野烟幕历起，祠树何葱蒨。牵杜寄芳情，掇苹羞野荐。高芬谁复嗣，旧叶遥奔箭。惟留千载名，来哲同欣羡。

（道光《直隶南雄州志》卷17）

戴科

【作者简介】戴科（1524—1583），字朝宾，号筠台，福建莆田人。嘉靖三十五年（1556）进士，历任户部主事、叙州知府、广州知府等职。著有《壶中集》。

玲珑岩记

　　五岭楚粤之界也。交广诸州居其南，故称百粤者曰岭外云。五岭皆崇高峻阻，而大庾岭为最。岭之下为雄郡，郡之南九十里为始兴县，县之南十里为杨公岭，其平原中有二山，负石齿齿，无膏土少草树，石隙间亦生之，故其山苍碧色。二山对峙，右山小左山大。左山多岩洞，岩洞之中多相通，故邑人呼之曰玲珑岩云。山之外石笋嶙峋，如旗如帜，如戈如戟，如矛如盾，如犀如象，如马如鹿，如鹰隼之搏击，如狐兔之潜藏，如奇花之开丽，如异卉之萌苗，如浮云之变幻，如落霞之腾衍。俯俯仰仰，重重叠叠。环山周遭自址至巅皆石也，则皆状也。取而叩之作金玉声。登高未有路，蹑石笋以上，上其巅望之，四山环抱，平畴广野，远村近落，城郭闾阁，溪涧陂池，林麓沟涂蔚如也。山之址为池十亩有奇，形如半璧。春夏芙蕖甚盛，秋冬水净如鉴，有渠入山下出山背，可溉田百余亩。池之上平冈横亘自东徂西，与此山称。冈之外崇峦绝巘，高入云宵，列如屏嶂。山之内虚空者为岩洞，其中石乳融结千百，或青、或白、或黄、或紫，或上出、或下垂，或列之壁，或藏之窍，皆有状，状甚奇。曰半月岩，其形如月之弦也；曰天光岩，其光上射于天也；曰观音岩，乳石如神像也。天光岩去半月岩不百武，观音岩在天光岩之后，有上下洞，下洞石壁之上有小孔，穿而入之可登上洞。有擎天柱屹立于此洞之中，宛若楼阁。然俯而视之，下洞之壁如梵宫所塑者。仰而观之，城村山墅苍茫入目。盖岩之最奇处也。由观音岩而北少右而下有冲虚岩，金莲上垂，碧水下注焉。由冲虚岩缘石磴上数级曰转身岩，取释氏轮回之说也。其南向之闳敞者曰狮象岩。石乳上悬者如杵，下突者如臼，旁有乳结石如狮象状，象白而狮青，盖咫尺而色殊焉。磨薄其石置之器中，二石相离少许，沃之以醯则相就合，亦可异也。循狮象岩而上数级少南，岩上垂乳状如骊龙，头角爪鬣宛然具有，水从颔中出，不盈不涸，瑞草生于其上，故其名曰玉龙岩。岩之北有幽窦焉，窅窅然不敢入，必秉烛乃可直抵其奥，有丹灶在焉。世传为葛稚川烧炼处。洞之顶有隙光耿耿透于上岩，故其名曰通天岩。其他小而可坐可卧，大而可庐可室，无处无之，未可以筹计指数。此皆大造炉锤之所成，而非人力之所能，与宁非天下之奇观耶。若夫隐而未显，剥而未复，天地之秘未尽泄，人士之目未尽睹，则又不知其几何也。

　　戴子夙有山水癖，过名山川必访之。先守广时，雄郡理殷君濡为予道此岩之胜，心向往焉。顷归自罗浮，遇雄郡守林君应节于部石之下，又相与谈其胜。始兴令谢君成贤来款曲居数日，遍探岩之奇，复按邑志证之，盖有志所未及载者，谢君属为记。科不敏，窃以张曲江公产此地，凿山通道，古今人颂之，而于此岩未尝为之表暴。韩昌黎公过始兴江口有感怀之作，自江口至岩方二十余里耳，未尝一至其地。君子察于此，则于岩穴之

士，怀才抱奇不能超达以自见于世者，可类推矣，悲夫！

（道光《直隶南雄州志》卷20）

郭棐

【作者简介】郭棐（1529—1605），字笃周，号梦兰，南海（今广东佛山）人，著名学者。嘉靖四十一年（1562）进士，历任户部主事、礼部主事、夔州知府、四川提学、云南布政使等职。勤于著述，有《梦菊全集》《齐楚滇蜀诸稿》《粤大记》《岭海名胜志》《四川总志》《广东通志》等多种。

梅岭曲江祠记

梅岭本名台岭，在南雄府北三十里，即百粤五岭之一也。一曰东峤，以其当五岭之东也。上有横浦关，即古入关之路也。汉初，高帝以将军梅镯统兵驻此，故名梅岭。后命裨将庾胜戍守，复名庾岭。初则山形嵁岹，行路崎岖，雨旸多艰，商旅告困。唐开元四年，内供奉右拾遗张九龄开凿成路，行者自后无道难之叹。于是立祠岭上以祀曲江公，报功德。其北有白猿洞，又北有霹雳泉，其下长浦之水出焉，其东四十里有小庾岭，见谢灵运岭表赋，皆东峤之形胜也。曲江公既开岭路，而往来轮蹄行李之使络不绝。宋嘉祐癸卯，转运蔡抗与详刑江西兄挺，陶甓各砌其境，署其表曰梅关。明正统丙寅，知府郑述砌路九十余里，补植松梅。成化己丑，巡抚陈濂行、知府江璞修砌。正德甲戌，方伯吴廷举属府增植松梅万五千余株。而一路苍翠翁郁，轮辕辐辏，益有以演曲江之泽于无斁云。谨缀次于篇并云封寺咏歌附入焉。作《梅岭曲江祠记》。

（道光《直隶南雄州志》卷20）

初冬过梅岭

削岭嵯峨压碧空，纷纷霜叶下丹枫。越王经略炎荒处，丞相祠堂霄汉中。日落栖乌喧古树，天高飞旆溯回风。凭舆几度频来往，犹忆含香侍紫宫。

（道光《直隶南雄州志》卷17）

岭头谒文献祠

丞相祠高庾岭阳，绿槐翠柏郁苍苍。当年风度云霄迥，异代丹青日月光。古栋流霞虚掩映，画帘飞鹤晚回翔。重来趋谒心殊愧，勋业无成鬓已霜。

（道光《直隶南雄州志》卷17）

史谟

【作者简介】史谟，秀水（今浙江嘉兴）人，生卒年不详。举人，明万历间任南雄府推官。

游玲珑岩和蒋郡守韵二首

其一

五马登临日，清尊喜共开。丹房云作几，元窦玉为胎。谷静时闻籁，岩空昼隐雷。莲池涵半月，若为劝衔杯。

其二

巉岩供清赏，况复聚心知。杖履扶秋色，莓苔锁断碑。流云移握尘，坐石响弹棋。一啸千峰碧，岚光正土时。

（道光《直隶南雄州志》卷 17）

何献科

【作者简介】何献科，博罗（今广东惠州）人，生卒年不详。举人，明万历间任始兴县教谕。

游岩次苏长公韵

巑岏脉脉走虬龙，此日登临眼界空。丹灶有无真水火，灵岩高下幻玲珑。千家山郭春仍雨，独树祇林晚带风。回首宦情成浪迹，崆峒倚剑思无穷。

（道光《直隶南雄州志》卷 17）

区大相

【作者简介】区大相（1549—1616），字用孺，高明（今广东佛山）人。明万历十七年（1589）进士，历官南京太仆丞，称病还乡。区氏为文有奇气，下笔千言，为明代岭南诗家之冠，著有《太史诗集》等。

晚次始兴江口

客程行渐北，乡思转悠悠。斗下看雄剑，风前揽敝裘。渚花飘映月，霜叶洒随舟。今夕南征雁，先飞故国楼。

（道光《直隶南雄州志》卷 17）

岭上见梅花

梅岭候偏宜，梅花岭上窥。报瑶人去远，踏雪马行迟。驿使春前发，乡心笛里知。已从关路北，犹觅向南枝。

（道光《直隶南雄州志》卷 17）

自大庾度岭

肩舆历翠微，马首十年违。旧垒仍余壁，新松又几围。林香木犀发，山晚翠禽飞。莫问符繻在，关云拥传归。

（道光《直隶南雄州志》卷 17）

谒张文献祠

一代孤忠在，千秋大雅存。诗才推正始，相业忆开元。曝日陈金鉴，

蒙尘想剑门。更吟羽扇赋，摇夺不堪论。

次始兴驿舍

秋杪曾驱传，春深复此行。携家殊往日，独客倦长征。鸟雀荒村暮，风烟古路平。寒衣犹未脱，肠断望乡情。

周保

【作者简介】周保，浙江鄞县人，进士，生卒年不详。万历十三年（1585）任南雄知府。

重建太平桥记

南雄当岭表首，百粤北门也。距联吴楚，控带蛮裔，形胜盘椰，屹然一都会。壑谷间喷漱出泉，众渐成河，会于凌江，迤演与牂柯下濑合。值天潢旁江，星动且明，则水暴涨溢为害，往牒所纪多有之。今年夏四月，天垂象则江星益动而明月且离于毕矣，物征兆见毕方绕自东南，垂翅翔于小梅关侧，十八之夜，欻尔零雨滂沱，峦障几颓坠，而洪崖较甚。壑谷中泉水沸腾，河溢高丈许，沿河埦为亩为庐。若延福上朔等治地，半被冲陷。延泊郡内外城市缠廓宇桥梁倾圮无限。噫嘻！祸亦惨哉。余承守是邦，拊膺恻惕，于田庐葡伤，民命漂溺，已为检勘报上。城堞廓宇亦次第修葺矣。惟太平桥创自宋之开禧，迄今凡数百祀间，尝递废递修，未有如今荡漱殆尽，使辂监辖飞挽沮格，邮马弗迅，帆舸鹢舰无所维舣，军需虚税莫可措办，公私均病之。乃檄闻当涂，算缗创建，诹吉鸠工，斫木伐石，仍旧址兴复。计长二十七丈，广二十尺，砌以石墩为中流砥柱，设关孔者七，层架巨木于上，奠以平板，树以栏槛，植楹衡桷为庐阴覆之，悉如旧制，高犹逾尺焉。是役也，荒度于六月徂暑，鸠僝于隆冬冱寒。因感瓠子歌之，卒章曰：归旧川兮神哉滂沛；宣房筑兮，万福来注。曰水还旧道，则群害消除，神佑滂沛。宣房筑则永贞固而福臻也。噫嘻！是桥告成即瓠子塞而宣房筑也。将见河不泛涨，墝原不改变，神其相之，而福佑滂沛，历千万祀，殿巩弗摇矣。且也，祥光总至，协气四塞，士立于朝，农歌于野，土宇殷阜，奸宄戢伏，来蛮裔之贡篚，应国帑之储需，通万国之货泉，度四方之车马，皆兆祺于是桥也。雄其获福无疆哉。

赎复宏道书院记

按载籍：成化戊戌，郡大夫江公莅兹土，首务兴学育才，用宏械朴。以学右距民地，勘建书院。乃捐俸数百金购其地，创堂构庑，峃如翼如，郡多士储其中，皆斌斌起，霞烂云蒸，对公车、应弓旌者，接武洵哉。振

作之功不可诬也。厥后宇舍浸圮。嗣守张公复建亭台，植花卉，环以池沼，诸士敬业其间，多激昂奋发。继而柳塘周公、白野陈公，先后握玉麟，咸藉此广厉教化。岁辛巳，南韶监司沈公雅不好儒术，有禁道学之意，檄下举而鬻之，民士皆觖望而侘傺焉。余领符至，有为堪舆说者曰：雄庠向有书院拱翼学庑之石，足壮形胜而振士风。余曰：士养于学而会于书院。书院者，萃后而专业者也。夫士群居则杂，杂则志荒。学以养之，书院以萃之。故书院者，辅学以成俊者也，余有师帅责，可恝然而不撄诸虑。遂与同寅施公、邑令汪君谋胥，慨然以兴复为念，亟出俸金还受鬻者。二公咸助，余不给，乃复故院，仍属之学，用以育才崇械朴，即群多士骎骎日进。由是对公车应弓旌，继起接武者，其以是院为发轫地也。余固无负而多士，多士宜无负余。余尚藉有光荣哉。谨叙颠末，纪之贞珉。施公，浙之归安人，汪君，楚之黄冈人，余则浙之鄞人也。时万历十四年丙戌腊月之吉。按沈公讳植，于万历七年乙卯冬移文裁革保昌十七年牙侩，以税银七百余两摊派民间。于是商民交困，怨声载道。后十二年甲申始复其旧，即此公政事大概可见矣。

（道光《直隶南雄州志》卷20）

汤显祖

【作者简介】汤显祖（1550—1616），字义仍，号海若、清远道人，临川（今江西抚州）人，著名戏曲家。万历十一年（1583）进士及第后，先后任南京太常寺博士、遂昌县知县等职，曾被贬为广东徐闻典史，后不满官场腐败，万历二十六年（1598）愤而辞官回乡，潜心于戏剧创作，代表作有《还魂记》《紫钗记》《南柯记》《邯郸记》，合称"临川四梦"，诗作有《玉茗堂全集》。

秋发庾岭

枫叶沾秋影，凉蝉隐夕晖。梧云初晻霭，花露欲霏微。岭色随行棹，江光满客衣。徘徊今夜月，孤鹊正南飞。

（《汤显祖集》卷11）

抄秋度岭，却寄御史大夫朱公王弘阳大理董巢
雄光禄刘兑阳司业邹南皋比部五君子金陵

素秩守山陵，积岁在星祠。如何别君了，垂云簸天池。清斋山凉门，尊酒各前辞。婉彼苍蹊奏，澹然潇湘姿。回风吹木阑，寒生青桂枝。冥冥水波远，日暮心欲悲。宫阙有明云，嵯峨气依微。五岭望超忽，丛山阻游夷，虫豸夹我吟，蜚翠拂兰漪。所思一个臣，叹息绵蛮诗，何当叫我友，凌风以高驰。问路逢流星，寄言河汉私。闵嘿路方始，婵娟知为谁？千秋有佳期，百年安所希。玉津以止渴，芝华持叫饥。

（《汤显祖集》卷11）

治指腕寒痛度岭所得

破蓬风起到掔雷，指腕侵寻未病催。纵有针神卧溪谷，可能真气一时图？

（《汤显祖集》卷11）

保昌下水

乱石水溅溅，绫江下濑船。撑腰过黎壁，才得小翩旋。

（《汤显祖集》卷11）

始兴舟中

石墨画眉春色开，有人江上寄愁回。转风湾底会回烛，新妇滩前一咏梅。

（《汤显祖集》卷11）

韶石

舜帝南巡日，传闻此地回。秋风响灵峡，还似凤飞来。谒帝苍梧道，行歌赤水滨。乐昌好鸣磬，能待有心人。五月奏南薰，千秋仰白云。可怜箫管韵，不得到徐闻。大圣虚忘味，何会到海涯。今朝抚韶石，直似见重华。

（《汤显祖集》卷11）

曲江

古驿芙蓉外，烟林晴欲开。曲江秋色晚，木末几徘徊。

（《汤显祖集》卷11）

韶阳夜泊

秋光远送芙蓉驿，乱石还过打顿滩。独棹青灯红树里，露华高枕曲江寒。

（《汤显祖集》卷11）

曹溪

热海行难到，黄梅渴未沾。无因四千里，分取一杯甜。

（《汤显祖集》卷11）

乳源道中

洞壑阑干滴乳源，湘州一迳古梅村。九仙西北何灵气？袅袅风云长出门。

（《汤显祖集》卷11）

子篙滩

落日从中挂，烟霏生暮寒。山含濛涅驿，波泻月华滩。

（《汤显祖集》卷11）

凭头滩

南飞此孤影，箐峭行人稀。鸟口滩边立，前头弹子矶。

（《汤显祖集》卷11）

翁源灵池口号

出震甘泉涌，温香乳玉龙。如何两仙老，不作两仙童？

（《汤显祖集》卷11）

过峡山征病示南华僧

叠岫澄潭开夕氛，登临水木湛氤氲。林前晓拂诸天乐，池上晴飞初地云。帝子神游香殿出，道人心定玉泉分。曹溪一滴能消疾，何用丹砂就葛君？

（《汤显祖集》卷11）

南华寺二首

其一

和尚坐具几许阔，生龙白象纷来趋。西天宝林只如此，上有菩提树一株。

其二

寂寂宝林双树寒，一花千叶向中安。新州百姓能如此，惭愧浮生是宰官。

（《汤显祖集》卷11）

过曲江

去雁已开梅岭雪，归舟犹带海人烟。青皋雨过如铺粉，会是韶阳种乳田。

（《汤显祖集》卷12）

李自白

【作者简介】李自白，钟祥（今湖北荆门）人，生卒年不详。明万历举人，始兴知县。

镇江楼

兰亭修禊后，把酒上津头。山势连天涌，江光迸日浮。此官原似戏，行乐且忘忧。极目春将暮，风尘隔帝洲。

（道光《直隶南雄州志》卷18）

前题

丞相祠前日色明，我来端拜仰仪型。君臣万古天无愧，岭海千年地有灵。浈水波澄寒玉润，韶山壁立翠弯停。依希犹似瞻风度，九鹤翩翩集在庭。

（道光《直隶南雄州志》卷18）

来士贤

【作者简介】来士贤，浙江萧山人，生卒年不详。举人，明万历间任南雄府通判。

玲珑岩

天下名山孕扶淑，散落昆仑走磅礴。大者名闻五岳尊，其余结构凭起伏。勺泉片石稍可娱，络绎山中竟华毂。交广南来古不庭，岗峦耸峻纷稜峥。只此玲珑已佳胜，此中亦自希晨星。时人信耳忽所见，尽道荒陬胡足羡。我闻此语试一寻，恍似丹邱分别甸。群峰秀色高可餐，一掬中通天隐见。参横曲折巧安排，天造神工营绝巘。草树周遭冬夏青，鸟不知名枝自恋。溪谷泠泠非世情，郁郁松风寒拂面。徘徊尽日心神舒，不意兹游饱胜践。吁嗟此山孰主张，却乃俾尔居炎荒。人生硗沃各有寓，尔山寂寞庸何伤。秦封五松泰山耻，终南捷径无留光。古今吟弄翻藉口，谁能与尔同清芳。清芳在人人所幕，速谤腾嘲起要路。惟尔幽退尔自如，余与尔盟履贞素。

（道光《直隶南雄州志》卷 17）

玉柱岩

巧似神工削，空从妙法穿。高侵撑玉柱，秀出挂青莲。止可留孤月，还宜驻列仙。浮生闲更适，夙有洞天缘。

（道光《直隶南雄州志》卷 17）

通天岩

直上清虚府，先窥秘密门。泉香留葛井，花落见桃源。白石长堪煮，丹霞自可餐。坐来神思彻，元悟欲何言。

（道光《直隶南雄州志》卷 17）

蒋时谐

【作者简介】蒋时谐，广西全州人，生卒年不详。明万历间任始兴知县。

游岩步苏长公韵

墨江珑上卧苍龙，未卜何年倚太空。日瑛水帘珠灿烂，泉通石蕊玉玲珑。岩深奇结千秋乳，洞巧幽含九曲风。一片暮云归故垒，夕阳景色更无穷。

（道光《直隶南雄州志》卷 17）

黄儒炳

【作者简介】黄儒炳，字士明，广东顺德人，生卒年不详。明万历进士，历官吏部左侍郎。直言极谏，不畏权奸。

归度庾关

汉塞雄千古，庾关阻万重。已看青霭绝，更倩白云封。鸟道盘纤径，龙鳞剥古松。北游曾挽辂，往复忆行踪。

（道光《直隶南雄州志》卷 17）

雄州发船

经时疲马足，此日喜登舟。溪涨洪涛驶，天晴宿瘴收。缓歌听款乃，短棹任夷犹。凝睇诸山色，停云在广州。

（道光《直隶南雄州志》卷 17）

经始兴江口

揭来岭峤地，中有水云乡。乱石临溪恶，新蒲带晚凉。楼船通汉将，铙吹起陈王。往事东流尽，栖鸦噪夕阳。

（道光《直隶南雄州志》卷 17）

登始兴黄塘道中排律十四韵呈陈明府

驱车江口道，小憩望朝暾。峭壁高云气，清溪宿雨痕。诸峰非一状，万壑若为源。络绎红尘骑，依微白屋村。岭头何日度，天末此中论。大泽龙蛇走，深丛豹虎蹲。年华看冉冉，途次厌喧喧。未遣登临兴，忽伤赋役烦。辽阳驰羽檄，下邑赋餯飧。幸藉循良抚，犹堪皮骨存。聚庐安保伍，倚杖牧鸡豚。山水清如许，神明正可言。小人纪风土，史氏采辒轩。百里经过处，因声庞士元。

（道光《直隶南雄州志》卷 17）

李先春

【作者简介】李先春，武宣（今广西来宾）人，生卒年不详。嘉靖十八年（1539）任翁源县训导。

韶石生云

步履芳郊野鹤群，虞弦声动引南薰。轻帆片片迷烟浦，韶石嶙嶙带晚云。雨霁渐看天欲碧，溪流清浅水为纹。杯酣转觉欢无极，苍发颓然一醉君。

（康熙《韶州府志》卷 15）

郭士材

【作者简介】郭士材，庐陵（江西吉安）人，生卒年不详。举人，万历二十九年（1601）任南雄同知，后升任雷州知府。

重修南雄府儒学文庙记

材甫贰雄郡，日从守君庙见先师低徊槺桹几筵之间，宫墙就陋，堂宇欲摧。材也有慨于衷，启处弗宁久矣。躬之未逮，责敢推诿，迁延三期，以先师之灵上绩书考功，世膺国典其敢倦勤，辄欲拮据而修葺之。远以妥崇庙貌，而迩以广厉文学。维兹材承乏摄郡，以岁时修事于庙，诸祭菜者、登歌

者、骏趋跄者，往往忧深于厦木，惴惴于飘瓦。材仰而视，眺而维，偕二三寮属进语都人士：吾党安不可怀犹处有宁宇，我夫子宗庙，百官之谓，何顾瞻庙貌尚其念哉。舍旧而新是图讵宁已也。士皆唯唯。于是以闻于三台藩臬司，并报可。乃捐糈集工。始仲夏，迄明年仲春，费若干缗。于是物采聿彰，栋宇具归，从堂皇视虎序，从门阙视墙屏，椲庚而良，瑕庚而坚，招摇庚而建竖，陂陁庚而廉隅，湫隘庚而爽垲。于是都人士目易而观改，色飞而神王。升堂入室，翱步雍容。盛矣！美矣！庙貌新矣！形家者流谓：雄郡地胜，学处其尊。雄故岭南上游，辟之身且为头颅且为腹心之源，而输其委，北连江楚，表里台南，文物礼乐之盛，肩踵相望。自楼船度横浦，华风竞矣，奚待唐开元为通道始，宋宣和为创郡先乎？且以东粤之广，禘祫文献，继体代作，谭大司徒崛起，吾以是识地脉哉。材于兹役宁第为先师勤，且将厚为多士劝。庶几缘妥崇之文，寓广厉之实，将以仰成三台二司所以报可之意。吾愿都人士无忘仰视俯维，以舍旧而图新，当有踵文献继徒，蝉联鹊起，以大震耀于雄者。都人士勖诸。是役也，学之弟子员汪生枋，偕邱生述可、廖生栋、罗生学伊、王生懋爵力赞成绩。其督工鸠费则有经历刘贤伟、主簿杨衍度、教授桂廷芳、训导李燕、卢元炳、周鹤。其与士材观厥成者则别驾微盘潘公讳、司理元峰赵公讳映、保昌令刘君宗卿、始兴令谢君汝烈，至捐资者姓名则勒之别石。

（道光《直隶南雄州志》卷20）

杨大润

【作者简介】杨大润，江苏无锡人，生卒年不详。万历年间任始兴知县。任内改建学官，始兴文教之兴，皆其功。

始兴迁学记

顷不佞窃禄始兴，诣学宫行释菜礼，召诸生讲论经史。悼其人文不盛，为之兴慨。诸士因进曰：邑于粤最称褊小，然在唐宋时未尝乏才，文献公风度名齐天壤。尚矣，若公弟侄子姓，下迄谭许辈，载在邑乘，号称名贤。我朝如司徒谭公，曾黄诸君，亦皆后先相望。惟自学迁于兹而人文逐寥寥，岂风气使之然乎。余因周览殿庑，格既欹偏，地复卑陋，信非育才之区。谓诸士曰：盍更之。对曰：此至愿也。顾议将百年而未决无肩其任者。余曰：欲更则更之何所？曰：有故白石冈在。余又曰：欲建则于何取资。曰：士民咸乐捐助，无烦官帑。余遂往观焉，见其地在邑东南，既合古者就阳位之制，而云霞标岭清旷，满泽山聚水交，形家所谓吉壤非欤。况以旧学复旧址，何俟再计议，遂决。但内有山川坛壝，即令另卜。有邑民窀窆，除唐炳自愿迁去，余惧厚偿其他徙之值。群情胥悦。盖顺民而非以拂民，故回应若斯之速也。经划既周，具文上请，咸报曰：可。遂为之明疆亩，勤垣墙，治堂构，涂墍茨丹膜，圣殿、堂庑、门阁、池沼共

174

若干楹，靡不毕具。而儒位之少者益之，祭器之缺者补之，旧植之朽蠹与小者弃置勿用而鼎新之。其规模较昔恢宏矣。盖始于辛亥之冬，告成于乙卯之春，计期逾三载，而工费则取诸道府暨各官之捐俸，士民之捐助，诸生之优免，共襄厥成。而任收支之责生员萧洪音、黄学韩与督工儒官萧洪漠等诸人也。其稽核而使勿爽者学博蒋君、黄君、佐领吴刘二君也。若不佞则因人成事，何功之足云。既落成，宜详述其事而勒之石。惟诸士亦知余迁学之意乎。所谓学者，岂徒工为科举之业以希荣遇哉。圣天子广建庠序，立师保，陈载籍，令莘莘学徒肄习其中而崇祀夫子。余又因人文之未盛而议迁以适士愿，亦岂徒欲其工科举之业以希宠遇，即称人文哉。夫子曰：文不在兹乎。文者道也，故学者必克绍其道，而后可称为文。宋濂洛关闽诸儒并出，道始大明。诸士诚能就师保以闻其义，博载籍以宏其识，童而习焉，长而安焉，不见异物而迁焉。道既昭晰而养复温粹，以比隆宋之儒者。由是幸而遇也，则以大鹏之翔沧溟，八骏之上昆仑，德显寅亮，勋铭鼎彝。倘不遇而隐也，则据莽苍而佃，横清冷而渔，陋室为高，藿食为洁，以视尔乡先哲其揆不一哉。庶几可以称人文，无负余迁学之意。余窃俱诸士谓迁学在科举而不在求道也。是因叙事而并及之。

（道光《直隶南雄州志》卷 20）

张克恕

【作者简介】张克恕，马平（今广西柳州）人，生卒年不详。举人，万历四十四年（1616）任南雄知府，天启元年（1621）出任贵州副使。

郡侯望云张公生祠记

余自户曹郎迁守雄，奉命度梅关，涉凌江，谒先圣庙，泮左生祠鼎然，颜其额曰桐城望云张公祠。登祠徘徊不忍去，问以所祠，则知公以忠孝传家，善政善教，浸溉雄士民日深，故感之思之而祠之也。公父讳泽，以孝廉由州守晋陟滇南金宪。苗翁弄兵犯境，掳职取印，不从捐身，疆土赖安。直指上其事，圣天子加二品，旌忠荫子。望云公素有大志，读儒书，廪庠序。天子竟夺其志官之，受命来知。忠于国即孝于家，尽臣职以报君即尽子道以孝亲。故莅雄除害兴利，扬善锄恶，良法美意，口碑载道。思先人报国有余忠，而久离邱墓不得尽孝，于是致政归，庶孝道无忝而忠愈明。此公所以为心，非雄士民所以为情也。泣留难别，相与构祠，不日成之。今祠树森森即公之甘棠，长亭芳草则士民攀辕卧辙之处也。两庠师生因公置有赡学田，欲籍以举祀。余以父忠于国贻子以孝，子孝于家总扬父之忠，忠孝两全可以训天下。令置祀簿，以便互查，立石碑以垂永久。核祠创所入，春秋二祀，两学轮供，余为惠应贡科举者。学博董其数，上下二年正陪贡四人，行其礼永久无虞。师生奉令唯唯曰：张公善政善教，在雄若兹正教，若知忠孝一理，后先同曹，建标象指图报，情符士

175

民，磨崖濡毫，嗣铭召杜，雄不厚幸钦。余嘉师生心怀报德，若兹而记之。嗟夫！杜征南沉碑何如羊叔子堕泪乎。千秋百岁雄岭偕岘山齐高，而士民奋起，忠孝服习，政教讵有涯哉。师生受命，以镌之石。

（道光《直隶南雄州志》卷 20）

注：本文作者，《直隶南雄州志》卷 20 记载为"副使孙克怒"，据文中的记载，作者曾出任南雄知府，检卷 3《职官志》，明代南雄知府无名"孙克怒"者，万历年间南雄知府有张克恕，据此"孙克怒"应为"张克恕"之讹。

甘守正

【作者简介】甘守正，字元甫，南海（今广东佛山）人，生卒年不详。万历七年（1579）举人，曾任桂平知县。

文献书堂

读书台上揽清奇，万丈飞泉起砚池。可是玉龙翻浪暖，水晶帘动喷珠玑。

（道光《直隶南雄州志》卷 18）

赵佑卿

【作者简介】赵佑卿，浙江金华人，生卒年不详。明万历十一年（1583）任乳源知县。

过风门关

杳望风门不可攀，牵舆蹜礎入云间。封疆远别獠瑶界，列戟谁当虎豹关。万树鸟音多细细，千崖瀑布自潺潺。观风问俗非无事，惟有征输属念艰。

（康熙《乳源县志》卷 12）

南华归路谒九仙祠

路逼烟霞紫翠重，蓝舆乘兴蹑奇峰。方辞释子黄金像，又入神仙白玉宫。洞里老猿知宿客，云端飞鹤下高松。丹台瑶草如堪拾，一饵应能便驭风。

（康熙《乳源县志》卷 12）

过蓝关

层峦叠嶂路漫漫，雪岭犹存马迹寒。衡岳一朝开瘴疠，忠疏千古障狂澜。岩头仙子今何在？洞口桃花亦已残。岂似笔端存正气，留题尚使后人看。

（康熙《乳源县志》卷 12、康熙《韶州府志》卷 15）

冯绍京

【作者简介】冯绍京，字敬宇，广东顺德人，生卒年不详。万历元年

176

（1573）举人，万历十三年（1585）任翁源县教谕，官至睢宁知县。著有《翁山吟》。

羊径

路入羊肠径，丹梯百折看。沸雷喧涧石，飞瀑响严端。叱驭心徒切，垂堂戒已寒。丛林多枳棘，谁信有栖鸾。

（康熙《韶州府志》卷15）

吴邦俊

【作者简介】吴邦俊，秀水（今浙江嘉兴）人，生卒年不详。万历年间任乳源县令。

过风门关

石磴崔嵬倚碧霄，中开一窦过行辂。秋风昨起势先冽，春雪虽晴色未消。北望楚天襟带外，南临粤地水云遥。振衣长啸一声远，处处松林任荡摇。

（康熙《乳源县志》卷12）

梅花仙迹

鹧鸪塘下看梅花，几树梅花未足夸。石上有踪仙去远，世间半壁癣留葩。风来疑有暗香动，雪点还惊落瓣斜。不似孤山当日种，至今犹在武林家。

（康熙《乳源县志》卷12）

瞻九仙祠

路入南山里，崎岖鸟道闲。香浮仙仗引，乐奏鹤群还。潭彻偏多异，藤危不可攀。蓬莱虽咫尺，疑隔万重山。

（康熙《乳源县志》卷12）

腊岭夏寒

岭南原有四时天，无奈余炎似日边。惟见风门光景别，满山雪色岁华前。

（康熙《乳源县志》卷12）

杨奇珍

【作者简介】杨奇珍，广东新会人，生卒年不详。万历二十二年（1594）举人，天启四年（1624）任归州知府。

腊岭夏寒

云团粤峤郁黄天，腊岭亭亭倚日边。不数山阴千丈雪，层冰长护翠微前。

（康熙《乳源县志》卷12）

177

吴应焌

【作者简介】吴应焌，生平事迹不详，始兴县主簿。

重修文献公祠记

往不佞官鸿胪，左迁光山簿。未几以忧去。服阕，赴调间，梦一峨冠博带者相访，云与先祖同朝，盖世谊也。公补官之命明旦下，某固有厚望于公者。不佞唯唯。迨次日，果得补官始兴。窃已奇之。及下车访问邑中名贤之祀，乃县左有文献张公祠。谒之，殆如梦中所见者。乃始忆家牒载有始祖少微公者，开元间为御史，岂公所谓世谊者乎。及观祠中堂庑檐廊日就倾圮，公得无谓不佞佐理是邑，得以关白举行葺其祠宇，肃蒸尝而辉俎豆也。而厚望之意其在是乎。嗟乎！文献公往矣，不佞幼读史乘，盖尝反复唐室治乱，而追维公之沈几远虑，匪独气节不媕不阿已也。盖自渔阳构逆，鼙鼓南来，中原蹂躏于戎马，宫阙邱墟于灰烬。自非郭汾阳李临淮枕戈血战，收复两京，扫清宫阙，唐社几于屋矣。虽然，李郭之功，靖乱于已乱，文献公之识，杜乱于未乱。当禄山轻师失律，于法当斩，文献公请必斩以伸法，无为异日祸。嗟乎，使文献之言得行，何至蒙尘播迁，为千古欷歔也。厥后安史之乱虽平，而强兵悍将坐拥节旄，藩镇之祸直与唐相终始，乃知李郭靖乱之功易，文献杜乱之识难。乱杜而李郭亦无所表见也。自唐历明，祠久倾圮，祀典久旷。不佞特为割俸鸠工，盖自三月落成，而堂庑檐廊焕然一新，庶几有以肃蒸尝而辉俎豆也。祠后建有文昌阁，旁书舍数间，便邑中俊彦有志者，得以肆业其中，或稍裨文献公作启后学之志矣。是役也，学博蒋公、黄公经划之，僚友何公、潘公协赞之。若沾沾以礼，当诏我惟是佞神而私以邀神庇也，则非不佞葺祠之意也。是为记。

（道光《直隶南雄州志》卷20）

袁崇焕

【作者简介】袁崇焕（1584—1630），字元素，广东东莞人，著名军事家。万历四十七年（1619）进士，长期任职辽东，指挥与后金的战争，取得宁远大捷、宁锦大捷，官至蓟辽督师，崇祯三年（1630）因后金反间计被冤杀。著有《袁督师遗集》。

度庾岭

客路过庾岭，乡关渐已违。江山原不改，世事近来非。瑟岂齐门惯，人宁狗监稀。驱车从此去，莫作旧时归。

（《袁督师遗集》卷3）

归庾岭（步前韵）

功名劳十载，心迹渐依违。忍说还山是，难言出塞非。主恩天地重，臣遇古今稀。数卷封章外，依然旧日归。

（《袁督师遗集》卷3）

王坊

【作者简介】王坊，字元表，南直隶华亭（今上海松江）人，生卒年不详。举人，崇祯七年（1634）任南雄府推官。英锐有为，祀名宦祠。

双榕记

雄为郡，当岭南路之初辟，冈峦层复，溪涧萦流，往来周道，毂击肩摩，盖亦一都会也。城中旷望，率多嘉树，而郡治之双榕为最大，可十围，高逾百尺，蔽天阴日，四序长青，鸟语昆音，时时相续，几与秦松汉柏争胜千古矣。余甫至创见之以为稀有，及泛舟南下，两岸森列，翁蔚葱菁，如云烟之骤起，峰岫之联绵者，无非是焉。始知此树独盛于粤。而雄距江关仅百里，岩壑树大，遂增奇胜。南来气候真若造物有独俾之者，灵异所钟即一树可知也。考之草木志，榕多生于山谷中，鸟衔其实沾于寸土即得蔓生，而既生之后，根复盘于土上。以故附石傍崖皆可敷干。而枝叶之茂密者至盖数亩，其根虚悬足容宴坐，则巍巍双树犹是榕中之方盛者耳。异时干霄参云，芘覆宁可限量哉。余获逐队诸大夫后，昕夕出入徘徊榕下，顿觉形神超越。故盛暑则挹其清凉，严冬则资其拥护。至于号声冷韵风雨之际，更难为怀。乃信天壤奇树何地蔑有，事非目见耳闻而欲以臆说形容之奇可得乎。然既已领略其胜矣，而不为一语点缀，山木有情，能无冷眼笑人。爰撰此记，以冀同心之赏鉴此树者共有域外之观云。

（道光《直隶南雄州志》卷20）

谢楷

【作者简介】谢楷，字仪世，广东番禺人，生卒年不详。明亡不仕，著有《凉烟草》。

赠韶州陈太守

新绾银章韶石乡，薰风弦更舜祠张。朱轮出□随双鹿，青斾乘春入五羊。东国桑麻沾宿润，南园诗赋起朝阳。追陪公燕清尘后，授简那堪季重狂。

（《岭海诗钞》卷4）

王省曾

【作者简介】王省曾，生平事迹不详，道光《直隶南雄州志》卷17收其两诗，署南雄知府。

玲珑岩

江上逗风涛，舍舟理轻策。信宿登此岩，疑与人境隔。洞中罗万象，窦径光相射。石髓不可陷，丹灶烟还赫。惜哉深山中，沦烟此奇迹。若非汗漫游，何能穷探索。父老提壶浆，童冠侍几席。去郡且三载，人情无今昔。我欲从赤松，脱簪谢朝客。啸傲随所之，笼禽何役役。

（道光《直隶南雄州志》卷17）

收春楼

半亩方塘一镜开，烟波深处起楼台。突兀元天刚尺五，洪崖青嶂相萦回。桃李春风二三月，鸟语花香长不歇。云起翻疑蓬莱宫，月明不减银蟾窟。主人得暇即登临，童冠相随歌且吟。凭栏远望岸轻帻，对友焚香弹素琴。有酒时斟三五斗，气和耳热自击缶。坐觉白日到羲皇，纷纷万代我何有。别来倏忽度三秋，池荷窗草空悠悠。独上楼头发长啸，无边春色入双眸。

（道光《直隶南雄州志》卷17）

胡应奎

【作者简介】胡应奎，明代人，生平事迹不详。

腊岭夏寒

炎炎暑日长，曲径渐生凉。策杖千寻上，清风雨袖飏。岩幽泉自冷，山暗雾常藏。不为市情酷，何须叹道旁。

（康熙《乳源县志》卷12）

卷四　清代上

李洪科

【作者简介】李洪科，清初人，生平事迹不详。

梅花仙迹

素爱林和靖，梅花栽满轩。连荆一古道，名胜复今存。仙履石遗影，洞云鹤去翻。试看垄头上，开落果如前。

（康熙《乳源县志》卷12）

范骏

【作者简介】范骏，清初人，生平事迹不详。

过蓝关

相看缥缈此云山，闻道曾经雪拥关。唐代风流应不远，只今倦鸟尚知还。怆怀往事须眉老，遍勒芳踪天地悭。羁旅欲来勤问讯，自惭落拓未能攀。

（康熙《乳源县志》卷12）

刘擢

【作者简介】刘擢，清初人，生平事迹不详。

腊岭夏寒

炎炎日长酷，清清岭表寒。山峻风常拂，谷深雾犹团。东望联韶石，南界接蓝关。直上川门立，人在镜中看。

（康熙《乳源县志》卷12）

钱谦益

【作者简介】钱谦益（1582—1664），字受之，号牧斋，江苏常熟人，著名诗人。万历三十八年（1610）进士，官至礼部侍郎、南明弘光政权礼部尚书，降清后，任礼部侍郎。顺治三年（1646），辞官归故里。著有《牧斋诗钞》等多种。

曲江歌十绝句奉寄香山何相公

其一

风度祠前春草多，渔阳鼙鼓复如何？请看岭海生明月，金镜于今尚

不磨。

其二

赋成《白羽》若为工，团扇依然在箧中。莫为提携感移夺，君恩容易比秋风。

其三

孤荣岁晚见庭梅，仙禁曾传红药诗。庾岭梅花千万树，春风还在向南枝。

其四

偃月堂深仗马间，一雕双兔并朝班。书生漫自夸前识，只恨胡雏轧华山。

其五

曲江祠畔乳蕉黄，春社双归燕语长。莫向水晶宫里去，月堂无复旧雕梁。

其六

乘春海燕又飞回，鹰隼而今已罢猜。笑日衔泥谁省识？旧巢仍向玉堂开。

其七

梨园曲断《雨淋淋》，望祭江干泪满襟。还道遗恩输越相，铁胎那得比黄金。

其八

荔子休嗟命不工，缃枝黛叶荐薰风。雕盘省见京华色，五峤还思进九重。

其九

开元典册颂龙池，勃律金城画诏时。惆怅暮年云路永，有人烟艇问残碑。

其十

碣石峥嵘气未降，帝思风度更无双。蝉冠右地频虚席，莫以香山拟曲江。

（《牧斋初学集》卷15）

李棲凤

【作者简介】李棲凤（？—1664），字瑞梧，盛京广宁（今辽宁北镇）人，隶镶红旗汉军。清顺治间历官广东巡抚、两广总督、太子少保，以老乞休，康熙三年（1664）卒。

过梅岭有怀

千重云树万重山，叱驭南来不惮艰。庾岭风烟终有异，粤关书札寄难还。旧游亲友俱星散，新过村郊独泪潸。惟有朝廷恩义重，凛遵简命抚南蛮。

（道光《直隶南雄州志》卷17）

曹溶

【作者简介】曹溶（1613—1685），字洁躬，号秋岳。浙江秀水人。明崇祯十年（1637）进士，入清后历官户部侍郎、广东布政使。家富藏书，著有《静惕堂诗词集》《粤游草》等多种。

云封寺

云岭千寻接，人工一线通。洞流侵榻畔，石角覆楼中。僧饭沾松鼠，唐碑穴草虫。客行方叹险，世外得心空。

（《静惕堂诗集》卷18）

同万履安曾旅庵陆孝山游杨历岩二首

其一

瘴水蛮云未可留，良朋约我出郊游。沙晴万壑螺盘细，寺辟层巅虎穴秋。梵呗窟中飞冻雨，芙蓉天半接灵湫。日西漱石忘归去，更倚丹枫百尺楼。

其二

佛廊曲曲翠流通，榕老蟠根夏腊中。洞黑石窗时漏日，帘开水溜正浮空。绤衣钩遍荒亭草，归骑迎多古涧风。东望庾关方咫尺，小留蜡屐访崆峒。

（《静惕堂诗集》卷32）

注：道光《直隶南雄州志》卷17收录两诗，诗题作《游杨历岩二首》，个别文字与曹氏文集不同。

出庾关留别陆孝山太守五首

其一

投荒一岁喜生还，重见微茫岭外山。魑魅转能全傲吏，簿书安得避苍颜。青松界道风霜饱，白舫横江去住间。邂逅故人樽酒会，不知身在别离间。

其二

秋水相逢白露溥，山中行帐荔萝宽。乡同易缓穷途泪，仕拙常从古道看。老大江河悲逝辙，寂寥风雨送征鞍。天南尚有匡时彦，归卧长皋意不寒。

其三

五管炎风助宿疴，朝簪终奈野情何。入林琴鹤秋光好，执手关河别梦多。丘壑几愁兵气满，行藏且历瘴乡过。平时飞动还能否，兴尽骊驹一曲歌。

其四

剧郡轮蹄势莫当，劳臣百折为穷荒。蹉跎腰瘦陶潜米，痛哭书盈陆贾装。僰道未能通涨海，缗钱终日算蛮方。知余亦有忧天僻，临发还留话履霜。

其五

伏波铜柱远难寻，丞相祠前岭树阴。日短间关愁策马，天寒形影伴归禽。因时敢爱绥民略，欲去常多念旧心。寄问羊城词赋客，岘山安似越江深。

（《静惕堂诗集》卷 32）

注：道光《直隶南雄州志》卷 17 仅录第二、第五首，改题《度岭北还留别陆孝山郡守二首》。

扫庵托讯憨山和尚曹溪道场

岭表灰飞后，禅房草自春。我来应访古，世外总为邻。杖滑侵香雨，钟寒洗战尘。记游心不怍，还报掩关人。

（《静惕堂诗集》卷 18）

卓锡泉

万仞云林道，罅中见碧流。罅寒分瀑细，影静照禅秋。暑炽清难减，沙澄味独优。南天兵躏后，胜迹许僧留。

（《静惕堂诗集》卷 18）

丙申八月入粤宿南雄公署二首

其一

襟带西南地，重城白雾深。战尘凋市舶，蛮语蔽溪林。山入炎方赭，天随水气阴。生民憔悴极，未敢贵抽簪。

其二

累日冥濛合，翻愁白葛寒。一身疲道路，双泪报平安。晚饭沙田瘠，荒阶石溜干。故园秋望远，落叶满江干。

（《静惕堂诗集》卷 18）

泊南雄城外

复与樯乌狎，关桥涌逝波。榕阴斜对酒，山势冷横戈。倦客亲灯少，深宵听雨多。顺流奔马疾，晨起得高歌。

（《静惕堂诗集》卷 18）

秋分日始兴江口

突讶津流紧，连晨瘴不轻。路长凄易感，宦苦志难明。石孕千年墨，枫围太古城。居人初复业，含涕说征兵。

（《静惕堂诗集》卷18）

抵韶州二首

其一

山头仙乐部，事久竟难明。怪石悬云满，崩崖插水清。秋船风日好，客病往来轻。谷贱闻人说，村醪喜自倾。

其二

岩锦传何处，榛林取径幽。客途贪计日，山兴限维舟。丹碧云楼敞，芙蓉石幔秋。他时须策杖，清境记淹留。

（《静惕堂诗集》卷18）

舟次濛浬驿欲游南华山寺不果纪事八首（简天近旅庵二宪副）

其一

昨过安流驶，风樯卷浪花。今来折篙惧，竹缆涩浮沙。济胜乖神助，怀山减鬓华。夕阳茅屋好，秋兴冷茶瓜。去年入粤过此，亦不得游。

其二

江海应相待，乾坤许独归。酒中思净社，世外拂尘衣。象鼓容听法，珠幡对掩扉。少时裘马意，到此失翻飞。

其三

沭溜争孤鹜，攒山过万重。游人疲应接，僧饭约从容。路僻宜香雨，松凉出暮钟。微言娱老外，亲许见南宗。

其四

越江多变后，佛火渐衰年。古院存兵窟，春风洗瘴天。镜尘深嶂少，猎网夜灯圆。大法原无择，安心旅泊前。

其五

卜地征深鉴，曾闻物产罗。茗花僧自种，斤竹虎常过。溪碓斋厨近，刀耕讲殿多。时无支许辈，寂历竟如何？

其六

陆贾南来日，深沾地主情。虬松淹使节，鹤氅到山城。入馔寒菘美，迎车怖鸽轻。狂吟真忆汝，剥藓更题名。芝麓以二月游此，留诗寺中。

其七

洛下弹冠客，忘机此结庐。时为居士服，身作古人书。万事还山急，扁舟访旧初。壮心随逝水，商略奉清虚。

其八

波浪乘风易，停舟买策难。百夫争出险，斜日正浮峦。借钵餐沙饭，闻经得古坛。名山休自弃，沥墨向回澜。旅庵近卜居山中。

(《静惕堂诗集》卷18)

中秋雨泊横石矶

暝湿樯乌水倒明，倦游归计及秋清。长宵自对寒潮阔，万里难看桂阙晴。把酒几人霜发少，畏途真喜石舟轻。孤篷累夜常无寐，欲弄余辉向远征。

(《静惕堂诗集》卷32)

陆圻

【作者简介】陆圻（1614—？），字丽京，号讲山，浙江钱塘人，明末清初诗人、名医。受庄廷鑨明史案牵连，事后，入黄山学道，往岭南依金堡，后不知所终。著有《从同集》等。

泊修仁水口是范云饮水赋诗处

南齐范云廉更伟，岭南捧檄路阻修。但饮修仁之清水，不挹斜阶之浊流。阴善固为贤者尚，恶名且令君子羞。君不见墨翟耻入朝歌邑，曾参复回胜母车。苦渴宁掬盗泉沥，择阴岂息恶木余。烈士徇名既若此，家丞秋实当何如。

(道光《直隶南雄州志》卷17)

度岭谒张丞相祠

伏谒张丞相，祠堂岭上头。守关曾庾胜，食邑自台侯。岳降星辰列，天生伊吕俦。南金来粤服，东箭出炎州。不用携琴碎，应看献策收。名标集贤院，花满曲江楼。通谱风云合，连茅器识遒。锄奸知石勒，作相比韩休。职以盐梅重，心如鱼水投。五丁新凿路，百粤旧通瓯。草诏中书转，麾阃国本留。玉环犹未入，金鉴已先筹。棣萼三株树，朝堂万斛舟。风裁持岳岳，燮理布优优。谏切牛仙客，诗贻耿广州。孤忠题羽扇，罢政隔宸旒。时事工谣诼，君恩矢报酬。可怜终鹏赋，幸得正狐邱。绣袜渔阳变，淋铃蜀道秋。遗珰真落泪，设祭岂包羞。始信薪须徙，方知链不柔。祠官崇俎豆，旅客感松楸。瘴气江闽合，啼声猿鸟愁。至今遗像想，雅度美风流。

(道光《直隶南雄州志》卷17)

度大庾岭

岭峤梅花不可攀，秦时塞上此秦关。天分星纪当三宿，地敞零陵控百蛮。白雉未来沧海外，晴虹长挂彩云间。分明手摘星辰近，欲借苍生霖

雨还。

（道光《直隶南雄州志》卷 17）

云封寺 （即惠明争钵处）

岭头精舍草芳菲，六祖东还度翠微。乱石应将头共点，孤云犹似锡初飞。履归西域无消息，衣付南宗有是非。不必曹溪曾饮水，先于此地欲皈依。

（道光《直隶南雄州志》卷 17）

陈殿桂

【作者简介】陈殿桂（1615—1666），字长生，号贷清，浙江海宁人。崇祯十六年（1643）进士，授兵部主事，入清后曾任高州府推官。著有《与袁堂集》。

秋江归兴 （其十二，韶阳有仙人康容遗迹）

芙蓉城堞枕丹丘，二水回环抱郭流。石洞羽衣仙子蜕，玉杯瑶瑟使君游。许丁卯事。山连楚泽鸿初度，瘴冷蛮江潦乍收。帝辇南巡不复返，苍梧烟雨至今愁。

（《与袁堂集》卷 8）

曲江一山土名五马归槽

楼船当日下牂江，涛涌军声剑戟撞。蛮服望风臣妾早，山前归马一时降。

（《与袁堂集》卷 8）

挂榜山二首 （一名虎膀山，载《曲江志》）

其一

丹梯百尺邈难攀，此是人间挂榜山。一辈蕊珠天上品，肯将名姓落尘寰。

其二

千佛经中万选难，挂来野外一峰寒。于今世上科名客，只合人间冷淡看。

（《与袁堂集》卷 8）

上滩歌

下滩喜，上滩愁，滩自上下人情怨。尤一滩，尾一滩，头篙崩石磕，确确不能休。烹鸡戴豗酒，满瓯黄钱白楮，叩头长跽呼河伯，进庶羞伯之灵伯兮。速我无俾我留长年。妇握柂身操楫，大呼其妇，旁有洑湍下有石，如马狞来蹙我舟。大女左刺篙，右挽钜缆三丈，两手力作邪许为俦。小妹背负葫芦绕船嬉嬉走，八岁咿哑为越讴。安得溱武二水，一江中开南北流。相江上下，各自随波鼓枻自在游。上滩愁，下滩喜，莫喜亦莫愁，

187

下滩之喜上滩愁。

（《与袁堂诗集》卷8）

雄州云衢门城上芙蓉一树临江盛开泊舟其下得城字

女墙遥映碧江晴，侵晓凝妆露气清。金谷风前浑欲坠，湘皋望里正含情。故将粉靥当炉出，散作衣香拂水轻。花蕊芳魂应未死，伤心重上蜀王城。

（《与袁堂集》卷8）

到雄州喜遇澹归禅师坐间得读陆郡侯孝山唱和诸诗有作时淡公将返丹崖

十年岭上几驱驰，空把梅花寄所思。邂逅忽逢开士话，到来先读使君诗。焚香官舍应多暇，飞锡仙山又一时。独有津梁愁倦客，计程迢递数归期。

（《与袁堂集》卷8）

澹归禅听闻沙汰之令自海幢扶病还丹霞见示悲歌行次韵慰之

法王不受帝王臣，不向红尘去问津。纷纷余者三摩外，难免金沙一淘汰。汰者是沙金何伤，从来各梦出同床。桃花岂有三春愿，孤香透彻层冰霰。西归只履世何求，波旬自仇非我仇。海山门上一回首，菩提无树亦无朽。虎穴蛟宫掉臂行，西飞白日还东生。经天列缺雷猪豰，劫火烧空阳焰海。丹霞之高高云中，天梯为龙兮幻出，阎浮一鹫峰不数，秦之槐兮汉之松。漏乾星宿踢倒昆仑兮，与之极无极而穷无穷。

（《与袁堂诗集》卷9）

雄州店家歌

十五年前投此宅，宅旁左右无人迹。家家燕子巢空林，伏尸如山莽充斥。是时雄州城始开，鱼鳞幕屋飞成灰。杀气横天昏白日，阴风吹火起黄埃。死者无头生被虏，有头还与无头伍。血洴凌土掩红颜，孤孩尚探娘怀乳。贾商裹足空市廛，焦芽赭瓦余青烟。我提一剑逆旅宿，主人对语泪澘涟。物换时移风鹤定，上游渐复称繁盛。有时将军拥纛来，势如转岳声如雷。葵苴屝履供亿急，鞭挞长吏同舆台。有时台使坐大府，面如寒铁威如虎。郊迎厨传剧沸汤，借帑倾筐充阿堵。纷纷轮盖此经过，十郡咽喉俨织梭。辘轳捃载山前去，不是朱提是紫磨。明珠文犀白象齿，一囊价倾五都市。陆贾千金浪得名，南塘一出安能拟。夜来岭上走穷奇，紫薇垣署兼鸠司。一口吸空珠海水，三重卷去越地皮。眼见辎装塞川陆，丁夫五千趱行速。召南昔日爱厥棠，岭表今思食其肉。余者东西南北人，计然不韦一辈伦。风波身命牙筹手，三倍经营良苦辛。别有生涯阔圌媒，朝游郡邑暮谒台。残膏冷炙颇沾足，敝裘垂橐讵遭回。人奴断养多奇遘，乘车入幕骄长袖。蒯通抵掌动诸侯，卜式雄资膺列宿。五鼎何辞主父烹，百金双璧诇虞卿。赫赫华簪半羊胃，翩翩珠履尽鸡鸣。富贵仓庾财禄海，宝山一任人樵采。山童海竭祝融愁，殊方充饫此方

馐。越嶲东南大都会，交趾真腊相襟带。火米重收等稗黄，洋帆渟泊饶琲贝。民生熙攘乐事多，宾猺贡赋遵条科。昊天降割此疆土，虎狼载路骚兵戈。敲骨擢筋还吸髓，孑遗箇箇成疮痏。征求括地及捕蛇，罪罟弥天总罗雄。田园卖尽到祠堂，人鬼号咷走异乡。郑侠监门空作绘，鼍叟春陵只自伤。仆本东吴钓鳌客，从戎久堕龙蛇厄。彩毫零落耗蛮烟，热血轮困化寒碧。请缨忆昔指炎荒，珊鞭叱拨何飞扬。游梁枚乘年正少，参军孙楚意差强。一朝双折搏风翅，斥鷃啾嘈相侮戏。羞涩长门买赋金，泪湿昭阳守宫臂。当年刀笔气横秋，日皎霜清瘴海流。孤怀讵许因人热，百炼宁容绕指柔。吁嗟逼侧还逼侧，闾阖茫茫黯南极。巴里翻嗤白雪非，道边谁惜冰丝直。归軨蠻被来扣关，非复前此之朱颜。徒有壮心夸舌在，屈首低眉时命悭。居亭重访旧时门，主人已死今其孙。知余宿昔弃缥者，烧镫酌酒多寒暄。为言来逼皆金紫，君胡一寒尚如此。吾岂甘心金紫仇，金紫所为宁饿死。夜阑月黑悲风颓，主人咄咄客罢杯。长歌不洒步兵涕，聊为东方一告哀。

（《与袁堂诗集》卷 10）

投陆孝山南雄郡守

第一关山兀控持，翠屏千仞立丹墀。素丝不借江流瀚，清夜唯应皎月知。五马昼闲时仰秣，双扉午掩静吟诗。南薰久阕稀同调，留取元音问子期。

（《与袁堂诗集》卷 10）

雄州孝廉梁巾山见招郊居赋赠（巾山为余及门）

声名久著国门书，何事凌云困子虚。仲蔚自耽蓬藋径，扬雄常好寂寥居。溪横小彴才通渡，户对青山旧结庐。珍重东南吾道在，篮舆欲去更踟蹰。

（《与袁堂诗集》卷 10）

赠沈融谷时融谷在陆孝山署中

云卿才度最春容，年少骚坛擅雅宗。偶尔临风披玉树，自然初日映芙蓉。登楼南畔同王粲，华屋西头伴士龙。从此江山添客助，雁亭高并鹧鸪峰。鹧鸪发脉庾岭。

（《与袁堂诗集》卷 10）

秋九月丹霞访澹归禅师

其一

万年灵岫紫芙蓉，孤掌天教为剖封。白马嘶空重吐焰，金牛踏破未行踪。身名江左无双士，鼎峙南华不二宗。犹有青蒲旧时血，洒来天际雨花浓。

其二

袖拂天风万虑轻，迷涂曲曲过襄城。余迷失道从乱山攀跻而至。止凭竹杖闲休歇，敢望莲花识姓名。出海白毫香象涌，落江清梵老龙惊。蒲牢吼彻闻根寂，不向箫韶听九成。韶郡有九成台。

其三

蔚蓝咫尺敞青莲，葱岭西来启别传。已有文章垂后辈，更多功德在诸天。鲛人水月光中绮，海客沉香岛外船。好向丹崖摩片石，金函部位顶头镌。

其四

绝磴迷云路几盘，风烟吴楚一凭栏。钟传午后猿声细，天近衡阳雁影寒。山水总成无漏谛，沧桑只作等闲观。却惭四想宗雷后，瞥面金锼好自看。

其五

侵晓旃檀细缕芬，连宵清话半空闻。山寒客袂沾红叶，秋老禅心在白云。怖鸽声余诸品肃，灵鳌光闪一灯分。浈阳碧玉江流绕，千古朝宗只为君。苏子瞻入浈阳峡，见水如碧玉，色味香甘，云为曹溪发源。

其六

众香国里宿因缘，铁烂双趺万法圆。五马齐迎云外仗，一螺倒卷海中天。五马近寺山名，丹霞有海螺岩。微尘不住虚无界，慧业还留文字禅。缘壁扪萝登顿险，攒眉陶令笑空旋。

其七

匡衡抗疏满明庭，投老王维一卷经。大力秖堪龙赑屃，清标好与鹤仪型。泉跳蟹眼涓涓白，髻拥螺峰冉冉青。有客到来尘梦醒，行吟不复吊湘灵。

其八

积翠香台锁寂寥，隔林蒼卜向人飘。秋空仙子骑鲸过，夜静江妃拥节朝。珠树风疏翻贝叶，银潮白溅响松寮。扶桑枝老蓬瀛浅，此地应无劫火烧。

其九

何劳帝道访崆峒，岂羡王图卜镐丰。不断烟光苍漠漠，先窥日气赤瞳瞳。炎荒地迥恒沙界，牛女天悬兜率宫。岩顶瀑龙吹玉练，泠然飞过一山风。

其十

丹枫翠竹上方深，龙锡惊飞振海音。万座自开摩诘室，一瓢聊藉给孤

金。华山登后频搔首，康乐来时有愧心。欲去难忘三宿梦，分明归路不须寻。余在丹霞恰三宿。

回龙庵

羁愁一倍楚天长，绕屋黄茅野径荒。月过破窗人迹少，夜深微雨佛灯凉。江流浩浩萦湘曲，山色苍苍入桂阳。莫向樽前频涕泪，枕中有路到羲皇。

澹师见示长至日陆孝山太守行署斋集诗次韵是日余亦在坐

其一

缇室葭飞短景余，他乡云物故乡殊。当筵唱和皆名辈，出世因缘属大儒。一线光阴回玉琯，六时香色现芙蕖。盘飧分得醍醐味，归路休催下泽车。

其二

醴酒伊蒲对列筵，胜缘高会岂徒然。闭门寂寂虚生白，倾耳超超尽入玄。时序客途同过隙，阴晴海气落长川。季卿久断江南梦，一叶凭师壁上船。

澹师常自谦居散僧因拈散义一偈博笑

将沙和水不成团，将水搏沙复两般。看破五铢无缝处，如来元只一泥丸。

读陆孝山沈融谷甲辰唱和集融谷有赠娟较书诗戏成一绝

一曲清扬见客心，玉箫偷弄紫鸾音。此情空向诗中诉，不许鸳鸯湖上吟。

仁化李不磷秀才名子坚率二侄见访回龙僧舍，云二十年前读文字即慕余，羊城觅余数四不遇，今一见足慰生平。病余喘息缕缕尚未能续也，感其意口占书便面赠之

感君扶病来相访，小阮同过野寺中。岭外如今区册少，世间都向梦婆空。清谈半响浑霏屑，携手三义正朔风。此去皈依应不远，丹霞绝顶问宗公。李生雅慕詹公。

十二月初六早韶阳回龙庵放舟返广州

芙蓉渡口问回船，寒雨空蒙暗远天。山色浓添几痕黛，波纹圆撮五铢

钱。寺中破曙刚残梦，江柳催春又逼年。传语岭梅休放尽，南枝留取及归鞭。

（《与袁堂诗集》卷 10）

回岐下十里许江浒一阜土名黄巢矶泊舟其侧

扬舲溯胥江，晚风帆腹瘦。首涂在辰初，系矴及酉后。有阜势蹶然，兀兀江之右。浮湛验消长，孤根劈驶溜。何年仙人瓢，遗却此中覆。天吴锁钥牢，蛟螭浪花漱。荒祠黯石门，凄凉绝牲酎。高顶土一丘，颓基旧峰堠。曲趾郁盘纡，攒篙簇乳窦。不见渔樵人，落日窜狐狁。当时草泽豪，跃马此腾蹂。千载气未平，永夜江声吼。

（《与袁堂诗集》卷 10）

赠回龙庵主僧悉怛多（有序）

僧新安人，原名显本，来韶郡十余年矣。初至，简字纸持悉怛多般怛啰咒人，因呼为悉怛多，亦遂自呼悉怛多。云后于石角铺募建石桥一座，施茶九载。今主回龙，往来头陀接待赍粮行旅困乏者，留止抚恤，甚至解衣周之。怛多不识字，发愿坚苦，孑身支持，缁流中真实人也。余寓回龙两月，怛多索诗，题此以赠。庵在韶城湘江门外，庵左有笔峰山。

不千长者布金钱，赤手撑将济众缘。檐雀窥厨分冻粒，钵龙呼雨作飞泉。九年甘露西江润，一道垂虹南国传。行脚莫愁无歇处，笔峰山下有孤烟。

（《与袁堂诗集》卷 10）

张宸

【作者简介】张宸，生卒年不详，字青雕，江南华亭（今上海）人。由中书历官兵部郎中。诗长于台阁体，著有《平圃遗稿》《使粤草》。

度岭后作

伯翳志山海，道元注水经。穷搜及幽壤，如睹禹鼎形。氓生限一隅，俯仰仅户庭。缅怀名胜区，怅望徒青冥。兹行将命使，遂得穷南溟。始陟梅锏岭，登顿殊傝仃。每折磴益高，时恐干风霆。俯视百丈强，地底云泓淳。白云随我上，已及搏霄翎。划然断绣壁，有似凿五丁。其狭才通车，峭削比井陉。斧痕苔藓碧，鸟道藤萝青。双扉铁重关，如以水建瓴。涧鸣密箐中，面为深松萤。稍夷见陌阡，徒旅得暂停，力犹飏勚余。心以田畴宁，因思秦汉前。此地如武陵，蒙蒙绝岭烟。不遭六国刑，象郡刀锯及。渡泷猿鸟零，曲江复劚削。强列障与亭，浑敲凿已久，曷足藏精灵。

（《使粤草》卷 2）

度庾岭

东峤浮云逐袂生，插天春树度流莺。已从木末移征骑，还见峰头卷去旌。

192

一线重关穿石罅，分行碧涧和钟声。此心只为寻苍翠，忘却凭危骨屡惊。

（《使粤草》卷5）

云封寺（在岭上是六祖道场）

大鉴禅关占几峰，粤东六祖道场二：一在岭，一在蓝豪山，两谓宝林寺者也。曹溪一拂古苔封。花坛暝挟千岩雨，塔院晴飞万岭钟。碧涧细泉分卓锡，宝幢香焰出深松。开山直在南天外，右工犹传有钵龙。寺有六祖放钵石。

（《使粤草》卷5）

注：此诗亦收录于道光《直隶南雄州志》卷17，题作《题庾岭云封寺是六祖道场》。

韶石山（相传为虞帝作乐处，传讹也）

虞帝南巡竟不还，九成仙乐问空山。六龙已闭苍梧岭，百粤谁开大庾关。怪石巃嵸惊鹊起，野榕颓滄暮猿攀。始兴江上幽篁满，不及湘南有泪班。

（《使粤草》卷5）

鼻天子城（王隐《晋书》云，鼻墟盖象所封，恐未是）

秦封禹迹尽茫然，朱邸谁开百粤天。未凿五丁荒蜀帝，乍分九囿阻蛮烟。居人漫指鱼灯黯，又有鼻天子墓。海客谁明雉堞连。介弟源源今莫问，只应深树听啼鹃。

（《使粤草》卷5）

观音岩

寒江削立翠芙蓉，倒影微开旧藓封。石罅有灯通水月，洞阴无地蛰鱼龙。青连色净绿钟乳，白鸽飞迟为晓峰。收到身心归一粟，眼看沙草书溶溶。

（《使粤草》卷5）

庞玮

【作者简介】庞玮，字尔珍，号瑰叟，南海（今广东佛山）人，生卒年不详，明经，顺治十六年（1659）出任乳源教谕，任内参修《乳源县志》。

蓝关怀古

马山荆蓁见乱山，云飞雪拥古蓝关。梅花飘落无人扫，杨树凋零几鹤还。盘曲长驱嗟路险，沉吟豪句破天慳。黄尘扰扰韶光逝，惆怅仙踪不可攀。

（康熙《乳源县志》卷12）

裘秉钫

【作者简介】裘秉钫，富阳（今浙江杭州）人，生卒年不详。贡生，曾任慈溪训导，顺治十八年（1661）升广东乳源知县。任上有善政，在任

期间主持修撰《乳源县志》。

腊岭夏寒

台高四百仞凌霄，石磴纡回锁寂寥。岩壑藏冰常惨淡，松杉到暑尚萧条。九嶷西望虞封渺，五岭东连汉代遥。惆怅南方天气炎，凉风生腋且逍遥。

（康熙《乳源县志》卷12）

梅花仙迹

梅花石洞几仙居，仙去洞荒迹尚余。乳结玲珑成宝盖，香寒馥郁袭人裾。罗浮月下寻疏影，泰岱峰高搜异书。何似山中多别景，林泉俱似梦华胥。

（康熙《乳源县志》卷12）

韩昌黎先生祠成有赋

昌黎浩气破沧溟，万古人瞻比岳星。秦岭祠成称祀典，蓝关名迹勒碑铭。炎花瘴草犹惊梦，瑶唱闲歌渐入听。俯拜迎神无别祝，文风丕变鉴惟馨。

（康熙《乳源县志》卷12）

蓝关怀古

萧萧匹马万层梯，过客伤心武水西。再贬岭南忠更著，一生肮脏道非迷。绵连岫岭云初暗，磊落岩泉雨后凄。欲洗磨崖搴薜荔，徘徊落叶数猿啼。

（康熙《乳源县志》卷12）

赵霖吉

【作者简介】赵霖吉，生卒年不详，字雨三，睢州（今河南睢县）人，顺治己丑岁（1649）进士。顺治十七年（1660）至康熙二年（1663）任韶州知府。

蓝关

昔年冒雪冲寒度，今日依然见斗山。应是圣明开瘴疠，故全贤达化愚顽。一鞭往迹迷茫里，千古芳踪咫尺间。衣被流风深仰止，不辞拙笔赋蓝关。

（康熙《乳源县志》卷12）

任可容

【作者简介】任可容，怀宁（今安徽安庆）人，生平事迹不详。清康熙年间任乳源县参政。

九日上武丰梯

九日登高蹑武丰，征轺遥指翠微中。盘空共讶回车坂，陟磴翻惊落帽风。

信有五丁开莽互，拟将一剑倚崆峒。离亭更酌茱萸酒，紫气行看度岭东。深山一径蔽榛芜，复岭猿啼怯畏途。忽包青骢驰峻坂，遂令飞鸟诧前驱。临邛除道名堪续，单父鸣琴绩不孤。行旅漫愁泷石险，好从濦水问康衢。

（康熙《乳源县志》卷12）

俞正声

【作者简介】俞正声，浙江嘉兴人，生平事迹不详。清代秀才。

过蓝关步庞瑰叟韵

古今幽胜在青山，犹忆昌黎度此关。地以人传名不灭，松因月上鹤初还。千年仰止缘非浅，一日留题分岂悭。断草芳烟踪迹杳，仙风未许俗情攀。

（康熙《乳源县志》卷12）

施闰章

【作者简介】施闰章（1619—1683），字尚白，号愚山。安徽宣城人。顺治六年（1649）进士，官翰林院侍读，著有《愚山诗文集》等十余种。

度大庾岭

峭壁何须凿，炎州此路开。门容一骑入，人度万山来。南北各回首，干戈共筑台。蓬蒿行处满，漫说岭头梅。

（道光《直隶南雄州志》卷17）

梅关道中二首

其一

万峰迥合碧成围，峰畔烟岚生客衣。关路直随秦成出，江天遥望楚云飞。孤亭背岭迟来雁，古寺含风涌翠微。却忆汉家通使日，山花如锦陆郎归。

其二

石林飞磴郁千盘，直上青霄立马看。古木数丛苍霭合，春山一路白云寒。居人每叹长安远，过客时歌蜀道难。临发邮亭回首望，故乡从此隔烟峦。

（道光《直隶南雄州志》卷17）

陈遇夫

【作者简介】陈遇夫（1658—1727），字廷际，新宁（今广东台山）人。康熙二十九年（1690）举人，著有《涉需堂文诗集》等多部。

庾岭梅花

不辨南枝与北枝，雪晴天半影离离。多情肯作山僧梦，托迹偏宜驿使知。春入旧年疑尚早，是年腊月立春。寒消新岁岂应迟。看花前度频虚约，

195

喜得重来不负期。

（《涉需堂诗集》）

唐右仆射相国曲江文献张公（大庚岭路，公所开，今像在梅岭上）

丛峰嵬岇走云烟，开凿犹传供奉年。绝城筐筐岚雾出，磨崖碑颂曰星悬。东来霜鹤明沧海，南纪翠螭绮碧天。自古忠言关社稷，从兹阀阅勒山川。

（《涉需堂诗集》）

郑逊

【作者简介】郑逊，广东澄海人，生卒年不详。岁贡，康熙四年（1665）任保昌县训导。

保昌县学新建启圣祠记

孝经曰：立身行道，扬名于后世以显父母。盖能践其言如其量者，夫子一人而已。天下之学，祀夫子以为报本。因夫子而思及其所生，于是乎有启圣之祠，此谓知本。夫善则称亲，固圣人之志也。见圣人所以显亲，而推而放诸吾与人之亲，因以不忍陨越其身，此尤圣人之志也。保昌有学，而启圣未有祠。庚戌之吉，请于郡侯当湖陆公、邑侯云中马公，各捐资辟地鸠工，阅八月而告成。盖以补前此者之阙略云尔。前此者或以时不暇力不暇，后此者仍听之而不为，则是后人当复笑前人之阙略也。使圣人显亲之志不得见于兹地，使兹地之士习于忘本不知圣人所以显亲扬名之道，则阙略乌乎可。余忝教士之任，故为此惧。斯举也，愿与多士交相勖勉，以无负斯义焉，则有启圣之祠在。

（道光《直隶南雄州志》卷20）

重建保昌县文昌祠记

文昌主人间禄籍，为上帝文衡，其祠于学宫非古也。人之观在文，天之观在行。有生而贵显以不善而黜，有生而贫贱以善而升。神岂能自擅其祸福，特因人之行而祸福之尔。场屋之观亦在文，庠序之观亦在文，故师儒之道与天道合，则祠于学宫亦未为戾于古也。神即周大夫张仲，以孝友见称于诗者，可以知其行也。祠旧在东偏，颇湫隘。用形家言向巽峰以翊文运，因撤垌垲而高广之。呜呼！自变故以来，文运亦几顿矣。或者士行弗谨，风斯靡然。岂所称因人之行而祸福之者耶。兹余所以翊文运之意，愿与诸生求端于张大夫之孝友。若夫科第之所以盛，其权固不在于神也。舍而求之巽峰，益末矣。

（道光《直隶南雄州志》卷20）

重修保昌县城隍庙碑记

神道之阴翊乎王度也，所从来旧矣。而中外都邑城隍尤为正直之司。己酉之冬，云中马侯受命来知县邑。始至盥诚于庙，见栋宇阙圮，非所以崇祀事，邀妥侑于斯民之意。越明年庚戌春，侯捐资庀材为诸僚佐倡，以新斯

196

庙。二尹携李丁君、县尉会稽陶君共襄厥事。阅三月，自中堂以至门桄黝垩丹漆焜耀聿新，谒斯庙者作善降祥基于此矣。夏五月焊，穑人焦劳，侯率属祷于庙。不数日，澍雨沾足，岁用有秋。侯命纪其事以镌诸珉。因思戊申以前大疫频仍，邑人困于驿。侯下车周度务要，樽节爱民，出于至诚。春秋书法，凡遇兴作，必特书以重民力。惟僖公复闭宫修泮宫，诗则颂之。春秋不书，谓事之当举也。是庙之葺，侯出俸钱鸠工，于物力无少损，而神之报之如响应声，其于福国庇民，为功匪细，亦事之宜举者哉。

（道光《直隶南雄州志》卷20）

范光曦

【作者简介】范光曦，鄞县（今浙江宁波）人，生卒年不详。拔贡，康熙五十七年（1718）任南雄知府。

重建礼师桥记

南雄地居上游，距梅关八十里，为百粤之门户，诸路之襟喉。皇华使节冠盖经由，仕宦公车驰驱络绎，商贾游客之往来，都人妇竖之采樵，任负行者织若。盖东南一都会也。戊戌冬，余奉命出守斯郡。肩以度岭，岭以下平如砥直如矢者，周行孔道也。或溪流横截，则相地之宜建桥以济，俾无病涉也。前人之规制备矣，不禁肃然兴感曰：张文献公开凿之功泽垂久远，迄今千百载后，犹蒙其休而咏，歌其德不忘。迨下车视事，谘访境内山川与夫道路津桥。父老为余言，郡之东北接大庾岭，江广交界，京省通衢，自挂角寺起至郡城，凡设桥者一十有九，多完固如初，间有一二倾圮者，工简费轻，易于修葺。惟礼师一桥岁久沦落，仅存旧址。前此架木为梁，苟免阻溺，行李有畸侧之叹，负重多跌仆之虞，政之宜举者无过于此。余闻之瞿瞿然，谓同官僚友曰：此守土者之责也。考之郡乘，如前之为守者聂公之重修太平桥，去浮舟而筑石为梁，更名平政。继之者赵周二公，捐葺不斯。他如林侯之重修长圃桥，郑侯之改建万年桥，至今悉利赖之。此雄郡己事也，抑亦王政所不废也，曷踌行之。咸曰唯唯否否。此桥之废不知若干年矣，今欲重复石桥如鼎建，然非千余金不可，出俸无几，募助无人，谋始易而成功难，工费不继，有初鲜终，不可不虑，愿无轻动，以故因循久之，然心犹炙也。有候选州牧沈维相者，本贯洪都，寄籍羊城，不惜重资，毅然自任以独力建造为请。其鸠工庀材，举僧玉山董其事，以其艺而能也。故不辞勘，爰庹十方，审地势。凡桥多用木椿此常例也。僧谓木易朽非可经久，易以石，掘地深八尺，叠石砌平，用坚厚方整者层累而上之。除底石高一丈六尺，分三空以通泉流，长十有七丈，横宽一丈二尺。经始于庚子季秋下浣，阅辛丑阳月而落成焉。计所费工料千九百余金，悉出之沈君箧中物。其乐善好施，功德胜浮屠万万。诗曰：遹求厥宁，遹观厥成。是举也，本予求宁之意结于中，得沈君之义侠以属余观成之。愿自今既成，已往由是路登临斯桥者，坦坦荡

197

荡，永享厥宁。伊谁之力欤！伊谁之力欤！余故乐为之记，勒之贞珉，旌沈君也，亦为后之慕义者劝。

（道光《直隶南雄州志》卷 20）

重修府学文庙记

今上御极之五十七年戊戌孟冬，余膺简书出守雄郡。三日视学，谒至圣先师，见庙貌两庑多有颓废，辄为踯躅不宁。然物力艰矣，又地当舟车之会，百姓罢劳。以余寡材薄德，方虑无以培士气而慰民良，何敢遽言兴作。阅明年己亥一阳初，复与同官入庙行礼，忽瞻殿宇不蔽天日。广文为余言曰：畴昔之夜，倾折几椽，瓦砾盈地，今扫除之。余曰：此急务也。过此而风雨飘摇，鸟鼠耗啄，日损月伤，不几沦落于荒烟蔓草中乎，甚非所以尊礼学校也。恭逢圣天子崇圣学，敦雅仁。余小臣幸际休隆，为国家修明礼乐，兴贤育才，令一郡中家孝友而户弦歌，职也抑亦生平夙愿也。奈何听其倾颓而不加修葺，谁之责欤！愿与诸君子共新之。遂捐资倡众。自同官僚友暨广文与夫缙绅衿士罔勿心怡首肯，各捐助有差，乐襄盛事。乃鸠工庀材，酌其次第，均其劳逸，宁朴而完勿华而脆。费取其省而固，工欲其约而坚，片石只瓦寸木一一参新旧而综理之。首正殿次两庑。经始于庚子仲春，落成于辛丑之端阳月。计一岁中区划临视，鼓懃操纵，一出之以诚心，齐之以坚志。而日相董率无怠者两广文，县佐、司狱官亦靡不殚劳焉。凡今之隆乎，其高跂乎，其峻秩秩乎，其严以正煜煜乎。其陆以离者，虽余为创始而亦并赖诸君子之诚心坚志，结之而成质，焕之而成彩者也。自兹以往，瞻斯殿者肃肃然其庄以敬，蔼蔼乎其雍以和，琴瑟之音清以越，履躧之声雅以娴。典物修道，术备士行，端民气淑，英姿伟器，联镳接踵，蔚为国华，鸿儒硕彦，经明行修，远接道脉，是皆盛泽之启佑，振衰挽靡，讫于无垠，衍于无终者矣。昔僖公以泮水起颂，故鲁多儒风。今之首新斯殿，意亦有在乎。夫坐观礼教之陵夷而不为之理，责在上；沐圣朝之化而弗洗心涤虑，期进于贤良，责在下矣。然则兹之纪事属辞，岂徒为余与襄事诸君垂名不朽已哉；亦以告斯地之文人秀士入庙瞻拜者，肃然知垂训之昭昭，千古身体力行，家孝友而户弦歌，上副圣天子广宣德教，作养人才之至意。庶几乎其不相负也矣。是为记。

（道光《直隶南雄州志》卷 20）

王冉

【作者简介】王冉，陕西人，生卒年不详。康熙十八年（1679）任广东学道。

重修保昌学东西两庑棂星门记

丁丑之秋，予校士既竣，入都复命，取道雄州，得与多士相周旋。邑诸生晋而谒曰：保昌学宫自康熙丙辰冬毁于火，鞠为茂草。逮庚申岁，

198

邑宰余君铎谋于郡侯张公凤翔，钀吉鼎建，文庙顿新。时东西两庑棂星仪门犹未葺也。越数年，而陈君旭来宰是邑。甫下车慨然以兴文教育人才为心急。惜饥馑频仍，势未骤举。至乙亥夏，而两庑创焉。及丙子秋，而棂星门建焉，惟衿士稍捐锱铢，然计费若干实出陈君数年积俸，以要其成。今读礼去，是不能已于言也，请记于余。余念今上钦崇先圣，广励学宫，所赖二三良有司各体此意，以振文教而育贤才。兹举也，殆亦雅意作人之盛事乎。因之重有感矣。夫夫子道，并天地之大，同日月之高，其间有入室者，有升堂者，有仅得其门而入者，亦顾人之感发兴起何如耳。彼东西之有两庑也，所以妥先贤之灵，崇诸子之祀也。宫墙之有棂星也，所以表宗庙之礼，萃百官之富也。设庙貌弗新，户牖弗饰，因而俎豆几筵杂逯弗陈，谓游圣人之门者安之耶？今陈君锐然有意维新，不惮捐已率先以黾勉从事。仰其栋宇，巍然也。瞻其左右，盼其内外，焕然也。从堂皇视庑序，从庑序视门屏，义路礼门位置井井，升堂入室翔步雍雍。都人士目易观改，色飞神王。盛矣！美矣！信乎！夫子之道与天地日月同其高大，而陈君之名与功不将与先贤俎豆并其久长哉。余因是为陈君欣，且厚为多士勖。庶几缘妥崇之文，寓广厉之旨，于以远接文献之传，近踵司徒之迹，蝉联鹊起，大震耀于雄邦者，应拭目俟之已。是役也，其督工鸠费则有府幕石国纶，劝助劝输则有司铎黎民佐。至于共襄厥成则有孝廉若而人，弟子员若而人，例应得书。于戏！莫为之前，虽美不彰；莫为之继，虽盛不传。前陈君之兴者，张余二侯是也。后陈君而起者，其将有感于斯文。

（道光《直隶南雄州志》卷20）

李夔龙

【作者简介】李夔龙，字澄园，陕西潼关人，生卒年不详。康熙四十四年（1705）任保昌县知县，在任期间创义学、重修《保昌县志》，颇有政绩。

重修学宫记

治天下之道必以教育人才为先，而宫墙师儒之设，则自京师以至郡邑，亦犹孟子所述，四代之学无以异也。唯先圣先师宋以来始专祀孔子。我朝崇儒重道，尤深尊信。而庙庑桥门之规模，俎豆乐舞之度数，视历代有加焉。宜乎文治休明，孔子之道如中天，而粤之被声教已久，唐以后人文炳炳矣。保昌则有张文献公、谭庄懿公为最著。予受命为邑长于斯，景仰前徽，不胜执鞭之慕。既登孔子庙堂，周视垣墉废缺，实甚叹礼乐根本之地堕坏如此，何以育贤翊教，则张谭二公之迹踵步武者不亦难乎。顾受事之始，未有措置之方，切切在心不敢即安。岁序三易，以渐储蓄材木、陶茚、瓴甋、运甓砖石及雇役食匠之资，次第经营。而又拓基广瑗，皆易诸民间，未可以猝办也。以故自兴建之始至落成之日，几二载而后焕然一新，巍若灵光之独出

199

矣。夫当圣主右文之时，膺民社教养之责，急所先务毋逾于此。敢云劳费自翊厥功乎。然其庙庑门屏之增，于旧垣墉址基之广，于今则不可无籍以告后之君子，庶嗣而葺之，可传于永久也。于是进师儒而告之曰：士必归于学，学必归于道。不志于道非学也，不志于学非士也。己则不学而曰教之未至乎。圣贤在上，官师在旁，相与勉之而已。退而疏其建置次第如左：盖始自圣殿及拜台，次两庑，次棂星门即泮池。池崩土满，疏凿潴以水，周砌之架三石梁于其上。立戟门三，筑围墙于泮池，造花砖墙于戟门之前，复树屏以蔽街市。东西内立两仪门，外立两学门。又买危刘二姓民居，补益偏缺，俾规模方正。乃得从两庑外直抵学门，又作外墙两扇，土木始毕。董其事者熟师李亦仁，例得并书以为急公者劝。

（道光《直隶南雄州志》卷20）

创修义学碑记

周制立四代之学，盖自闾党以至王公国都无不有弦诵之所。是故分国学、乡学之目，别大学、小学之功，其教之详而成之渐也。如此汉以来，立学官博士弟子则大学也。宋之书院、山长亦大学也。小学唯社学、义学，而时有兴废。其兴也必太平有道之世，而其废也必兵戈扰攘之时。保昌之为社学者多矣，今特其名存焉耳，非以其时之故乎。

皇都统一宇内，承平六十余年，矢文德以洽四国，成人有德，小子有造，大雅之音复作，弦歌之声不替，其于诗书六艺之文，彬彬如也。予宰斯邑，修废举坠，不敢怠荒，学校之事尤加意焉。业已肃雍泮宫，入大学者可以致其道矣。复创义学于泮宫之右，择塾师以教子弟，入小学者可以通其艺矣。又置租田百石，以备修补缺漏之费，束修楮墨之资，亦可传之永久而勿废矣。凡此皆出于俸禄之赐。其它固力有所未逮也。呜呼，小子听之：学则庶民之子为公卿，不学则公卿之子为庶民。业精于勤荒于嬉。由小学入大学，观国之光利用宾于王皆自此始也。孔子曰：自行束修以上，吾未尝无诲焉。今束修出于公有常奉矣，诲之以孝弟，教之以诗书，则师之道也。师道不立则学废，学废则书舍租田非私家之物将置之何地耶。处此土者其交勉焉。予欲为久远计，故不可以不告。

一用银贰拾两买西隅都一甲尹卓群民租壹拾捌石，土名乌源都罗田、深坑等处。

一用银贰拾贰两伍钱买西隅都一甲尹超群民租壹拾伍石，土名修仁二都黄步水社前洞门口同三角塘等处。

一用银叁拾两买北厢都四甲朱圣符民租叁拾石，土名修仁二都黄步水石坡坑月岭下白草岭等处。

一本学生员邓镜捐租叁拾石，外加桶子叁石，土名中站等处，送入义学永远管业。

（道光《直隶南雄州志》卷20）

重修城隍庙记

古之祀有坛壝而无庙，有山川社稷而无城隍。是缺也有之自唐，始庙而像设衣冠仪卫，俨然如侯王君公，则又非山川社稷之比矣。然人心所向，诚则通，通则灵。祸福善恶如声响相答，因其人也。保昌与府同城而神各异祠。凡始，上官必斋宿宇下，先以诚通于神，其分幽明，奠疆域，御灾捍患，襄政化之不逮，使民惕然不敢为非，则神之功大矣。城既当孔道，自庾关南下为水陆都会，保障锁钥，最称重地，所赖于神之默助者尤巨。而庙久不修且坏。是用据典礼之旧文，申明禋之夙志。新其漫漶，正其倾圮，缺者补之，狭者广之。木石陶茆之材，人工匠作之值，不费于国，不扰于民，不呕不徐，一心一力。盖自荒度土功讫于告成，凡阅二月。而后画栋雕甍，严严翼翼，神得所依，人益归诚矣。噫！事神治民，宰之职也。修废举坠，政之纪也。崇德报功，礼之经也。可忽忽诸？故砻石纪事以告来者。外买民房一区，岁收其租，以供夜明。主持者请立户名李公灯，欲为久计不能违也。并附记于碑末云。

康熙四十九年，用价纹银拾两买到乐善街米子巷黄廷三房屋一栋，每月税钱贰百文，送县城隍买油点灯，其地粮周南四都八甲程羽上屋，地粮一分一厘一毫，该正官银五分一厘三毫，米七勺。于四十九年除与东厢都十甲外畸岭尹收回僧完纳钱粮内地一块，每年税钱贰百四十文，许懋九收其地税钱。住屋之人算屋税。屋契与梁象明住屋契一纸，税帖一张，买日存库。

（道光《直隶南雄州志》卷 20）

重建饮仁亭记

亭名饮仁，古之遗爱也。乐水为智，饮水称仁。其诸清以自沐，而惠以济物者欤。然文献不足，则莫知其所始也。当时建置颇广，本朝初榷税于此，其后榷关南徙而亭亦废，久之益不可问矣。斯邑据南北之要，当陆水之交，冠盖相望于道，非皇华之使，则握节佩印而来者，无馆以处之，风雨寒暑求憩息而不得，非所以事上官具主客之谊也。暇日与明府何公谋之。公曰：饮仁旧基其可复也。予乃清其界址除其污壤，构堂三楹，后为寝亦如之。旁舍若干，厨库隶役各得其所，亦既秩秩矣。周之以垣，列植石栏，凭轩而望，则帆者乘者肩者戴者负而趋者莫不辐辏于前。遥睇四山回合，近挹二水交流。斯亦览胜者之一助也。仍名饮仁，盖不欲掩前人之迹而以示于后也。其外民居亦不尽辟，取足客馆而已。凡此皆公之仁而予得附以传为故事。后之继者其毋视为传舍而复委诸草莽也。则公与予之望也。夫其中器物皆所需用，附记于后，以杜散佚云。董其成者县尉王君泽，山东掖县人。床三、方桌六、椅十二，永存亭中不支他用。

（道光《直隶南雄州志》卷 20）

梅岭挂角寺赡租碑记

挂角寺即云封古址也，在大庾岭之半。相传六祖得法南还放钵于此。雄人因以建寺。寺左有张文献祠。文献者唐之名相也。开凿岭路，行者便之，故祠于是。寺旁有泉，住僧因泉以建亭，煮茗以饮过客。盖出于卓锡之余。吾闻功德水有八，此即其一耶。岁乙酉余适来宰昌邑，陟峻岭之逶迤，叩丸泥之雄封，谒文献祠因入寺少憩。僧为余言相国旧迹，南宗往因，若在耳目间。问其香火汤茗之供，田以租计百四十石耳。赋役未复，食余未几。此地当数省咽喉，行人如蚁，径路易圮，则宜以时修。寒风暍日，渴之思饮，甚于饥之思食，则不宜有所乏绝。而风寒暑湿之气，病人至速，施丹药以救仓卒，尤为仁术之要。递租之所入不足以兼赡，何以普且久乎。心念必当有以益之。后二载，积禄赐之余百金，为买曾氏田三十四亩零，计租五十六石，于灵潭十甲外另立粮名曰李公田，付寺僧知归入籍，而以其所由记之石，俾世守焉。庶几文献之遗爱，六祖之余施，相挈而并永也。

康熙四十八年十一月，用银捌拾肆两买到茹惠都五甲子民曾门林氏同侄曾万林民租五十六石，载粮三十四亩七分二厘六毫，土名北坑、黄坑等处，施与梅岭僧永远修路、施茶、施药等用。券存户房、礼房并红梅司。粮存灵潭二都十甲外。

（道光《直隶南雄州志》卷20）

郑龙光

【作者简介】郑龙光，字韬生，又字雨为，号遽知，浙江平湖人，生卒年不详。清顺治间进士，任南雄知府六载，洁己爱民，有善政。

南雄踏荒

行行按部踏荒田，满目蓬蒿最可怜。不惜轩车盘岭上，那愁虎豹踞山前。

杏花开处秧针少，菖叶生时钱镈悬。太守愧无牛种给，招耕何计望丰年。

（道光《直隶南雄州志》卷17）

踏荒至回龙庵见乡民五人共拖一犁
以无力买牛合伴耕作也予为唏嘘泪下云

古有使君能化盗，卖刀买犊始称奇。我今不逮前贤甚，民困无牛合把犁。

粒粒盘中民所依，几回肠断泪沾衣。力田辛苦非亲见，空读幽风农事违。

（道光《直隶南雄州志》卷17）

王廷璧

【作者简介】王廷璧，字崑良，生卒年不详。祥符（今河南开封）人。清顺治进士，官广东督学佥事。著有《聚远楼诗集》。

度岭

风物真初见，嵚奇一叹嗟。白流鸂鶒鸟，红绽杜鹃花。远霭疑新瘴，村圩送暮笳。停车聊借问，遮莫是天涯。

（道光《直隶南雄州志》卷17）

查培继

【作者简介】查培继（1615—1692），字王望，号勉斋，浙江海宁人。顺治壬辰岁进士，历任东莞知县、广西道监察御史等职。

大庾岭

庾岭深秋上，篮舆竟日移。九龄碑尚识，陆贾石能知。榕辨蛮乡树，松疑泰岱枝。劳劳不可问，此意语安期。

（道光《直隶南雄州志》卷17）

过岭感怀

奏凯将军方度岭，似闻群丑又纵横。穷檐力尽难供役，开府心虚只请兵。雨雪转漕舟不绝，关河榷税水难清。微臣倘得天颜见，痛哭何妨效贾生。

（道光《直隶南雄州志》卷17）

龚鼎孳

【作者简介】龚鼎孳（1616—1673），字孝升，号芝麓，安徽合肥人。明末清初文学家。明崇祯七年（1634）进士，官兵科给事中。入清后，迁太常寺少卿，后累官礼部尚书。著有《定山堂文集》。

过梅岭

其一

严程宽过岭，旅鬓博苍然。路绕流人曲，天容石级穿。一行鸢引线，万翠髻浮巅。秦汉风烟后，关山险未迁。

其二

竟凿苍崖破，青天夹一门。鸟应疑断壑，虎亦徙高原。战伐炎荒旧，车书王会尊。当时金鉴客，辛苦为黎元。

其三

到日攀条尽，罗浮梦有无。垂垂人白老，冉冉望偏孤。笳冷回风曲，春残束素图。漠江流涕后，沾洒更枯株。

其四

萧条厨俊意，忽漫碧山前。沙草薰残酒，春衣改隔年。乱崖斜到寺，一壑碧涵天。停筈还舒肃，余生饱燧烟。

其五

青苍罗薜岫，盘攫引松冈。何地争芒屩，中天冷日光。云回香客袂，峰曲验离肠。拟扫深宵石，林开月一方。

（《定山堂诗集》卷11）

夜行过始兴江口

挂岭仍星斗，开帆夜逐人。溪回灯袅袅，云动月鳞鳞。石墨遥横黛，风湍暗损神。瘴江今始涉，泷吏傲知津。

（《定山堂诗集》卷11）

过鼻墟

风壤三危僻，南荒国久墟。岁时勤谷璧，恩泽易丹书。防密家庭礼，天全魑魅居。豆箕兼斗粟，剪伐失权舆。

（《定山堂诗集》卷11）

曲江道中看山

其一

群峭横斜遍，乘渡枕上看。陡惊天枉拔，森逼瘴烟寒。钟釜县苔古，锋稜劈汉宽。苍苍海日近，应有毒龙盘。

其二

两岸衔青峤，中流吐一舟。云涛翻翠壁，砂气绣丹楼。雕鹘全低翼，豺狼敢犯幽。残生鸥梦里，头白渐知休。

（《定山堂诗集》卷11）

过韶石

开辟留双阙，星云烂九成。即今群峭拥，犹似翠华行。笙鹤何年迹，京垠故老情。祥风宣远徼，丰岁更销兵。

（《定山堂诗集》卷11）

蒙瀯道中

雾景丹崖翳，惊泷黑浪奔。石皴牢置屋，树密小团邨。古驿兵旗闪，空江盗气尊。看山多亦倦，高卧藉微暄。

（《定山堂诗集》卷11）

晚泊欲登观音岩不得

其一

不有千重嶂，能停万里舟。衔杯堪信宿，秉烛阻行游。林气烧山白，

江星入雾流。探源惊壁立，先共短筇谋。

其二

旧说悬崖异，真攀曲磴高。过云低碧汉，垂绠险丝毫。径歹看天转，楼孤俯涧牢。抱珠龙正睡，惊起蹴层涛。

（《定山堂诗集》卷11）

乘月放舟过观音岩

其一

忽漫移飞楫，惊呼万峭前。洞虚遥透火，石出倒浮天。碧乳蛟宫注，丹梯鸟迹迁。半山星月影，平挂众峰巅。

其二

羽翼凭虚骋，身忘绝壑中。香灯何夏腊，天地此房栊。大海晴岚聚，曹溪遂谷通。岩花春浪细，还许驻孤篷。

（《定山堂诗集》卷11）

雨中入南华礼六祖真身并拜憨大师塔院

其一

浩劫西来愿，春泥屦肯封。法云悬一水，香雨散诸峰。沙细青林磴，天空午蓦钟。苍苍初地迥，花叶启南宗。

其二

老石盘榕大，修篁拔地阴。到山群籁息，过雨翠微深。迟暮悲尘事，兵戈长道心。风幡珠塔外，真有妙香寻。

其三

依旧卢居士，千春过劫灰。凤因明智药，大事到黄梅。兽网香云护，龟宫毒雾回。派留衣钵远，龙象未须哀。

其四

坠石悬腰后，飞泉卓锡前。了知心不住，安用迹频传。炼慧因多难，开天小四禅。经行祇树遍，粥鼓静花烟。

其五（以下三首纪憨大师）

再辟幽溪雾，延缘石栈分。入门丛桂长，击磬祖堂闻。腊净层台雪，龛移五老云。当时担骨血，瘴岭学从军。

其六

谁信溪山老，阴关庙社忧。祸机缘羽翼，年谱自春秋。憨公曾在五台祈储。出世心偏热，支倾死未休。人天纷涕泪，空指法幢流。

其七

屠肆天风扫，金绳海色明。四山浮坐具，千指束躬耕。茶笋春塍贱，

205

韶文化研究丛书

卷四 清代上

征徭累代轻。鬘云珠玦绕，不改梵宫清。

其八

好事岷峨客，桄榔复此庵。风波增慧业，亲串共烟岚。苏程庵事。代易松千尺，人归月一潭。平生诗酒污，今日洗瞿昙。

（《定山堂诗集》卷11）

花朝雨中扶病过梅岭时天已暝矣

其一

一春阴霭却花朝，草细青泥马不骄。过雨苍松浑碧净，插天孤嶂果岩峣。健游岂胜穷归乐，乡梦难因旅病销。莫向岛门重寄眺，连山兵甲隐渔樵。

其二

路危曾不改烟岚，昏黑偏将绝壁探。香入岸花摇石峡，林开风磴响幽潭。鹧鸪声送蛮云断，猿狖天惊紫雾舍。欲洗客愁须并日，茶香笋绿到江南。

（《定山堂诗集》卷25）

赵进美

【作者简介】赵进美（1620—1692），字嶷叔，益都（今山东青州）人。明崇祯十三年（1640）进士，仕清，官至福建按察使。著有《清止阁集》八卷。

度庾岭

岂意中原目，来看庾岭云。万盘石路转，千古地形分。峰色依松见，泉声绕涧闻。驻车萝薜下，朝雨洗苔文。

（道光《直隶南雄州志》卷17）

度庾岭数里山势郁秀松萝蒙蔚怪石嵌空苔绣错出有作

劳役获幽赏，炎荒快此行。桃花春坞静，松叶石桥清。路逐溪深得，山如人意成。晚霞生积翠，斜日鸟边鸣。

（道光《直隶南雄州志》卷17）

庾岭夜宿

归鸟飞何急，遥山望更回。登临增白发，风雨宿红梅。野竹穿坭出，林花傍独开。明时身万里，推枕起徘徊。

（道光《直隶南雄州志》卷17）

朱彝尊

【作者简介】朱彝尊（1629—1709），字锡鬯，号竹垞，秀水（今浙江嘉兴）人。康熙十八年（1679）以布衣举博学鸿词，授检讨。参修《明

206

史》，著有《曝书亭集》《日下旧闻》《经义考》等。

雄州歌四首

其一

雄州满目瘴云霾，风物当年亦可怀。大庾梅花连小庾，正阶流水入斜阶。

其二

绿榕万树鹧鸪天，水市山桥阿那边。蜑雨蛮烟空日夜，南来车马北来船。

其三

浈江西下墨江流，来雁孤亭春复秋。十部梨园歌吹尽，行人虚说小扬州。

其四

山头风急雨凄凄，篁竹荒茅一望迷。纵有归人归未得，虚劳夜夜子规啼。

（《曝书亭集》卷3）

凌江道中

远客千行泪，离城一叶舟。生憎江上水，不肯向东流。

（《曝书亭集》卷3）

杨历岩观瀑布水（并序）

先生杨历岩题名云，顺治戊戌，子归自南海，将逾岭，太守平湖陆兄世楷咸一留予廨北西爽亭，积雨翻盆，三旬不止。五月朏晓，起睹日出乃联骑入山，循梯磴入祠，凭栏眺听。

瞻途越修畛，遵渚拂芸苔。驾言陶嘉月，采隐涤氛器。舍车循曲汜，扪葛升陵乔。柔荑挺英蕊，灌木蔚丰条。仰沾潺湲沫，俯聆载道飙。逝者如斯夫，荐至非崇朝。静观群化迁，始悟万象超。一鼓丘中琴，清响流山椒。鸣鸟声相求，潜虬德弥劭。愿言絷白驹，于焉久逍遥。

（《曝书亭集》卷4）

注：诗序据道光《直隶南雄州志》卷17补。

下岭

天池从此始，万里极沧溟。地实扬州境，山同剑阁铭。元黄怀我马，长短数官亭。乡路云霄外，虚瞻牛斗星。

（道光《直隶南雄州志》卷17）

度大庾岭

雄关直上岭云孤，驿路梅花岁月徂。丞相祠堂虚寂寞，越王城阙总荒

207

芜。自来北至无鸿雁，从此南飞有鹧鸪。乡国不堪重伫望，乱山落日满长途。

（《曝书亭集》卷3）

南安客舍逢陆郡伯兄（世楷）以滕王阁诗见示漫赋

忆昨君从柘湖至，扬舲争发吴趋市。京口相逢借问君，舣舟扬子江心寺。晴云缥缈散碧空，欻忽破波生长风。孤舟如巨鱼，鼓鬣洪涛中，川原迢递不可极。布帆飘忽随西东，我从鹿渚超长薄。君到洪都更栖泊，远望开襟彼一时。冯高独上滕王阁，兹楼崛起天下雄。珠帘绣柱垂文虹，当年王师此高宴。一时词赋推群公，留题真迹不可见。烟云过眼须臾变，古来文采光焰长。千载王郎信堪羡，君家兄弟才难伍。甫里声名动江左，挥毫落纸气凌云。坐今长才失千古，我亦天南万里行。白衣摇橹度江城，闲云潭影徒回首。南浦西山空复情，大庾城边日将酉。下马逢君复揾手，座上新开北海樽。客中饮我兰陵酒，酒阑相示绝妙辞。九茎胜食斋房芝，曲终定有湘娥怨。读罢如闻帝子悲，当前胜地不得上。使我沉吟一惆怅，舟楫重过定几时。云山满目知无恙，明发梅花岭外看。长从驿使报平安，侧身天地多知己。且莫频歌行路难。

（《曝书亭集》卷3）

席上留别陆兄（世楷）

但秉中宵烛，重为旅客吟。骊驹即长道，丝竹本哀音。越峤停云远，秦关落日阴。无劳歧路别，酒坐已沾襟。

（《曝书亭集》卷4）

庾岭三首

其一

不随野雀栖，不抱斜阶流。顾兹非我乡，胡然人滞留。侵星陟长阜，亭午次崇丘。丸丸青松偃，郁郁玄云浮。有潦自东来，毕景忽西遒，征夫念独宿，徒御方相尤。

其二

相尤夫何为，独宿在车下。往矣岁聿除，来思月惟夏。大仪互回游，芳华两徂谢。回车感长途，如岁匪遥夜。我马既已瘏，征夫本靡暇。日旦候鸡鸣，严程起凤驾。

其三

凤驾逾秦岭，连冈势逶迤。一为愁霖唱，慨彼东山诗。沾我征衣裳，素丝以为缁。不愁裳衣湿，所嗟徒御饥。薄寒忽中人，不异三秋期。言旋虽云乐，翻使我心悲。

（《曝书亭集》卷4）

谒张曲江词

峻板盘神树，阴崖凿鬼工。芳尘羽扇冷，春燕玉堂空。不睹关门险，谁开造化功。经过遗像肃，千载岭云东。

（《曝书亭集》卷4）

岭外归舟杂诗十六首

其一

黄木湾西庙鼓挝，春潮漾漾没蒲芽。翻嫌二月归程早，一路攀枝未作花。

其二

蛮江豆蔻一丛丛，牡蛎墙围半亩宫。贪看河头采珠女，轻帆不趁酒旗风。

其三

枕外潮鸡报二更，胧胧月底暗潮生。客心最喜舟师健，贪趁朝霞半日晴。

其四

船头酾酒佛山过，七尺乌篷疾似梭。行到西南旧时驿，惊心榕树已无多。

其五

三水城楼照落霞，渔村处处见捞虾。夜来欸乃听新曲，不是渔家是笛家。

其六

飞来寺脚束江涛，径入双林磴转高。怪道褰帘蝴蝶至，军持新插紫山桃。

其七

棹郎乡里面都黔，撑尽筎篙秃指尖。水饭干鱼乌榄豉，生来不食广州盐。

其八

紫栋花香映水窗，舟从大庙出奔泷。晚来欲雨犹未雨，峡里鹧鸪啼一双。

其九

新开花县压层峦，群盗停探赤白丸。不是合阳王给事，浈阳行旅至今难。

其十

山坳一水忽分流，两岸多停楚客舟。夜半东风齐笑语，月明打鼓上

连州。

其十一

弹子矶高高插天，篷窗未许客安眠。寻常一色四更月，独有此山啼杜鹃。

其十二

曲江门外趁新墟，采石英州画不如。买得六峰怀袖里，携归好伴玉蟾蜍。

其十三

修仁渡接始兴江，半挂魔幢半佛幢。记得三枫旧曾泊，更无风雨打船窗。

其十四

澹公山水入奇怀，陆守频营绣佛齐。白社风流今已尽，更谁说法上丹崖。

注：丹崖精舍，表兄陆侯世楷守南雄日，为澹归禅师建。师姓金氏，讳堡中，崇祯庚辰进士，牧临清州。乱后隐于浮屠，后卒于平湖。

其十五

青箬竹尾凤毛纤，银箸滩头石角尖。五里一泷成十里，虚劳估客记邮签。

其十六

雄州郭外万人家，小店临流大道斜。才是野蔷薇落后，白花开遍苦丁茶。

（《曝书亭集》卷16）

梁吉士以罗浮蝴蝶茧二枚赠行曲江道中一蝶先出篷底联句成三十韵

故人赠我行，方物当所选。彝尊
笥发诧骈罗，中有蝴蝶茧。名荪
两两折枝挂，一一槁叶卷。昆田
动摇槌悬风，妥贴圹缀冕。彝尊
厥包同米囊，其文比竹篆。名荪
末如蝉翼轻，齐女鬟垂鬋。昆田
诗朋争爱惜，实之黄箧箪。彝尊
薄寒巾密覆，迟日窗始展。名荪
隔笼频摩挲，并棹迭窥眄。昆田
形随秋燕蛰，候早春蛹蟮。彝尊
我梦为庄周，栩栩兴匪浅。名荪
俄然一茧破，有若子初娩。昆田

停桡疾招呼，急走忘足跣。彝尊
斑斓五采错，的皪九光显。名荪
层层金泥涂，屑屑云母碾。昆田
丝丝春江濯，幅幅朝霞剪。彝尊
孔鸾一毛截，瑇瑁片甲软。名荪
眉过粉蛾长，翅类仙鼠扁。昆田
繸纁变周官，绘绣备虞典。彝尊
曾闻朱明洞，大者如轮转。名荪
悠扬千花丛，下上百丈巘。昆田
或云麻姑裙，裂之在苍藓。彝尊
或云葛翁衣，贮之在丹甗。名荪
纷纶辞各异，无乃传者舛。昆田
梦想四百峰，有约末由践。彝尊
未逢采雀灵，徒说哑虎善。名荪
名山应见笑，竦诮岂能免。昆田
睹兹凤凰子，仿佛列仙遣。彝尊
入山夫何难，归舆面有腼。名荪
明当放汝还，华首恣游衍。昆田

（《曝书亭集》卷16）

临江仙·寄题澹公丹霞精舍

兰若去天三百尺岑参，生涯一片青山顾况，朝看飞鸟暮飞还李顾，爱兹山水趣阎防，还肯到人间张谓。

风景苍苍多少恨刘沧，猿声南接荆蛮令狐楚，树深藤老竹回环白居易，何时一茅屋杜甫，吾党共追攀贾岛。

（《曝书亭集》卷30）

杨历岩题名

杨历岩去南雄府治二十里，嵌龙祠于崖半，瀑短而流长，石黝而沙白，有灌木，无浓花，以是游人罕有过者。顺治戊戌，予归自南海，将逾岭，太守平湖陆兄世楷咸一留予廨北西爽亭，积雨翻盆，三旬不止。五月朏，晓起，睹日出，乃联骑入山，循梯磴入祠，凭阑眺听。俄而酒榼至，相与下坡，摽吏人林外，踞石而坐，杯行久，不知日之西驰也。当太守兄之官日，杨明府自西知高要县事，期予同往，两舟共泊蒜山之麓。太守语予，五千里长路，必有山水绝胜，吾党足以留连酬和。是晚北风甚烈，扬帆拔碇，两舟齐发。次日行八百里，或先或后，概不相及。迨抵南安驿，始相值焉，盖合并之难若是。今者获探山水，览清和之霁色，聆飞瀑之清音，且坐无恶客，可以赋读。小雅言之矣，尔酒既旨，尔肴既嘉；岂伊异人，兄弟匪他。于焉

相顾而笑，各成古风一篇。并书岁月、姓名于龙祠之壁。

（《曝书亭集》卷68）

董其生

【作者简介】董其生，雷州推官，生卒事迹不详。

登雄州城楼

乱石崩沙舞上游，青山欲共客心愁。地分岭北连三楚，人到天南第一州。溱水戈船新下濑，夜郎乘传此登楼。偏惊啼鸟能留客，苦竹峰前唤不休。

（道光《直隶南雄州志》卷17）

朱锡中

【作者简介】朱锡中，生平事迹不详，从同治《直隶南雄州志》对诗文的排列规律看，应为顺治、康熙间人。

九日奉陪陆孝山使君游青嶂山

其一

秋爽肃林樾，松揪缀客裘。去年曾载酒，此日更同游。岂识金银气山有银矿，为贪山水幽。登高能作赋，太守旧风流。

其二

蛮乡冰雪少，木叶四时留。茶坞霜花乱，龙潭瘴雨收。日光明竹露，风味入山秋。坐把茱萸看，凄然忆旧邱。

（道光《直隶南雄州志》卷17）

汪莲

【作者简介】汪莲，清人，生卒年、籍贯不详。

过梅岭

远峤春深积翠重，篮舆晓发白云封。泉声迥落千岩石，曙色全遮绕径松。半岭有人堪问俗，层峦无路强扶筇。由来此地多邮使，安得梅花二月逢。

（道光《直隶南雄州志》卷17）

陈子威

【作者简介】陈子威，生卒年、籍贯不详，官至广南韶道。

庾岭晓行

大庾侵晓驾星车，百粤关山到眼初。朱旆数行迎剑舄，黄梅半岭过琴书。松依乱石相高下，衣惹闲云自卷舒。霁日方升茆舍外，笑看野老倚长锄。

（道光《直隶南雄州志》卷17）

南雄

青嶂千重扼岭东，天南郡治此称雄。岩飞瀑影依仙女，山吐云光说谢公。燕剪已经翻昼白，马蹄空忆踏梅红。停鞭叱驭楼前望，为念苍生一采风。

（道光《直隶南雄州志》卷 17）

杨信

【作者简介】杨信，生平事迹不详。

梅岭

形胜千盘险，星云百粤开。气分霜雪候，地接女牛隈。谷响啼猿集，天空鹜鸟回。踞鞍频骋望，遥慕曲江才。

（道光《直隶南雄州志》卷 17）

舟发雄州

江山行未尽，一苇越江喷。帆影洲前出，渔歌浦外闻。腊残常计日，人远惜离群。不识南巴路，低回送夕曛。

（道光《直隶南雄州志》卷 17）

赵开雍

【作者简介】赵开雍，字五弦，江南宝应（今江苏宝应）人，生卒年不详。顺治十七年（1660）任兖州推官，后迁南安同知。

登梅岭

磴道通吴粤，残碑尚勒年。高攀一线岭，下瞰百蛮天。偃蹇龙鳞古，悬崖鸟道穿。山灵须拥护，万里绝烽烟。

（道光《直隶南雄州志》卷 17）

吴百明

【作者简介】吴百明，字锦文，仁和（今浙江杭州）人，生卒年不详。举人，历官肇庆推官、南和知县，著有《朴庵集》。

度庾岭二首

其一

蓟门跋涉马蹄穿，南北驱驰路八千。椰酒旧闻摇土俗，岭云新识粤山川。软舆仰接前人履，峭壁横飞石罅泉。即今陇头逢驿使，相思那得有梅传。

其二

绝巘崔嵬不可攀，巨灵设险在当关。扶筇畏陟岭上岭，柱笏遥看山外

山。丹树盘崖晴色远，白云出岫客心闲，向平五岳何年遂，采药还愁鬓已斑。

（道光《直隶南雄州志》卷 17）

陆浚睿

【作者简介】陆浚睿，字未庵，生卒年不详，浙江平湖人，著名学者陆长庚之孙，官至宣府推官。

度大庾岭

望望梅关敢载驰，南荒瘴气任迷离。闲云犹护禅师钵，衰草能留相国祠。正苦羊肠鸿未度，欲穷鸟道马先疲。息肩亭上重回首，古驿斜阳动远思。

（道光《直隶南雄州志》卷 17）

种玉亭

避暑惟宜憩小亭，夕为蝴蝶旦为萍。莲花灼灼偏多白，榕树阴阴不改青。将晚瘴云窗外落，弄晴蛮鸟枕余听。流风恨失凌江志，只读遗文忆九龄。时新刻曲江文集。

（道光《直隶南雄州志》卷 17）

游杨历岩

其一

五月山田未放花，探奇炎日路偏赊。为看古木遥相接，渐见危楼近复遮。架屋阴岩称绝壁，充厨引涧试新茶。登临到此尘心豁，笑指仙岩是我家。岩半有祇林寺，供成公祖师肉身。

其二

当年剪棘辟疆勤，自有金山轶典坟。龛外一灯常寂寂，人间万劫总纷纷。晴初瀑布俄惊雨岩顶有龙潭水注下为瀑布，树结蒲团可坐云从一线天缘柯而上得大小蒲团皆榕根所结。岂爱纳凉耽玩久，石桥归路尚余曛。

（道光《直隶南雄州志》卷 17）

陆世楷

【作者简介】陆世楷（？—1691），字英一，号孝山，浙江平湖人，陆浚睿子。顺治三年（1646）拔贡，累官至南雄知府、贵州思州知府，所到之处清廉爱民，兴学造士。主持修撰《南雄府志》，著有《种玉亭词》《越吟》《晋吟》《齐吟》等。

杨历岩

随刊阻禹迹，山川委荒陲。元戎肆薄伐，岭表方芟夷。拥旄秦关侧，散骑浈江湄。师行既闲暇，临眺乘斯时。修篁夹广路，飞泉注中池。策马登山椒，仰睇何嵚巇。丹梯一以辟，佳名水勿移。层崖昔铭石，深谷今沉

214

碑。资达不可作，千载空怀思。

（道光《直隶南雄州志》卷17）

放钵石

少年未闻道，希世情皇皇，理楫越江诸，溯洄天一方。溯洄忽已穷，改辙登高冈，迢递入云际，俯视飞鸟翔。崇关独夫壮，古松千岁长。松下聊偃憩，挹彼流泉香。荒萝冒幽石，龙象驯其傍。西来迹窈冥，南土道大光。秉雪理既晰，传衣是非荒。愿言谢圭组，尘外聊徜徉。

（道光《直隶南雄州志》卷17）

登大庾岭初谒文献公祠

庾岭非复绝，瞻之若岱宗。地通峦服远，山接瘴烟重。避雪一行雁，千云百代松。生平攀跻意，今日快登龙。

（道光《直隶南雄州志》卷17）

书堂怀古（试始兴童子题）

金鉴千秋在，斯文孰与伦。空吟白羽扇，不睹紫芝园。雨藓侵书壁，烟萝冒席门。墨江春浪急，犹似倒词源。

（道光《直隶南雄州志》卷17）

南安道中望大庾岭

水击三千始沂源，据鞍犹自问南辕。荒荒砂碛疑无路，历历烟林别有村。独向岭头探虎穴，谁从天际凿龙门。褰帷叱驭前贤事，试看梅花几树存。

（道光《直隶南雄州志》卷17）

下岭

崇山登降已云疲，岭外烟峦入目奇。晚岫青葱何郁郁，寒林黄绿尚离离。几家茅屋兵戎后，夹路乔松剪伐遗。多少南来词赋客，停骖挥泪写新诗。

（道光《直隶南雄州志》卷17）

初入郡界

村不见瓦屋，山惟聚石头。南来半万里，风景似东牟。

（道光《直隶南雄州志》卷17）

种玉亭（雄州署中）

竹树杂芳堤，看花日欲西。跃波鱼在藻，衔草鹿鸣麚。庙似逢神女亭旁有七姑神庙，亭疑致碧鸡。使君贤尚古，种玉更留题。

（道光《直隶南雄州志》卷17）

姚昌允

【作者简介】姚昌允，生卒年不详，辽东海澄（今福建漳州）人。康熙九年（1670）任南雄通判，十四年升任南雄知府。

张文献祠

文献千年在，祠堂祇树阴。经纶江水远，开凿岭云深。月皎垂金鉴，风清响玉琴。松楸临古路，一片岁寒心。

（道光《直隶南雄州志》卷17）

梅岭

霞蔚云蒸台岭头，梅关自古镇雄州。天开一道萦纡入，壁落千寻紫翠浮。长浦月高横笛噪，凌江花满鹧鸪愁。越佗虎变东南后，形胜盘空势未休。

（道光《直隶南雄州志》卷17）

屈大均

【作者简介】屈大均（1630—1696），字翁山，号菜圃，广东番禺人，著名诗人。早年参与抗清斗争，晚年致力著述，著有《翁山诗外》《翁山文外》《翁山易外》《广东新语》《皇明四朝成仁录》。

题李韶州种竹图

韶阳几载行无事，九郡如公真卓异。手种篔筜翠映空，鸾凤欲为神君至。琅玕截取作请箫，吹出元音满紫霄。冉冉重华仙驭降，纷纷韶石彩云朝。九成台畔行春早，甘雨随车禾麦好。孝慈更使竹多孙，六县讴歌慰尊老。朱幡露冕下佗城，贵倨应深捉吐情。有道岂须姝子告，多文犹恐使君轻。

（《翁山诗外》卷3）

韶石歌韶州太守席上作

使君五马从韶阳，春融开宴来仙羊。夸予韶石三十六，芙蓉一一摩青方。韶阳千里尽奇石，各为根株森相望。篝龙拔地动千丈，大小削成纷圆央。瑶簪玉柱千万计，排立有时如堵墙。巨灵荡踏苦无力，岩岩铁壁当中冈。使君挂笏韶石下，氤氲紫翠流衣裳。双峰左右接天阙，二楼高下临皇冈。重华对越俨精爽，二灵仿佛非鸿荒。神明沕穆合古乐，箫韶口夕深微茫。南薰再鼓解民愠，玉琴之外无陶唐。香炉宝盖试击拊，安知不可仪凤凰。无声之乐道所贵，期君肉味长相忘。香炉、宝盖二石名，皆韶石也。

（《翁山诗外》卷4）

张文献公祠

南人初作相，始自曲江公。风度朝廷肃，文章岭海雄，开元多事业，大庾有祠宫。一自陈金鉴，君王念不穷。

（《翁公诗外》卷5）

度腊岭

一径穿红树，千盘堕白云。衡湘林外出，交广岭头分。流水如人语，

迥峰似雁群。间关何所事？荡子去从军。

任嚣城

泷口高城在，将军旧启疆。观星知越霸，绝道待秦亡。虎豹三关踞，
旌旗五岭扬。保民功不小，祠庙遍炎方。

乳源出水岩采雪花赠高士周孝廉诩

乳山多异卉，岁晏发寒林。不作冰霜色，谁知草木心？幽香盈石室，
素影傍瑶琴。迟暮吾何惜？凭将答所钦。

过泷

水出王禽领，飞腾作六泷。蹴天过万嶂，驱石落三江。舟楫惊相战，
蛟龙怒不降。汉时周太守，琉凿奠吾邦。

险绝过泷水，舟飞沸鼎中，死生随白浪，出没信狂风。沉璧祈河伯，
闻山叹鬼工。单船如一叶，片片落秋空。

性命悬三老，舟行若转蓬。心安过一石，身小束千峰。猿啸梅花里，
人栖竹叶中。年年白头浪，送客欲成翁。

舟从九渊出，势挟蛟龙强。巨崖皆辟易，白浪共飞扬。忠信豚鱼格，
高深孝子伤。生还天地意，从此戒垂堂。

乐昌水涨

春水三泷发，惊流雨壁飞。蹴天过叠嶂，洒雪乱晴晖。树影连城暗，
猿声出浦微。几时捐世事，来此坐渔矶。

冬日英州山中

山山黄叶尽，残雪响枫林。天入群峰小，泉归一壑深。高松寒立影，
明月正栖心。冉冉岁华暮，谁来问玉琴？

浈阳舟中

离乡曾几日？不断梦庭闱。自是慈恩重，非关道力微。空江过宿雨，
细草媚朝晖。未忍寻山水，秋深定卜归。

送沈文学之韶州

三十六韶石，芙蓉翠可怜。重华曾奏乐，遗响在林泉。龙驭留荒服，
珠丘隔暮天。凭君陈桂酒，去酒九疑烟。

桂水三泷口，衡阳五岭门。秦关惟此险，朔马至今屯。莫道炎天小，应知赤帝尊。君看形势好，彩笔定飞骞。

雕胡分雁膳，临水劝加餐。一路篙舟去，愁君日上滩。肉芝含雪辰，花瘴人秋残。处处仙灵窟，长谣拂羽翰。

（《翁山诗外》卷7）

梅鋗

庾岭惟秦塞，台侯是越人。重瞳封万户，勾践有孤臣。湞水乡闾旧，鄱阳俎豆新。千秋交广客，欲继入关尘。

艰难自梅里，此地奉君王。岂欲兴于越，惟知祀少康。仇从高帝复，名在《汉书》长。食采梅花国，人钦万古香。

蠢尔龙川令，乘时窃一州。徒能欺二世，不解助诸侯。冠带迟南越，车书阻上游。将军勾践裔，智勇著春秋。

（《翁山诗外》卷8）

赋得垂柳送客出梅关

垂柳与行人，依依为好春。无能系骝马，只解作花茵。吹笛且容与，出关应苦辛。枝间鸟八九，望尔白头新。

（《翁山诗外》卷8）

赋呈韶州陈太守

韶阳贤太守，听政九成台。帝与薰风曲，人随翥凤来。花中瑶圃出，枣下画輈开。欲就重华甚，陈辞愧楚才。

神君先教化，不让古循良。祭酒求荀子，笺经问郑乡。仁山韶石大，智水曲江长。风度楼前月，遥遥沐景光。

三十箫韶石，中开天阙高。一从回玉辇，终古想云璈。政暇舒清啸，官闲枕海涛。彼姝无以告，未敢辱干旄。

五马当南塞，关门咫尺中。梅花秦锁钥，桂树越房栊。六具师明德，三城待圣功。相如惭末学，亦欲就文翁。

（《翁山诗外》卷8）

自胥江上峡至韶阳作

送至禺阳返，含情是海潮。峡犹云母隔，峰已石人招。古寺愁飞去，无人问沉寥。菩提兵火后，一树自南朝。石人谓望夫石，古寺谓飞来寺。

胥江沙水浅，取蚬蕈船多。男女无余粟，生涯是扁螺。吞腥安水土，足跣弄烟波。苦竹春丛外，时时闻斗歌。蚬一名扁螺。

潮鸡鸣未已，微月逐潮生。水宿难为夜，舟开不待明。半帆烟树影，一枕草虫声。不寐怀衰白，劳劳水菽情。

夜久息群动，寒螀听渐微。那知零白露，但觉湿罗衣。鱼食星河影，凫眠水石矶。坐来斜月上，吟啸发清机。

江中蕉叶似，小艇卖鱼家。蚝蚕虽无女，钗鬓亦有花。荡桨杨柳浦，晒网鹭鹚沙。白发多公姥，萧萧水一涯。蛋人有三种，一曰蚝蛋。

不觉舟行远，仙源信几重？二禹兄弟峡，一石妇人峰。涧断知无栈，林空似有钟。春来霖雨少，瀑势太从容。黄帝二庶子禹阳、禹号居中宿峡，故峡一名禹峡。妇人峰亦谓望夫石。

一日始一峡，舟行苦逆风。暮春犹苦冻，长路正愁穷。栈阁飞岩外，橧巢古木中。缱夫歌有哭，鲸与断猿同。

草映一川绿，萋萋含夕曛。有无樵子路，三两鹿麕群。峰束易成峡，岩空多出云。削成无数壁，奇自华山分。

屏风知几叠？云锦夹天开。树树倒垂壁，峰峰阴积苔。野花多有子，山雉绝无媒。系艓幽潭口，言采石髓回。

（《翁山诗外》卷8）

复上韶阳述怀呈使君

无端又千里，秋更上韶阳。为有丹霞好，那知白露凉？使君惟孝友，孺子岂文章！分得莱芜釜，微尘已绝香。

尚平游未得，儿女事茫茫。白首劳婚嫁，丹丘阙稻粱。殷勤干太守，不敢卧羲皇。好是言辞拙，相知迹久忘。

一路迎鸿雁，行将及庾关。那能似潮汐，只到二禹间？母待韩康出，儿催孺仲还。艰难因水菽，末忍老栖间。

不出非慈孝，晨昏且暂违。负多千里米，餐少一人薇。知己惟廉吏，无颜是褐衣。晏婴鞭可执，忻慕似君稀。

楼中容易捉，不是酒仙人。迹向台门托，情将露冕亲。能令高士贱，祇为使君贫。一勺浈江水，鱼枯未湿鳞。海内无长句，山东有谪仙。吾师惟乐府，汝爱似青莲。狂客四明在，神君一代贤。金龟重使醉，水底酒星眠。

（《翁山诗外》卷9）

五十生日在九江舟中五十又一生日在韶州舟中有赋

两年生日舟中度，笑共妻孥倒绿樽。五岳未归非子女，三公不易是鸡豚。匡庐雨过晴川阔，韶石云开玉阙尊。五十正当而慕日，白头喜共北堂存。

（《翁山诗外》卷9）

留别南雄某别驾

别驾多才尽不如，南来初下白门车。六朝春色归辞赋，五岭梅花绕簿书。玩世堪为濠上吏，浮家莫羡武陵渔。时予将往沅湘。江南一片萋萋草，愁绝王孙失路余。

（《翁山诗外》卷9）

赠南雄某总戎

秦时南塞此雄州，锁钥凭君控上游。霹雳泉边开大帐，梅花国里坐台

侯。家存两代山河誓，地接三城鼓角秋。幕府只今才子在，移家吾欲傍风流。

（《翁山诗外》卷9）

韶阳恭谒虞帝庙有赋

庙枕皇冈古色春，冕旒遗影细生尘。娥英变化元天女，麋豕依稀是野人。仙饭一丛香草掇，御床三尺玉琴陈。阶前拜手敷辞罢，泪洒幽篁似楚臣。玉辇何年八桂来，衣裳垂向九成台。千秋历数躬犹在，一代龙鱼事可哀。斑竹风生鸾吹起，苍梧日落象耕回。骚人怅望惟瑶圃，欲就重华未有媒。南巡往日怜韶石，遍奏鸣琴六六峰。天阙自开双锦绣，翠华长驻一芙蓉。月明瑶瑟来双女，风起珠尘绕六龙。云里帝城蒲阪似，葱葱御气绛绡重。韶城楼有额曰"云里帝城"。怅望沅湘有所思，楚宫泯没至今悲。三闾大族惟三户，九面衡阳岂九疑？歌舞东皇曈未出，夷犹北渚月频移。零陵不是来龙驭，讵有湘累谒帝时？开辟文明五岭新，山河敝屣此南巡。讴歌一日无贤子，禅受千秋有罪人。俎豆偏多荒服外，兰荪末借楚江滨。精灵亘古同霄汉，不道湘妃是女神。野死洣阳恨未央，竹书遗事总荒唐。象于有鼻称天子，羽亦重瞳作霸王。韶石山连三峡险，曲江水接六泷长。南熏愿得留终古，先为炎天散早凉。始兴有鼻天子冢，盖谓象云。

（《翁山诗外》卷9）

将度梅关赋赠南雄朱参军

十载天南此谪居，鸳湖归兴近何如？官衙喜傍红梅驿，春野堪陪白鹿车。自昔仙人多守令，未应吾道在樵渔。浮家我且临京口，相待金焦共著书。

（《翁山诗外》卷10）

度梅关作

苦恨秦关一道通，人如去雁与来鸿。梅花但为台侯植，锦石难同陆贾封。五岭由来称塞上，三城久已作回中。越王谓勾践留得多豪俊，战败屠雎最有功。

八度人关逐雁飞，寒门北去暑门归。黄金结客无衣食，白首为家有翠微。天下侯王须漂母，先朝臣妾尽明妃。频来空使梅花厌，未见龙沙一奋威。梅关上有额曰"人关"。

（《翁山诗外》卷10）

度岭赠闺人

双双抱子度梅关，三妇空将二妇还。大别魂来秋月下，秦淮骨在暮云间。儿孤自逐黄泉母，人老难当白玉鬟。到日高堂应涕泪，好持鱼鲙更承颜。

三度携家此岭头，闺中秦越各欢愁。无多骨肉贫犹别，不尽关山老更游。玉枕山名频同新妇夜，红梅已谢故人谓华姜秋。平生踪迹希梁孟，欲把

吴门作首丘。

　　吴楚烟波共溯洄，三年兔上望夫台。市门不独居梅福，堂下依然戏老莱。荔子复承丹口笑，扶桑重为玉颜开。三雏娇小随行役，解作吴音劝酒杯。

　　娇女新生字阿京，还家添得笑啼声。平阳自是千金橐，织素空携万里行。弗子未能忘伯禹，非男亦可慰渊明。中年至性伤哀乐，陶写难凭丝竹清。太白女名平阳，太冲女名织素。

　　情多儿女易流连，五十犹迟寡过年。吴札未干嬴博泪，左思频有惠芳惠芳亦太冲女怜。将雏且度梅花栈，养母难营涨海田。忆作啼鸟栖白下，依依宫柳拂寒眠。

　　啼鸟愁自白门归，故国楼台惨夕晖。无主岂能生羽翼，非时安可舍芝薇？峨眉忍作要离剑，蝶翅堪裁葛令衣。自古仙人贵偕隐，不关思甚恋闺帏。

（《翁山诗外》卷10）

韶阳舟中作

　　韶阳怪石夹江多，松树枝枝若女萝。乱削山簪皆碧玉，横牵水带是青罗。盘盘马逐峰峦转，曲曲舟穿洞穴过。行客最怜乡国近，白头膝下得婆娑。

（《翁山诗外》卷10）

自中宿上韶阳道中有作

　　潮到禺阳一宿回，峡门南北向江开。玉环已绝仙猿迹，长笛空传帝子哀。黄鹄有心终一举，白云无恙自重来。峰峰相对都相似，彩翠纷纷入酒杯。

　　二禺离合似罗浮，三峡萦回到郁洲。螺女望夫山石老，秭鹃思妇野云愁。何心帝子偏长往，有恨王孙定久留。最是南朝余古木，萧条落叶易高秋。

　　嵯峨峡口多奇石，一一香铁不似峰。夹岸赤城开锦绣，满江青影倒芙蓉。松篁处处迷山寺，洞穴时时应暮钟。未尽诸滩愁妇子，眠篷不遣一人松。

　　险绝飞崖半压舟，纷纷象马石当头。风教急峡三朝过，雨遣惊滩一日留。山鹧催归知有梦，野花多故肯忘忧。迷津欲向烟波问，渔父无人只白鸥。

　　峰作华不四注来，芙蕖何处翠华台？一天石笋穿霞出，百道云门夹水开。去路苍茫边雁引，归心断绝野猿催。嗷嗷乌乌霜林外，菽水干人愧不才。

　　北风吹饱一帆弓，下水憎他竹箭同。百丈攀缘愁鸟道，千盘上下苦蚕

丛。峰多牙角森相触，石积青冥郁不通。绝壁有时如射的，烟萝穿遍翠玲珑。

天然勾漏几峰深，弹子谁穿铁壁心？乱出风云无数宝，长含水石有余音。空中花满知霜瀑，绝顶松多隐玉簪。猿鸟不知人有怨，声声相应膝间琴。壁上有大孔，云黄巢弹子所穿，名弹子矶。

横斜多似不成峰，迸出空冥尽籋龙。四壁痕留干瀑布，半天香堕湿苔松。潭边猿狖枝枝影，石上麇麖处处踪。灌木悲吟山鬼答，离忧何处更相从？

一重烟雨一重愁，深掩蓬窗听瀑流。多羡无家惟白鹭，绝怜如故是黄牛。渔灯稍辨沙边驿，戍角频惊江上楼。垂老始知行役苦，于陵衣食向人求。

鹧鸪相唤白花潭，多事雌雄只向南。越鸟亦知怜久客，空闺应枉种宜男。帆樯拂尽千峰翠，衣带拖残一水蓝。井畔未留庐橘树，高堂无养望苏耽。

（《翁山诗外》卷10）

至韶阳呈陈使君

依依又向谢公楼，未尽欢娱是倡酬。孺子知交多太守，少陵宾客老诸侯。吟开紫翠双天阙，卧治神明一太丘。莫笑《白华》贫处子，无营偏作稻粱谋。

惠阳招手复韶阳，爱客风流两郡长。才向右军观笔阵，又从仲举拂书床。冰弦日奏满炎服，玉玺天褒首瘴乡。自是重华苗裔好，九成台畔易循良。右军谓王惠州。

（《翁山诗外》卷11）

梅关道中

窈窕台关路，苍松夹岭斜。鹧鸪蛮女曲，茉莉汉臣花。

（《翁山诗外》卷12）

始兴江口

梅峤春生霹雳泉，流为浈水欲浮天。新笃正月桃花酒，溪女鲋鱼只百钱。

（《翁山诗外》卷14）

宿乳源道中

马度桥南右路平，黄昏未到乳源城。山楼一夜惊寒梦，不辨松声与水声。

（《翁山诗外》卷14）

韶阳道中望诸峰

削出枝枝是籋龙，无人道是一峰峰。山灵作意为韶石，欲使巉岩似次

宗。华山号次宗。

（《翁山诗外》卷14）

夫溪曲（有序）

夫溪在仁化县东北百里，昔有戍妇送其夫至此，哀动行路，故以名。

夫溪溪水水分流，流向东西似御沟。恨绝当年征戍妇，潮痕长与泪痕留。

鸳鸯不向此溪游，岂有鹭鸶得白头。溪水不将浓泪去，泪红长似落花浮。

（《翁山诗外》卷14）

燕子泉（有序）

燕子泉在翁源治之右，春出秋伏，与燕子同来去，故名。

秋去春来同燕子，翁山山下一蒙泉。八泉与尔同天一，流出千岩万壑烟。

（《翁山诗外》卷14）

生日客韶阳作

行年六十又三时，揽镜英州见秀眉。加我天教韶石似，一峰一岁即期颐。韶石有三十六峰。

一年一朵玉芙蓉，七十依然六十同。更待九年持赠我，一峰分作两三峰。

高堂百岁仗孙嵩，我要奇龄与母同。早学长生因奉养，白头膝下待还童。

老凤生雏雏白头，文章五色作兰羞。今朝出觅琅玕食，也抱啼乌反哺愁。

生近重阳令节时，菊花香送玉杯迟。先予一日怜桃叶，共命雌雄总画眉。予生九月五日，姬人墨西生于四日。画眉，鸟名，其雌雄皆作白眉，故曰画眉。

五日何妨九日同，天将令节属陶公。重阳且喜余三日，莫采黄花尽一丛。

据鞍愁向武溪过，六十成翁笑伏波。矍铄吾今加一岁，未逢衣绣恨如何。马文渊据鞍顾盼，时六十有二。武溪在韶州城西。

（《翁山诗外》卷14）

韶阳吊古

战血依稀带雨新，黄昏白上尽青磷。将军间道无奇策，一败韶阳误汉人。白上，地名。

陇西兵已过陇东，苦县阴城不易攻。兵法自来牵制好，偏师不解断南雄。

223

啾啾鬼哭汉将军，安国头悬塞上云。更有终童能死节，魂留南越甚芳芬。

（《翁山诗外》卷14）

送人度梅岭

天作长城五岭间，雄州缭绕万重山。越王旧治梅花国，秦帝初开大庾关。红叶影中双骑去，白猿声里一人还。乘时自有台侯业，莫使乡愁上玉颜。

（道光《直隶南雄州志》卷18）

重修翁源县学碑 (代)

韶之属，惟翁源山川最胜，有八泉焉，分流翁山之下，汪洋澎湃，是为翁溪之水。学宫当其南，清波照映，源深流长，为邑中之灵境。大令戴君某，甫下车，顾瞻学宫而乐之，为捐俸钱修饰，巍然焕然，俾与山川相称。又买书田，筑号舍，俾诸生讲业有所，弦诵有赡。诸童蒙无师，则代之陈酒殽，出修脯，敦请二三名儒以为教。呜呼，戴君之心，亦可谓勤而笃至也哉！《易》之象，天地既门辟，则以师次君，师之道以养为教，故《蒙》曰"蒙以养正"。养者何？养其身以田以室，养其心以仁以义以忠信，如泉之果行焉，如山之育德焉，而后圣功乃几于成。翁溪之水，山下所出，乃泉之最初，未至于再，至于三者也。为师者，视童蒙之心如源泉，然使之毋失其初，毋悖其本。其朴者，孝弟力田，从事于乡约之中。其秀者，穷六经，习文艺，黾勉于宫墙之内，将见贤才辈出，如泉之湍流瀺沸，昼夜不穷，以供国家一代之用，斯不亦彬彬乎文教之盛也哉。戴君延师之功，视修学为大，然翁源僻处山谷，地广人稀，为师者尝患不得其人。昔子之武城，先以得人为问，得其人，盖所以为教也。世有澹台子羽游历四方，以友教士大夫为事者，戴君其更求之，俾旁近州县皆以之为法，是又予之所厚望也夫。

（《翁山文外》卷7）

鼻天子冢碑

始兴县南二十里，有鼻天子冢。或以为象冢。然象之称天子，何也？《史记》云："禹践天子位。尧子丹朱，舜子商均，皆有疆土，以奉先祀。服其服，礼乐如之。以客礼见天子，而弗臣。"象在当时，岂以天子之弟，亦常载天子旌旗，为禹宾客，隐然有天子之望欤。其或尧为絜弟，代为天子。象当是时，亦尝为禹所让，或有代位之事，而有鼻之人属望之，因亦称之为天子欤。《山海经》称丹朱曰"帝"，则亦可称象为天子欤。其葬始兴也，或当舜南巡狩，象尝躬率诸侯朝于南岳，因从舜以至始兴，而象既薨，即葬之于其地欤。零陵县南，今有有鼻墟焉。而道州亦称"有痹"之地。有痹者何？有鼻也。岂有鼻之地甚广，自零陵至始兴，千里而遥，皆象之封内欤？《大荒南经》曰：赤水之东，苍梧之野，舜子商均所葬。夫舜崩而子弟陪葬，

礼也。始兴密迩九疑，何当时臣庶不以象陪葬欤？抑象之薨在舜陟方之先欤？《括地志》云：鼻亭神在道县北六十里。相传舜葬九疑，象尝至此，后人因祠之，名鼻亭神。则象之薨在舜陟方之后可知矣。《传》曰：舜葬苍梧，象为之耕。象，舜之弟也。耕者，为其兄易治陵寝欤？九州之大，舜乃封象于有鼻，以为其珠丘之主。岂舜故有神灵，先知其将崩于苍梧欤？象既敦友爱之情，宜遗命于其臣，陪葬梧野。今乃二冢相望，云山阻隔，在数百里之外，岂舜神明之所安欤？《礼记》曰：舜葬苍梧，而二妃不能从。或谓二妃葬衡山。衡山在零陵，去苍梧咫尺，何当时二妃，亦皆不得而祔葬欤？吾闻象有神灵。宋时有掘鼻天子冢者，见有铜人数十，拥笏列侍，俄闻墓中击鼓大呼噪，惧，弗敢入。岂象时已有铜人殉葬之事欤？然零陵尝得白玉琯，乃西王母所献，而舜以之殉葬者。则象冢之中，亦宜有宝物欤？舜之亲爱其弟也，天下莫不闻知。当夫烝烝乂时，象既为舜所化，则必能以舜之文德，而施于其国。国人格之，其不敢有犯斯冢也。盖自有虞至宋，亦云久矣。舜崩时，四海丧之如考妣；爱象者，所以爱舜也。且舜放驩兜于崇山，以变南蛮。考《书·疏》，崇山在衡岭之间，与有鼻不远。南蛮风俗，其得于变为中华者，意象必有力焉，南裔之人，为之守视丘墓，二千余年如一日，必不偶然。予尝请于始兴县令某君，为立丰碑，书之曰"古帝舜之弟有鼻国君之冢"。而为之辞以铭之。辞曰：

圣人之弟有象傲，烝烝既乂底于道。封为国君变南蛮，有鼻之人有大造。源源相见在蒲阪，八千里外将若堂奥。南巡帝为至零陵，象帅诸侯作先导。天子为兄乃温恭，亲爱之情化凶暴。重华既没隔九疑，如天之仁何以报？于象爱戴若神明，丘墓松楸为洒扫。葬之不以祔苍梧。爪发留将慰哀悼。代位未遂遗民心，尊称亦蒙天子号。谷木之棺葛为缄，帝也薄葬从所好。君薨岂在陟方前，不与叔均共凉燠。凭霄街土可时来，珠尘随风落烟草。依依精爽随都君，《箫韶》遗音悦襟抱。丰碑峨峨今既立，樵牧俳徊为相保。

（《翁山文钞》卷3）

韶州死事传

韶州死事曰王孙兰。

王孙兰，字畹仲，无锡人。天启二年进士，由刑部郎中出为成都知府。难归。补绍兴，迁广东按察司副使，分巡南韶道。崇祯十六年，献戳破连州，孙兰自缢于官署以死。其门生毛甡为《思旧铭》吊之，有曰：

夫何献贼逼临，连州失守，汤、扬继叛，梁化将降。坚壁五旬，纵断指无乞师之计；孤军万里，以捐躯为却敌之谋。三呼杀贼，再拜投缳。

又曰：征兵不来，乞籴无力，惟有一死，足以退贼。

（《皇明四朝成仁录》卷4）

王士禛

【作者简介】 王士禛（1634—1711），原名士禛，字子真，号渔洋山

人，新城（今山东淄博）人，著名诗人。顺治十五年（1658）进士，累官至刑部尚书。著有《渔洋诗文集》等多种。

大庾岭

五岭界百粤，东峤实大庾。西衡北豫章，嵯峨此终古。黄屋聊自娱，僭伪始秦楚。魋结慕汉德，再世为亡卤。六代及五季，纷纭不足数。昨者滇闽乱，此岭烦师旅。我来兵销后，丛薄无豺虎。绝顶眺南溟，波涛如可睹。白云左右飞，危径穿一缕。回首望中原，风烟隔横浦。

（《蚕尾续诗集》卷2）

张文献公祠

峡寺重云里，人瞻丞相祠。开元如凤昔，风度想当时。羽扇三秋恨，淋铃万古悲。何来双海燕，犹自入帘帷。

（《蚕尾续诗集》卷2）

红梅驿

朝登来雁亭，午过红梅驿。梅落雁先归，肠断天南客。

（《蚕尾续诗集》卷2）

始兴江口

西过始兴水，浈溪增绿波。浈水合始兴，水流始大。推篷春日下，高枕粤山多。前路逢泷吏，回风起蜑歌。鼻亭不可问，乱石郁嵯峨。

（《蚕尾续诗集》卷2）

韶石

昔闻韶石奇，今睹韶石状。奇峰削凡体，斗绝各雄长。怪石走中流，牙角怒相向。峡逼春湍豪，撞春力颇抗。双阙屹东西，毬门始谁创。其旁有阿阁，灵凤昔来贶。传闻帝南巡，九成奏崖嶂。后夔不可作，畴与辨真妄。飘摇翠龙驾，仿佛钩陈仗。西望苍梧云，临风独惆怅。

（《蚕尾续诗集》卷2）

舜祠翠华亭

仿佛南巡迹，重华事有无。雨痕上斑竹，云气接苍梧。仪凤何年逝，啼鹃岁又徂。不胜怀古意，江色日荒芜。

（《蚕尾续诗集》卷2）

将抵曲江

二月一日春态闲，桃花欲落鸟绵蛮。回头不识中原路，人在三枫五渡间。三枫亭，范云赋诗处。

（《蚕尾续诗集》卷2）

武溪水

南纪标铜柱，滔滔万里征。我穷伏波道，重和武溪行。斜日闻吹笛，

谁为辕寄生。因思少游语，回首不胜情。

（《蚕尾续诗集》卷2）

平圃（张文献公故居）

扣舷聊骋望，川上浩烟波。往往奇峰出，行行松石多。人言故相宅，遥指曲江过。太息开元后，争传得宝歌。公《初发曲溪》诗：溪流清且深，松石复阴临。

（《蚕尾续诗集》卷2）

弹子矶

神禹刊九山，百粤所不详。蛮夷暨流蔡，遗迹盖荒唐。此矶始何代？峻极蟠穹苍。下临万丈潭，蛟螭多伏藏。黑鹰巢其巅，下瞰时飞扬。石壁不可梯，错杂五文章。镌镵复穿漏，鬼工肆皴戮。想当开凿时，巨刃摩天扬。安得挟仙灵，白日凌飞梁。

（《蚕尾续诗集》卷2）

十五夜峡口对月寄广州诸故人

峡口今宵月，其如客思何？离离见珠斗，穆穆展金波。故垒余萧勃，相望似秋河。

（《蚕尾续诗集》卷2）

雨入浈阳峡

野泊开头早，重阴入峡寒。侧过钓鱼石，逆上牯牛滩。雨逼惊泷失，云从大螯看。十年经剑阁，转见路行难。

（《蚕尾续诗集》卷3）

浈阳峡

峭帆入皋石，绝壁太古色。山川方出云，白日转昏黑。浩浩一水逝，苍苍两岸逼。雄雷地中奋，坤轴倏倾仄。十步一盘涡，下视窈难测。云中穴蛟蜃，呀呷择人食。牯牛尤险绝，叹虞万夫力。石栈缘秋毫，百丈牵江直。惨惨鹧鸪啼，猿猱不遑息。尚忆符韶州名锡，架阁拟巴僰。事往逾百年，遗踪半湮泐。陵谷一俯仰，感叹情何极！

（《蚕尾续诗集》卷3）

归度大庾岭

大庾连横浦，艰难此再经。鬓从五岭白，山入百蛮青。瘴水流炎海，榕阴数驿亭，今宵望南斗，渐远使臣星。

（道光《直隶南雄州志》卷18）

沈皞日

【作者简介】沈皞日（1637—1703），字融谷，号茶星、柘西，浙江平湖人，贡生，广西来宾知县。工诗词，著有《楚燕游草》《柘西精舍词》

227

《柳庆集》等。

杨历岩

纵辔度阡陌，迂迴陟崇阿。松柏正苍郁，层崖何嵯峨。仰睇穷飞泉，俯视渺修柯。古人恣游眺，绵邈日月过。我来登其巅，凌风欲如何。

（道光《直隶南雄州志》卷17）

放钵石

乔林亘长冈，阳坡当大道。山阿郁蔓萝，曲涧浮荇藻。傍有片石存，古风未云渺。徘徊不忍去，安事慕蓬岛。

（道光《直隶南雄州志》卷17）

三松台

暮瞻百粤道，朝登三松台。崇阿荫长衢，苍翠敷莓苔。下有芳草生，上有悲风来。古人不可作，日夕一徘徊。

（道光《直隶南雄州志》卷17）

游青嶂山四首

其一

自出江城路，山深起暮寒。村村闻水碓，树树激风湍。比屋欣秋熟，闲居识政宽。逢人问青嶂，曲折指云端。

其二

看山当暇日，道远马行迟。凿石通幽径，依松结古祠。客来无麂报，路僻有云随。隐隐钟声近，幽怀低素期。

其三

炎乡风景异，木叶未经霜。晓树漫山白，秋禾遍野黄。高林藏石酮，峻岭隐茅堂。十里烟深处，遥遥路渺茫。

其四

围绕千峰里，层峦一径分。泉声松外出，樵唱马前闻。树密真无路，山低亦有云。斋厨僧饭足，归兴逐斜曛。

（道光《直隶南雄州志》卷17）

游杨历岩

路指江城外，云开石壁间。早春迟野步，殊域访名山。树密亭台出，花深麋鹿闲。泉源低自曲，岩屋隐相环。芳草迷崖径，繁英照客颜。寺深门剥啄，松静鸟绵蛮。远霭沉青嶂，危峰列翠鬟。冲烟人独往，带月马空还。传火遥闻磬，吹笳近闭关。行行更回首，重与订跻攀。

（道光《直隶南雄州志》卷17）

再游杨历岩二首

其一

驱马城西道，朝暾散古榕。穿云沿断岸，涉水上层峰。倩仆扶危磴，呼僧借短筇。太虚如可接，鸾驭杳难从。

其二

碧树郊坰路，重来马足轻。林禽声似唤，山犬吠相迎。松老浑忘岁，花香不辨名。登临兴已惬，落日照江城。

（道光《直隶南雄州志》卷17）

过岭二首

其一

已尽韶阳路，轻舟到墨江。岭云低驿舍，春水近篷窗。渔父归溪渡，樵歌过石矼。野鸳惊桂揖，沙渚起双双。

其二

屋影低将动，江光晚欲昏。松灯喧侯吏，炊火郁前村。寺远云开磬，城因虎闭门。官清真少事，剪烛有诗论。

（道光《直隶南雄州志》卷18）

查慎行

【作者简介】查慎行（1650—1727），字悔余，号他山，浙江海宁人，著名诗人、藏书家。康熙四十二年（1703）进士，授翰林院编修，入直南书房。康熙五十二年（1713）辞归，潜心著述，著有《敬业堂诗集》。

度梅岭题云封赤壁

阅尽波涛险阻途，顿教硗确失崎岖。梅花笛里三关戍，锡杖泉边六祖盂。过客尽贪风日好，居僧曾遇雪霜无。他生行脚缘犹在，又入骑驴度岭图。

（《敬业堂诗集》卷47《粤游集上》）

衣钵亭

夜半传来消息真，本无明镜自无尘。问渠衣钵留何用，犹有焚衣毁钵人。明魏庄渠事。

（《敬业堂诗集》卷47《粤游集上》）

发南雄凌江方涸舟行一日才十许里排闷成歌

凌江归壑当深冬，城隅才可沟洫通。粗砂细石单槽中，直与船背相磨砻。船头纤纤船尾大，舵师束手输篙工。篙工作力如黑熊，腰身寸寸弯疆弓。虮行裈缝蚁旋封，跛羊登山鹞遇风。人间痴钝有若此，岁聿云

229

暮愁衰翁。愁衰翁，翁行作歌歌未终。羊城尚隔千里外，一夜梦逐南征蓬。

（《敬业堂诗集》卷47《粤游集上》）

晚过始兴江口再效诚斋体二首

其一

始兴江口水平川，从此通流到海边。我是渔船钓竿手，又携蓑笠上楼船。昨唤吉安渔船至赣，今所坐乃广州楼船。按楼船之名见汉书，今仍此名，不忘皆官舫也。

其一

一重山转一重湾，不出孤帆向背间。行过前湾试东望，夕阳多在隔溪山。

（《敬业堂诗集》卷47《粤游集上》）

望韶石二首

其一

西瞻苍梧云，北望洞庭野。浮光表霍阙，古乐传奏雅。圣主不南巡，群峰赤如赪。鱼龙久寂寞，孰是闻韶者。

其二

好风自南来，吹彼松竹林。铿然中音会，中有太古心。典乐者谁欤？箫韶此遗音。虞廷去我远，俯仰成古今。

（《敬业堂诗集》卷47《粤游集上》）

韶州风度楼

公进千秋录，开元极盛时。知几同列少，去国一身迟。终始全臣节，安危动主思。高楼瞻画像，风度俨须眉。

（《敬业堂诗集》卷47《粤游集上》）

雨发韶州

蒲帆十幅去不停，波光瑟瑟烟冥冥。芙蓉驿南一回首，三十六峰云外青。

（《敬业堂诗集》卷47《粤游集上》）

虎头矶歌（在太平关南十五里）

乱山少肉溪乏泉，渴虎下饮清冷川。饥蛟掉尾不得取，化而为石形模全。白章黄质毛斑斑，四蹄陷沙行不前。尻雕起伏脊蜿蜒，当头一眼射的圆。北平将军身未到，没石饮羽谁所穿。眈眈下视流馋涎，坐踞要津凡几年。国家封域拓海堧，山珍水错来无边。贾胡万里逐贸迁，到此踯躅赢豕然。畏虎欲避无由缘，我思走章笺碧天，霹雳暂借雷公鞭。仍驱尔辈入山

去，毋令为害于商船。

（《敬业堂诗集》卷47《粤游集上》）

弹子矶阻风

曲江入海流，一缕萦惊蛇。中逢弹子梗，格斗逞角牙。狂飙鼓狂澜，喷石作雪花。艑郎好身手，过此不敢夸。筮易遇涉川，利用需于沙。南游本无事，汲汲奚为耶？但使躁心平，何忧前路赊。止时吾泊宅，行处吾浮家。

（《敬业堂诗集》卷47《粤游集上》）

观音岩

石缝何年裂，中央架小龛。老僧如燕子，乞食语呢喃。

（《敬业堂诗集》卷47《粤游集上》）

英德道中雪霁

轻冰结沮洳，飞霰集阜冈。扶桑东南枝，炯炯呈初阳。地暖剧流湿，天空淡浮光。英山碧差差，英江绿泱泱。不知夜来雪，疑是朝来霜。

（《敬业堂诗集》卷47《粤游集上》）

英山二首

其一

曾从画法见矶头，董巨余踪此地留。渐入西南如啖蔗，英州山又胜韶州。

其二

一拳一角总峰峦，可惜天教落百蛮。好事吴儿浑未识，买园只凿石公山。

（《敬业堂诗集》卷47《粤游集上》）

杨诚斋诗有"韶州山又胜雄州"之句。余过英德，为进一解曰："英州山又胜韶州。"今日行至平乐城南，群峰竞秀争奇，目不暇给，英山又不足言矣。问之土人，无能举其名者，然不可无诗纪之也

突兀离奇纵复横，峰稠嶂叠总无名。千寻自拔云霄上，万古何曾草木生。佛指佛螺青未了，石莲石笋画难成。天教增损诗人眼，直觉昭州又胜英。

（《敬业堂诗集》卷48《粤游集下》）

顺风挂帆连下浈阳香炉清远三峡

巴东三月昔听愁，峤南三峡今则不。北风晨发涯浦县英德旧名涯浦，吹我桂楫沙棠舟。峡中之山阻且修，峡中之水平不流。浈阳画屏地底拔，大庙紫烟天际浮。就中清远更秀出，造化有意穷雕镂。青菡萏花萼竞吐，绿

231

玻璃镜查初收。华阳道冠簪碧玉，竺国宝髻垂珠旒。仙人笙鹤云渺渺，帝子环佩风飀飀。渐行渐远似相送，一重一掩如相留。片帆飞渡二百里，又见孤塔迎船头。天怜此老太岑寂，贶以奇景须诗酬。人间夷险非境造，自我发兴成清幽。君不见东坡先生海南句，平生奇绝夸兹游。

（《敬业堂诗集》卷 47）

王文潜

【作者简介】王文潜，字清准，南海（今广东佛山）人，生卒年不详。流寓吴中，卒后，同人葬于虎丘之半塘。

寄廖柴舟山人

故人有茅屋，七十二峰间。白日著书晚，清风垂钓间。水光曹洞月，窗影海门山。此日菊堪把，时时应闭关。

（《岭海诗钞》卷 5）

梁迪

【作者简介】梁迪，字道始，广东新会人，生卒年不详。康熙己丑岁（1709）进士，官至山西平陆屯留知县，后辞归还乡。著有《茂山堂集》。

韶石歌

韶石崔巍三十六，滴翠流青崿空谷。擎天拔地一千寻，玉柱如林森矗矗。余外纷纭状不同，小者枳敂大钟镛。传闻南狩此奏乐，得毋此石其遗踪。天阙双峰更突兀，二楼相望成宫室。香炉宝盖与御屏，俨然南面垂衣日。我来忘味思元音，拟向此中寻仿佛。薰人只有解愠风，帝琴不和湘灵瑟。莫叹汋穆声无传，无声乐在有声先。但令海枯石不烂，箫韶终古在南天。日传闻曰：得毋即渔洋、后夔不可作，畴与辨真妄意也。一结见德化在声教之暨讫。

（《岭海诗钞》卷 5）

吴震芳

【作者简介】吴震芳，浙江石门人，生卒年不详。清康熙进士，官至监察御史。著有《岭南杂记》《晚树楼诗稿》等。

大庾岭谒张文献祠

有唐际全盛，始兴实挺生。崛起岭海间，光岳储精英。童稚标峻格，许与皆鸿卿。燕公尤器重，一顾延华声。弱冠擢高第，耻立宠嬖廷。复辟始登仕，进退必守经。开元被引荐，拾遗职其膺。千秋上金鉴，万古垂箴铭。太子误索甲，据典屹廷争。义折惠妃请，阴寝夺嫡情。前星无陨耀，功系在宗祊。守珪幸军功，仙客且负乘。爵赏将滥及，批鳞气峥嵘。对仗草诏书，词阔义恢宏。制诰遂手掌，中书因荐登。宴安酿耽毒，地大蘖芽萌。禄山跋扈姿，履霜识坚冰。守珪黩军法，大猾逃天刑。哲相炳几先，庸主方昏冥。遂令范阳甲，席卷东西京。干戈满郡国，腥秽污阙庭。九庙

寄灰烬，六龙亦伶俜。郭李极反正，四海吹沸羹。竟贻藩镇祸，割据连方城。浸假阉弄权，天子为门生。覆辙日相逐，国祚由兹倾。早得用公言，反掌戮鲵鲸。根蘖失剪伐，滋蔓势莫樱。虞机齐一发，曲突空经营。郎当蜀道中，涕泣感忠贞。曲江虽遣祭，前悔不可惩。峻绝大庾岭，开凿通人行。至今横浦关，庙祀陈椒馨。千载想遗烈，仰止深盱衡。扼腕当日事，感愤涕纵横。

（道光《直隶南雄州志》卷18）

王鈜

【作者简介】王鈜，汉军正红旗人，生卒年不详。荫生，雍正二年（1724）任南雄知府，卒于任上。

重建南雄府学射圃碑记

射圃者何？志复古也。古者选士于泽宫，序贤序不侮而射以兴。序者射也，学之有射由来重矣。曷为以圃名？夫子尝射矍相之圃，后人仿之，斯名圃焉。雄之有射圃也岂自今始哉。尝稽诸郡乘，府学之后有射圃亭，创自明初，后因建城遂域其半于城外，前址犹存，可考而知。迨岁久代更，竟为斯民蔬果之场，几泯前迹。当今重熙累洽，治教修明。射为六艺之一，比礼比乐，教万民而宾兴之。将于是乎在射圃之建顾可缓耶？余自下车以来，朔望行香，躬履其地，亟思重建。进多士而图之。人有同心，愿襄厥事。爰捐俸为之倡，构堂二十有六，又于讲堂左旁房楼上作木廒二间，是则社仓也，以备积贮。经始于乾隆戊午之秋，越明年冬始落其成。计费共享数百金，皆九排所共捐。至总理其事捐金不吝，则元北叶君独多。而调度经营，道亭叶君亦多辛勤也。越自今学舍巍峨，肄业有地，愿都人士岁延良师，涵育熏陶，作成子弟。庶人文骏发，蔚为国华。且乐善好施之家输之以粟，贮之于仓，以待困乏。夫然后衣食既足，礼义又兴，多士济济，冠盖相望。都虽僻远使人称为仁里、为义门，方不负圣朝教养，鸿仁暨各上宪作兴至意也。今因修砌阶墀工毕，都人咸欲奢石纪事，以昭兹来许，嘱文于余。余深嘉斯事之有成，遂为之序其始末，俾后人知其所自云。

（道光《直隶南雄州志》卷20）

朱介

【作者简介】朱介，字廉斋，浙江嘉兴人，生卒年不详。清康熙会魁，历官安化知县、南雄府经历。

游杨历岩

揽辔雄州路，寻兹杨历岩。云松洁雾色，风日美游盘。登临既殊观，高下亦屡迁。巉峭结虚阁，纤回列修椽。沫雨洒遥空，络泉悬中天。水石产秀异，洞壑秘幽元。肃爽心魂清，倘恍情思绵。伊昔开期运，山灵蕴始

宣。功业归伏波，名字传楼船。俯仰经千古，怀柔阅几贤。文明讵前图，屯否宁后艰。遗铭灭碑版，陈迹垂山川。夕阳下岩阿，城郭浮寒烟。倾杯聊更酌，此日复何年。

（道光《直隶南雄州志》卷 17）

题龙护园

龙护何年立，幽栖惬素情。禅关祇鸣磬，城市不闻莺。槛外山含雨，庭前花弄晴。瘴烟销尽处，风日澹余清。

（道光《直隶南雄州志》卷 17）

袁必得

【作者简介】袁必得，字四其，广东东莞人，生卒年不详。举人，康熙十七年（1678）任南雄教授。

过张文献公书堂

偶从名胜撷遗芳，俯仰当年旧草堂。读史每怀先达遇，采风今识大贤乡。文章已绍名山业。风度犹留庾岭香。惆怅读书人已远，萧萧落叶带斜阳。

（道光《直隶南雄州志》卷 17）

陪陆郡尊游杨历岩

晨起策玉骝，挥鞭出林廓。追随相后先，历块逾皋落。方喜陟岩麓，须臾转山阁。石虎啸层峦，水龙吟绝壑。绝壑良嵌釜，危磴凌高岑。慧石禅通偈，龄松梵解音。鸟喧山自寂，云去树无心。微飔司祝敔，潺湲抚素琴。瀑布飞琼液，银河泻空碧。玉蕊缀修萝，夜光溅危石。素娥垂晶帘，白链卷天壁。银梭往复回，巧若天孙织。丹邱道既成，宝幢遥相迎。脱舄飞白日，披霞陟苍冥。笳簧天外奏，鸡犬云中声。成公渺然去，遗此龙泉滴。龙泉清见底，白石皓如齿。喷吐何沆莽，流涎亦清泚。近看宝花生，远听云璈起。崔嵬俯岣嵝，碻磝瞰城市。城市列琼楹，栋椽罗棋星。奇峰青列幛，近岫碧悬屏。浮沤等区宇，杯水齐沧溟，俗垢涓欲尽，道心行复呈。轻雷擎蕨掌，岚翠滴苍莽。化雨随辐辏，惠风凌袖爽。四望恣徘徊，六合穷俯仰。振衣立千仞，歌啸发清响。

（道光《直隶南雄州志》卷 17）

杨际亨

【作者简介】杨际亨，字潜祉，号屺园，浙江平湖人，生卒年不详。例监，康熙二十二年（1683）任南雄府通判。杨氏工诗词，与查慎行为友，著有《怀堂集》。

初抵雄谒张文献公祠

岭头云树暗重关，丞相祠堂缥缈间。一代治平垂大业，千秋启辟纪名山。采风使者安车过，横海将军载赆还。肃拜庭阶频仰望，风流凤昔愿追攀。

（道光《直隶南雄州志》卷 17）

题一草亭

偶结茅茨号草亭，后人敢拟太元经。萧然清署浑无事，鸟语时从树底听。叶卷芭蕉高下垂，一窗浓绿映须眉。试为写入图中看，恰似家园读易时。

（道光《直隶南雄州志》卷 17）

韶文化研究丛书

卷四 清代上

卷五　清代下

杭世骏

【作者简介】杭世骏（1696—1773），字大宗，浙江仁和人，著名经学家、史学家、藏书家。乾隆元年（1736）举博学鸿词科，官至御史，因直言罢，后讲学各地。著有《道古堂集》《榕桂堂集》等。

梅岭

绝险谁教一线通，雄关横截岭西东。捧天路迥盘蛇细，拔地峰奇去雁空。戍草乱侵萧勃垒，阵云遥堕尉陀宫。荒祠一拜张丞相，疏凿真能迈禹功。

（《杭世骏集》卷16）

注：道光《直隶南雄州志》卷17收此诗，诗题"大庾岭谒张文献祠"。

浈阳峡

浈水从西来，苦被山势缚。两崖峙苍深，巨石亘绵络。猛力不得骋，出坎仍宽跃，纵横漫晴沙，渐复展肩膊。坡陀排剑锋，十步九岞崿。岂烦灵胡劈，颇费鬼斧削。川涂信知艰，妙景本不恶。盘涡篙力微，转瞬几错愕。惊波溅篷窗，因险转得乐。恹魂久始宁，且就沙际泊。

（《杭世骏集》卷20）

夜泊望夫冈

江空雾隐四傍徨，衔尾商舻似雁行。近夜潮生英德县，初三月上望夫冈。重衾幽思连天远，只堠寒更为客长。银烛战风虫絮叶，可怜无梦寄萧娘。

（《杭世骏集》卷20）

观音岩

山根豁阎谁所开，一线上可通崔嵬。盘蜗邪行负壳立，修蛇倒蜕穿空来。阇黎好事斫涩磴，架屋危崖俯圆镜。妙莲花涌踏层波，月写金容怅孤映。云山遮迳几重青，峭壁为门不用扃。槛外萦残香篆影，岩中流出木鱼声。清风留客开萝幌，他日重游吾或惝。不逢溪叟钓寒云，频见村姬摇急桨。两崖相望整愁新，何物长途结净因？思搴雪色芬陀利，绣上天衣自少尘。

（《杭世骏集》卷20）

236

弹子矶

数峰卧未起，一峰蹶然兴。团团敛珠规，潋潋经玉绳。遂令一卷石，乃得弹子称。坚刃削积铁，壁立不可升。刻画出众皱，细路生榛芳。压江始讶黑，窥舰俄愁崩。轻猱不敢踏，何况摩霄鹰。晨楫凌浩渺，万象资凭陵。抬头惮险艰，履薄增凌兢。卧思飞仙才，兴至何难登。袖中蝌蚪字，拿攫工镌誊。谛观仍荡荡，大笑同苍蝇。

（《杭世骏集》卷 20）

大坑口将入韶州界

滩声喧枕客心怃，蓊地长林带石泷。似听两峰相对语，借些森翠过船窗。

（《杭世骏集》卷 20）

挂榜山

兀立寒江绝壁孤，神镂天产剩苍肤。谁申千佛名经拜，待展真灵位业图。蝌篆定嫌鱼纸腻，梵伛空忆行锥粗。玉绳也有文章责，插向南离意岂诬？

（《杭世骏集》卷 20）

韶州郭外

近郭晴岚揿眼新，纵观聊复写天真。插江石脚搜成浪，过岸长松立似人。愁里光阴占塔影，吟边生计托船唇。朝餐已觉驼裘重，不枉初冬号小春。

（《杭世骏集》卷 20）

登曲江风度楼怀张文献公

张公风度见无由，梓里怀思上此楼。过客登临当落日，晴山风气接深秋。高城木秃炊烟出，古县江空阁影浮。几点乱鸦啼不歇，似闻遗恨失黄虬。

（《杭世骏集》卷 20）

韶石

治定作乐，肇自黄羲。箫韶九成，继尧咸池。浮磬未贡，玉环不来叶。所击附者，世儒莫知。函胡之音，僻在南陲。亦艮其趾，迤而扈而。天鸡夜应，风水泪之。帝南巡狩，税驾厜㕒。象纬周圜，乾坤恢夷。张乐广野，鼓万物机。虞业崇牙，翠眊金支。弹五弦琴，歌南风诗。方岳毕朝，环听忘疲。神人胥悦，凤皇来仪。此石发响，韵流山坻。苍梧一去，三妃未随。此石暗伏，摈落荒埼。阅四千载，至人乘离。有虬虱臣，轻卿暂维。流眄崇阿，神游帝期。欲补韶箫，而忘其辞。松阴偃盖，萝条冒衣。迢迢古欢，悠悠我思。沧波曷极，白云自飞。

（《杭世骏集》卷 20）

早发芙蓉驿

唤艇芙蓉驿畔行，蛮乡风景怯孤征。回飙战叶频添响，怪石蹲江不记名。龁草牛讹仍领犊，象人枫老欲成精。喧滩到处惊飞雨，多谢天公放老晴。

（《杭世骏集》卷20）

鸬鹰石（在始兴）

鸬鹰石，汝在荒崖何所获？鱼虾琐细不足吞，鸟雀啁啾去难迹。既不能入草搏刚虫，又不肯登天展健翮。终朝跧伏水一涯，老死徒为行道惜。我欲挟汝旋，可怜赤手无缘旋。我欲偕汝住，荡荡童山少高树。篿中吠嗽方法微，登台呼汝摩霄飞。转愁双眼未曾化，饱即飏去饥仍依。吁嗟乎！鸬鹰鸬鹰何足责，金门岂少凌云客？曩时意气今摧颓，空向人前语畴昔。君不见，鸬鹰石。

（《杭世骏集》卷20）

始兴江口茅屋数家风景清绝

板桥西去岸沙分，绝爱茅檐对夕曛。一角妙峰盘翠髻，两堤青草学罗裙。窥颜影乱能言鸭，浣手波开似絮云。欲乞袈裟趺坐处，不知何计脱人群。

（《杭世骏集》卷20）

江行杂诗十六首

其一

违养时萦抱，离家那判年。归程约飞鸟，乡信问来船。远梦淹禅窟，高歌缺酒钱。峰峰送苍翠，顾盼似相怜。

其二

晓起循沙觜，捋蒲石子斑。攀崖得香草，酌涧见衰颜。清咏无人会，荒涂尽日间。一帆悬更落，知历几重湾。

其三

叠嶂连云迥，扁舟上濑迟。闲眠看野马，晚饭得江鲢。落日飞禽少，荒墩过客疑。茅深闻有虎，俯仰叹孤羁。

其四

连日江潮逆，轻帆未许抽。舟如舞风燕，人比狎波鸥。漫羡车生耳，翻嫌屋打头。寒宵清梦稳，搴莽宿中洲。

其五

野卉纷无次，秋田自有香。残云楼鸟道，急溜入鱼床。苦忆玄真子，难逢白云郎。尘缨方待濯，何处不沧浪。

238

其六

节至霜威凛，悬崖绿尚稠。轻帆与孤雁，流转入雄州。浅溜翻银砾，高天挂玉钩。畏风兼畏水，不敢坐船头。

其七

小市斋盐集，江名识始兴。隔林闻犬吠，远岸见鱼灯。县郭双流合，藩封六代仍。莫愁沙路涩，唤艇渡头应。

其八

云外曾无寺，风前何处钟？沙明鸥晒翅，月晓虎留纵。老父时牵犊，山农只种松。忽然添画笔，茅屋在高峰。

其九

绿崖认溪路，有意人空嵌。饮涧猿分纤，抢风鹤避帆。乱流孤屿嗽，斜照碧山衔。一纸仙人篆，谁能石壁劖。

其十

江流原渺渺，冬景更澄鲜。桴子晴喧渡，芦人晚劚烟。买田秋阪峻，泛宅石溁偏。即此安耕凿，何须羡葛天？

其十一

人言溪潦缩，岁晚怯经过。松粒青于穄，鱼舠狭似梭。层崖绝猿狖，大谷隐羲娥。即事堪成嚱，流观发浩歌。

其十二

望眼遮青嶂，愁心叠紫澜。不因山水历，谁恤道途难？卧处希宗炳，图成想范宽。霜风先过岭，始信苎袍寒。

其十三

人从闲处瘦，滩比昔来高。睹景知年尽，因衰想境劳。无仙遗丸药，有客恋绨袍。明月看看满，何心折大刀？

其十四

荒村空甲子，高嶂泄寒风。色养尊慈竹，闺情看旅鸿。岁除冰雪外，人老寂寥中。望望红梅驿，初冬想更红。

其十五

夙抱栖真志，中婴世网軚。孤篷渺天末，几日换寒衣。路爱澄溪转，行逢落叶飞。把竿吾分足，何处买鱼矶？

其十六

快解青丝笮，同乘白板艓。一身嗟寓迹，两月算浮家。晏起波喧枕，晨炊饭杂沙。平生鄙温饱，今日在天涯。

（《杭世骏集》卷 20）

入保昌境简高四明府

之字帆穿碧涨消，梅关北去望非遥。平冈下出临溪路，侧岸横添度涧桥。几望月轮催日落，将黄霜叶候风飘。逢迎不见津亭吏，输与高生绶系腰。

（《杭世骏集》卷 20）

庾岭云封寺

一角谁移海外踪，飞来仍挂最高峰。云头试向山僧问，鳥下白云封几重？

（《杭世骏集》卷 20）

胡文伯

【作者简介】胡文伯（1696—1778），字偶韩，号友仁，山东东牟人，副贡出身，曾任广东布政使，官终安徽巡抚，因清正廉洁，民称"胡青天"。

重修大庾岭张文献公祠记

庾岭即服领也。服领以南古称奥区。然自秦并百越甩郡县以至于唐八百余年，而文物声明未逮上国，岂非山川险阻有以畛域之哉。唐初庾岭尚为废路，崇岩峻坂，鸟道崎岖，行者皆取道乐昌连阳，水路纡阻，往往苦之。开元四年张文献公为左拾遗，疏请开凿庾岭。乃相势度地，堑山夷谷，辟为坦途然。后鱼盐蜃蛤之利以及象犀珠贝齿革羽毛，凡可资民生而备器用者莫不舆马骈达，通流无阻。而岭南山川之气遂与中州清淑相接。呜呼！士君子筮仕盛时，为所得为一举措，而功在生民，利在万世，不当如是耶。余每慕公之行事，思一至公之乡拜公之祠，以想象风施，系官于北不可得。乾隆二十八年秋，奉命来藩东粤，道出庾岭，乃得展谒公祠，卑宫临宇，粉暗丹陈，不禁怵然于怀。余维礼有功德于民则祀之，虽一时之功，一事之泽，苟有庇于民，人必修其祀以报亭之。矧公开辟岭路，广声教，便行旅，通货财，厥功伟矣。方今岭南十郡三州，沐圣天子之涵濡浸润。休养生息，人才日出，风俗日上，冠盖之往来，商贾之贩负，踵接肩摩，络绎不绝，悉由斯道。而或履周道之荡平，几忘昔日之经营荒度，岂酬德报功之理也哉。恩急为缮治时之。时以下车伊始，诸未就理，姑弗暇及。越二年，又因公至岭，周视祠堄，则石临通衢，左倚峭壁，欲扩之而无所施其功。惟祠后有僧寮数楹及隙地丈许，欲别迁其寮而让地于祠。语南雄宋太守规度之。太守精明勤事，考制度，定规模，既有成议，白之大司空制府杨公、少司马中丞王公，咸得请。于是，隘者扩之，缺者增之，卑者崇之，敝者易之，越月落成。是役也，计栋榱、楔枨、栭桷、杗廇、瓴甋、黝垩以及移置僧寮所费未千金耳。然而堂字恢皇，门庑崇翼，寝筵有地，憩息有所，焕然改观矣。嗟乎，公于唐为贤相，其正直忠纯勋名事业，足以彪炳千古而动后人追慕之思者，固不仅开岭一事。公之灵爽

亦未必以祠之废兴为重轻。而余以是为区区者，则欧阳子所谓希幕之至云尔。祠既修，又可历数十年。若更踵修而恢广之，俾庙貌千载如新，与兹岭并传而不替，则俟后来之君子。

（道光《直隶南雄州志》卷20）

新修南雄府道南书院记

书院制设由来久矣，自鹿洞苏湖而后，皋比相望。矧我圣朝涵濡乐育，教化覃敷，百有余年，自通都大邑下逮穷陬僻徼，书院社学所在俱有。然而得其人则兴，不得其人则替。谨庠序而宏作育，岂不系乎守土之人哉南雄旧有大中书院，创始前明成化年间。后更名宏道，又更名天峰，屡经兴废。盖雄当江粤冲衢，冠盖往来络绎。官斯士者既不加意整饬，又从而骚扰之。藏修息游之地，每为候馆邮亭，不数十年鞠为茂草矣。乾隆三十一年春，长洲宋太守淇源来领斯郡。既下车辄议兴修书院，即旧基而式廓之，庀材鸠工不数月而落成。请之制府更其名曰道南书院复为捐廉筹款，措置诸生膏火，而乡先达给谏胡静园先生，以宿学鸿儒主持讲席，雄之书院浸盛矣。明年秋。余适因公至雄，视其室宇崇如翼如也，见其弟子肃肃济济也，进而课其文艺不乏誉髦之选也。乃不禁慨然兴叹，既嘉太守之留心作育，又喜多士之共得贤师，悬知异日不问而识为胡先生弟子也。虽然犹有进从来，书院之兴也莫不有人焉，振作而昌明之。及其继也。务虚名，鲜实学，渐至饱食群居，怠荒玩愒。求其共相砥砺，争自濯磨者。什无四五焉。求其祛华崇实，敦行不怠者，什无二三焉。所贵文行兼勖。始终懋勉也。若夫式廓规模，永宏化育。毋以逼处冲途，改为轩车驻足之所。俾薪木无伤，菁莪勿替，是尤有望于后来之守斯土者。

（道光《直隶南雄州志》卷20）

全祖望

【作者简介】全祖望（1705—1755），字绍衣，号谢山，鄞县（今浙江宁波）人，著名学者。乾隆元年（1736）进士，入翰林院，因不愿依附权贵，次年辞官还乡。专注于学术，先后讲学于蕺山书院、端溪书院。勤于著述，有《鲒埼亭集》等三十五部。

大庾

此地亦绝险，开荒赖始兴。古梅却不喜，行李破荒塍。

（《全祖望集汇校集注》卷10）

红梅驿

吴公持节真潇洒，手种南枝万五千。何物督邮堪领受，故应泥首酹梅鋗。闽中艳说枫亭好，未若台关清复清。敢以风尘轻下吏，美人高士共通灵。枫亭驿产荔。梅花北去多为杏，谁道南辕亦有然。闻说琼台还六出，稽含状里未详笺。

（《全祖望集汇校集注》卷 10）

德保

【作者简介】德保（1719—1789），索绰络氏，字仲容，号定圃，正白旗人。乾隆二年（1737）进士，官至礼部尚书。著有《乐贤堂诗文集》。

过梅关谒张文献祠（用陈太守题壁诗韵）

分峰凿翠辟层巅，矫首关程一线天。片月光联人影度，寒梅香趁马蹄前。神功远接随刊日，风度长思翊赞年。瞻拜遗祠更怀古，数声征雁万重烟。

（道光《直隶南雄州志》卷 18）

陈名仪

【作者简介】陈名仪，字道来，广东澄海人，生卒年不详。乾隆庚申（1740）举人，曾任仁化教谕、万州学正。著有《慎余堂诗集》《榕荫堂文集》。

秋日登韶州城楼

五管南陲最上游，建瓴形势望中收。东西浈武流三峡，上下英雄控二州。牙纛风高晓笳动，榷桥烟静暮帆留。时平指说咽喉地，北走郴衡过岭头。浈自大庾，武自宜章，合流于韶。

（《岭海诗钞》卷 12）

李符清

【作者简介】李符清，字仲节，广西合浦人，生卒年不详。乾隆癸卯岁（1783）举人，官至开州知州。著有《海门诗文钞》。

始兴道中

空山烟暝近黄昏，指点归禽入远村。水市无鱼星在罶，居人防虎石为门。花攀梅岭余春色，火照枫亭见烧痕。此夜推篷聊破寂，不妨留月更开樽。

（《岭海诗钞》卷 12）

宋淇源

【作者简介】宋淇源，广西长洲人，生卒年不详。监生，乾隆三十一年（1766）出任南雄知府。

道南书院记

雄州当五岭之冲，三江之会。往来商贾，四方宾客所毕至，为全粤之门户也。旧已自始兴张相国公钟灵诞生，开先南国，凡文章勋业遗留于墨江庾岭间者，于今为烈。洵乎雄郡固文献之邦焉。我朝文教聿兴，薄海内外咸喁喁向风。康熙时，前任苍崖张公创建书院，于时科第洊登，人才蔚起。如大

谏胡静园先生辈，其最著者圭璋闻望称为特盛。迨后鹗荐常复寂寥，而鳣堂亦皆荒废。果后杰之难于继起欤？良由书院之不克振兴也。岁乙酉冬，余奉命调守是邦，亲莅院中见夫丹青漫漶，栋宇倾圮，心窃殷殷，偕僚属议兴此举。适阖郡绅士不介而孚。因捐俸乐输，集腋成裘。于旧时天峰凌江书院间创为新构。令署保昌陈长吏名清扬董其事。长吏勤襄厥事，更与众绅士之贤能商榷而斟酌之。一切鸠工庀材，自门庑讲堂学舍燕寝，下及庖湢莫不粗具。始于是年六月，至十一月落成。上达各宪，极邀许可。蒙大司空制府杨公锡名曰"道南"，信足彰岭表之先声也。工将竣，大方伯胡公因事来雄，俯从众请，登其堂，目击规模宏敞，气象整肃。因辴然曰：数十年垂废之基址一日慨然兴复，并不屑屑为简陋之举，而且起大厦，延名师，设修脯，储膏火，以期可久者，诚不朽事也。雄州多士，将有和其声以鸣国家之盛乎。嘻！书院之所以兴与所以克成者，皆诸同僚之将助，各绅士之好义为之。余则何力之有，谨将修建余资置产生息，及义学旧有田租若干用备岁支经费之项，永定章程，详明院司各宪，另勒诸石，以昭弗替。异日维桑子弟，弦诵于斯，并云蒸霞蔚，为乡邦伟人，无忝前哲。庶几今日造士育才之意，不徒为缘饰吏治之文，而后之君子踵其事而美备之，久远勿废，益有光于是举矣。是为记。

（道光《直隶南雄州志》卷20）

陈景埙

【作者简介】 陈景埙，曾任南雄府同知，生平事迹不详。

道南书院记

雄郡道南书院者，前宋公淇源守是邦之所建也。郡属旧有书院二：曰凌江，曰天峰。天峰之名凡三易，初名大中，继改宏道，天峰其最后也。又童蒙义学一，又保昌县属书院一，名浈昌。通郡邑所属书院凡四，均置有产业若干，为修脯膏火资，由来久矣。自乾隆三十一年宋太守即天峰之地拓其基址，创建道南书院，并其产业悉归于此。余来南雄甫下车，课士至院中，瞻院宇之壮丽，园林之幽旷，亭池之轩豁，而生徒众多，跄跄济济，不禁喟然叹美于宋太守作育之诚，而经营之尽善也。夫力分则不给，专则有余。而人情尤喜乐群而恶离居。向之为书院者四，今之为书院者一，得以延名师，集生徒，摩砺鼓舞，蒸蒸然人才日进于上，愈久而不替者其在斯耶。顾余生平无他好，所好者文章已耳。游宦东粤以来二十余年，于兹所历通都大邑，以至于海岛鱼盐之乡。课海书院，竭情尽慎。凡课卷必亲加丹黄，往往有一二异敏英才，即加拔擢，勿令淹滞。此固余结习所至，抑亦当事者所不容谢之责也乎。今余于道南书院既嘉前人作育之诚，经营之善，所冀吾二三子相与砥砺其中，大以成大，小以成小，发为文章，措诸事业，和其声以鸣国家之盛。他日余过南雄尚将睇梅岭而掀髯大笑，快诸生之不负我望也。因志此院之颠末于石云。

（道光《直隶南雄州志》卷 20）

陈廷选

【作者简介】陈廷选，字允充，广东番禺人，生卒年不详。乾隆甲寅岁（1794）举人，著有《百尺楼草》。

过韩泷（上有韩昌黎庙，公贬潮阳时路经此，甚险）

夙闻三泷水，险怪浑莫测。兹行溯江流，奇境乃备历。千盘路萦纡，两崖石敧仄。得非天柱倾，疑是巨灵擘。或如铁骑屯，或讶鬼斧刻。交错互犬牙，攒列森剑戟。连蜷露危根，漱啮泻寒碧。泷高水急趋，拗怒相荡激。舟从逆流上，势复与之敌。砰訇走风雷，俯视不敢逼。丝牵层云端，柁掀洪涛侧。篙篙与石争，得寸惧失尺。榜人负舟行，推挽讵遗力。出险复入险，凛然动心魄。如何造化工，作此狡狯剧。昌黎谪南交，于兹纪行色。万里一扁舟，舂撞感泉石。读公泷吏篇，随遇安所适。鸿爪尚留痕，磨崖重拂拭。

自注："鸢飞鱼跃"四字碑，韩文公书，今尚存。古庙夜灯寒，空山秋月白。舟从逆流上一段，极形艰阻，读之目眩心骇。至"篙篙与石争，得寸惧失尺"真乃十成奇崛语。

（《岭海诗钞》卷 15）

宋在诗

【作者简介】宋在诗，山西安邑人，生卒年不详，康熙六十年（1721）进士，官至鸿胪少卿。

古榕记

南雄通判署余就养于斯，西偏隙地有古榕树一株，围二文许，枝叶庇荫数亩，莫知始自何时。府署仪门外亦有一株，与此相仿。考府志，明崇祯，初司李王君坊作双榕记，盖仪门外原两株对植，今其一株甚小。郡人谓曾毁于火而补植之故也。记中云，双榕大可十围，蔽天荫日。想彼时树形已与今所见不异，其为数百年物可知矣。以彼例此，通判署之榕亦当数百年也。署建于宋皇祐癸巳，榕或即建署时所植，或系元明时所培，姑阙所疑。兹据所见悬定为数百年物，而书此以记之。庶再阅千百年后见者，以余言为证，曰乾隆中其树已古载于某氏之记，则乾隆以后又若干年可屈指数矣。是为记。

（道光《直隶南雄州志》卷 20）

陈淮

【作者简介】陈淮，字望之，河南商丘人，生卒年不详。清乾隆时出任南雄知府。

244

度大庾岭题壁

一径高盘积翠巅，雄关扼险锁南天。马嘶人语空山里，月落猿啼古寺前。岭际松涛奔万壑，驿边梅干老千年。自从路辟张文献，海国于今净瘴烟。

（道光《直隶南雄州志》卷18）

袁枚

【作者简介】袁枚（1716—1798），字子才，号简斋，又号随园主人。钱塘（今浙江杭州）人，著名诗人、散文家。乾隆四年（1739）进士，任县令七年，后辞官于南京小仓山筑随园，读书著述，有《小仓山房诗文集》《随园诗话》传世。

过梅岭

南戒一岭横，拔地三百丈。想见赵尉佗，借此作屏障。楼船十万师，到此气凋丧。一朝虽扫除，王道未坦荡。直至曲江公，蚕丛始开创。峨峨双阙门，尚存斧凿状。树密岚翠涌，人多云气让。蛇盘不觉险，鹄立始惊壮。过此路渐夷，天容如一放。尚有八九峰，孤蹲野田上。

（《小仓山房诗集》卷30）

谒张曲江祠

天宝当年事渐非，先生进退履危机。箧中秋扇恩难忘，天际冥鸿翼早飞。金鉴果教言在耳，玉环何至泪沾衣？千秋丞相祠堂在，留与与行人拜夕晖。

（《小仓山房诗集》卷30）

到韶州换小舟游丹霞至锦石岩

看山如论文，所贵在逋峭。韶州丹霞山，公然具此妙。我换江口舟，一路摇短棹。所见云外峰，历历呈形貌。高擎玉女盆，锐挂司徒帽。钟旁一杵悬，盘边一鼠跳。大半海螺纹，团团围百道。前舱人乍指，后舱人又报。左失我方愁，右得我又笑。忽别忽相逢，惝恍不可料。非关山撩我，有意来作闹。为行曲洞中，骤难出闉奥。宜乎路匪遥，穷日方能到。

到山昇腰与，屈曲三里许，绝壁石缝开。侧入步踽踽。高唱升天行，踏云不踏土。窜身冷翠间，自笑同苍鼠。扶竹雨手霜，摇松满头雨。斗然铁门阑，设险若相阻。真个一夫当，千夫难用武。闪烁铸金像，森严建紫府。引水下僧厨，划石流缕缕，何年破天荒，一衲开万古。坐受群山参，朵朵芙蓉舞。

晚宿静观楼，悬崖走窗下。吹落珍珠泉，滴沥鸣终夜。蝶梦既醒庄，屐行重学谢。远寻锦石岩，别有奇峰迓。三洞窈而深，盘空张广厦。万孔攒蜂窝，似有声来吓。石色青黄朱，四时条变化。叹息造物心，奇巧公输亚。小巧使人怜，大巧使人怕。凛乎不可留，寒风射石罅。

（《小仓山房诗集》卷30）

观音岩

江心望峭壁，楼阁生空虚。近前觇厓岸，方知观音居。秉烛走昏黑，磴级何盘纡。已而得光明，疑有牟尼珠。谁知石乳垂，倒悬缨络如。俯视长江波，万里声澎湃。帆樯各乘风，蛟龙或逞怪。佛笑无一言，惛惛坐香界。阅尽小沧桑，无妨大自在。

（《小仓山房诗集》卷 30）

游丹霞记

甲辰春暮，余至东粤，闻仁化有丹霞之胜；遂泊五马峰下，别买小舟，沿江往探。山皆突起平地，有横皴，无直理，一层至千万层，箍围不断。疑岭南近海多螺蚌，故峰形亦作螺纹耶？尤奇者，左窗相见，别矣，右窗又来；前舱相见，别矣，后舱又来。山追客耶？客恋山耶？舛午惝恍，不可思议。行一日夜，至丹霞。但见绝壁无蹊径，惟山胁裂一缝如斜锯开。人侧身入，良久得路。攀铁索升，别一天地。借松根作坡级，天然高下，绝不滑履。无级处则凿涯石而为之，细数得三百级。到阑天门最隘，仅容一客。上横铁板为启闭，一夫持矛，鸟飞不上。山上殿宇甚宏阔。凿崖作沟，引水僧厨，甚巧。有僧塔在悬崖下，崖张高幂吞覆之。其前群岭环拱，如万国侯伯执玉帛来朝。间有豪牛丑犀，犁轩幻人，鸱张蛮舞者。余宿静观楼，山千仞；衔窗而立，压人魂魄，梦亦觉重。山腹陷进数丈，珠泉滴空，枕席间琮琤不断。池多文鱼泳游。余置笔砚坐片时，不知有世，不知有家，亦不知此是何所。

次日，循原路下，如理旧书，愈觉味得。立高处望自家来踪，从江口到此，蛇蟠蚓屈，纵横无穷，约百里而遥。倘用郑康成虚空鸟道之说，拉直线行，则五马峰至丹霞片刻可到。始知造物者故意顿挫作态，文章非曲不为功也。第俯视太陡，不能无悸，乃坐石磴而移足焉。

僧问：丹霞较罗浮何如？余曰：罗浮散漫，得一佳处不偿劳，丹霞以遒警胜矣。又问：无古碑何也？曰："雁宕开自南宋，故无唐人题名；黄山开自前明，故无宋人题名；丹霞为国初所开，故并明碑无有。大抵禹迹至今四千余年，名山大川，尚有屯蒙未辟者，如黄河之源，元始探得，此其证也。然即此以观，山尚如此，愈知圣人经义更无津涯。若因前贤偶施疏解，而遽欲矜矜然阑禁后人，不许再参一说者，陋矣，妄矣，殆不然矣！"

（《小仓山房（续）文集》卷 29）

钱大昕

【作者简介】 钱大昕（1728—1804），字晓征，号辛楣，江苏嘉定（今上海）人，著名史学家。乾隆十九年（1754）进士，曾任詹事府少詹事、提督广东学政，后居丧归乡，历任钟山书院、紫阳书院讲席。著有《廿二史考异》《十驾斋养新录》等多种。

庾岭谒张曲江祠次壁间德定圃前辈韵

金鉴言终验，黄虬祸早知。宋姚功可继，伊吕道为师。此地关山险，犹传镶凿遗。泂毛搴欲荐，风度至今思。

（《潜研堂诗续集》卷2）

过岭口占

病鹤乘轩只自惭，九方相马敢云谙？三千红树青山路，直送行人到岭南。

（《潜研堂诗续集》卷2）

南雄舟行

水浅沙停一线滩，十夫推挽力空殚。谁知咫尺凌江路，下水翻同上水难。

（《潜研堂诗续集》卷2）

邱学敏

【作者简介】邱学敏，鄞县（今浙江宁波）人，生卒年不详。举人，曾任保昌知县，后升任南雄知府。

南雄重修郡学宫记

南雄府学宫之重建也，乾隆岁己亥，余初作宰保昌，郡伯华亭张公孝泉先有是志，度将解任恐弗终事，拳拳以其役属余。余是时于人民之情伪，风俗之侈俭，山川土田之腴确，刑狱仓庾牒恕之倥偬，堼然若积破块，棼乎若治乱丝，盖未能一眼明于庾山之碧，而饮曲红之水知甘也。越明年春，始得与郡士夫取闲而讲业，登高而望远，北指巾山，南顾金马，络脉起伏，浈阳江流，湻泓泆瀁，环然与凌之川通气。然后知是郡山川之美，郁葱洞漾，浴清拔秀，人文蔚兴，耀映南纪，有唐至今代著不绝。乃思张公之属不可复他委，遂申请列宪，广诹搢绅，悉皆上俞而下悦，为捐五百金俸以倡诸邑人士。土之指困倾橐者，不旬日若云集而雨会，若水之注壑而盈科。于是乎无资他邑用谅稽足。盖是郡当岭海冲，国化与圣道南行，兹实先饮和而宅仁，故从善如此其亟，且不假外索也。是役也经始于庚子春，落大成殿五楹，东西庑各九楹，前棂星三戟頖池圜桥，后明伦堂崇圣祠各三楹，名宦乡贤二祠，其中井湢庖庾悉备，欲告竣。会余量移海阳，乙巳夏擢授闽粤南澳同知，人觐取道视省，尚未完美，复捐百金俸，崇以周垣，左以礼门，右以义路，丹垩日烈，瓴甋星布，嵯峨陆离，恢廓盘郁。于是遂大葳事矣。今年秋七月，余以权南雄府事重莅此土。诸绅士欣欣以碑记请，且请凡董工出资者得书姓名勒他石。其羡复置二屋赁以资岁出。余为书集事颠末，刻而告人，以成张公与余之志而已。如其礼乐以俟君子。乾隆五十四年己酉冬十月四明邱学敏撰并书。

（道光《直隶南雄州志》卷20）

翁方纲

【作者简介】翁方纲（1733—1818），字正三，号覃溪，顺天大兴（今北京）人，著名书法家、金石学家。乾隆十七年（1752）进士，曾任广东、江西、山东学政，累官至内阁学士。著有《粤东金石略》《复初斋诗文集》等多种。

寄题翁山（山在翁源县东百里，相传周王以翁山封庶子，子孙因山为氏）

翁源之号因翁山，千仞拔起罗江间。我目未到梦已到，秀色仿佛来韶关，下临雷溪俨襟带。亘三百里排烟鬟，二仙迹留云池侧。八泉响注浈江湾，樵子临流见洗药。居人饮水皆芝颜，山以翁名水亦尔。重冈复涧相回环，传闻王子此受封。以山为姓姓始颁，吾家方伯来岭海。作歌溯自周以还，别白道里证谱系。是非同异谁能删，明布政使翁大立《翁山歌》：周王昔都丰与镐，王孙未必封远道，始封之地尚须考云云。因探地志问郡事，我祖兼铎于荒蛮。十一世祖翰林检讨醉庵公曾教谕韶之仁化。况今芳菲过严峤，肯使兰桂遗榛菅。绍述先型勉励志，却对山石惭冥顽。作诗因风寄山麓，韶江绿涨声潺潺。

（《复初斋诗集》卷2）

南雄食韭寄内

疏疏晚风香，青青东湖韭。登此南食盘，我客岭下久。面细胜桄榔，土风同牢九。芼之蒌蒿短，又及初春首。前年水雪晨，怜子泊江口。不为庾郎贫，转成予颜厚。东湖芽向黄，尚待水杨柳。地气此太泄，沉吟倚栏后。予京师居东湖柳邨。

（《复初斋诗集》卷8）

南雄守张蒙川以其祖东海翁墨迹卷见赠用黄诗观李西台州书韵报之

近代草书推擅场，三宋名远接李杨。云间书派自二沈，后来最著武部郎。奚论颠张及秃素，笔力凌宋兼跨唐。枝指生迹传或过，罕此力出仍锋藏。锋所未及力已及，竹石槎丫山雨湿。古篆屈铁刀错金，海波掀翻老蛟立。梅花岭下一笛风，瘦骨盘盘破春蛰。当时不独书绝尘，重开此岭公手亲。公手种梅又种竹，芘荫行人贻后人。三百年后岭下院，觅公旧句吟哦遍。海天一线俯大荒，层空堕下飞云凉。江声剑势眩不定，淋漓飘落我锦囊。公孙来守粤民喜，风月何减南安堂。

（《复初斋诗集》卷8）

杨琴研归大庾四年而复来南雄向中赋此赠之如前送诗之数

空江风气逼新蒲，前度霜痕落晚芦。残腊光阴又回转，晏温刈获且疏芜。心交谈漠贫非病，战阅纷华道故臞。剩欲与君观息法，炷香万籁一跏趺。

四秋竹屋松窗下，所得寒泉冻雀音。药性君臣宵候火，书声兄弟旦同

衾。重来客路追前梦。聊试闲居印此心。——发挥沿棹处，苇湾箐涧又
云岑。

（《复初斋诗集》卷8）

上春理心堂六首（以下辛卯）

其一

动静有闻觉，宫商无古今。空山春雨后，宴坐独树阴。岂为众人耳，
寥寥感我心。异乎篪仑簧，山水自清音。其前曰：山水清音堂。物情惭茂悦，习
俗辨浮沉。吾闻桓谭论，理心而不淫。

其二

曲江领六邑，一水通诸泷。居民近岑水，矿业杂耕楼。铅锡计岁缯，
利配盐谷觲。卤田或瘠薄，松土勤杙椿。已见两浮虹，政平视徒杠。关津
此启闭，讥察商贾吷。东西达武水，上下连浈江。处处晓市声，杼机和
夜窗。

其三

童子五百人，比句效诗律。升阶使徐行，且要其仪一。秀者趋来前，
节以笙琴瑟。上丁上巳弦，中吕夹钟佾。我观弟子行，稍觉气中实。出卢
蒸成菌，分刌谁得失。刚简弗虐傲，耿耿尚难必。

其四

东坡变庄言，地籁作天籁。正如和陶诗，镜影俱不坏。静胜境自生，
响彻虚空外。万象入豪发，但与绳床对。炉香渺一缕，春空翁烟霭。舜石
锵如珮，韶江环如带。

其五

识曲听其真，此语难共语。黑白苦分明，在彼吾何与。——圈臼枅，
声理有归处。摄之枝策间，奚论宅金注。春阴淡未开，溟蒙不知雨。新鸠
鸣屋脊，正要养花絮。

其六

是夜四山气，浓掩闻韶亭。韶石三十六，出云石更青。九功九歌声，
溥畅助淋泠。昏阴而万绿，际晓开我棂。谁言扣大音，羌独遗寸莛。雷动
蛰虫起，日出草木馨。

（《复初斋诗集》卷8）

午发韶城六首

其一

芸芸以声会，始知各归根。我怀转清安，风定云吐吞。驾言历城闉，
淡与山水言。箫鼓居民乐，吾耳初不喧。羊城酒肉气，想困如恢燔。

其二

重修何公桥，找诵东坡诗。又非何公式，石栏隐金堤。以舟并首尾，随水为高低。中闸放早晚，客船可东西。我正当午到，踏浪乱凫鹥。左右城市影，摇动青玻璃。风吹关渡旗，渡口应鸣鸡。高台倚晴空，正缘对武溪。

其三

太守摹吴画，新石曲江像。闻韶之古台，景行高山仰。旧缣蝴蝶翩，旧碑础与碳。小字张仲碣，唐刻盖不枉。曲江墓仅存张九皋碑。亦已无人知，芜绝堕烟莽。登台我八年，及见增基广。陷垣陆游题，谁复好庵赏。跋字又黮灭，梦作前来想。况彼百篇稿，遐晞后村访。九成台"诗境"二大字，放翁书，方信孺刻。倍孺家藏放翁手录诗稿，自题卷前云：七月十一日至九日廿九日，计七十八日，得诗一百首。事见刘后村文。

其四

我曩摹苏字，揭之韶守居。今年已垩丹，宛然苏公书。昔人去已远，想象笔画余。江海上星斗，其气犹夫初。是以每坐此，摄志观集虚。池上扣韶石，厥音应江湖。益知教胄理，弗与谐尹殊。片铁两行字，古铜半缺壶。以均准律黍，岂必皆乐书。韶州府廨有铁点，识云：乾道三年岁次丁亥壬子月初一日乙丑敕差住持传法赐景正觉了悟大师奉宁，谨题。隆兴府都料游智文造。又有明万历间知府陈大纶造铜漏壶一。

其五

三年议修学，兹日翕然举。庶见秋祭时，宫墙环百堵。亦视偊偊至，不为新空庑。弟子鹿鸣歌，童者象勺舞。孝弟端根本，诗书蓄今古。此堂由此门，以逮房廊户。吾碑不能悉，先语执斤斧。韶州修学，予诺为撰碑。

其六

始韶未知学，今士渐喜诗。此意吾深惧，未必文献师。剽夺比靡嫚，笔端问谁为？虽云智慧启，无能扩充之。熙阳怀新苗，远岸聚镟基。皆言春涨后，一暄良易治。谁知劳深耨，但欢雨及私。

（《复初斋诗集》卷8）

岁莫南雄试竣钝夫自大庾来访

经秋海道盼云沙，昨夜江城客梦赊。盆草无音传腊雪，岭梅有信到灯花。重将旧味寻三载，近订新诗更几家。容易寒窗成一宿，不辞坐待月钩斜。

（《复初斋诗集》卷4）

舟发南雄三首

其一

南来四见岭梅春，可有苕华颖发人。敢薄钟材惟两邑，每惭拂席只经

旬。地连斗极天逾近，江合云蒸雨一新。榕下讲堂才数武，蒙蒙缘已抱城关。

其二

夜与杨生对榻眠，念来旧学忽茫然。譬从东峤分诸岭，谁挽西江障百川。姚雪门谢蕴山同时各年少，昔今所得岂言传，相期努力深追琢，独倚篷窗晓角边。

其三

满吹五两验东风，际晓山山绿意同。海角春云来八桂，江空往事溯三枫。箫韶韵倘层峦在，文献居原一水通。时将按试韶州。张文献始兴人。不比临安窃苏句，图经传会说玲珑。苏文忠《玲珑山诗》乃杭之玲珑山。今南雄志以郡之玲珑岩当之。

(《复初斋诗集》卷4)

除夕前一日试韶郡诸生示梁陈两司训二首

其一

韶江新碧动晴虚，节物惊心岁又除。政含支铛同狄守，未遑碎钵效庄渠。阳回涧石春声里，梦觉邻灯夜读初。不审年来甘苦意，诸生较我更何如。

其二

泷溪东汉迹全非，金鉴遗编识者谁？是日以此二条发问。分隶那从洪适释，丙田且问会稽碑。晚风深院梅仍蕾，春雨空山麦已籽。九变洞庭来海若，不应徒诵楚人辞。

(《复初斋诗集》卷4)

九成台歌（以下戊子）

我咋拊石求元音，那数马援横笛吟。三十六峰更双阙，陟高遂和薰风琴。是时秋清万籁响，苍梧西去接郁林。山川莽苍助金石，风雨啸舞来鱼禽。下瞰众窍但一气，独借北牖凭千寻。浩浩冥冥万古意，晚凉四起吹我襟。岂知九功九变旨，昨所未喻犹待今。台下人家台畔郭，台傍耕耦乘春阴。妇子欢笑土弦诵，比户已觉春声深。我但登台纪云物，五日十日占为霖。

(《复初斋诗集》卷4)

苏文忠书韶州府廨政宝堂额予手摹之俾太守勒石作歌书后

少室先生空卖宅，不值通泉一堵壁。况看华发老遂良，万里相从煮卢菔。台铭铭龙梦震泽，猿鸟啸空求不得。谁言天地碍伸舒，此腕一挥可千尺。我从儋耳抬沙砾，五羊六榕未手勒。政堂址孰寻郡西。思古碑还记城北。韶城北楼上有苏书思古堂字。是日长风动江色，日光激激浮画戟。为访诚斋跋妙墨，如睹贯河一笔直。更留一版窃一枡，刻遍韶江六六石。旧有杨廷秀跋。

（《复初斋诗集》卷4）

上春十日舟发韶州杂咏十二首

其一

徐会稽碑迹竟湮，谒来祠下撷溪苹。拜公风度今三度，此岭南人第一人。旧宅烟芜空漠漠，世家子姓尚侁侁。何人临得吴生笔，绢色衣纹欲夺真。张文献宅在平圃，今年谒祠，又见像一幅，与去年所见吴道子画题字位置尽同。

其二

欧阳深勒余公墓，本牑来兹不为韶。廿卷文编经屡刻，一湾武水送前朝。山回岭脉层云合，树覆祠阴冻雨飘。耽石泷溪俱手迹，肯辞扪历到岩椒。余襄公《翁源耽石院记》《乐昌泷溪石室记》今皆尚存。

其三

谓韶何石舜何峰，那问新隆与建封。须识前人说猿鸟，岂真其处有钟镛。祠隈涧水来锵叶，城北冈峦俨翼从。只有泉铭嘉定字，绣苔凝绿烟云重。苏文忠有《建封寺望韶石》诗，杨文节有《新隆寺看韶石》诗。皇冈舜祠下有宋嘉定庚午，权发遣韶州军州事方信孺《虞泉铭》。

其四

新坕层台倚暮霞，郡城高处石梯斜。风从很穴占应近，云去苍梧路岂遐。画栋几年来鸢子，晴江孟月见桃花。可能领略人和意，春在沿溪晒网家。县令新修九成台。

其五

西岩石室季疵题，网户樵童去尚迷。两字从空下珠斗，昨宵深涧吐虹霓。良常信有山卿语，勾漏谁寻葛令栖。一记羽皇无处觅，寸澜碧又涨春溪。泷溪石室有陆羽"枢室"二大字。

其六

连邨箫鼓烧灯夕，冲虎停舟访月华。僧掩茅扉惭我遤，寺余旧志对今夸。未知岑水铜兼铁，岂辨菩提叶与花。本意来因叩苏字，破铛煮饭道人家。苏文忠月华寺题字见周山谨《齐东野语》。

其七

十里梨花明月光，一蹊直到本来堂。即乘夜去游因寺，已恐春迟积备廊。太守连晨烦简折，南华从古说溪香。佛门冷澹山秾郁，此味如何一例尝。郡守邀游曹溪，辞之。

其八

尚烦武敕护山庭，地胜尝闻水亦灵。腰石偶然楚粤合，额碑何处柳刘

252

铭。九条织就传金缕，四一装成补帝青。多事庄渠劳剖击，锡端未卓本泠泠。南华柳子厚、刘梦得碑皆不存，独唐武则天墨整敕尚在。又湖北黄梅东禅寺有六祖坠腰石，而此寺亦有之。寺又有九条屈绚衣、魏庄渠所碎钵今以漆固之。寺志称即四天王所献者。释典云：四天王各献一钵于佛，佛以手叠钵曰：一即四，四即一。

其九

刘郎去作降王长，狮子冈边尚有坟。剩取越王峰作寺，更无卢应撰来文。羊头攒起空时雨，莲叶山高几夕曛。石室云华江咫尺，神丹绿雾锁氛氲。刘鋠云华石室在碧落洞。

其十

新喻符君亦善书，峡山嘉祐记存诸。昔人用意谋长久，此岸崩崖一划除。架阁址经登览后，如绳路想凿开初。三峰翠右青如拭，栈道平歌勒有余。明嘉靖中，韶州守符锡于英德南山石壁得宋嘉祐六年《开峡山栈道记》，因募民开凿。

其十一

鸣弦峰势抱回龙，水浸苔矶翠映空。古刻倒看皆绿字，樵歌背转起松风。攀跻袅袅萝云上，响拓登登竹雾中。山水清音满襟袖，何须器与后夔同。鸣弦峰之背，宋以来题刻甚多。

其十二

英石成峰小更珍，千株万笋碧嶙峋。初非以假皆疑蜡，岂合因多遂少人。融结空苍元象外，敲铿金玉果谁因。弹窝痕与胡桃皱，可要区区细比伦。英石假山蜡石又假英。

（《复初斋诗集》卷4）

发大庚二首

其一

四山夹耕户，户户沿水渍。炊烟与涧气，缕缕溶不分。是月梅炎始，稑阳遽如焚。渊乎夜息养，慰尔岁事勤。阴凉取微润，宿雾澹初昕。众青南岭来，回合潮泉闻。溟蒙积俄顷，吞吐万绿菜。所以公羊诂，肤寸初非云。

其二

昨往苗待槁，今来畎余津。旬日暄旸间，益感造物仁。水风栉疏疏，禾役排困困。得气扬其膏，滋息以光新。深虞植之薄，奚以副取陈。瀼瀼有湑期，蔼蔼发荣晨。愧无良农术，岂乏澍泽均。复遵贡川渚，回望横浦滨。

（《复初斋诗集》卷37）

253

周憬功勋铭

武溪深曲九成台，湟峡云从桂岭来。多少庚庚横埋梦，居然石墨对船开。

（《复初斋诗集》卷63）

大庾岭次和象星韵四首

其一

旬日滩行窄，常嫌巨石攒。忽从天一线，拥出级千盘。本自成花国，何曾阻鸟翰。谁将南岳比，乃尔隔炎寒。岭上题曰：雁回人达。

其二

曲江开道路，兹岭亦奇遭。寺踞层崖古，云横乱石高。惊风催去骑，落日下平皋。贪向官程晚，非辞展谒劳。曲江祠内僧出迎，予以行有常程，不入。

其三

陆贾书生耳，当年出汉关。楼船未下濑，桂蠹遂来蛮。亦仗忠诚矢，宁徒藻彩斑。况兹行役到，珊网肯空还。

其四

伫望南安郡，人文锁大江。近看章贡合，遥指斗牛双。在昔怀登陟，于今拥节幢。几时同谢子，幽涧听淙淙。末章怀醮山也。

（《复初斋诗集复外集二》）

自始兴江口至韶关舟中即同限韵二首

其一

峰来江欲动，云起石为关。今日舟中客，方知岭外山。鱼龙光驳荦，虎豹窟屏颜。海峤多奇气，都收几砚闲。

其二

拔地无肤土，横江有峭帆。低昂来众皱，掩映满轻衫。磊落人如此，嵚欹品不凡。朝宗心总切，未许托川岩。

（《复初斋诗集复外集二》）

舟发韶关再用前韵

传语停舟处，双扉莫上关。月仍窥半舫，天又送群山。云气嘘丹壁，苔花点翠颜。化工谁铲削，尽落广韶闲。遂邀诸子过，同赋涉江帆。日透明珠网，船窗皆捶蚌为之。风清白葛衫。杜诗：韶州白葛轻。文澜开浩渺，诗骨净尘凡。他日指尊酒，题名其翠岩。

（《复初斋诗集复外集二》）

254

观音岩联句用东坡游径山韵（英德县北六十里）

船头饱看韶州山，覃溪

眼如禅月印万川。镇堂

中有峭壁洞壑旋，怡庵

窅然深人静以渊。介卢

谁为宝相居其巅，石泉

下照觉海开青莲，覃溪

盘空石路龙蜿蜒。镇堂

上方花雨上乘禅，覃溪

慧镫衔壁如列钱。镇堂

蒲牢吼起蛟鼍眠，石泉

罡风脚下吹飞鸢。介卢

杨枝水和钟乳煎，镇堂

悬崖斗立俱安便。怡庵

如到南海普陀然，介卢

重来题字期明年。石泉

（《复初斋诗集复外集二》）

南雄试毕赠许才江（名思纬，南雄府经历）

髫龄黉序共横经，季子春风记鲤庭。许浑桥还号丁卯，杜陵诗早寄江宁。十年梦远花争发，五岭人来眼倍青。礼数公余须脱略，依然解带话寒厅。

（《复初斋集外诗》卷3）

赋得雨中荷叶终不湿（得珠字，韶州府考古题）

那因淅沥便沾濡，总为亭亭净植扶。有响自成擎雨盖，不贪何碍走盘珠。缘看云罩千光动，敌到风来一滴无。本性淤泥曾未染，凭教万顷濯江湖。

（《复初斋集外诗》卷3）

韶州试院同钝夫读苏诗补注

长廊络绎雨脚悬，重苔四壁流蜗涎。恶文堆案意欲卧，起与架上抽诗篇。长帽翁集嘉泰本，傅稚楷书久不传吴兴傅稚，汉儒，书苏诗刻于淮东仓漕司，即嘉泰本。近者施宿注，乃有商工镂幪，中邵冯为删补。旧注十倍梅溪贤，初白庵主复手编。如与元佑人周旋，王施只字不假借。五十弓可收其全。补录元之旧注语，未见岂不心茫然。犹惜舛讹未详校，沈杭邵审皆虚焉。每卷末有沈德潜、杭世骏、邵嗣宗覆审字，予尝问之，邵蔚田初不知也。近来文士喜道古，古人注本次第宣。王诗已获诵李壁，黄集孰为传任渊。近海盐张氏新雕李雁湖注王荆文公集，亦尚多讹字未校，又闻江西人家有欲刻任天社注精华录者。

255

后山任注黄史注，一一雕购思无缘。作者既难读匪易，那不仇勘凭精研。君当考义我按节，消此帘半斜阳天。

（《复初斋集外诗》卷3）

同杨钝夫咏竹茶篓

昨日曾盛郑宅之香茗，今日却贮乐昌之白毫。白毫叶大，不受贮，仍以蠹篾加缠包。闽茶千里来，粤茶百里致。贱近贵远物情异，香茗换瓶更收盏，白毫连笼实于地，青筠疏目随所遭，君不见良材俱轻弃。《急就篇》注篓者疏目之笼。

（《复初斋集外诗》卷3）

韶州谒张文献公祠

相度高今古，鸿名岭峤齐。地灵钟夐比，天宝事遥稽。□泰时方盛，披猖迹未梯。道元伊吕并，望遂许燕跻。薇省晨倾日，藜镫夜映奎。玉堂人入直，金鉴手亲提。遏乱言垂药，防微识剖犀。谁云思江海，直欲戮鲸鲵。暱贤空惊盼，豺声卒噬脐。棘蝇挥不去，海燕渺何栖。碣石成蛙黾，渔阳动鼓鼙。淋铃惟雨泣，羽扇只风凄。虽遣中涓祀，终伤右地暌。一麟翘角耻，九鹤叫云低。悬榻徐如见，延宾孟亦携。诗篇多兴寄，汉魏有端倪。直使骚开径，宁徒岭关蹊。梅关仍抱寺，平圃尚余畦。公旧宅在平圃驿。六邑韶江绕，三楹孔庙西。荒庭铺绿藓，古木啭黄鹂。绘像留贞石，为楼跨彩霓。祠三间，有公石像，祠外有风度楼。秀还期子姓，今后人尚多儒学生员。风欲被遗黎。夏石虞音在，怀贤杜老题。向时烟艇意，新水涨玻璃。

（《复初斋集外诗》卷3）

又（改作）

自古邦家佐，如公器谶稀。遐心仍恋主，雅度又知几。夜雨铃先兆，秋风扇未挥。是时书进御，八月节光辉。徙倚金华省，低徊白兽闱。录中非一事，虑始必尤微。韶石风弦送，浈江缘带围。冥冥穿户燕，空傍海云飞。

（《复初斋集外诗》卷3）

赋得净萍破处见山影（得青字）

半掩山多入绿萍，晚风定后偶扬船。平分翠浪开真面，倒展斜阳作画屏。菰荇叶吹千叠密，蔚蓝天衬一痕青。菱歌暝戞峰头寺，定在烟波阔处听。

（《复初斋集外诗》卷3）

始兴舟中读黄诗寄钝夫蕴山雪门

季冬溯凌江，江落泉始溇。众篙争一澜，石角斗楫楫。有如北岭登，那得西江吸。低徊游灄作，反复入黔什。渺彼昆体波，往但杨刘湆。前辈于庚庚，白日一飞熠。题襟谁汉上，滔滔百川翕。古者赋比兴，由性非学习。著录遂日多，安得不杂奢。三馆四库书，肇自祥符辑。毋昭锓版后，

256

经说多戢戢。荟粹属何人，金璧沙砾拾。高从六籍导，次以群言揸。心在千载上，曷可一家执。后来马贵与郑渔仲辈，贯串遍巾笈。正赖细密功，岂独讴吟给。尝观紫微图，群雅联镳絷。后山师川下，次第让相揖。铨衡众论间，口当颇哔哔。讵知师多师，敢屮非我集。杜陵野老法，万古一歌泣。何至若后贤，朋辈相盗袭。磊磊轩天地，区区画疆邑。彼哉附和徒，追豚自招苙。昔圣访宝书，于国百二十。删诗授卜氏，传递伯鱼伋。十国篇三百，尚合殷周缉。选练去重复，圣心滋有悒。夫岂少为贵，实因救世急。难得尽雅声，相变不相入。后世诗非古，亦自有等级。一夫誉膏馥，千手竞沾襄。展转不能出，焉复有余汁。关西舆邺下，何苦门户立。江郎五色笔，亦弗克芟葺。况彼貌杜者，步步虫出蛰。近则李与何，坐受唐贤絷。以自得鹏鲸，机羽安敢及。魏道辅《题山谷集》云：方其得机羽，往往失鹏鲸。我去古人远，绠果如何汲。但看鸾鸾姿，自觉琅玕粒。芳草本其气，吾何区燥湿。并不知是黄，何问词调涩。二三媚学子，望望隔原湿。寄之章贡水，晚雾点凉霎。今年才于各家各体略见真径路。是以所得较往年稍多，从此更当加倍努力，谨慎酝酿，勿忘勿助。除夕识于韶州使院之问心堂。

（《复初斋集外诗》卷5）

自英德夜上韶江四首

其一

远山渐近觉舟移，宿雨初晴倚棹时。云气驳成番玛瑙，江纹叠作绿玻璃。湾环诸峡平相抱，突兀三峰黑更奇。鸣弦峰。篙桨不摇空渚响，并无岩隙浪花吹。

其二

浈阳峡府海岩通，晚泊周围已不同。山阔尽供斜照紫，江宽全受落霞红。千峰拊石鸣弦奏，万木敲宫戞羽风。援啸鱼喁禽鸟答，贮来寸寸碧澜空。

其三

满江帆影岸林影，沿水橹声山磬声。月为微云增窈窕，露如细雨滴空明。回汀烟白萤流急，巨石泥黄虎迹横。岩际僧犹来乞食，观音阁与众星平。

其四

猎猎南风挂破蒲，舟人喜和鸟群呼。钓缗收处星干湩，乐石青来雾有无。点点夕霏岩吐瀑，微微晓气草垂珠。武溪笛与曹溪梵，并入空烟响荻芦。

（《复初斋集外诗》卷6）

257

舟泊南雄三首

其一

月出三枫亭下水，风吹大庾岭头云。西江九十九湾响，并入新泉一片闻。

其二

五年三度避炎热，此夕此来初雨晴。斜日凉蝉过溪笛，满城吹散古榕声。

其三

百尺朱栏一卧虹，月弯飞出海天东。还来旧日初来处，海阔何曾到袖中。

（《复初斋集外诗》卷6）

南雄使院晤林蕴斋二首

其一

今夕竟何夕，红镫缘酒前。云犹旅况淡，月为故人圆。握手七千里，惊心十五年。京华亲串话，忽到岭梅边。

其二

尔倅罗浮下，时歌将母诗。艰难因弟病，辗转独吾知。懒肯为名误，贫宁计宦卑。江干行役地，款款证前期。

（《复初斋集外诗》卷6）

同年谭敬亭怡香书屋图三首（时假守南雄）

其一

午风握手古榕前，人在三枫五渡边。谁道床阴香万亩，意中更辟藕花天。

其二

风前对语雨白鹤，月下论心双碧梧。如此须眉此云水，天然玉镜映冰壶。

其三

题诗自遍篦笋竹，判牍宁移孔翠屏。一种江乡画图样，书楼山接郡楼青。敬亭，粤西人，官粤东。

（《复初斋集外诗》卷6）

南雄府廨古榕后歌

我歌府廨之古榕，驻马盘桓又三载。枝高荫大非偶然，春华几接秋英采。古干倒垂复生干，干围转与根相倍。参天拂地庇风雨，接岭县云连涧

258

海。午来绿气飞满城，是日榕声兼雨声。其东一株后人植，视我歌日合抱成。讲堂门边岭驿侧，下蟠上蠹皆回萦。我时手携谭敬亭，石苔斜日坐寒青。为言此树易郁茂，难得度岭先峥嵘。双树记后独树记，三载读溯五载情。凌江浈江荫处处，信尔托本于炎精。劲叶直躬莫偃蹇，虚心受气长发生。作歌为附前歌后，稽含已状阴十亩。嗟兹栽植敢矜负，更计根深养材厚。连蜷半黑雨又来，横烟幂到三枫口。

（《复初斋集外诗》卷6）

仲夏韶州使院集诸生于堂讲少陵偶题一篇
检旧稿书后七律示之叠韵二首（俾诸学官弟子和焉）

其一

何处虞韶想九成，诵弦比户有专营。但由六艺兴三物，那隔千秋听六莹。得失心宁徒汉魏，鲁黄注渐滥元明。瘦碑大雅堂芜后，谁见溪头怅望情。

其二

变化功夫久始成，诸生近渐寡纷营。师承法自儒家得，表里源惟作者莹。土物六秋仍麦获，海榴五月又花明。绿蕉白葛梅炎气，不止扪萝拊石情。

（《复初斋集外诗》卷6）

予三年前是日泊舟于此有读黄诗寄杨谢姚三子之作今复以分宁新刻本校勘天社任渊注仍用旧韵寄三子并示伯求德敏庚寅腊月五日始兴舟中

旧味又三年，推篷山泉溙。依然篙竹声，戛此石角觚。粤江邻西江，一岭翠呼吸。乾坤清刚气，不徒在篇什。往者我寻源，但矜余波渑。沧海横流阔，照以宵囊熠。听律推元声，曤绎由始翕。诗到苏黄尽，此秘非传习。辗转相笺释，楮墨争杂群。近日旧家本，编年何人辑。新刻篇第颇失次。但言羞雷同，有才翻敛戢。矫之美言疢，懦者牙慧拾。论诗百年来，北王南朱挹。新城论虽许，竹垞见犹执。竟与放翁熟，同诚初负笈。秀水朱简讨云：尝病涪翁太生，放翁太熟。请问生熟义，谁餍谁取给。谁调闲良乐，谁羁靮骐骥。元酒明水设，本先让与揖。玉莹变丹青，艰哉何炭炭。淡然无一物，倏忽百怪集。鲸翻鲛鳄横，星堕神鬼泣，为丝麻菽粟。为冠裳褐袭。色元黄朱绿，区州居部邑。太史衣褐样，非染蓝芥苙。亦非蟠蚌格，卷压百三十。六经一笔书，矧范滂郭伋。山谷尝手书后汉范滂、郭伋诸传。磊落忠节贯，万古脉紾缉。吾求之派图，琐屑徒滋悒。仍归求之道，大路我怀急。更求山涧谷，求泉水出入。是日滽江口，自下如拾级。新阳动微张，薄莫浓阴襄。凉出草树间，众绿澄于汁。舜峰三十六，回望屹而立。前乃如袂拥，后或如垣葺。沿江万小砾，如卧如蟠蛰。一气奔南赣，群峰怒谁絷？西江莽莽势，相望果相及。白沙翠竹底，远浪

259

连滩汲。品泉水一勺，聚口米一粒。积小以成大，吹燥而谐湮。陟岭崇由卑，行滩坦非涩。大海相回环，千里见原湿。明晨更登陆，初晴开昏霅。

（《复初斋集外诗》卷7）

将按试韶州先寄示陈讷士司训用昔年讲社诗韵二首

其一

此日观摩尚未成，七春口耳苦营营。持弓秉鹄谁环堵，见弹求鸮实听莹。层塽年光上妍暖，深江腊气转空明。度原审径三农起，可独春锄布谷情。

其二

蠥绎端由翕始成，童蒙策谨策初营。循声叩节从攻木，美实充庭必尚莹。献岁篴簧准嘉概，上丁普淖事齐明。斋心云水原无物，配尔残膏短檠情。

（《复初斋集外诗》卷7）

岁莫南雄试竣钝夫自大庚过访仍用三年前诗韵六首

其一

七周岁尾冒风沙，一岭宁知道路赊。就我旧烹南涧水，想君来见北枝花。江头羽盖驰邮骑，郭下镫船结网家。炯炯怀人屋梁月，依然如梦落窗斜。

其二

论文此郡苦披沙，村酒浑无味可赊。酝酿云阴如欲雨。朦胧雪意不能花。梅魂沁骨宜人睡，榕厦成门近汝家。但放绳床依棐几，茶瓯一缕澹烟斜。钝夫来主此郡讲习也。

其三

岭北岭南滩与沙，虽分雨省地非赊。和声本自宫同征，着眼谁将雾入花。山谷诗图居祖派，江门风月目儒家。谈空说有何分别，一径升堂旧不斜。

其四

东海当年与白沙，岭边一笑意宁赊。卷中墨尚飞狂草，楼上云犹涌碧花。巾玉试寻吹破处，枕峰今日落谁家。前贤出处难评定，袖手闲凭局畔斜。出陈白沙《碧玉图与张东海墨迹卷同观》。

其五

底从灭裂怪麻沙，板本豪厘万里赊。流弊沧浪专废学，空闻迦叶可拈花。岁时仿效觇遗俗，图籍从容问故家。是尔山居进士事，讲堂容易绿阴斜。因论江西新刻黄集也。

260

其六

题扁锋惭锥画沙，味兰堂景画还赊。残年话入联床雨，令弟琴砚同来。六载前吟并蒂花。江沫全蒸山木气，炊烟四起钓人家。明朝忆尔书斋里，却倚篷窗石径斜。

（《复初斋集外诗》卷7）

前诗和作者学官弟子凡百四十八人深喜此郡士人能志于学爱第其次择优者弟子十八人童子八人而再试之复叠前韵二首（俾和）

其一

比屋声容象勺成，我怀怵惕转屏营。心筮本以贞松竹，磨琢何尝炫瑶莹。乡里力田行孝悌，诗书彝训范聪明。威仪律吕身文字，根柢渊源贯性情。

其二

即论文岂速求成，炯炯心精惨澹营。四德六爻占孰记，宋时韶人石汝砺器之讲《易》，以乾元亨利贞一句推衍者六十四卦，尝与苏文忠谈于英德圣寿寺，其书今无知者矣！千秋一录鉴犹莹。访碑昌乐空泷绿，泐字云华别洞明。又到春江北楼倚，竟无人识溯洄情。

（《复初斋集外诗》卷7）

于韶州张文献祠后土中得徐季海所撰碑盖七年以来访求不获者赋此示学官弟子

公薨，开元碑大历长庆初始镌于茔，去茔百四十四步，然否即今祠所营？宋天圣年碑重立，中间想见祠屡更。

徐会稽持岭南节，官阀本末考必明。梦得诗序岂暇辨，欧阳碑跋空烦评。大书尚书右丞相，终赠都督于迁荆。若岳出云作霖雨，格于上帝贻苍生。海燕归来元鹤远，柱石不救大厦倾。司徒之制碑未载，殁有盛德生雄名。建中至德果孰是，新旧二史谁权衡。我闻米家宝章集，此口迹衔王傅彭。偃笔渴势有同异，一尺高绢神峥嵘。徐公八十作王傅，正及建中初政成。张仲容本不可见，印缝故纸珍瑶琼。我昔祠下拜公像，绢丝残作飞蝶萦。徘徊三叹辨题字，荒垣破壁惊鼫鼪。此碑何在缅烟莽，问诸郡邑求诸平。余祠欧碑亦不获，众峰听戞风水声。今者又得墓田石，石书古原洁且诚。中为公墓夫人次，次殿中丞太常卿。往来樵苏有必禁，田数田户毋俾争。明守新喻符锡笔，笔势崒崒拨与撑。昔人好贤举遗坠，盖为此土牗此民。千秋一录但赝本，五言万古孰是程。有如此碑薶复出，徐书剥缺犹晶莹。粤人文与器识进，公乎傥能鉴精诚。公家优优诸子侄，或游庠序或读耕。正令撰书不必佳，亦当拜读涕泪并。我住韶城七寒暑，寸尺未得申景行。得碑忽值临去日，无数瞻仰低回情。

（《复初斋集外诗》卷8）

261

题大庾岭三首

其一

艺桂一林梅一枝，今来犹未雨雪时。远烟斜雾沙水驿，轻霜碧树文献祠。夹涧合云瀹众木，一泉决水鸣诸陂。谁能乱石横桥侧，怀古空为寄使思。

其二

裴渊吴莱俱有记，书生形胜说空存。岩疆控锁几千里，大海烟岚归一门。交物声名通上国，讴歌诵读遍荒村。昔贤开凿陶钧力，未易区区诗派论。

其三

关侧一花低暮空，寒山影外夕阳中。烟多浑讶神出水，意到不烦香引风。旧路梦来阴历历，前江合作气蒙蒙。年时盆盎山海意，忽落云封古寺东。

（《复初斋集外诗》卷8）

韶州元日四首

其一

五更一色九霄明，四野千祥百福声。江海景光调玉烛，岩峦飞舞颂升平。重重节庆增人寿，万万年觞乐岁成。三十六峰双阙石，铿锵律吕动韶英。

其二

九奏台晴倚曙霞，计偕客棹向京华。八荒北极天门仰，一转东风斗柄斜。比户暖听舟子唱，夹江春满钓人家。薄寒正拥红云起，已并酴醾望杏花。

其三

连延积雾卷微阴，咫尺肤峰蓄寸霖。遍野麻绵秔谷麦，满城箫鼓瑟笙琴。融风转要新阳洗，宿润都含晓霁音。水墅山田有占语，人烟处处映青岑。

其四

五来得句记初筵，七转星辰接八年。俊造连科寡登选，井童六邑渐诗篇。斋郎学子营区舍，钥舞笙歌习诵弦。时将修学肄俏。未识明春当此日，几人一慰役车还。

（《复初斋集外诗》卷8）

弹子矶和钝夫韵（英德北一百二十里）

危矶瞰江势中凸，半空遮断横江鹘。忆昨入峡望见之，但觉插天立积

铁。黑风吹海崝如削，白云下垂补其缺。竟欲上并韶石奇，且莫论从太华割。来诗引《广东新语》云：弹子矶似太华南峰背。上滩下滩舟避石，滩石此实为窟穴。篙工屏气撑长风，似畏人语惊鲛室。我歌不敢高穿云，仰面亦恐喝石裂。

（《复初斋外集》卷28）

舟次韶州钝夫以诗志暂别

换船人港夜发鼓，南风吹君向横浦。十日须停半岭云，连宵已响千山雨。挂角招提记岭头，我来未及拜高秋。烦君为觅英灵语，迟君题诗风度楼。风度楼在韶州张文献祠。

（《复初斋外集》卷28）

张文献公墓（在曲江县城北八十五里）

挂角寺，风度楼，公之精神遍处处。曲江江水万古流，江水盘回山突怒。苍石横缠绿榕树，舟人过此皆指点。唐代仆射相公墓，君不见舜祠作故里，韶石作华表。九奏余音听未了，落日遥空飞碧云，想见英灵系朱鸟。

（《复初斋外集》卷28）

听雨（四月二十四日南雄试院作）

幽幽双丛兰，相对有馀馥。虽置官舍中，静如在空谷。四座况弗喧，清言澹绝俗。薄云翳盆池，微风动帘竹。晚雨岭上来，小景窗中足。揽兹一庭阴，俯彼四山绿。书史既滋润，怀抱良寡欲。无言却炎歊，泠然濯冰玉。

（《复初斋外集》卷28）

南雄试院并蒂兰同象星介庐雨三以同心之言为韵得心字（四月二十五日）

碧树交柯结缔深，光风双吐小庭阴。谢家伯仲池塘梦，楚客潇湘屈宋心。得气甚应连九畹，采芳本合闲重襟。莫轻翡翠枝头戏，恐是迦陵共命禽。左太冲诗：幽兰闲重襟。

（《复初斋外集》卷28）

李调元

【作者简介】 李调元（1734—1803），字羹堂，号雨村，四川罗江人，戏曲理论家、诗人。乾隆二十八年（1763）进士，授吏部文选司主事，后任考功员外郎，乾隆四十三年（1778）出任广东学政，多次赴韶州、南雄考校生童。后因得罪权臣，遣戍伊犁，放归后居家著述终老。著有《童山文集》《曲话》《剧话》，编辑刊印《函海》丛书。

过大庾岭

雄关百丈郁嵯峨，恰趁探梅到绿萝。百级登来蛇倒退，一峰高处雁难过。云霾荒垒传萧勃，日落残山吊尉陀。远望珠江犹隔水，星槎何日达秋河。

（《童山诗集》卷15）

梅关和德定国座师题壁韵二首

其一

萦回路入岭同峰巅，望见荫茫岭外天。海水远浮鳌背外，粤山争赴马蹄前。梅鋗姓著强秦日，杨仆功成下越年。回首凄凉思往事，惟余晓月挂寒烟。

其二

秋风吹我上峰巅，直探鸿濛手握天。松杪人行云气外，梅花僧度月光前。纱笼句好留今日，绛账传经忆昔年。欲问曲江谁可继，试看百越靖蛮烟。

（《童山诗集》卷15）

注：两诗收入道光《直隶南雄州志》卷18，分题《甲午七月二十七日典试粤东道过梅关和德定圃师大中丞韵》《丁酉十一月十四日视学粤东再过梅关仍和德定圃师韵》，文字与文集所收稍有出入。

保昌登舟

方愁险仄度梅关，又喜偶舟到越蛮。分付篙工休著力，老夫借此要看山。

（《童山诗集》卷15）

凌江行

我来雄州髀无肉，解鞍江浒身始畅。饮仁亭子凌江滨，门前两两舟横放。今年七月苦无雨，蛟螭不遣秋潦涨。凿凿白石浅浅沙，水势欲下舟欲上。篙师叫绝双凫飞，虽非陆地如累荡。县官坐衙集龙户，送舟南行悉丁壮。——赤脚立滩中，令严那顾鱼腹葬。嗟尔小黎无过忧，我虽使臣不鞭杖。饱闻兹山有洪崖，为我历历指青嶂。

（《童山诗集》卷15）

岭南舟行杂诗十首

其一

自北边来南越乡，语音先异况村庄。使舟日日浈江曲，半靠人家牡蛎墙。

其二

重重浦树望中迷，长立船头到日西。一抹蛮烟横两岸，榕阴深处鹧鸪啼。

其三

碧波漾漾走银沙，蒻笠长年各有家。少妇舵楼金齿屐，鬓边斜插素馨花。

其四

怪道褰帘蝴蝶入，舟中瓶有佛桑然。翻嫌未是春三月，不见花开到木棉。

其五

每逢滩急下深沱，七尺乌篷快似梭。昨夜修仁渡头泊，邻船时送摸鱼歌。

其六

五里只埃十里双，铜钲声应落船窗。蛮童不识官人至，短笛乌犍自度腔。

其七

佛幢高挂半南方，恰值舣舟挂夕阳。何处丛祠方祷雨，香亭珠子结桄榔。

其八

舟中无事独逍遥，浅酌髐鼃越酒瓢。忽起卷帘得佳致，红墙庵外露红蕉。

其九

棹郎黔面亦堪怜，撑尽筼篙袒两肩。榄豉干鱼兼水饭，生来不识有炎天。

其十

浈江水与墨江通，始觉波涛渐渐洪。忽向蛮荒怀太古，鼻天城在乱云中。

（《童山诗集》卷15）

挂榜山

云汉天梯近可攀，迢迢驿路下韶关。使臣素凛求贤意，此日惊心挂榜山。

（《童山诗集》卷15）

韶州望韶石

昔读诚斋诗，屡述韶石异。琴瑟倚天半，未信有此事。今逾曲江沚，放览得恣肆。始知化工奇，杨墨犹未备。晨曦启孤蓬，巨石当头坠。崚嶒走横江，小舟宛转避。双阙与凤阁，球门左右置。或峭如柱立，或横若复隧。圆笑廪轮囷，削唶甌瓜遗。翘翘舫首尾，尚缺帆樯植。广厦千百间，

屏墙万夫庇。挺特如勇战，斜敧似人醉。诡怪难殚名，穷诘恐墨费。传闻帝南巡，九成奏兹地。后夔已荒远，谁与辨真伪。不如问苍冥，究此镌刻秘。江山助诗力，或有知音值。重华事有无，且付稗官志。

（《童山诗集》卷 15）

晚行曲江道中二首

其一

秋浪一江急，风帆半日悬。波中先见塔，城外尽临川。点点岩边火，依依野际烟。心如南去水，却坐北归船。

其二

暝色四边至，遥村一望衔。岭头虽有驿，江面不容帆。石蟹全登岸，珍禽半入岩。夜来骚屑甚，寒气入凉衫。

（《童山诗集》卷 16）

舟中晚兴

漫说心如箭，其如棹泊迟。人喧上滩处，鸥避下帆时。路转山犹见，钟鸣寺始知。回头语黄帽，此地正宜诗。

（《童山诗集》卷 16）

韶州登九成台

抠衣直上九成台，浪簇鱼鳞脚下开。万里苍梧云不断，两江白浪雨飞来。重华旧辙今安往，仙乐遗音昔已灰。空有坡翁铭石在，壁间剥落半生苔。

（《童山诗集》卷 16）

雄州晤张度西明府留饮观剧作歌

忆昔论交金台中，一时诗酒皆豪雄。兴酣拔剑各起舞，颠狂往往惊群公。当时意气不轻许，余子碌碌非吾侣。可怜万事竟无成，白发而今吾与汝。君向青冥翅偶垂，我虽得意旋乖违。彼此无能更相笑，十年不调同嘲讥。今年奉命过梅岭，行李往还扰君境。万里南来遇故人，此行细想真侥幸。氍毹堂上闻云和，铜龙照吸金叵罗。相逢百斗不成醉，人间离别何其多。君方在南我归北，均如系匏不堪食。殷勤相属惟一言，扬帆此去看风色。

（《童山诗集》卷 16）

过大庾岭（十一月十日和中甫韵）

岭高无复雁飞南，但见苍苍桧柏参。天使岩关全抱粤，人疲石级半投庵。旧题尤有六丁取，新刻多于二酉探。谁向云头歌伐木，斧声笛起鹿趨趨。

（《童山诗集》卷 20）

再过梅关

底江吴地尽，过□□□多。试问梅天雪，曾经犬吠么？山川仍似旧，云□□□新。风度唐朝相，如君有几人？关有张曲江祠。

（《童山诗集》卷20）

呻吟行

呻吟复呻吟，乃在浈阳之江皋。沙汭云锦浅露乔，河涧如掌船如刀。忽闻呻吟声嚣嚣，疑是远村嫠夜哭。凄凄松壑来风涛，又疑庚癸丐饿莩。乞怜摇尾相嘲嘈，又疑饿鸢唤，哀鸿嗷，鞭血负屈冤额号。八月寒螀三更雁，孤臣孽子悲离骚。一时鸣啼鞯集充，两耳使人沁心动，魄斗觉头霜毛细。听非近亦非远声，乃出自所坐舠。黄帽敝衣不掩骭，伏舷长叫身横篙。不知鴃舌喃喃作何语，但见赪肩赤脚连睢尻。我闻筑者邪许舂者相祗以，助力篝作劳何为？无疾无痛楚不为，后笑为先眺。愧无桑巴噢，安得一篡醪？投之上流之高高，千人万人沾瑷膏。使汝温饱舟自操，吾亦锁金帐里烹羊，嗟嗟呻吟奈汝曹。

（《童山诗集》卷20）

浈江二首

其一

风破竹篙声未休，舟人拿楫立船头。何处伊鸦来米舶，为言昨日发雄州。

其二

花落谁家船阁滩，挽牵人水万牛滩。记得三日前三日，峡山百尺起江湍。

（《童山诗集》卷21）

五月二十一日南雄骤雨江涨水及试院堂阶是夜移于道南书院得诗二首示诸生

其一

晚来堂下水平阶，第二门中进木簰。五马只愁侵使节，双凫先已护彭排。再来应叹伤薪屋，不去真成画舫斋。灯火泥泞人共笑，此翁也解着棕鞋。

其二

江翻暴涨到城限，锁院深严水竟来。天卷鱼虾檐外落，人惊蛟蜃室中回。沟盈暂集崇朝雨，屋塌遥闻几处雷。避漏移床浑不惜，最关心是硙抡才。

（《童山诗集》卷20）

267

雨中观道南书院池莲得十字

我来量材保始邑，得五未能全拔十。野涨漫山杂雨来，令我不及谋蓑笠。迁居道南夜已半，昏黑不辨门径入。晓来雨霁竹光清，始见轩窗临池茸。池中亭亭白莲花，风摇翠柄如相揖。仙子凌波踏明镜，淡妆一洗铅华袭。欲语不语真有情，绿云拥扇相环立。乃知人世皆泥涂，独有荷叶终不湿。书斋静坐日无事，惟与诸生相讲习。拈花佛岂步以趋，爱莲周可学而及。不怪诸生柳下行，所期他年衣染汁。

（《童山诗集》卷 21）

登芙蓉山得气字

酷有游山癖，每为简书畏。今朝公事毕，雅愿始得慰。芙蓉山不高，草本颇蓊蔚。不用杖策登，已入云暖靆。松风杂江涛，人语乱蛔沸。竹笕寻细泉，僧房咤佳卉。屟前鹧鸪声，衣上烟霞气。童冠半吾徒，脱略无忌讳。欢谈兼坐卧，殊有偕乐味。山灵喜诗人，樵子厌朝贵。谁能出新句，一洗俗胸胃。

（《童山诗集》卷 21）

自雄至韶追送观察李随轩（廷扬）入觐

百里风帆似有神，平明已至曲江津。行装载道犹迟我，钱馆临江已簇人。二月春波扶桂楫，五年温语对枫宸。旗亭不是多惆怅，百粤惟君谊最亲。

（《童山诗集》卷 22）

罗天尺

【作者简介】罗天尺，字履先，号石湖，生卒年不详，广东顺德人。乾隆举人，著有《瘿晕山房集》《五山志林》等。

珠玑巷

南渡衣冠故里赊，洞天赢得住烟霞。面今恰似乌衣巷，野燕低飞入酒家。

（道光《直隶南雄州志》卷 18）

史梦琦

【作者简介】史梦琦，字卓峰，阳湖（今江苏常州）人，生卒年不详。乾隆己丑岁（1769）进士，官至汀漳龙道。

过庾岭次定圃师留题原韵

松门萝径出层巅，放眼平看百粤天。晓日马嘶晴雪里，危亭人倚早梅前。一行白雁低回影，九折青螺忆旧年。挂角寺边怀古意，曲江遗迹护苍烟。

（道光《直隶南雄州志》卷 18）

谒张文献公祠

曲水勋名付逝波，青山祠庙郁嵯峨。重来偶异寻蕉梦，一载真同撤电过。海燕朝飞平圃近，云衣夜拂暗香多。至今风度还相忆，牛李当年竟若何。

（道光《直隶南雄州志》卷 18）

吴俊

【作者简介】吴俊（1744—1815），字弈千，号竹圃，晚号昙绣居士，苏州吴县人。乾隆三十七年（1772）进士，历任云南学政、山东布政使、广东惠潮嘉道、按察使。著有《荣性堂集》十六卷。

度梅岭

又随宾雁度梅关，满路秋花照鬓斑。回望艑棱九天回，俯看烟峤十洲环。岁逢大稔应狂舞，官是重来实汗颜。太息开元贤宰相，至今风度映苍山。

（道光《直隶南雄州志》卷 18）

杨炜

【作者简介】杨炜（1749—1814），字槐占，号星园，江苏常州人。乾隆四十三年（1778）进士，历任河南历城知县、饶州知府、南昌知府、广东候补道。善书，著有《方义指微》《西溪草堂文集》。

丙寅三月，行至庾岭不见梅花，喟然有感。夏六月奉檄摄南韶，因分俸属署保昌王大令名暹种梅数百本，稍为此山生色。王君亦佳士，工书画，欣然从事。丁卯春，闻满山均已发花。喜而记之

我行正及春初三，道旁官柳青毿毿。前途说是大庾岭，一关划界分东南。蛇盘一线互回转，鸟道九折行趁趋。群峰髻簇花朵朵，怪石虎视瞋耽耽。一层层上历阶级，叠排鹰齿相交参。长亭短亭任驻足，十里五里供停骖。蚁旋鱼贯百货集，肩摩踵接行人担。佛楼云封雾隐隐，金碧剥落余青蓝。张相祠堂独雄杰，参天黛影围榕楠。下车入寺肃瞻拜，庄严金地开珠龛。想见当年旧风度，余芳袭袖风醃醃。兹来应入众香国，为凭驿使穷幽探。索遍千岩哑然失，寻梅竟等寻优昙。绝少千株冰雪艳，更无一树珠苞含。梅岭无梅山亦笑，诗人无诗我更惭。要为此山亟生色，薄分清俸吾犹堪。邮商令宰王内史，计树千本长濡涵。刻期三月已分种，大株小株纷蓝鬖。分棚记里各滋植，莳沃诸法俱详谙。他年会成香雪海，满山夜月开冰函。自上下下三十里，岭南岭北幽香酣。

（道光《直隶南雄州志》卷 18）

廖寅

【作者简介】廖寅（1751—1824），字亮工，号复堂，四川邻水人。清

269

乾隆举人，有武略，累官至江西布政使、按察使，迁两淮盐运使。

游庾岭和张文献公祠壁间原韵

螺旋曲径跻高巅，树荫千章四月天。惊鸟纷飞人影外，晴云浮到马头前。兵屯汉将怀余烈，路辟唐贤纪往年。迟我来游梅已熟，枝无南北绿成烟。

键钥争严九仞巅，层峦绵亘界蛮天。维皇建极归荒服，有客来宾度岭前。时奉檄送罗贡使至此。高旷振衣风在树，溟蒙欲雨雾堆棉。停骖更喜逢僧话，茶熟遥看起翠烟。

（道光《直隶南雄州志》卷 18）

戴锡纶

【作者简介】戴锡纶（1754—1831），字东堂，河南光山人。乾隆四十五年（1780）举人，乾隆五十二年（1787）进士，历任南海等地知县，嘉应、南雄知州，韶州、高州知府。道光三年（1823）致仕还乡，道光十一年（1831）卒，年七十八。著有《乐静轩诗抄》四卷。

因公过修仁（即齐内史范云饮水赋诗处）

过雨山光夹岸新，烟村花坞绕修仁。扁舟泛泛吟声起，清绝长怀饮水人。

重官旧部岁华深，嘉庆戊辰己巳余牧斯土距今十有四年。礧碌鸿泥讵可寻。却喜中流一片影，千秋识得彦龙心。

（道光《直隶南雄州志》卷 18）

雄州杂咏
梅关

万仞峰头一线天，拱宸朝海势巍然。应官大可夸乘障，百粤皇风被独先。

梅岭（一名大庾岭）

夺将秦塞启雄关，呼庾呼梅共一山。毕竟台侯风烈远，长留香雪碧云间。

云峰寺

泉因卓锡涌危峰，衣钵真传纪异踪。罗汉果成争未了，数椽合付乱云封。

官道（唐张文献公开）

种松夹道尽龙鳞，凿险为夷走贡珍。梓里也开百世利，如公何止冠词人。

台侯故宅（今红梅驿）

入关当日佐长驱，故第千秋认有无。不道心丹蒙草木，梅花到此也

施朱。

寄梅驿

一枝春可当人情，投赠南州艳此清。妙是不要供帐例，香风千古被征行。

种玉亭

琼珮何年易绛裙，刘郎前度饫清芬。方塘影似酡颜缬，老去栽花旧使君。

玲珑岩

金庭玉馆好重寻，通透中传丝竹音。记向山灵乞此号，果予人士作文心。

（道光《直隶南雄州志》卷18）

仲夏郊行志喜

蝼蝈夹道鸣，雨过翠磅礴。顾此禾欲齐，眼饱意已乐。雄州本山国，土瘠沙砾错。夏遇十日晴，原显忧焦涸。寻常执地符，侵夺互击搏。稍歉讼逾繁，尚论税无著。穰穰降自天，赐雨俾时若。极望何青青，糇粮被邱壑。尽桐长穗大，料秕少糠薄。司牧一家长，养恬冀宽绰。年岁幸能丰，人事不得恶。所愿碓田雄，场功庆再获。

（道光《直隶南雄州志》卷18）

梅岭谒张文献公祠

公在为开元，公逝为天宝。格君消乱萌，事事烛几早。岭海起孤生，鼎台抒伟抱。厉防偃月阶，逆预野心讨。苦口皇储安，批鳞使典恼。但务固苞桑，岂惟凿鸟道。有唐自求覆，白羽恩莫保。养虎俾噬脐，从此干纲倒。叹息郎当时，空思风度好。用泰舍则屯，徙薪独一老。永怀伊吕侪，夙昔诵遗稿。庙貌肃乡关，幸及荐苹藻。嘉漠重守令，敢弗资镜考。金鉴炳千秋，梅花香不扫。

（道光《直隶南雄州志》卷18）

杨历岩

晶帘不组织，石室不斧凿。昔日要路旁，今时闲处着。尘海快幽寻，鸿泥竞栖托。胡为号杨历，想当驻戎幕。横浦险未夷，鸟迳迹方错。将军奋薄伐，首夺北门钥。功成此汉关，事往怀式廓。千秋一台岭，梅庾俱昭灼。姓氏被山灵，摩崖字慵拓。斯人地以传，轻容噬卫霍。嵯峨古形胜，守土人荒度。忍饰身后名，所惭簿领缚。得寺扪旧碑，听泉感行脚。因知过化贤，奕世咏场藿。

（道光《直隶南雄州志》卷18）

恽敬

【作者简介】恽敬（1757—1817），字子居，阳湖（今江苏常州）人，

著名文学家。乾隆四十八年（1783）举人。官至吴城同知，因失察被劾罢官。著有《大云山房文稿》。

舟经丹霞山记

自南雄浮浈水而下，过始兴江口，岸山皆卑庳无可观。行六七十里。忽舟首横土冈数重，冈趾相附错，冈之背见大石磊落列天际，其气醖古伟岩，在十里外。登岸望之，有平为嶂者，穴为岫者，重为巘者，沓为昆仑者，立为崖者，俯为岩者。心乐之，而无径可往，遂返舟。舟行附错之冈趾间回旋而达，石时见时不见。于是，有始为嶂而如岫者，始为巘而如昆仑者，始为崖而如岩者，其复为嶂与巘与崖亦如之。行数里，出冈趾，石不复见。水绕沙如半环，一滩斗落，前有峭壁横截焉。舟人放溜恐触壁，以缧逆挽其舟，逶迤投壁下，故得从容其境。顷之壁尽，而向之石复见。石之下皆石冈也，二大崖为之君，过大崖则石峰相累而下控于地。自大崖回望石冈，舟向崖而近，则石冈为崖。蔽，如敛而促；舟背崖而远，则石冈如引而长。异境也！

敬闻韶有韶石山，虞舜南巡奏乐于是，以为是山之奇胜足当之矣。乃至州，按《图经》，乃仁化之丹霞山也。韶石山在其西，益奇胜不可状。

夫圣人之心华邃鸿远，包孕天地，岂若拘儒之规规者哉？洞庭可以见天地之大，韶石可以见天地之深。敬观于奏乐之地，可以推黄帝、虞舜之性情矣。洞庭前十五年过其东，韶石未至，盖先于丹霞山遇之焉。

（《大云山房文稿二集》卷3）

吴文照

【作者简介】吴文照（1758—1827），字香竺，号聚堂，一作褧堂，石门（今浙江桐乡）人，诗人、书画家。乾隆五十三年（1788）举人，由教习任新兴知县，擢惠州同知。著有《在山草堂集》《在山草堂诗稿》。

将至韶州山势更奇峭赋八绝句

船尾青山送雨厓，船头又见峭峰排。文章毕竟须剗刻，肉胜何如骨胜佳。

如堂如屋态纷纷，脉自钩连势忽分。生就围屏遮不断，只留一隙走风云。

猿臂难攀石壁巉，几层精舍壁中嵌。蹑云欲仿飞仙迹，自笑嵇康骨太凡。

一支近接曹溪水，洗净尘根山亦灵。如向莲台听说法，至今顽石尽玲珑。

神工不借五丁开，深荷天心费主裁。忽讶行云篷背重，好峰一朵逼窗来。

孤峰峭拔愚公徙，万窍灵通伯益烧。露顶层属浮佛塔，排空齿齿架虹桥。

石尖刺水尽蹲岍，水底分明尚有山。不信试然犀一照，鲛宫也在万峰间。

新诗都为看山留，风色连朝滞客舟。此去要收间笔砚，好山不肯过韶州。

（《在山草堂诗稿》卷8）

自曲江换小船赴南雄

一舟十丈长，广不逾八尺。两头何纤纤，宛若初三月。又如蚌破壳，半面卧沙碛。船头小篙撑，船底编行席。茶灶傍榻支，布幔当屏隔。载客五六人，起居愁局舛。凭眺窗碍眉，欠伸篷打额。眠如尺蠖屈，两足苦不适。行如郭橐驼，未动先曲脊。洞房几层深，永巷一条窄。俯首学低吟，寒月满船白。

佳山看将尽，到此水亦穷。涧流曲复曲，俯视清若空。我舟搁浅沙，有路愁不通。篙师习水性，搴裳涉奔蒙。前挽后更推，与石相磨砻。两旁流水鸣，殷雷声隆隆。逾时一滩过，前滩将毋同。遥思庾岭梅，香雪堆万丛。悔无缩地法，那得移山功。捡点一片帆，欲挂无顺风。险夷视所遇，迟速由天工。万事偶然耳，笑指雪岸鸿。

（《在山草堂诗稿》卷8）

南雄旅次

江程二千里，到此始停桡。孤塔悬斜照，寒沙涨板桥。灯光摇梦短，霜气逼人骄。欲寄平安字，西风雁路遥。

（《在山草堂诗稿》卷8）

过梅岭

青山万仞径百曲，一曲一层松影绿。两旁峭石虎牙尖，齿齿欲啮行人足。登山如蹑危梯高，踞高兀突关门牢。偶从绝顶一回顾，千人万人皆牛毛。去者俯趋来者仰，历乱足音空谷响。凿道犹思丞相功，看梅聊作孤山想。我昔过此梅正春，今来早梅香未匀。低吟绕树添惆怅，恐有梅花识故人。

（《在山草堂诗稿》卷8）

张文献公祠

君王懒赋早朝诗，丞相空存羽扇词。一听雨铃同涕泪，方知金鉴是师资。楼中曾夺谈经席，殿上何堪向火儿。寂历青山旧祠宇，寒香开遍老梅枝。

（《在山草堂诗稿》卷8）

南雄旅次与严霁皋话别

才过梅关春已浓，暖香消受万花风。青山笑我犹于役，绿发如君亦渐童。桑下何缘三宿住，枕边无梦六尘空。离怀一夕匆匆话，墙角明灯到晓红。

（《在山草堂诗稿》卷12）

始兴道中

逼仄穿危峡，寒岩闷古春。草深山有瘴，地僻树能神。夹岸多栽竹，扁舟唤卖薪。一江新水涨，水底石嶙峋。

（《在山草堂诗稿》卷12）

观音岩

崭岩峙江边，万仞削成壁。苍茫数里外，已见青山色。行行近山麓，石骨默然黑。鬼斧劈有痕，古苔细如织。峰势各争上，咫尺与天逼。鹰隼巢可危，猿狖攀不得。石洞妙空嵌，天然一龛仄。寒云贴平地，不雨翠亦湿。山僧久住山，真形仍未识。终日坐蒲团，屏息似虫蛰。招我入洞游，梦径险难陟。但见钟乳垂，仰手如可摘。岩前暮霭沉，岩底伏流急。操舟顺流去，回望群峰立。

（《在山草堂诗稿》卷12）

将度梅关宋子抑刺史携酒饯行赋此留别

岭外二十年，度岭不一次。初来梅已落，再至香正腻。前年三过此，绿阴遮客骑。今者还吾庐，欲别尚延跂。老干故依然，略无今昔异。只愁行役人，一回一憔悴。因思梅花主，心肠铁石类。手持一尊酒，约我梅边醉。相对两白发，各将前事记。君虽宦况冷，民感循良吏。我已赋归田，簿书等闲弃。剪烛话离别，未别泪先坠。江湖路渺漫，见面颇不易。伫望岭头梅，一枝须早寄。

（《在山草堂诗稿》卷15）

自梅岭至大余县途中口占

西风吹客岭头行，一岭梅香两省清。南岭梅多北岭少，枉教大庾占虚名。

经霜老树缘阴疏，高下山田少荷锄。文献祠堂荒落甚，里门犹表故尚书。岭下有唐尚书李金马故里碑。

男担大布女担茶，来往人争一径斜。茅屋青帘留客住，沿途都是卖浆家。

野菊花黄枫叶丹，溪声不断绕晴峦。游人漫说山阴胜，如此风光画亦难。

（《在山草堂诗稿》卷15）

韩崶

【作者简介】韩崶（1758—1834），字禹三，号桂舲，元和（今江苏苏州）人。乾隆四十二年（1777）拔贡，历任刑部郎中、广东高廉道、福建按察使、广东巡抚、刑部尚书等职。著有《还读斋集》。

度岭留题

庚戌

庾岭郁崔巍，乘春揽辔来。自天三楚尽，绝顶百蛮开。蜃气浮空现，螺峰劈面回。木棉空烂漫，苦忆早春梅。

（道光《直隶南雄州志》卷18）

注：此诗收于《还读斋诗稿》卷1，题《度梅岭次顾墨林韵名翰宋》。"自天三楚尽"，《还读斋诗稿》作"自崖三楚尽"。

戊辰

绝境天开百粤连，冈峦合沓磴盘旋。七千里外重登处，十六年前未了缘。叱驭高怀丞相泽，蹑踪还问祖师禅。到来身世空诸相，结发无须事列仙。

（道光《直隶南雄州志》卷18）

注：此诗收于《还读斋诗稿》卷10，题《八月十一日过大庾岭》。

己巳

南北枝分楚粤连，扪青踏翠入螺旋。一年一度秋风客，去岁度岭亦以八月。此地此生春梦缘。旷荡已空桑下恋，崎岖应悟石头禅。从兹稳整还朝旆，拜赐叨沾玉醴仙。

岩峣庾岭插天孤，上有哀哀失母雏。今日高牙承大纛，当年削杖泣生刍。陈牲五鼎祭何益，誓墓终身愿总辜。不及田间愚妇子，年年麦饭荐寒盂。

（道光《直隶南雄州志》卷18）

注：此诗收于《还读斋诗稿》卷10，题《度岭用去年韵》。诗中小注据之补。"岩峣庾岭插天孤"以下各句，《还读斋诗稿》卷10题作《岁癸丑八月奉先母顾恭人之丧度岭北归越今一十六年重过此岭泫然有作》，个别文字据此改。

庚午

照眼烟霞簇曙新，南枝占断十州春。盘盘磴踏回头路，发发风吹返旆人。竹马漫劳迎郭伋，戈船曾未馘卢循。开元相业凭谁问，风度依然百世亲。

多谢千枝岭上梅，故人不到不先开。耐寒气得中原正，破梦春随使节回。山寺云深封薜荔，岩扉径滑瘗莓苔。只愁别后遥相忆，未必花时我

275

便来。

反缰老马凿蹄新，涧道余寒未觉春。底事梅花偏爱客，迟君诗语欲惊人。天边筋力怜衰老，海上疮痍愧拊循。入境故教行缓缓，久抛簿领怕重亲。

此行端的为探梅，人自劳劳花自开。讶许明珠迎日出，愁看翠袖舞风回。僧闲不扫年前雪，鹤老还寻去后苔。悟彻色空空即色，罗浮梦里记同来。

注：此诗收于《还读斋诗稿》卷11，题《正月二日度岭》。"多谢千枝岭上梅"以下八句，《还读斋诗稿》卷11题作《岭梅每岁十月先开今立春后过岭而花极繁盛山僧云去冬风雪严寒花迟两月前此未有也》。"反缰老马凿蹄新"以下十六句，《还读斋诗稿》卷11题作《叠韵酬恕园见和前二首》。

嘉庆癸酉初秋度岭入觐仍叠戊辰岁韵

丸泥终古翠微连，尽日行人蚁磨旋。万里一身家国恋，廿年六度往来缘。自庚戌至今往来凡六度。磨崖客认前题句，挂角僧参不语禅。寺名挂角。此去路通霄汉迥，班生真拟快登仙。

（道光《直隶南雄州志》卷18）

注：此诗收于《还读斋诗稿》卷13，题《度岭仍叠戊辰年韵》。个别文字据此补改。

爬沙行

自保昌达始兴，沙涨舟胶，役民夫摧挽而行，谓之爬沙。夫中有稚女，问其年，才十一，余悯之，为作是诗。

保昌城外爬沙夫，有吏夜半来追呼。短衣赤脚水面走，被驱不异鸭与猪。沙深一丈水一寸，爬沙要使船头进。沙坚陷船船顽钝，篙师舵师无权柄。麾夫前进各奋发，排枭经时始兀兀。前者攫拿引臂猿，后者戴负缩头鳖。二十人中老赢半，就中有女年十一。儿嬉跳踯逐队来，耳坠铜镮额覆发。细声蚯蚓强呀咻，瘦脚螳螂欲蹉跌。是时月落天昏黑，沙岸槎枒生怪石。失手戛撞吁莫测，女兮，女兮，尔独非人子，我心怦怦尔休矣。娘馌爷耕尔代劳，尔纵努力力有几。给以青钱饲以饵，亟归博尔爷娘喜。犹胜呱呱饥欲死，香闺婉娩知几何。深藏未许风吹过，人生由命匪由他。

（《还读斋诗稿》卷1）

晚发韶州晓达连州江口即事

夕阳下西冈，解缆曲江曲。兹地遗箫韶，至今响岩谷。八音堆一案，笙磬间敔柷。罗列当吾前，轻舟迅追逐。苍然暝色中，一晌看不足。澶卧任疾流，篷窗逗朝旭。错愕荡尘胄，朦胧揩睡目。突兀两崖间，奔流忽一束。倒

276

压势欲崩，嵌空痕若斫。虎豹蹲其巅，雷霆走其腹。余脉尚连蜷，飞渡怯回瞩。竟夕数水签，已过二百六。我慕东坡翁，瘴海沧歌哭。我哀昌黎伯，泷吏嘲刺促。平生信所之，顺受神所福。行避贪泉贪，不怕毒溪毒。

（《还读斋诗稿》卷1）

观音岩水月宫

舟行日卓午，气逼沙石赤。锋棱缅崇岩，秋阳半江匿。幻见百尺楼，嵌此千仞壁。慈航一以渡，彼岸快登涉。山僧导前行，陡觉天宇黑。谽谺扶栋梁，豁达焕金碧。庄严大士相，杨枝水常滴。钟乳作宝盖，天然挂檐额。得非开辟初，成就此功德。乃知天地巧，诡异非所历。弹指皆须弥，色空空即色。抽帆趁凛风，烟霞黯将夕。

（《还读斋诗稿》卷2）

弹子矶

暮入浈江峡，晓看弹子矶。一丸封太古，四面突重围。柁引螺峰转，绳牵乌道微。更无人迹到，何处款岩扉。

（《还读斋诗稿》卷2）

韶州别王香雨观察

谁谓泷水险，不如宦海风涛覆与反；谁谓曹溪甘，不如使君惠泽深且罩。使君昔日同西院，煎胶续弦奇自见。破车羸马联春城，窄袖短衣赴帐殿。中间小别不足论，一麾先我东南奔。五羊城头重握手，七星岩畔还开樽。君才如玉心如水，颜色非常动天子。绣衣白面两郎君，高州韶州二千里。蒲葭肆虐诛不尽，有海无天斗蛟鳄。森戟香凝风度楼，横戈瘴触分茅岭。昨岁羽书息旁午，荒廨清娱老莱舞。迟钝终成樗栎休，昏腾惨废蓼莪谱。风木皋鱼哭不止，书空殷浩徒为尔。忠宣麦舟今则亡，使君高义真堪拟。饭我胡麻酌我酒，灯前为我唏嘘久。一官真同鸡肋轻，八口凭将鹤料剖。晓来骤雨生微凉，渚蒲涨没水荇长。樯乌风动丹旋举，挂帆欲发情苍茫。宦辙知君游亦倦，南陔白华有余恋。升沉离合付等闲，酒尽江头泪如线。君不见泷吏从来笑达官，到头始叹行路难。又不见獠奴一勺曹溪洁，留与儿孙味禅悦。

（《还读斋诗稿》卷2）

将度梅关阻雨

五更急雨逐风颠，弭棹浈江滞去鞭。野径湿云沉岸草，荒汀宿火漏鱼船。乍醒瘴海三年梦，未了天南一日缘。蓬底不妨成独卧，起看雌霓贯城边。

（《还读斋诗稿》卷2）

度岭北归二首

其一

猿攀蚁附走千盘，相业摩崖永不刊。地控东南争绝险，天分江海作奇观。过关渐觉榕阴少，出境微嫌绤葛单。海外新编赢宦橐，明珠薏苡任人看。

其二

犹记当年捧檄来，伤心此日素车催。劳生岁月奔泉急，终古松杉杜宇哀。鸿雁有情皆北去，梅花无意向南开。阿翁筇竹如龙健，一事差堪慰夜台。

（《还读斋诗稿》卷2）

韶州

积翠浮双阙，层城俯曲流。笙箫帝子阁，《水经》韶石对峙似阙，又名双阙。风度相公楼。估客帆樯集，飞仙汗漫游。到此换小舟，名飞仙，达始兴江。一辞炎海瘴，径入广寒秋。时八月二日。

（《还读斋诗稿》卷10）

韶州赠富楷若观察森阿

台省声华绣豸荣，观察历官部郎、待御。漫劳日暮刺舟迎。三州行部江山好，一笑掀髯风度清。米价贱知秋雨足，估樯到喜榷关轻。闻韶那遂留三月，又逐宾鸿万里征。

（《还读斋诗稿》卷10）

换舟至始兴江口

一擢破清浅，轻舠利涉便。倚天山似削，触石水如煎。避虎人烟少，鸣钲斤堠连。无端念离别，今夜月初弦。

（《还读斋诗稿》卷10）

次韶州阅省抄感赋二首

其一

老矣军门士，防秋赤角浔。洋面名。当关甘袖手，纵壑是何心。水懦寻常见，天威咫尺临。争看震雷电，一鼓扫重阴。

其二

圣主如天德，余生贷尔曹。网从开一面，钓自掣连鳌。狼子心难料，蜂窝螫自遭。何当缚元济，贼将效微劳。

（《还读斋诗稿》卷11）

曾燠

【作者简介】 曾燠（1759—1830），字庶蕃，一字宾谷，晚号西溪渔

278

隐，江西南城人。乾隆四十六年（1781）进士，累官至贵州巡抚。著有《赏雨茅屋诗集》。

过曲江吊张文献公

为君感遇一长吟，千古诗人泪不禁。可惜南山归老后，终伤西蜀上皇心。春来燕子巢何在，岁晚梅花雪自深。姚宋成名原有命，开元时节好光阴。

（道光《直隶南雄州志》卷18）

凌扬藻

【作者简介】凌扬藻（1760—1845），字誉钊，号药洲，广东番禺人。著有《海雅堂集》，辑有《国朝岭南诗钞》。

拟武溪深行

宋蒋颖叔有《续武溪深》诗碑，在韶州西武溪亭上（亭今为九成台），多言桂阳周使君开剧及己所历事，去原辞稍远，非拟古乐府体也。用补为之。

砆云裂石声齰齰，幽咽武溪深复深。昌乐之水来王禽，曲红蜡屈回云岑。辊雷转轴无停音，断崿齿齿磨霜镡，飞鸢跕潦起复沉。六龙绕木天为阴，砥夷铲险谁能任。禹毫鲧死梗至今，封狐雄虺嗥空林。胆魄骇慄凄人心，寒淋浪兮泪盈襟。问君胡为蹈崎釜，盍归乎来桑之阴。吁嗟！武溪多毒淫。

（《海雅堂集》卷6）

平圃文献公故里也追赋文章树

树亦称文章，佳话洵离奇。自非人不朽，厥木何由知？不着妖娆花，不生柔弱枝。精理本内韫，于卦其明夷。制器倘尚象，利用实济时。缅兹栋梁材，大厦奚难支。惜哉羽扇风，终老浈水涯。至今韶石南，故里留荒祠。景仰文章名，千秋动遐思。

（《海雅堂集》卷6）

黄其勤

【作者简介】黄其勤，字嘉恩，号舟山，广东新会人，生卒年不详。乾隆己酉拔贡，乙卯科举人。嘉庆十七年（1812）任直隶南雄州学正，参与编纂《直隶南雄州志》。

次戴东塘刺史郊行志喜原韵

山国炎气蒸，解衣事般礴。雨过小阁凉，一枕黑甜乐。忽得郊行诗，金镂玉为错。伸纸急欲和，但忧砚池涸。有如见狮象，安可徒手搏。所愧非吏材，痛痒道不着。我来十二载，十载恒旸若。土瘠遭凶年，眼见填沟壑。今岁雨泽调，天心不为薄。岂特天意厚，亦由人事绰。善政召嘉祥，

279

和气消疹恶。波及苜蓿盘，石田亦有获。

（道光《直隶南雄州志》卷18）

李梦松

【作者简介】李梦松，字梅偕，号歉夫，临川（今江西抚州）人，生卒年不详。乾隆戊子岁、嘉庆五年（1800）两次游历广东多地。著有《歉夫诗文稿》。

度大庾岭

易道通天近，危峰矗地高。半山分海国，一饭走吾棘。烟冷嫦娥障，尘封火鼠袍。轻鞍绿九磴，孤首向空搔。

（《歉夫时体诗》卷7）

韶州旅夜

风度高楼月，韶阳异国身。孤灯夜有泪，千里人思亲。猿啸芙蓉岭，鹇甯桂水滨。箫韶谁可听，念古复伤神。

（《歉夫时体诗》卷7）

嘉庆五年六月初一再度梅关

昔年度岭思慈亲，今年度岭叹孤身。昔年度岭发似漆，今年度岭须如银。丞相祠前鸦鸣风，断碑古碣苔痕封。仙茅何处石缝中，涟溪山上日头红。罗浮四百神仙峰，神仙游戏骑蛟龙。我犹肉重难腾空，榴火岩头烧明霞。乱峰开谢龙船花，昔年游子今奈何，岭北岭南白云多。

（《歉夫诗文稿·粤东杂诗》一帙）

和风度楼次韵诗

不堪楼上盼通达，徒仰高风重鼎彝。我昔望云愁隳泪，白云后编存《韶州旅夜》诗一首，有"风度高楼月，韶阳异国身。孤镫夜有泪，千里人思亲"之句。君今赓韵快相知。论人有识诗兼史，原诗有"危扶主器诚先格，衅启胡离兆早知"之句。吊古无情心独悲。石上读诗浑似醉，缠绵罔极起长思。万事无成，一身将老，上不能躬亲菽水，死不能时省坟墓，天高地厚，此罪奚逃伤哉？

（《歉夫诗文稿·粤东杂诗》一帙）

赠南雄郡伯丁少溪先生

先生名久御屏标，此郡新沾惠泽饶。郡伯九月自肇庆移守南雄。师得潮州刺史愈，母歌郑国大夫侨。长悬胆镜与心镜，郡伯慈厚精明，长日坐宅内，二堂启禀直趋案前，手指口论不假传达，仆吏无从为奸。偶有诗瓢兼酒瓢。岭内常闻歌旧德，郡伯历任吾江多年。十年前已仰嵩乔。

（《歉夫诗文稿·粤东杂诗》二帙）

赠保昌明府李蓼亭

使院梅开岭上春，欧阳门下晤斯人。蓼亭为宫允乾隆己酉北闱房孝所取

岭南文化书系
历代名人韶州名文辑选

士。短檠夜听师生话，同姓支分气血亲。蓼亭籍隶山西松远，祖亦系出太原。君已荣褒及祖父，我犹老病走关津。松亦己酉举于乡，故云。日前曾读尊公传，八月读宫允所著尊公小传，并蓼亭附笔。知尊公少櫱举子夜，走豫鲁间，艰难成家，延师课子，礼意独殷。与九严生平略同。而松如此，是用恻然。低首当躬独怆神。

（《欺夫诗文稿·粤东杂诗》三帙）

周绍蕙

【作者简介】周绍蕙，字武林，号又伯，仁和（今浙江杭州）人，生卒年不详。增贡，嘉庆十六年（1811）、十九年（1814）两任直隶南雄知州。著有《出山集》。

奉檄复权凌江牧篆留别省中诸友人即以示凌江士民得诗三章 (录二)

一载闲居意自宽，何期重摄牧民官。心怀恐似临渊坠，时事愁于上水难。敢说驾轻还就熟，俾教沥瞻复披肝。补苴有术须勤俭，蒋砺堂制府勉以勤俭二字。感极翻将泪欲弹。

眷属相依累不轻，慈萱幸得板舆迎。布帆秋挂欣无恙，去日碑留看有情。条教本惭非善化，弦歌重好试新声。使君爱尔凌江水，两度来游一样清。

（道光《直隶南雄州志》卷18）

余筑太平桥既成后春帆远寄长歌依韵奉答

六条桥畔疏狂士，纵酒高歌吾与子。饥驱蹑屩岭南来，一事无成加马齿。辛未仲春纪宦游，凌江古郡今为州。乘舆济人非政体，几回踯躅嗟洪流。太平门接梅关路，门外有桥长百步。星轺贾客日往来，岁久未修木已蠹。我初领州愧不贤，为民岂止求桑田。斯桥亦是守土责，易木以石捐俸钱。鸠工集众待农隙，计日告成工可息。不愁人迹晓铺霜，好倚阑干宵看月。重游意气敢自豪，百年之逸一旦劳。天际垂虹波上卧，底须呼渡买轻舠。故人远寄邮筒纸，传闻已熟乡间耳。世途到处本难平，周道由来总如砥。宋代遗踪尽化尘，寒江今古水粼粼。寄言后日循良吏，添种甘棠荫路人。

（道光《直隶南雄州志》卷18）

觉罗吉庆

【作者简介】觉罗吉庆，生卒年不详，正白旗人。由官学生补内阁中书，累官至两广总督。

捐修梅岭石路补种松梅记

梅岭为五岭之一，粤之门户也。秦曰梅岭，以梅销得名。汉曰庾岭，以庾胜得名。要其祖祝融而界南讹，磅礴郁积，蔚为天之南库，则无古今一也。由保昌北行六十里至红梅驿，驿去岭才三十里，一路冈峦绵亘，岩磴纡迴，至岭则一□哆悬，两峰夹峙，盖唐丞相张文献公所凿也。岭南北

有松有梅，相传都数百年物。余以乾隆丙辰岁奉命督粤，道由斯岭。问所谓偃盖之松屈干之梅无有存焉者，而岭石荦确，沙水冲啮，舆僮商旅与夫担夫樵竖登顿甚疲。夫以文献公之风度辉映江山，出其心力，为乡邦凿山种树，宜乎垂庇无穷。后之官斯土者不知爱惜保护，一任耕锄樵斧，斩伐无遗。而线路崎嵚亦不一加修治。古今人不相及，何以若是耶？怒焉于心。会有西粤兵事，未遂修举。戊午夏秋，述职往返，复经斯地。时碣百同知袁澍署南雄府事。余乃捐白金千两交该署守，庀材鸠工，修整岭路，并于路旁种植松梅，以资荫憩。今据报自郡城五里山至岭头交界坊止，俱已修垫平坦，插种松梅，长发成阴，请撰文勒石以纪其事。余疆吏也。恭逢皇上仁圣文武，海隅日出，罔不率俾粤之神皋奥区，胸荡沧溟，背负台峤，其民敦庞，蕃庶岛夷，占风测水而来，宝贝杂逮于是乎萃。乃以门户之地，道路不治，林木无荫，岂惟废坠昔人手泽，且非所以宣昭荡平缮修疆圉也。余之为此，盖以举吾职耳。谓取悦于行道乎哉。是为记。嘉庆四年五月两广总督长白觉罗吉庆撰。广东按察使吴县吴俊书。

（道光《直隶南雄州志》卷21）

阮元

【作者简介】阮元（1764—1849），字伯元，号芸台，江苏仪征人，著名学者。乾隆五十四年（1789）进士，历乾隆、嘉庆、道光三朝，仕至体仁阁大学士、太傅，卒谥"文达"。著述丰富，有《揅经室集》等。

英德道中

残暑难消白露中，蒲帆犹自趁南风。孤城古塔三叉水，远雨斜阳半截虹。生翠石看群玉染，泥金霞爱暮天烘。篷窗尽日闲如此，翻可行程着静功。

（《揅经室集·四集》卷11）

度梅岭

邮程犹畏暑，乘夜度梅关。云气更成岭，星光能照山。事停心少静，途远力愁孱。试向梅花语，开时待我还。

（《揅经室集·四集》卷11）

梅岭张文献公祠看梅花

岭南古梅祠下，到此已如到家。欲问曲江风度，料应即似梅花。

（《揅经室集·四集》卷11）

英清峡凿路造桥记

广东英德、清远两县峡江为各省通行之要路，自宋嘉祐六年转运使荣湮始开峡山栈道，明嘉靖四年府判符锡曾修，十五年兵备道吴宪复加修治，国朝康熙初元，平南王重修，历今百有余岁，芜圮极矣。行旅负缠之人，陟倾崖，援竹木，历水石，莫不履险而畏其陨也。道光五年，元议修

通之，乃于阅兵韶州时往来亲督勒丈，于三百七十余里之中分为南中北三段。南段自清远县白庙起至英德县细庙角止，元率盐运司翟公名锦观。督盐商治之。中段自英德县大庙峡起，至新旺汛止，上驷院卿督理粤海关达公名达三。率洋商治之。北段自英德箭迳山起，至弹子矶止，广东巡抚成公名成格。率南韶连道衍公名衍庆。治之。凡平治道路两万四千四百余丈，修造桥梁一百四十五处，凿崖石，垒栈级，伐竹木，六年秋，工始毕，用银四万九千两有奇。每年冬，查勘修补一次，以为例。时元将往滇池，书此以记其岁月工段，待后人视此程式耳。

（《揅经室集·续二集》卷2）

史善长

【作者简介】 史善长（1768—1830），字春林，山阴（今浙江绍兴）人。随父至粤，遂占籍番禺。纳资得任江西余干知县，遣戍伊犁。著有《味根山房诗钞》等多种。

九成台

一听箫韶奏，巍巍尚有台。临关千艘合，背水万家开。仪凤中天见，薰风何处来。江山留胜地，惭愧作铭才。

（《味根山房诗钞》卷2）

风度楼

风度得如不，千秋江上楼。斯人不可见，江水日悠悠。景过天中晷，忧从剑下留。知公金鉴献，老泪早双流。

（《味根山房诗钞》卷2）

风采楼（在韶州，为余襄公建）

风采一何壮，登楼思慨然。上书修汉史，衔命出胡天。甘共希文谪，先防峒寇连。翠华亭下路，番语有人传。

（《味根山房诗钞》卷2）

梅岭

当年绝顶界华夷，登览难忘开辟时。北极关山原自壮，南中锁钥是谁司？全消蜃气云千里，补种梅花月一枝。回首家乡从此隔，海天无际雁飞迟。

（《味根山房诗钞》卷2）

梅岭（谒张文献公祠）

关山绝顶旧经行，历尽崎岖自不惊。夷甫早能知石勒，骊姬终潜杀申生。时当安乐忘忧患，事到艰难忆老成。南北风尘迷马首，千秋金鉴总分明。

（《味根山房诗钞》卷5）

谢兰生

【作者简介】谢兰生（1760—1831），字佩士，号澧浦，广东南海人。嘉庆壬戌岁（1802）进士，掌教羊城书院，任《广东通志》总纂。著有《常惺惺斋诗集》。

度庾岭

雄藩临楚甸，绝塞本秦关。地古人留姓，衢通国不蛮。赪肩于役苦，挂角老僧闲。百匝幽篁里，茅亭一憩间。

（《岭海诗钞》卷19）

何若瑶

【作者简介】何若瑶，字石卿，广东番禺人。道光二十一年（1841）进士，官至右春坊右赞善，后辞归，咸丰年间卒，年六十。著有《公羊注疏质疑》《两汉考证》《海陀华馆诗文集》。

韶关晓发

又别韶关去，苍茫曙色微。江长多作折，蝇冻不成飞。欲雨天如倦，无花酒亦稀。白云渺何处，千里梦依依。

（《海陀华馆诗集》卷2）

将度大庾岭寄家

别绪何堪两地牵，短檠风暗倍凄然。梦中苦觅还乡路，忘隔关河路一千。

平安两字报乡关，千里江流落日间。消息暂凭双鲤寄，明朝更隔一重山。

盘盘磴道望中微，一路风霜入客衣。高处莫辞回首望，今朝犹见白云飞。

（《海陀华馆诗集》卷2）

寄家书后再叠前韵

朔风千里度梅关，雁札难通一夕间。辛苦梦魂随水到，可知人在凤凰山。

（《海陀华馆诗集》卷2）

乐昌道中

怪石屹相向，奔流径欲麛。雷霆两崖动，风雪一蓬高。出险功知缆，投艰力见篙。寄言轻进者，失势悔鸿毛。

（《海陀华馆诗集》卷2）

仁化道中

落日桂江楼，江天未泊舟。滩流奔渴马，峰势碍飞猱。世路艰危集，英雄意气遒。劳生藉磨砺，未敢爱优游。

（《海陀华馆诗集》卷2）

到韶关

飘零客路感鸿泥，云树乡关梦欲迷。怕向中流看塔影，一江流水尽东西。

（《海陀华馆诗集》卷2）

曲江道中

峰势如入云，仰视不见顶。大地铺层阴，焉知堕峰影。水流石自峙，水石同一静。有时两相激，雷霆发深省。后来若无路，前穷忽有境。一线舟续舟，千盘岭接岭。风借失全力，日高得偏景。虽难侈游壮，亦足戒趋猛。只怜千夫瘁，坐对心耿耿。

（《海陀华馆诗集》卷3）

黄培芳

【作者简介】黄培芳（1778—1859），字子实，又字香石，香山（今广东中山）人。嘉庆九年（1804）副贡，道光十年（1830）授乳源、陵水教谕，后升肇庆府训导。家富藏书，以诗文知名，著有《岭海楼书目》《香石诗话》等五十余种。

过曹溪口望南华寺

曹溪传此水，见说入南华。青李根源在，香菰土贡夸。三乘归独悟，五叶不重花。忽忆菩提树，移栽已作纱。光孝寺补植菩提树，近已成业。

（《香石诗钞》卷5）

韶阳道中

石壁巃嵸隐钓矶，枫林萧瑟锁寒晖。悬崖忽露羊肠径，知有人家住翠微。

（《香石诗钞》卷5）

韶石歌登九成台作

南交已宅开荒榛，海隅日出风俗淳。有虞特书帝南巡，九嶷直下曲江滨。帝命后夔大张乐，击石拊石和天钧。嘉名肇锡号韶石，山川焕采朝百神。帝还崩在苍梧野，古史纪略犹足陈。高台千□表遗迹，余音万里流朱垠。我今登台寄微慕，俨若戛击生遥敓。百战山河几兴废，三代法物多沉沦。即如观经入太学，岐阳石鼓已足珍。洪流不到五岭外，孰似韶石长嶙峋。莫言嘉乐委草莽，曾阅中天来凤麟。神游三月可忘味，意想八音无夺伦。道途奔走愧下士，尧舜安得一致身。幸逢圣代大和会，海邦鸣盛长彬彬。

（《香石诗钞》卷5）

风度楼

楼仰韶阳振古新，穆和丰范想垂绅。声诗已足三唐冠，景物全开五岭

285

春。不是玉环埋野戍，何曾金鉴忆遗臣。道侔伊吕谁堪接，风采依稀有替人。与风采楼相接。

（《香石诗钞》卷5）

滩行

万石飒磨舟，滩声急乱流。雷霆回柁底，风雨起涛头。勇退关身世，平心任去留。飞飞天地阔，沙际数闲鸥。

（《香石诗钞》卷5）

珠玑巷（粤族谱牒多云自此始迁者）

不解南迁族，人人此发祥。珠玑犹有巷，沙水更名塘。地古思淳俗，风殊识旧乡。笋舆初过此，敬止念维桑。

（《香石诗钞》卷5）

度大庾岭

群山叠嶂亘聊绵，巉嵲中分一线天。香到梅花思大将，谓梅鋗将军。人行绝壁想前贤。岭道为张文献开凿。南开炎徼重离日，北控齐州九点烟。辐凑于今歌乐土，马闲车庶去圜圜。

（《香石诗钞》卷5）

还度岭头梅尚未开忽见山家一树倏然绝俗感而赋此

我来破晓下云端，岭上南枝蕊尚攒。老干出林惊独立，疏花临水不知寒。因过茅舍纡回见，特驻篮舆仔细看。空谷佳人偏绝世，谁怜幽韵写珊珊。

（《香石诗钞》卷5）

始兴江口早起见霜有感

陡觉客裘薄，起来霜有花。湿烟糊晓日，乾树战寒鸦。底用惊蓬鬓，先教感岁华。故人思不见，遥隔水之涯。谓朱竹坡客县幕。

（《香石诗钞》卷6）

日落

青山横一角，日落断霞明。野水上村舍，寒烟生古城。物情农事毕，客况酒怀倾。浪枻歌相答，芦中喌唶声。

（《香石诗钞》卷6）

凌江口号（南雄郭外）

凌江旧馆倚江滨，万里行经千里身。尚有终童关未出，今宵犹是岭南人。

（《香石诗钞》卷6）

归度梅岭

千重烟水万重山，磴道盘空此复攀。地尽三江开绝峤，天连五岭扼崇

关。张公雅度谁能及，赵尉雄风去不还。太息青袍蓬鬓改，梅花催放乱崖间。

（《香石诗钞》卷6）

渡泷

急峡斗乱石，双崖束一江。槎牙露锋锷，剑戟磨矛釽。势欲万牛回，力可百斛扛。乾坤互腾踔，画夜相冲撞。高讶滚霜雪，深莫测黗黣。大波起复落，滔天当名泺。有如长平坑，赵卒争奔降。又如八公山，草木皆增憹。去棹快雷电，曲折驰飞骦。来船苦牵挽，咫尺趋移椿。韩公庙巍峨，舟人赛羊腔。我适乘洪流，破浪惟小艭。蹭蹬涉万里，倏忽下九泷。忠信祷平昔，神或佑愚惷。出险心转危，沸耳声犹噁，羡彼渔父闲，垂钓坐石矼。停桡倚云木，荆薪明水窗。孤篷妥清梦，终夜流淙淙。

（《香石诗钞》卷8）

乐昌喜晤简大（嵩培）刘二（先河）暨何四（耀瑛）兄弟

喜见家山近，昌山小泊舟。人逢新旧雨，酒散古今愁。泷水初经险，灵岩复待游。约游西石岩。明朝挥手别，惆怅北江流。

（《香石诗钞》卷8）

韶阳舟中述怀时（之官乳源教谕）

韶石依然紫翠攒，濛泂峡路又重滩。云过宿雨含晴态，江入残春带晓寒。空患为师惭末学，不遑将母负微官。渔人鼓棹烟中去，羡尔从容一钓竿。

（《香石诗钞》卷9）

张维屏

【作者简介】张维屏（1780—1859），字子树，号南山，广东番禺人，著名诗人。道光二年（1822）进士，官至署理黄梅、广济知县、南康知府，道光十六年（1836）辞归故里，以著述为业，所著门人汇集于《张南山全集》。

谒文献公祠二十四韵

岭海人文辟，开元相业隆。安危一言系，风度几人同。学道侔伊吕，论功迈璟崇。词华冠侪辈，謇谔耿孤忠。鉴古千秋重，山巍七宝雄。立朝诚侃侃，忧国早忡忡。仗马鸣方禁，冰山倚未终。先几知石勒，内难弭江充。渤海犹颁诏，深宫遽伏戎。胡雏羞褴褛，吉网酷罗罿。狼子心原野，杨花势实讧。霓裳按宫征，金鼓震崝潼。目极荆州外，魂惊蜀道中。孤臣悲马鬣，万乘历蚕丛。太息忠言弃，空传祭典丰。祠堂屹桑梓，风雅振鸿蒙。后起嗟谁嗣，先型溯石穷。笏囊微故事，羽扇缅深衷。桂水鸣丹墼，梅关矗碧空。崭岩通鸟道，开凿重神功。异代宗支远，前贤谱系通。祥光

287

芝翁蕤，遗址石玲珑。皎皎天中月，冥冥海上鸿。上高今曲江，松桧起长风。

（《松心诗录》卷2）

上泷

万鼓喧晴雷，千花滚雪瀑。水同邹鲁哄，石类晋楚博。舟师持一篙，左右与之角。纡徐蚁穿珠，迅疾蛇赴壑。路穷泥丸封，崖转铁壁凿。我才车箱通，彼已箭筈落。舟小犹樊笼，俯首即束缚。垂头鹤氄氄，侧足蟹郭索。有时蜂出房，竟夕蜗人壳。篙密烟冥冥，枫艳火灼灼。不知身已高，但觉裘渐薄。嗟哉呼邪辈，层冰插双脚。真成百炼刚，谚云：纸船铁篙工。尚虑一个弱，再换小舟，名单船。缅怀昌黎公，南来此曾泊。忠诚石可贯，地险孰云恶。至今泷姓韩，过客为肃若。吾曹习宴安，遇坎藉磨错。决眦收环奇，抽毫凛芒锷。

（《松心诗录》卷4）

始兴舟次

舟中羁客怕黄昏，风里孤村早闭门。一树叶红霜有倍，四山云白月无痕。远书缄就兼金重，好友谈深挟纩温。来日岭头易怅触，满身香雪忆家园。

（《听松庐诗钞》卷4）

韩泷

一泷陡绝舟难攀，一泷屈曲生微澜。一泷奔流激怒石，轰雪喷雪鸣空山。一泷有姓其姓韩，云车仿佛灵旗翻。雄文能使鳄鱼避，定命莫挽磨蝎艰。当年迁谪初过此，坎险未免摧心颜。岂知千载肃俎豆，泷名亦复喧人寰。昔途可畏今利涉，粤货由此通荆蛮。停舟登岸瞻庙貌，村翁跪拜方蹒跚。我无所求辄有愿，愿借巨笔扶诗屏。

（《听松庐诗钞》卷7）

出泷

回还千山中，九泷咋过半。晓来山化海，一白失畔岸。直待岚雾消，始觉旭日旦。危厜支数椽，老屋逼霄汉。居民生计艰，伐木求一饭。岂无栋梁质，摧折备樵爨。我欲构众材，架以白石粲。要令今泷流，忽变古云栈。天工固多奇，客心亦善幻。泷前风霆轰，泷后冰雪涣。众舟如雁排，并力作鱼贯。舟上泷辄互相牵挽而进。求友诗可歌，得朋易当玩。出险赖同心，临流发三叹。

（《听松庐诗钞》卷7）

二月二十九日韶州舟次

太平桥下水南流，南客今番又北游。回首三牟真一梦，丁亥楚归泊此。此身千里惯孤舟。古音我自怀仪凤，春事谁当问喘牛。时方望雨。敢以芜词

陈祖德，欲亲风度更登楼。

（《听松庐诗钞》卷 15）

晓度大庾岭（庚午）

雄关遥矗冻云边，宿雾犹封古道前。五岭屏藩朝北极，百蛮锁钥控南天。时平斥堠销烽燧，稻获牛羊散野田。绝顶何辞冒霜雪，寒梅春在百花先。

（《花甲闲谈》卷 2）

度庾岭（丙子）

岭云岠嵃涧泉清，雪外梅花铁干撑。危磴石盘千仞峻，断崖烟锁一关横。时来佗龚夸门户，事过孙卢悔甲兵。今日承平销战垒，翠微深夜有人行。

（《花甲闲谈》卷 2）

南归度庾岭（庚辰）

长途久病竟生还，云意何如客意闲。自笑诗魂犹未醒，晓风吹梦度梅关。

（《花甲闲谈》卷 2）

梅岭（庚寅）

万绿拥关云，云中两界分。山开唐宰相，岭属汉将军。节物看梅子，乡心数雁群。南宗留活水，岭有泉，相传六祖卓锡处。不断涧边闻。

（《花甲闲谈》卷 2）

祁寯藻

【作者简介】祁寯藻（1793—1866），字叔颖，号春圃，山西寿阳人。嘉庆十九年（1814）进士，累官至体仁阁大学士，卒谥"文端"。著有《谷曼谷九亭集》。

谒张文献祠题壁

感遇篇篇笔有神，文章风度冠诸臣。莫言金鉴千秋事，且与梅花作主人。

翠螺九磴出云烟，手劈南荒一线天。丞相祠堂今尚在，黄金不用铸梅锏。

画像曾经吴道子，御题犹识宋淳熙。永丰市上传流本，合为先生贮此祠。

（道光《直隶南雄州志》卷 18）

始兴

此地原多虎，沿村竞种茶。晦明残暑国，狼籍早登家。今岁早稻收获甚丰。但使除胥蠹，始兴钱粮多为奸胥包收，中饱积樊已久，今始惩办一二。无须布

兽置。县民多以猎为业。夕阳阶口驿，白鹭自横斜。

（道光《直隶南雄州志》卷18）

度梅岭以特豕明水祭张文献公祠

十年承乏瘴烟中，今日苍崖拜相公。岂有寸功在民物，只余私淑慕孤忠。千秋风度筼筜竹，一片云山杳杳鸿。极目中原兵未已，敢将明水告微衷。

（道光《直隶南雄州志》卷18）

彭昭麟

【作者简介】彭昭麟，字井南，号井南居士，四川双流人，生卒年不详。乾隆五十四年（1789）拔贡，历任南江教谕、阳春知县、香山知县、嘉应知州等职。著有《从征诗草》。

横浦关

横浦关前响铎铃，古来迁客此曾经。人归炎海头还白，山入中原眼倍青。路侧渐闻江右语，榕阴仍覆驿西亭。茫茫今古恣凭吊，明日江干又建舻。

（道光《直隶南雄州志》卷18）

罗含章

【作者简介】罗含章（1763—1832），字象坤，号月川，云南景东人。乾隆年间举人，嘉庆年间任直隶南雄知州，任上清丈田地，兴修水利，政绩卓著。累官至广东巡抚、山东巡抚。著有《程月川集》等。

征粮诗（在南雄州作）

阳城拙催科，一心勤抚字。惭余德凉薄，当此冲繁地。差事多如毛，岁费且万计。新粮征未完，旧粮逋十岁。敢辞书下考，何以答圣帝。毋乃治术疏，未足孚民志。教化或未修，廉隅或未砺。审断或未公，刑赏或未备。以此痛自绳，返衷常内愧。敢烦诸父老，为予广劝谕。踊跃急输将，毋或增予罪。缅怀循吏风，上仁下必义。

（道光《直隶南雄州志》卷18）

度大庾岭见梅花盛开留题六绝

一枝清艳破苔痕，证是南天雨露恩。占尽人间春九十，却将本色对乾坤。

细细松风不染尘，十分清韵为谁春。曲江遗庙千年在，长与梅花作主人。

（道光《直隶南雄州志》卷18）

汪瑔

【作者简介】汪瑔（1828—1891），字芙生，号无闻子，山阴（今浙江绍兴）人，客居番禺（今广东广州）。成年后长期任职幕府，咸丰年间曾一度代理曲江县令。著有《随山馆集》。

抵韶州

舟行阅旬日，心厌帆与樯。北风吹游子，忽在庾岭阳。层城气萧条，木落天雨霜。登高望中原，乾坤浩茫茫。侧闻大庾北，群盗今方张。兹邦实要冲，锁钥资南疆。惟恃一岭隔，可乏百雉防。风声扼五管，云气通三湘。守险在得人，此宜备非常。落日照城楼，野旷尘沙黄。羁客尔何事，悲歌熟中肠。

（《随山馆猥稿》卷3）

晚登九成台（台在韶州城西北隅）

向晚旌旗卷，深秋鼓角哀。西风吹客子，落日一登台。山势排云出，江流抱郭来。干戈方满地，愁绝菊花杯。

（《随山馆猥稿》卷3）

游南华寺二首

其一

耳熟南华寺，西风偶一来。塔依秋树立，门向水田开。碑版无王草，僧雏少辨才。顿宗今寂寞，何处证非台。

其二

金碧凋残后，行人说尚王。康熙中平南王尚可喜重建。空门犹劫火，古殿几斜阳。散佚传灯录，萧条选佛场。我来吊方陆，风雅亦微茫。郑护坪《灏若笔记》载，方密之为僧，后名与可。有《南华寺与今龙夜坐诗》墨迹长轴。嘉庆甲戌，护坪曾于寺中见之，今不复存矣！今龙即武林陆讲山，尝卖药岭南者。

（《随山馆猥稿》卷3）

韶州至平石舟次杂诗八首

其一

严寒刚换木棉裘，又挟琴书作远游。要看江山奇绝处，残念风雪出韶州。

其二

全家前日避兵来，辈侍家慈居韶州。今日江头片席开。检点征衣心骨痛，白头老母夜深裁。

其三

乐府才歌妇病行，天涯偏是别离轻。今宵玉镜银缸畔，定倚熏笼听雨声。

其四

曲曲江流浅浅沙，老渔多借水为家。临江别盖三间屋，引得霜痕上

荻花。

其五

江寒水落浪花平，三日轻帆百里程。虎口滩前人一笑，舟师遥指乐昌城。

其六

冬尽泷流势不降，长年相戒掩篷窗。白茅泷恶滁泷险，不及将军庙下泷。

其七

上泷难似上青天，十丈惊涛百丈牵。忽地盘涡供一掷，傍人休认下泷船。舟至泷流险处，纤忽断，倒行石齿中，瞬息数里，赖遇浅沙而止，否则殆矣！张药房诗：十丈盘涡供一掷，同头怕见下泷船。即乐昌泷道中作也。

其八

松杉夹岸影参差，落日中流鼓棹迟。行尽连泷闻腊鼓，村人刚赛伏波祠。

（《随山馆猥稿》卷3）

平石度岁同蔡光斗（荣奎）冒哲齐（澄）

不妨除夕住天涯，且喜山村酒易赊。我辈无聊还饯岁，今宵有梦各还家。征途迢递行刚半，岁序侵寻记恐差。赖是岭南春信早，隔墙红出小桃花。

（《随山馆猥稿》卷3）

三月八日道出韶州金镜塘（奉礼）招集河舫即事有作

晴波森森柳丝丝，正是东风欲倦时。打桨来听珠络索，当筵争劝玉交卮。美人颜色花相照，旅客心情酒不辞。无奈双鬟憨太甚，研罗裙上索题诗。

（《随山馆猥稿》卷3）

韶州旅次畲云雏

韶石停船感昔游，星离雨散几经秋。故人华鬓都相似，远道烽烟尚未休。剑外杜陵长作客，邺中吴质最工愁。怜君闲话乡关事，疏雨孤镫梦秀州。

（《随山馆猥稿》卷4）

韶州杂诗四首

其一

浩荡飞蓬叹，苍凉苦柏餐。因人常道路，行旅足艰难。战舰蛮江暗，征衣水驿寒。远游缘底事，慨息亦无端。

292

其二

忆昔三年住，重来百感生。犹闻麾赤羽，不敢唾青城。古塔秋山影，危楼暮角声。苍茫风景在，羁泊若为情。

其三

旧种江千柳，萧条亦可怜。晚风来系马，夕照忽鸣蝉。此日闻军笛，当时傍画船。故应宣武感，为尔一凄然。

其四

赖有朋交在，能听劳者歌。开尊犹跌宕，步屧几经过。少日疏狂灭，中年感慨多。蒯缑三尺剑，奈此客愁何。谓薄臣、敬堂、云雏诸君。

（《随山馆猥稿》卷4）

曲江县大塘乡义勇祠记（代）

咸丰癸丑十一月，余奉檄权知曲江县事。时所在多盗，因令大塘、犁铺头诸乡仿古弓箭社法集乡民团练之，为御贼计，而自出俸钱为之倡。明年闰七月，广州盗起，众数万犯韶州，郡城被围，又分党转略村落，所至焚劫或协人为盗。于是大塘乡之士若民聚而谋曰：贼势张甚然，皆乌合，不足畏。今诸村多被略，势必及我，我不与战而反从之，异日必为官军所诛。即避之而室庐、衣食之属悉以畀贼，亦饥寒死耳！我大塘一乡遴少壮可得数千人，地有要隘可扼而守，与贼战未必败。且向日团练之谓何，而顾不一决也。众皆曰：诺。乃集少壮，庀器械守隘设伏以待贼。贼至，果为所败，继屡攻之不能入。会余檄调乡勇至郡城助官军击贼，亦屡有斩获。盖前后十阅月，大小二十余战，杀贼甚夥，而乡勇之死者亦百数十人。乙卯五月，贼平。余以乡民之死事、立功者牒上大府，请予旌奖。会台檄下，凡郡邑民御寇被害者，所在立祠祀之。于是乡人士余生馨香、杨生炳煜等择地设祠，列其乡死事者姓名为位，祀于其中，春秋享之，而具牒乞余为记。

呜呼！微生等言，余固将有述也。岭南山川险峭，民之生于斯者，类多秉质疆毅，不以生死为意；而或不娴于礼义则好勇斗狠，犯教条而踏禁罔，虽视性命若篲箒，人亦不甚哀怜之。盖其视死也，轻而其所以死者，非也。若此百数十人者生于田野，而执干戈膏金刃以抗凶丑之锋，卫乡闾之难，可谓有勇。知方死获其所者，已兹之为祠。盖非仅慰毅魄于九原，亦将使过祠下者知忠义而死，身殁而名不泯。庶几顺逆之埋明，而死生之道得也。余既为之记，复系以诗曰：

灵宇既立，俎豆既陈。以享以祀，忠义之民。尔民之生，方际盛世。云何蚕毒，敢为豹厉。请与贼决，易农而兵。宁与贼死，不与贼生。离首不惩，揣胸无怯。尔死于贼，贼死于法。彼贼之死，禽狝兽烹。尔民之死，不陨其名。韶石百寻，浈江千里。祠宇永存，视山与水。

（《随山馆丛稿》卷3）

293

袁翼

【作者简介】 袁翼，号谷廉，江苏宝山（今上海）人，生卒年不详。曾任江西玉山知县。同治壬戌年（1862）为工部郎。著有《邃怀堂全集》。

梅关铭（并序）

南赣、雄、韶皆古百粤地，山川重复，气候炎燠，人厖俗剽，嗜乱如归，椎埋劫缚，习为生业；天戈申讨，蚁溃兽骇，一戈百获，罔不殄歼，然遗种孳育，啸呼如常。

岁在庚戌、辛亥，英德、清远小丑煽行，疆吏檄告，乞为犄角。于是大小梅关各驻一旅之师焉。大庾自唐置县，幅员辽阔，火耕水耨，羣人杂居，逾岭而南，为粤沿江，而北为赣十余年来峙粮授甲，征调频烦，实以半壁天险，咽喉出入，藩篱失援，即蹢我门庭故也。

予尝策马崇巅，旁徨四顾，追思楼船将军横浦之师、梅鋗庾胜守台筑城之役、南越王陈高祖扼险国霸之规。折戟沉于沙间，开雷石出于洞底。漠然徒见山高水清，欲考其远迹，而沧桑变幻无复存焉矣。唐张文献凿山通道，牛女衣冠之气，其言益验。历宋元明迄今，岭南遂称乐土，内饶山海之资，外收番舶之利。通商者，大小西洋十余国，其货其值，岁以数千万计。懋迁者自中夏郡县之域，东极朝鲜，西薄新疆，南逾交阯，暨蒙古、青海、西藏、喀尔喀诸部落，货无不通贩，无不达陆行，任羣水行檣篙。岭之南北，一关锁钥，可不严哉？逐末众则奸宄蘗其间，用物侈则虚耗随其后。华夷交争利，则犬羊族类有窥伺挟制之心，而祸患伏于肘腋，时事盖亦多故矣！

洪惟庙算周详，威稜震叠波澄；岛国鲸氛廓清，黑齿裸人稽颡受吏，而内地莠稂犹或腾布讹言，焚香敛米，本非白莲、八卦之遗孽，常蓄孤鸣篝火之阴谋。发觉惧诛，负嵎铤险。或旧练乡兵半出恶少，聚之未得其力，散之无以为生。于是千百揭竿，鸱张蜂起，猖狂奔突，抄掠无常，此粤东风鹤之情形也。会大帅振军，么么逗窜，螟蛉蟊蝀复潜伏于肇、连、梧、桂间，而梅关之师遂撤，商旅夜行，不戒于途，袯夹农氓安其耒耜，自秋徂春，六阅弦望，资粮扉屦之供，大东告困矣！勒铭崖石以告后人铭曰：

有嶨其台，石栈天开。有皓其梅，暗香徘徊。骈肩累趾，万夫往来。浈水猕猕，浈山巍巍。尉佗城堡，于今蒿莱。米贼惑众，潢池兵弄。豺狼叫号，蛇豕喧阗。唇齿相维，重关铁瓮。我矛既砺，我弦既控。翳彼游魂，釜底入梦。旌旗缤纷，上拂霓云。风餐露宿，况瘁征人。杨柳依依，倏焉暮春。嗟我戾止，绝壁悬军。丞相祠堂，黄叶霜筠。纵敌入境，将士之辱。虫沙自溃，边界之福。马不皲轵，士不遗镞。余粮在橐，归期迅速。业业防边，非同凯旋。守臣职分，功敢贪天。大树将军，高风渺然。保兹地险，金汤固坚，虞阶干羽，止戈万年。大梅关铭

294

狡彼周举，九栅立营。亦有裴公，南服是征。曰师邓艾，裹毡缒兵。
上隔霄汉，下阻荆榛。蚕丛鸟道，双骑孤行。朝摩废垒，夜觌山精。谁开
庾岭，唐相九龄。神斤鬼斧，劈破舟青。遵彼坦途，避此曲径。犹虑小
蠢，乘隙潜进。攻我不备，攀笋扪磴。乃简卒伍，分踞峭峻。佛郎怒雷，
山谷四震。先声夺魂，贼手失刃。回眺东南，螺旋九峰。梅亭宵柝，挂角
晓钟。率然蛇势，首尾弥缝。甲帐挑灯，十里火龙。欃枪销焰，遂栾我
弓。同袍义勇，散为耕农。古称绝险，蜀都剑阁。惟此嶙峋，未施劚凿。
岭峤永绥，铙歌勿作。同受其福，西邻之襘。小梅关铭。

（《邃怀堂文集》卷4）

度大庾岭

台关万仞插云根，直上天阍手可扪。黄屋百龄开七郡，青山一发眺中
原。梅花应识降王梴，榕树仍围佛祖门。附葛攀笋凌绝顶，南来身似作
狝猿。

（《邃怀堂诗集》前编卷4）

浈阳峡

浈江迅如箭，两崖忽排挵。牯牛踞中流，力以万钧遏。因之水激矶，
蛟蜃助喷沫。阴雷洞中吼，白日石上割。仰睨绝壁巅，万古缘油泼。造物
忌平庸，意在东空阔。盘涡折圆螺，其下磴献献。须臾月东升，微光逗松
栝。飞仙迹难留，风飘一声咄。

（《邃怀堂诗集》前编卷4）

南华菇

当年风味佐斋蔬，一夜南菇产玉除。今日请师收法力，山僧只要食
花猪。

（《邃怀堂诗集》前编卷4）

韶石

自石嵯峨驻跸台，翠华南幸几时回。箫韶乐器知多少，岂是牛驮马
载来。

（《邃怀堂诗集》前编卷4）

将去南雄州明日度岭

岭外三年饱荔枝，计程明日是归期。家书珍重鸿先寄，旅囊轻微马亦
如。苏壁拓残明谏字，松溪斜绕曲江祠，前尘了了犹能记，十八滩头夜
雨时。

独宿绳床酒易醒，一灯低照梦痕青。春随客子归乡国，诗嚼烟霞出性
灵。壮岁功名成拾沉，长途踪迹叹浮萍。扶桑花底珠娘曲，未识何年得
再听。

（《邃怀堂诗集》前编卷4）

梅岭呈盛恺廷太守

万峰围绕一谯楼，前席今宵借箸筹。记取重阳三日后，梅花香里话防秋。梅岭于重阳后开花数枝。

（《邃怀堂诗集》前编卷4）

驻兵梅岭侍蒋玉峰观察憩甘露寺

岭上慈云护绣幢，长明焰焰佛前釭。心丹未转洪炉九，脚力犹轻画屧双。间数神鸦归远寺，静闻驿马啮枯椿。知公筹笔多韬略，拟筑坚城号受降。

（《邃怀堂诗集》后编卷2）

侍玉峰观察谒张文献公祠

青山绝顶曲江祠，手荐溪毛拜玉墀。鸟道穿云通驿堠，梅花飘雪冷旌旗。开编重读千秋鉴，传箭新提一旅师。风度端凝人不见，夕阳黄叶立多时。

（《邃怀堂诗集》后编卷2）

度岭至南雄州

曲江铁像今何在，蚁垤羊肠路十重。落尽梅花香寂寂，白云一角寺门封。

峤山修水形如旧，吴芮梅铕骨已寒。一路鹧鸪声不断，缘榕城郭雨中看。

村农簦笠卖瓜蔬，酒幌茶棚小市间。来雁亭中曾信宿，擘窠大字相公书。中站行馆，阮芸台相国额曰"来雁亭"，后跋十六字云云。

大庾关连小庾关，松杉夹道鸟缙蛮。欲寻帝子读书处，手采仙茅跨鹤还。

（《邃怀堂诗集》后编卷3）

桂花仙子（中站行馆老桂一株，土人称桂花仙子）

若有仙兮来娉婷，披霞帔兮乘云軿。月光悄悄风泠泠，瑶阶万斛龙涎馨。镜奁夜照蟾蜍魄，金粟华妆寿阳额。罗袜步虚不留迹，瓣香常奉流星驿。

（《邃怀堂诗集》后编卷3）

宿梅岭简孙縠人刺史

短梦频惊醒，西风昨夜来。竹枝倚曲磴，枫叶下层台。秋老蚊生骨，霜高鹤孕胎。相逢期十月，共赏陇头梅。

（《邃怀堂诗集》后编卷3）

附录　佚诗、佚文、存疑诗文

牟融

【作者简介】牟融，生平不详。

寄周韶州

十年学道困穷庐，空有长才重老儒。功业要当垂永久，利名那得在须臾。山中荆璞谁知玉，海底骊龙不见珠。寄语故人休怅快，古来贤达事多殊。

（《全唐诗》卷466）

注：据陶敏等学者考证，牟融其人及其诗文，系明人伪造。姑存此志疑。

谢肇

【作者简介】谢肇，字景初，上犹人，生卒年不详。与父率义兵征蛮，功第一，除韶州刺史。后平寇乱，迁百胜军防御使。

重建东厅壁记

（1）形胜隆阜，山川穹奥，雅有名邦之称。
（2）曲江本瓯越之分。

（《舆地纪胜》卷90《韶州》）

曹松

【作者简介】曹松，字梦征，舒州人，唐昭宗天复进士第，生卒年不详。授校书郎。有《曹松诗集》三卷，今不存。

西土文殊留印迹，大中皇帝旧参禅。

（《舆地纪胜》卷90《韶州》）

许申

【作者简介】许申，北宋海阳（今广东潮州）人，生卒年不详。终官刑部郎中。

张曲江祠堂记

庾峤之南，舜游之地。

（《舆地纪胜》卷90《韶州》）

297

陈与义

【作者简介】陈与义（1090—1138），字去非，号简斋，河南洛阳人。北宋政和三年（1113）进士，累官至参知政事。著有《简斋集》。

大庾岭

年律将穷天地温，两州风气此横分。已吟子美湘南句，更拟东坡岭外文。隔水丛梅疑是雪，近人孤嶂欲生云。不愁去路三千里，少住林间看夕曛。

（道光《直隶南雄州志》卷18）

注：本诗亦载于《陈与义集》卷27，题《度岭一首》，校记①记录李氏藏本诗题下有"贺州桂岭"的小注。可见本诗与韶关地区了无关系，姑存志疑。

范端臣

【作者简介】范端臣，字元卿，学者称为蒙斋先生，生卒年不详，浙江兰溪人。南宋绍兴年间进士，官至中书舍人。

望韶亭记

韶之名以山，而山之名以石。

（《舆地纪胜》卷90《韶州》）

请超公住持南华寺疏

经略、转运、提刑、提举常平茶盐、市舶司：窃见。韶州南华禅寺，乃六祖大鉴禅师道场，见阙住持安众，今敦请广州报恩光孝禅寺住持超公禅师住持南华禅寺，开堂演法，为国焚修祝，延圣寿者。右伏以从前谛义，首判风幡；向后恩缘，为留衣钵。脚迹俨然似旧，路头自何通行。超公禅师法性当权，南宗长价。望佛乡而相接，振祖令以何难。正须飞锡横空，肯以宿桑起恋。林泉胜处，皆曹溪常住生涯；钟鼓新时，看大鉴嗣孙手段。谨疏。

（《曹溪通志》卷5）

梁安世

【作者简介】参见卷二"梁安世"条。

整冠亭记

井邑不异江浙。

（《舆地纪胜》卷90《韶州》）

清淑堂记

张文献、余襄公父母之国，卓然清风，振起百世。

（《舆地纪胜》卷90《韶州》）

注：本文署"梁寺丞"，即梁安世。

张省元

【作者简介】宋人，生卒、事迹不详。

韶石图记

（1）韶州佳山水之名闻于天下，而韶石为之最。

（《舆地纪胜》卷90《韶州》）

（2）自唐张文献公以忠烈崛起是邦，我朝余襄公继之，亦大有闻，论者以为山川英气所钟。

（《舆地纪胜》卷90《韶州》）

（宋）佚名

韶州壁记

武德二年已有番州刺史邓文进。

（《舆地纪胜》卷90《韶州》）

黎民铎

【作者简介】黎民铎，字觉于，石城（今江西赣州）人，生卒年不详。明思宗崇祯六年（1633）举人，七年联捷会试副榜。明亡后家居不出。著有《汶塘诗集》。

梅关谒张文献公

山川似改中原旧，人士依然风度闲。又有两字相思转玉环之句，亦见工妙。

（《香石诗话》卷2引《汶塘诗集》）

（清）佚名（署守）

题种玉亭（在郡署西关北，宋时建，以池产白莲故名种玉）

幽亭斜傍古墙阴，翠羽飞来何处寻。野水半塘蜃影净，荷香万柄绿云深。竹寒沙碧凝秋色，月白风清淡夜心。我亦庐山莲社客，倚栏惆怅动微吟。

（道光《直隶南雄州志》卷17）

雨后对西池残荷戏示同人

水亭佳处面荷香，碧叶田田半亩塘。越女红妆初日丽，湘娥翠袖晚风凉。凌波窈窕何媚婉，十日霖霪愁积雨。漫道为裳色尚鲜，不堪食芍心偏苦。索句酬花意惘然，焚香煮茗且谈禅。诗逋我结庐山社，才调人逢庾杲莲。凭栏共对怜残韵，断粉零脂余薄晕。并蒂还恩隔岁花，夫容试报高秋信。去秋予摄郡时有双莲之瑞。

（道光《直隶南雄州志》卷17）

凌江雨泛

饱看名山兴已酣，三枫亭下雨雯雯。年来渐识江湖险，每到乘风便卸帆。

衰柳寒鸦古渡头，荒江日暮水烟愁。孤蓬载得潇潇雨，冷透诗心一夜秋。

（道光《直隶南雄州志》卷 17）

岭南文化书系

历代名人韶州名文辑选

参考文献

［1］（南朝·梁）沈约：《宋书》，北京：中华书局，1974 年。

［2］（南朝·陈）真谛：《大乘起信论校释》，北京：中华书局，1992 年。

［3］（唐）欧阳询：《艺文类聚》，上海：上海古籍出版社，1998 年。

［4］（唐）徐坚：《初学记》，北京：中华书局，2004 年。

［5］（唐）张说著，熊飞校注：《张说集校注》，北京：中华书局，2013 年。

［6］（唐）杜甫著，谢思炜校注：《杜甫集校注》，上海：上海古籍出版社，2016 年。

［7］（唐）刘禹锡著，瞿蜕园笺证：《刘禹锡集笺证》，上海：上海古籍出版社，1989 年。

［8］（唐）柳宗元著，尹占华校注：《柳宗元集校注》，北京：中华书局，2013 年。

［9］（唐）白居易：《白氏长庆集》，上海：上海古籍出版社，1994 年。

［10］（唐）权德舆：《权德舆诗文集》，上海：上海古籍出版社，2008 年。

［11］（唐）韩愈著，钱仲联集释：《韩昌黎诗系年集释》，上海：上海古籍出版社，1984 年。

［12］（宋）李昉：《太平御览》，北京：中华书局，2000 年。

［13］（宋）欧阳修：《欧阳文忠公集》，北京：北京图书馆出版社，2005 年。

［14］（宋）蔡襄：《蔡忠惠集》，文渊阁四库全书本。

［15］（宋）韩维：《南阳集》，文渊阁四库全书本。

［16］（宋）黄庶：《伐檀集》，文渊阁四库全书本。

［17］（宋）曾巩：《曾巩集》，北京：中华书局，1984 年。

［18］（宋）王安石：《王文公文集》，上海：上海人民出版社，1974 年。

［19］（宋）周敦颐：《周濂溪先生全集》，郑州：河南人民出版社，

2018 年。

[20]（宋）沈遘：《西溪文集》，文渊阁四库全书本。

[21]（宋）郭祥正：《青山集》（《宋集珍本丛刊》），北京：线装书局，2004 年。

[22]（宋）苏轼：《苏轼诗集》，北京：中华书局，1982 年。

[23]（宋）苏轼：《苏轼文集》，北京：中华书局，2004 年。

[24]（宋）苏辙：《栾城后集》，文渊阁四库全书本。

[25]（宋）朱翌：《潜山集》，文渊阁四库全书本。

[26]（宋）释慧空：《雪峰空和尚外集》（《宋集珍本丛刊》），北京：线装书局，2004 年。

[27]（宋）郑侠：《西塘集》，文渊阁四库全书本。

[28]（宋）唐庚：《唐先生文集》，文渊阁四库全书本。

[29]（宋）释惠洪：《石门文字禅》，北京：中华书局，2012 年。

[30]（宋）胡寅：《斐然集》，文渊阁四库全书本。

[31]（宋）洪适：《盘洲文集》，文渊阁四库全书本。

[32]（宋）朱翌：《猗觉寮杂记》，郑州：大象出版社，2006 年。

[33]（宋）洪迈：《洪文敏公集》，文渊阁四库全书本。

[34]（宋）杨万里著，辛更儒笺校：《杨万里集笺校》，北京：中华书局，2007 年。

[35]（宋）刘安世：《尽言集》，文渊阁四库全书本。

[36]（宋）朱熹：《晦庵先生朱文公文集》（《朱子全书》），上海：上海古籍出版社，2002 年。

[37]（宋）李焘：《续资治通鉴长编》，北京：中华书局，2004 年。

[38]（宋）李心传：《建炎以来系年要录》，北京：中华书局，2013 年。

[39]（宋）楼钥：《攻媿集》，杭州：浙江古籍出版社，2015 年。

[40]（宋）杨冠卿：《客亭类稿》，文渊阁四库全书本。

[41]（宋）袁说友：《东塘集》，文渊阁四库全书本。

[42]（宋）蔡戡：《定斋集》，文渊阁四库全书本。

[43]（宋）曾丰：《缘督集》，文渊阁四库全书本。

[44]（宋）袁燮：《絜斋集》，文渊阁四库全书本。

[45]（宋）陈淳：《北溪大全集》，文渊阁四库全书本。

[46]（宋）方大琮：《铁庵集》，文渊阁四库全书本。

[47]（宋）陈元晋：《渔墅类稿》，文渊阁四库全书本。

[48]（宋）刘克庄著，辛更儒笺校：《刘克庄集笺校》，北京：中华书局，2011 年。

[49]（宋）徐鹿卿：《清正存稿》，文渊阁四库全书本。

[50]（宋）李昂英：《文溪集》，文渊阁四库全书本。

[51]（宋）欧阳守道：《巽斋文集》，文渊阁四库全书本。

[52]（宋）区仕衡：《九峰先生集》（《丛书集成续编》本），强北：新文丰出版公司，1988年。

[53]（宋）张侃：《拙轩集》，文渊阁四库全书本。

[54]（宋）魏齐贤：《圣宋名贤五百家播芳大全文粹》，北京：北京图书馆出版社，2006年。

[55]（宋）王象之：《舆地纪胜》，成都：四川大学出版社，2005年。

[56]（宋）徐松辑：《宋会要辑稿》，上海：上海古籍出版社，2014年。

[57]（宋）希叟绍昙：《希叟绍昙禅师广录》（《禅宗全书》），北京：北京图书馆出版社，2004年。

[58]（宋）文天祥：《文天祥全集》，南昌：江西人民出版社，1987年。

[59]（宋）徐钧：《史咏诗集》（《丛书集成续编》本），台北：新文丰出版公司，1988年。

[60]（宋）彭乘：《墨客挥犀》，北京：中华书局，2002年。

[61]（元）吴澄：《吴文正公全集》，文渊阁四库全书本。

[62]（元）程钜夫：《雪楼集》，文渊阁四库全书本。

[63]（元）虞集：《道园遗稿》，文渊阁四库全书本。

[64]（元）许有壬：《至正集》，文渊阁四库全书本。

[65]（元）刘鹗：《惟实集》，文渊阁四库全书本。

[66]（元）贡师泰：《玩斋集》，文渊阁四库全书本。

[67]（元）吕诚：《来鹤亭集》，文渊阁四库全书本。

[68]（元）傅若金：《傅与砺文集》，文渊阁四库全书本。

[69]（元）张昱：《可闲老人集》，文渊阁四库全书本。

[70]（元）蒋易：《皇元风雅》，北京：北京图书馆出版社，2006年。

[71]（明）张以宁：《翠屏集》，文渊阁四库全书本。

[72]（明）汪广洋：《凤池吟稿》，文渊阁四库全书本。

[73]（明）胡奎：《斗南老人集》，文渊阁四库全书本。

[74]（明）陈谟：《海桑集》，文渊阁四库全书本。

[75]（明）朱善：《朱一斋先生文集》（《四库存目丛书》本），济南：齐鲁书社，1997年。

[76]（明）刘崧：《槎翁诗集》，文渊阁四库全书本。

[77]（明）孙蕡：《西庵集》（《广州大典》），广州：广州出版社，2015年。

[78]（明）林弼：《林登州集》，文渊阁四库全书本。

［79］（明）乌斯道：《春草斋集》，文渊阁四库全书本。

［80］（明）黎贞：《秫坡先生诗集》（《广州大典》），广州：广州出版社，2015 年。

［81］（明）解缙：《永乐大典》，北京：中华书局，2000 年。

［82］（明）梁潜：《泊庵集》，文渊阁四库全书本。

［83］（明）陈琏：《琴轩集》，上海：上海古籍出版社，2011 年。

［84］（明）黄淮：《历代名臣奏议》，上海：上海古籍出版社，2012 年。

［85］（明）李贤：《大明一统志》，西安：三秦出版社，1990 年。

［86］（明）陈献章：《陈献章集》，北京：中华书局，1987 年。

［87］（明）林光：《南川冰蘖全集》（《广州大典》），广州：广州出版社，2015 年。

［88］（明）苏葵：《吹剑集》（《广州大典》），广州：广州出版社，2015 年。

［89］（明）黄佐：《泰泉集》，南京：凤凰出版社，2021 年。

［90］（明）湛若水：《湛甘泉先生文集》，桂林：广西师范大学出版社，2014 年。

［91］（明）张岳：《小山类稿》，福州：福建人民出版社，2000 年。

［92］（明）欧阳德：《欧阳南野先生文集》（《四库存目丛书》本），济南：齐鲁书社，1997 年。

［93］（明）符锡：《颍江漫稿》，明刻本。

［94］（明）谭大初：（嘉靖）《南雄府志》（《广东历代方志集成》），广州：岭南美术出版社，2009 年。

［95］（明）欧大任：《欧虞部集》（《广州大典》），广州：广州出版社，2015 年。

［96］（明）汤显祖：《汤显祖集》，上海：上海人民出版社，1973 年。

［97］（明）袁崇焕：《袁督师遗集》（《广州大典》），广州：广州出版社，2015 年。

［98］（清）凌扬藻：《岭海诗钞》（《广州大典》），广州：广州出版社，2015 年。

［99］（清）钱谦益：《牧斋初学集》，上海：上海古籍出版社，2009 年。

［100］（清）曹溶：《静惕堂诗集》（《清代诗文集汇编》），上海：上海古籍出版社，2010 年。

［101］（清）陈殿桂：《与袁堂集》（《清代诗文集汇编》），上海：上海古籍出版社，2010 年。

［102］（清）张宸：《使粤草》（《清代诗文集汇编》），上海：上海古

籍出版社，2010 年。

　　［103］（清）彭定求等编：《全唐诗》，北京：中华书局，1960 年。

　　［104］（清）陈遇夫：《涉需堂诗集》（《广州大典》），广州：广州出版社，2015 年。

　　［105］（清）龚鼎孳：《定山堂诗集》（《清代诗文集汇编》），上海：上海古籍出版社，2010 年。

　　［106］（清）朱彝尊：《曝书亭集》，北京：世界书局，1984 年。

　　［107］（清）屈大均：《翁山诗外》（《清代诗文集汇编》），上海：上海古籍出版社，2010 年。

　　［108］（清）王士禛：《蚕尾续诗集》（《王士禛全集》），济南：齐鲁书社，2007 年。

　　［109］（清）查慎行：《敬业堂诗集》，上海：上海古籍出版社，1986 年。

　　［110］（清）马元：（康熙）《韶州府志》（《广东历代方志集成》），广州：岭南美术出版社，2009 年。

　　［111］（清）裘秉钫：（康熙）《乳源县志》（《广东历代方志集成》），广州：岭南美术出版社，2009 年。

　　［112］（清）释真朴：《曹溪通志》，广州：广东教育出版社，2016 年。

　　［113］（清）高其倬：（雍正）《江西通志》，文渊阁四库全书本。

　　［114］（清）温汝能：《粤东诗海》，广州：中山大学出版社，1999 年。

　　［115］（清）杭世骏：《杭世骏集》，杭州：浙江古籍出版社，2015 年。

　　［116］（清）全祖望：《全祖望集汇校集注》，上海：上海古籍出版社，2000 年。

　　［117］（清）袁枚：《小仓山房诗文集》，上海：上海古籍出版社，1988 年。

　　［118］（清）钱大昕：《潜研堂诗续集》（《潜研堂集》），上海：上海古籍出版社，2009 年。

　　［119］（清）翁方纲：《复初斋诗集》（《清代诗文集汇编》），上海：上海古籍出版社，2010 年。

　　［120］（清）李调元：《童山诗集》（《清代诗文集汇编》），上海：上海古籍出版社，2010 年。

　　［121］（清）席世臣：《元诗选癸集》，北京：中华书局，2001 年。

　　［122］（清）恽敬：《大云山房文稿二集》（《清代诗文集汇编》），上海：上海古籍出版社，2010 年。

韶文化研究丛书

参考文献

［123］（清）董诰等编：《全唐文》，北京：中华书局，1983 年。

［124］（清）吴文照：《在山草堂诗稿》（《清代诗文集汇编》），上海：上海古籍出版社，2010 年。

［125］（清）韩封：《还读斋诗稿》（《清代诗文集汇编》），上海：上海古籍出版社，2010 年。

［126］（清）凌扬藻：《海雅堂集》（《广州大典》），广州：广州出版社，2015 年。

［127］（清）李梦松：《歉夫诗文稿》（《清代诗文集汇编》），上海：上海古籍出版社，2010 年。

［128］（清）阮元：《揅经室集》，北京：中华书局，1993 年。

［129］（清）史善长：《味根山房诗钞》（《清代诗文集汇编》），上海：上海古籍出版社，2010 年。

［130］（清）余保纯：（道光）《直隶南雄州志》（《广东历代方志集成》），广州：岭南美术出版社，2009 年。

［131］（清）阮元：（道光）《广东通志》（《广东历代方志集成》），广州：岭南美术出版社，2009 年。

［132］（清）何若瑶：《海陀华馆诗集》（《广州大典》），广州：广州出版社，2015 年。

［133］（清）黄培芳：《香石诗钞》（《广州大典》），广州：广州出版社，2015 年。

［134］（清）张维屏：《松心诗录》（《广州大典》），广州：广州出版社，2015 年。

［135］（清）汪琎：《随山馆猥稿》（《清代诗文集汇编》），上海：上海古籍出版社，2010 年。

［136］（清）袁翼：《邃怀堂文集》（《清代诗文集汇编》），上海：上海古籍出版社，2010 年。

［137］（清）额哲克：（同治）《韶州府志》（《广东历代方志集成》），广州：岭南美术出版社，2009 年。

［138］（清）李穑：（同治）《乐昌县志》（《广东历代方志集成》），广州：岭南美术出版社，2009 年。

［139］（清）欧樾华：（光绪）《曲江县志》（《广东历代方志集成》），广州：岭南美术出版社，2009 年。

［140］（清）黄培芳：《香石诗话》（《广州大典》），广州：广州出版社，2015 年。

［141］陈尚君辑校：《全唐诗补编》，北京：中华书局，1992 年。

［142］北京大学古文献研究所编：《全宋诗》，北京：北京大学出版社，1998 年。